新潮文庫

荒仏師 運慶

梓澤 要著

新潮社版

11034

目次

荒仏師　運慶

わたしは美しいものが好きだ。

たとえば、女のなめらかな肌、若い男のこりこりと硬そうな筋肉、春日野を駆ける鹿たちのしなやかな動き、絹布の襞《ひだ》の重なり、複雑で繊細な模様、仏の像の端正なお顔、冠の透かし彫り、夜光貝の象嵌《ぞうがん》細工、水面《みなも》にきらめき躍る光の渦、風にしなる木々の影。

美しいものを見ると、この手で触れると、恍惚《こうこつ》として、自分の醜さを忘れられる。

母は美しい女だった。三歳年下の弟は生まれながらに母譲りの細面で色白のきれいな子だったから、母は弟ばかり可愛がり、わたしを毛嫌いした。

「猿みたいに醜い顔」

わが子なのに、面と向かって嘲《あざけ》り嗤《わら》った。おまけにわたしは口が重くて愛嬌《あいきょう》がなく、ますますうとましがられた。

だが、わたしは母を恨んだことも、弟を憎んだこともない。父や父の弟子たちが、五歳かそこらからいっぱしに鑿《のみ》を操って、仏の手や足先や、台座の細かな飾り彫りを器用に造りこなすわたしの才を認め、工房に入りびたるのを許してくれたからだ。工房の中では、わたしは特別な存在でいられた。

七歳の頃だったか、納戸から母の絹の小袖を引っ張り出してはおり、裾《すそ》を引きずって歩いてみたことがあった。腰をひねるとどうまとわりつくか。両腕を上げると肩からどう流れ落ちるか。襞の流れ、布のたわみ、色や文様の変化、陰影、風を孕《はら》んでふくらむ袖や裾の動き。そういうことを自分のからだで確かめてみたかったのだ。

夢中でやっていると、母が鬼の形相で部屋に入ってきて、わたしの頰を張り飛ばした。

「気色悪いことをおしでないよっ。寺稚児《てらちご》にでもなるつもりかえっ」

——おとこおんな。

そんなことまで言われた気がする。

だがわたしは、女に生れたかったとか、女の子になりたいなどと思っていたわけではない。ただ、女のしぐさや姿態に興味があっただけだ。どんな動きが美しいかたちを生むのか。揺れ動くとどんな思いがけないかたちに変化するのか。それを確かめたかっただけだ。

父の工房で働く男たちの、きびきびした動作や、筋が浮き出た太い首筋や、二の腕の筋肉に思わず見惚《みと》れ、触ってみたくてたまらなくなるのも、肉体の躍動に興味をそそられるからだ。だが、その探求心の陰に、かすかな陶酔があったと、いまになれば思いあたる。

布や衣の色や柄についても、ものごころついたときから、われながら変ではないかと疑うほど心惹《ひ》かれた。町で見かけた美しい衣をまとった女の後を、半日もこっそりつけまわしたこともある。小遣い銭を握り締めて古着屋で小切れを買ってきては帳面に張りつけ、飽かずに眺めるのが何よりの楽しみだった。

仏師になってからはさらに、像の天衣《てんね》にもとことんこだわる。色、柄、質感、その組み合わせ。ほんのちいさな部分にまでこと細かく注文をつけて、彩画師や截金師《きりかねし》にうるさがられる。目を奪われるような美しい衣や華麗な装飾品で飾られていてこそ、お像はいきいきと輝くのだ。野暮ったい天衣や装飾品を身につけたお像は、いくらかたちがよくても下品に見える。それだけは赦《ゆる》せない。

十二歳のとき、母が死んだが、わたしは涙一つこぼさなかった。祖母は、情の強《こわ》い子だと憎々しげに言ったが、わたしはただ、服喪のため一年間も工房に出入りできないことが悔しかった。用材置き場から端材を盗み出し、こっそり自分の部屋で雛形《ひながた》を彫って練習に励んだ。一年後に仕事にもどったときには、以前より格段に腕が上がっていて、皆を驚かせた。

わたしは美に恵まれなかったが、誰も気づかない美を見つけることができる。この手で美をつくりだすことができる。

しかし、美とは何か。

目に見える美の他に、目には見えぬ美がある。真に大事なもの、真に気高いものは目に見えぬ。

仏もそうだ。仏は目に見えぬ。姿かたちはない。ただ、たとえば暁の夢うつつに、ひそやかな気配を感じる。小川のせせらぎ、空の雲、鳥の声、木漏れ陽のきらめきに、仏が語りかけてくる声を聞く。それだけだ。

その、目に見えぬものを、見えるようにする。仏と仏国土を、現実に存在するかのような、確かなものにする。仏、菩薩《ぼさつ》、天部《てんぶ》、夜叉《やしゃ》、金剛薩埵《こんごうさった》、明王、四天王、十二神将、眷属《けんぞく》、聖人、さまざまな尊格が群れ集う光景と、堂内を天蓋《てんがい》や瓔珞《ようらく》、蓮華座《れんげざ》、光背、そして金銀や玉や七宝できらびやかに荘厳《しょうごん》された神聖な場所に造り上げることだ。

姿かたちなき仏たちと、それに懸命に祈りすがりつくしか、それしか救われようのない人間たちをつなぐ、それが仏師だ。そのことがわかるまで、わたしは栄光と挫折の長い道のりを手探りで歩んだ。

第一章 光る眼

一

光る眼がわたしを見据えている。

薄暗い堂内で、十歳のわたしは初めてその眼を見た。

不気味な恐ろしさに歯を鳴らして震える子に、父康慶《こうけい》は手にした紙燭《しそく》を近づけ、像の顔を照らした。

「息子よ、よう見よ」

父はわたしの肩をつかむと、像の前に押し出した。

奈良から、東の山裾ぞいの道を南へ三里。行く手に三輪山と飛鳥の里が見え、なだらかに起伏する平野のそこここに、こんもりと緑の椀《わん》を伏せたような古墳が点在している。その景色のもの珍しさに、足の痛みを忘れて歩きつづけてきた。

やがて、つらなる山垣でひときわ目立つ竜王山《りゅうおうざん》に分け入り、この小さな山寺にたどり着いた。長岳寺《ちょうがくじ》。弘法大師が開いたという古刹《こさつ》だ。

「見るのだ。この御仏《みほとけ》たちの眼を。この光を」

阿弥陀《あみだ》三尊だ。中尊の阿弥陀如来《にょらい》に、脇侍《きょうじ》の観音・勢至《せいし》の両菩薩《ぼさつ》。

「これを見せるために、わざわざ連れてきたのだ」

「すごい。本物の人間の眼そっくりだ。これは何？　この眼は何？」

声をわななかせて訊《き》いたわたしに、父は三尊の前に坐《ざ》し、なつかしげに見上げながら語った。

「わしがまだ駆け出しだった頃、兄弟子の仏師が最初にこれを造った。ちょうどおまえが生まれた頃だ。その人は棟梁《とうりょう》も舌を巻く鬼才だったが、とにかく奇人でな。誰とも馴染《なじ》まず、独り工房にこもりきりで、ひたすら細工の工夫をしておった。おれはいまだかつて誰も造ったことのないものを、あっと驚くものを造ってみせる。おれならできる。いや、このおれにしかできぬ。そう豪語する傲慢《ごうまん》な男だったから、周囲の鼻つまみだったが」

父はそういうと、ちいさく笑みを漏らした。

「見よ。それがこの玉眼《ぎょくがん》だ」

「おいら、気味悪い。怖い……」

二の腕に立った鳥肌をさすり、身震いした。恐ろしいのに、まるで射すくめられたように目が離せない。

「ああ、わしもそうじゃった。恐ろしゅうて震えた」

わたしは見入ったまま、うわの空でうなずいた。

「初めてこれを見たときは、わしも他の仏師たちも、いまのおまえと同じく、震えが出て止まらなんだ。あまりのなまなましさに胆をつぶした」

父はふっと目もとをなごませ、視線を像にあてたまま、しばらく黙りこくってから、静かに言葉を継いだ。

「驚愕《きょうがく》し、怖れ、その後ようやく我に返ると、飛びついた」

玉眼は、眼球部分をくりぬいておき、水晶の薄板に瞳《ひとみ》と虹彩《こうさい》の部分を黒や赤、金の漆で描き、白紙を当てて内側から張りつける。それまでの彫り刻んだだけの彫眼《ちょうがん》とはまったく違う技法だ。

「われら奈良仏師は、大仏師定朝《じょうちょう》さま以来の本様《ほんよう》をそのまま継承して、決まりきったものを造ってさえいれば仕事になる京仏師たちとは違う。何かいままでにない斬新《ざんしん》なものを打ち出さねば、生き残ってはいけぬ。棟梁の康助《こうじょ》さまはじめ、皆、懸命に模索していたときだったからな」

　飛鳥時代や天平時代の古像を参考に、その技法や造形を見直して範にしようと頑張っていたのだ、と父はなつかしげに語った。

「たとえば、この脇侍の両菩薩は片脚を踏み下ろしている。おまえはこんなかたちは見たことがなかろう。これも天平仏に倣《なら》ったものなのだ」

　こうしたたゆまぬ古典研究の積み重ねの中から、その仏師は玉眼というまったく新しい技法を生みだした。模倣ではない、まったく新しいものをつかみとったのだ。

「棟梁はさっそく、鳥羽離宮東院の不動明王像にこの玉眼を取り入れた」

　白河法皇が造営して以来、鳥羽上皇、後白河院と歴代の帝王が拡張して居住してきた伏見の鳥羽離宮は、それぞれの御所に仏堂が付随している。その一つ、関白太政大臣藤原忠実卿《ただざねきょう》が造営した安楽寿院不動堂、そこの不動明王像だ。

「これを造った人は、誰？　なんて名なの？　いまもうちの工房にいるの？」

　その天才仏師に会いたい。できることなら弟子になりたい。そう思ったのだが、

「死んだ。みずから首をくくって果てよった」

　父は顔をゆがませた。

「悲惨な末路だが、誰にも止めようがなかった。自身にもどうにもならぬ。宿命とい

うしか……」

彼はその後、鳥羽上皇の勅願によって観空房西念《さいねん》が建立した修験道場峰定寺《ぶじょうじ》の毘沙《びしゃ》門天《もんてん》像をこの玉眼で造ったが、以来、酒びたりになり、狂乱のあげく、自死してしまったというのだ。

「おまえに見せておきたかったのだ。おまえが仏師でやっていくからには、こういうものを造らねばならぬ。誰も考えもつかぬ新しいものを、おのれの手で創りあげねばならぬ。だがそれは、狂気に通じる道だ。そのことを、しかと胆《きも》に刻み込め」

父の言葉に、仏がうなずいた気がした。

――狂気に通じる道。みずから死へと墜《お》ちる道。

ぎらぎら光る眼が、冷ややかにわたしを見据えている。

(怖い。だけども……)

美しい。生きている。慄《ふる》えの底で、新しい美の世界をわたしははっきり見ていた。

二

その日から十余年。

わたしは初めて大仕事を命じられた。柳生の里の円成寺《えんじょうじ》という東大寺所縁の山寺から大日如来像の注文を受けた父が、

「やってみよ。運慶《うんけい》。わしや兄弟子の手を借りず、おまえひとりでやるのだ」

四十代半ばの大仏師の充実を面にみなぎらせて命じた。

「恐れるな。驕《おご》るな。ひたすら無心に彫れ」

「はいっ。かならずや、満足していただけるものを造ります。お任せを」

わたしはいやがうえにも気負い込んだ。

――いままでとはまったく違うものを。わたしにしかできぬものを。

――あの光る眼を生みだした仏師のような。

その果てが狂い死にでも、それが宿命なら、受けて立つ。

その日から寝る間も惜しんで、絵図の制作にのめり込んだ。

どんな姿にするか。眼は玉眼、それしかない。光る眼だ。あの妖《あや》しい美しさだ。どうやったら、それを活《い》かす姿にできるか。

だが、どうやっても、これというものが思い浮かばない。床に散らばった書き損じの紙を蹴散《けち》らし、踏みにじり、また這《は》いずって掻《か》き集め、胸に抱きしめて歯ぎしりする。そんな日々がもうひと月近くつづき、みるみる痩《や》せた。

季節は初夏。外の陽の明るさがかえって工房の空気を暗く淀《よど》ませ、その中でうごめくわたしはもはや化物じみて、傍《はた》の目には物狂いに映っている。

その日も、不眠と焦燥にどす黒く変わり果てた顔をゆがませ、

「ええ、くそっ」

筆を投げ捨てて工房を飛び出すや、鉛のような鬱屈《うっくつ》を背に張りつけたまま、行くあてもなくさまよい歩いた。

気づくと春日野の森に来ていた。

森は新緑で大地まで染まりそうに碧《あお》く、草葉が萌《も》え出《い》づるなまぐさい匂《にお》いに満ち満ちている。

森の奥からざわめきが聞こえた。

町衆の男たちが声高にしゃべりたてながら、足早に追い越していく。

「京一と評判の傀儡女《くぐつめ》が、春日の御神に今様《いまよう》を捧《ささ》げるそうな」

「なんでも絶世の美女だそうぞ」

「法皇さまが今様の師になされた近江の阿古丸《あこまる》、その傀儡女の娘だとよ。やはり法皇さまが惚《ほ》れ込んで、近いうちに宮中に召されるそうな」

数日前から奈良の町はその噂《うわさ》でもちきりだ。

風に乗って聞こえてくる琵琶《びわ》と笛の軽妙な音につられて、わたしの足は自然に、そちらへと向かった。

若宮の前の広場はすでに黒山の人だかりだった。草の上にしゃがみ込んで陣どっている家族連れ。赤子をおぶったおなご衆。父親に肩車してもらっている子供。袖《そで》の中に竹筒の酒を隠し持ち、人目を盗んで口にしている不埒《ふらち》な輩《やから》もいるが、神事の名目を借りてとはいえ、傀儡女の興行だから、社人や警護の武者たちも見て見ぬふりをしている。

午後の陽射《ひざし》はまばゆいほど明るい。社殿前の白砂がみずから発光しているかに輝いている。

舞殿に扇で顔を隠したひとりの女が姿を現した。お決まりの白拍子《しらびょうし》風の水干《すいかん》姿ではなく、天女か飛天の衣に似た唐風のうすものを身にまとっている。

女は顔を隠したまま、肩にかけた薄紅色の透ける領巾《ひれ》を風になびかせ、涼やかな浅《あさ》葱《ぎ》色《いろ》の長い袖を軽やかに振りながら、ひとしきり舞台の上を歩きまわった。

拍手と歓声と口笛が同時に湧《わ》き起こり、頭上の枝葉までいっせいに揺れ騒いだ。

油を塗ったように艶《つや》やかで豊かな髪を、高々と頭頂で結い上げている。襟足からのぞく華奢《きゃしゃ》なうなじの白さに、わたしは目を奪われた。

女は真紅の裳裾《もすそ》を指先でそっとつまみ、優雅なしぐさで小腰をかがめて挨拶《あいさつ》した。動くたびに裳裾に流れるような襞《ひだ》が揺れ、尻《しり》や腿《ふともも》にまとわりついて、からだの線がくっきり現われる。

「常に――恋するは――」

女が高い声を発した。

「空には織女《たなばた》、流星《よばいぼし》――」

艶のある美声だ。

場は水を打ったように静まり返った。

「野辺には山鳥、秋は鹿《しか》、流れの君達《きんだち》、冬は鴛鴦《おし》――」

女の声は、高く低く、震えを帯びて哀切に響いたかとおもえば、次の瞬間、力強く弾むように明るくなる。

観衆が拍手も忘れて聞き入っていると、女は扇をひらりと投げ捨てて顔を現した。

「あっ」

わたしは思わず声を発した。

美しい女だ。年の頃は十八、九。秀《ひい》でた額、切れ長の眼、弓なりに描いた細い眉《まゆ》、きりりと通った鼻筋、紅を刷《は》いた愛らしい唇。つんと突き出した顎がみるからに小癪《こしゃく》そうな、どこか少年めいた顔だちだ。

女は無表情に観衆を見まわすと、ふたたびうたいだした。

常に恋するは　空には織女流星　野辺には山鳥　秋は鹿
流れの君達　冬は鴛鴦

七夕の頃に巡り合った男と女。男は妻を恋うて啼《な》く山鳥、そして秋の雄鹿。女のほうはひとつところに定住しない流れ者の遊君《ゆうくん》。そんな遠い二人だけれど、冬にはたがいに身を寄せ合い、睦《むつ》み合う鴛鴦になりたい。初秋、秋、冬。季節の巡りと男女の恋情を巧みに織り交ぜている。

女は二度三度くり返しうたった。うたうたびに声の震えは大きくなり、まるで啜《すす》り泣くようになり、動きも身もだえるばかりに激しくなった。

だが、わたしはもう聞いていなかった。ただ女の姿に目を奪われていた。

横に大きく広げた両腕をそろそろと上げ、頭上で両掌《りょうて》をひたと合わせると、そこに目には見えぬ空間が出現する。まるで仏像の光背のような、半円形の空間だ。

片腕だけ天空に伸ばし、上半身をひねりながらすばやく回転すると、見えない糸につり下げられて旋回する螺旋《らせん》の渦が見える。

(これは……)

手指の先から足先まで、からだの各部をあるべき場所に置く。いちばん美しいかたちに見える位置で、ぴたりと静止する。一瞬一瞬が完璧《かんぺき》なかたちで連続している。どの瞬間を切り取っても、絵になる。いや、完璧な立体だ。

(舞いの名手とは、こういうものか)

自分のからだと衣の広袖や領巾を自在に操って空間をつくり、静止し、次の瞬間、一気に壊し、別の空間をかたちづくる。流れ、広がり、縮み、また広がる。それはまるで、虚空《こくう》の果てまで無限に広がっていくようにすら見える。

(これだ……)

わたしが求めていたのはこの、肉体が生みだす無限の空間だ。

ぼうっとする頭で、わたしは必死に女の動きの一つ一つを記憶に刻み込んだ。

「さすがじゃのう。阿古丸の次の当代一は、この延寿《えんじゅ》できまりじゃな」

「院の憶《おぼ》えめでたいのもわかろうものよ」

周囲の者たちが口々に言い交わしている。

そんな賞賛は馴れきっているのか、うたいおさめた延寿は表情一つ変えず、つづけてよく知られている今様をうたいだした。

仏は常にいませども　現《うつつ》ならぬぞあはれなる
人の音せぬ暁《あかつき》に　ほのかに夢に見えたまふ

細く、高く、烈《はげ》しく、甘やかに。

唄声《うたごえ》は次第にちいさく遠ざかっていく。

だが、垂幕の背後に姿を消していく延寿の目がわたしを捕えていた。

二つの視線がひたと合わさり、一瞬、斬《き》り結んだ。

三

その夜、わたしは延寿の宿所に忍んでいった。

もう一度、会いたい。あの顔が見たい。それしか考えられなかった。

身分卑《いや》しい傀儡女が春日大社の客殿に堂々と宿れるのは、後白河法皇の寵愛《ちょうあい》を得ているからだ。「稀代《きだい》の愚帝」とまで噂《うわさ》された後白河法皇は、帝位を退いたいまや、おおっぴらに美濃の青墓《あおはか》や摂津の江口の里の白拍子や傀儡女を宮中に引き入れ、今様の師と仰いでいる。

なかでも近江の鏡山《かがみやま》の阿古丸は主殿寮《とのもりょう》に住まわせて直に手ほどきさせ、『梁塵秘抄《りょうじんひしょう》』という今様歌集を編んだほどの熱の入れようだ。延寿はその阿古丸の実の娘というふれこみだが、実のところは資質を見込んで養女にして育てた、氏素性もわからぬ孤児という噂もある。

扉をひめやかに叩《たた》くと、声をかけるまでもなく中から戸が開かれ、女の腕が伸びてきてわたしのからだを引き入れた。

「おまえさまは、何者？」

あでやかな衣装のままの延寿はにっこり笑い、

「何者でもいいわ。あたしを買ってくれるなら」

わたしの首に腕を巻きつけ、耳元でささやいた。

「その金壺眼《かなつぼまなこ》の光があたしを射抜いた。矢に突き刺されたみたいに痛かったわ。野暮ったい醜男のくせして、憎い」

そのとき、延寿のからだから男の汗と唾液《だえき》の臭《にお》いがたちのぼった。

ついさっきまで男とからみあっていたのだ。傀儡女は芸も売るがからだも売る。それを知らぬわけではなかったが、念頭になかったから、わたしはひどくたじろいだ。白い胸を舐《な》めまわされている光景がまざまざと浮かんだ。

だが、延寿は、くくっと喉《のど》で笑い、

「嘘《うそ》よ。金子《きんす》はいらない。さ、抱いて」

唇を重ねてきた。

熱いからだがわたしをのみこみ、二つのからだが溶け合って虚空に溢《あふ》れ出していく。わたしはそのなまぐさい腐臭を放つどろどろの肉塊を、懸命に両手でかき寄せ、かき集め、なんとか一つにまとめようと必死になった。

「そんなことをしても無駄よ。どうせ死ねば、皆、こんなふうにおぞましく腐り、ずくずくと崩れ流れる肉塊になり果てるのだから」

肉塊は冷ややかな声で言い放ったが、

「かたちなんてほんの一時《いっとき》。人も、仏も。すぐに消えてなくなるのに」

哀《かな》しげな声音に変わった。

「違う！　そんなことはない。人も、仏も、かたちは無《の》うなっても、思いは残る。思いは永遠に生きつづけるのだ」

わたしは必死に叫んだ。

肉塊は嘲笑《あざわら》い、わたしの手の中で消えた。

暗い。何も見えない。女の肌を撫《な》でている掌《てのひら》の感触だけ、はっきり感じる。胸からみぞおちへ滑り、わずかにふっくらした下腹をなぞって、ひんやりした尻へ。やわらかい内股《うちまた》、膝裏《ひざうら》の窪《くぼ》み。激しいまぐわいの後の汗と男女の精が入り混じったなまぐさい臭い、湿った褥《しとね》の感触、女の寝息。

目には見えないが、この掌とこの指がすべて知っている。かたちが思い描ける。皮膚の下のやわらかい肉づき、しなやかな筋肉。そのたしかな感覚にわたしは安堵《あんど》の吐息をもらし、闇《やみ》の中でふっと微笑《ほほえ》んだ。

延寿の顔、延寿の肢体がまだ見ぬ仏に重なった。

――空にたなばた、よばい星

胸の中でくちずさむと、いつの間にか、眠りに墜ちた。

ふと頬にひそやかな風の気配を感じて、目が醒《さ》めた。

あたりを見まわすと、連子窓《れんじまど》の隙間から漏れ入る夜闇がわずかに藍色《あいいろ》がかって見える。寝乱れた褥から身を起こし、かたわらでやすらかな寝息をたてている延寿の寝顔を観察していると、気配を感じたか彼女も目を醒ました。

「女の寝顔をしげしげ眺めるなんて、いけ好かない男」

だが、口ほどにはいやそうでもなく、わたしの手を弄《もてあそ》び、指を口に入れて舌で舐《ねぶ》った。

「大きな手。太い指。これがあんたの本性？」

つぶやいた延寿をわたしは両腕でかき抱き、

「なあ、もう一度、うたってくれぬか。なんでもいいから。なあ、頼むよ」

あやすふりでせがんだ。

「ちいさな声で、わたしにだけうたっておくれ」

「いいわ。おまえさまにだけうたってあげる」

延寿はわたしの胸にからだを預けたまま、少しかすれた声でひそやかにうたいはじめた。

弥陀《みだ》の御顔《みかお》は秋の月　青蓮《しょうれん》の眼《まなこ》は夏の池
四十《しじゅう》の歯ぐきは冬の雪　三十二相春の花

清明な秋の満月、青蓮の眼、四十歯、三十二相――。いずれも仏の尊い姿をあらわす言葉だ。

「おまえ、わたしが仏師と、知っていたのか？」

驚いて訊いたわたしに、

「なんのこと？」

延寿は小首をかしげ、

「あんたがどこの誰でもかまやしない。ただの男と女。それだけよ」

ものうげにつぶやくと、わたしの腰に足をからませ、息を喘《あえ》がせはじめた。

四

「おまえさまの子じゃ」

見知らぬ老婆《ろうば》が現れ、古着にくるんだ赤子を手渡した。仲春二月、花冷えの夕暮れどきだ。

「わたしの子じゃと？　もしや、延寿が？」

問いただす間もなく、老婆の姿は消えていた。

「待ってくれ。延寿はどこだ。どこにいる。会わせてくれ」

わたしの声は霞《かすみ》がかった春宵の薄闇に虚《むな》しく溶けていくだけだった。

延寿との密会はふた月あまり。毎夜通った。七夕が過ぎた頃、延寿は突然、姿を消した。それとなく京の宮中の事情に詳しい者に彼女がもどっていないか尋ねたが、母親の阿古丸は主殿寮にいるが娘はいない、以前から自由気ままに出入りし、数ヶ月姿を見せないこともしょっちゅうだから、誰も気にもとめない。そんなこたえが返ってくるだけだった。

行方がまったくわからぬまま半年が過ぎ、一年が過ぎて、風の噂にも聞かなくなった。やはり京にも帰ってきていないらしい。法皇主催の今様の会にも姿を現わさぬところをみると、誰ぞ男について、どこか田舎の国へでも下ったか。いや、神隠しやもしれぬぞ。神が彼女の美声とあでやかさを愛《め》でるあまり、連れ去ったのじゃろう。もう生きてはもどるまい。そんなふうに思われているらしい。

だが、わたしの脳裏には、あの日々の記憶と延寿のおもかげが、遠くなるどころか、ますます鮮明に刻みつけられている。掌が彼女の肌のなめらかさと温《ぬく》みを憶えている。指が顔形のひとつひとつを憶えている。耳が唄う声と熱い喘ぎを憶えている。

神が彼女をさらっていったのなら、いずれは飽きて返してくださるやもしれぬ。誰ぞ人間の男が連れ去ったのなら、彼女自身が飽きて飛び出してくるであろう。きっとそうだ——。

意気地のない未練、色欲に狂った見苦しい執着。自己嫌悪《けんお》にさいなまれながらも、そう思うのをやめることができなかった。

周囲の者の目には、以前にもまして誰より長く工房に籠《こも》り、一心不乱に仕事をしているように映る。ただ、以前は陽気で活発であったのに、口数がめっきり減り、ひどく陰気になった。たまの息抜きに酒楼に誘われても、うるさげにそっぽを向き、返事もしない。憑《つ》かれたように鑿《のみ》を振るう姿は鬼気迫るものがあるのか、周囲は羨望《せんぼう》と恐れをないまぜにして遠巻きに眺めている。

「気むずかしい男だ。自分のことしか考えておらぬ」

そう思われているのは、わたし自身承知しているが、それがどうしたと開き直っている。延寿を失った自分に人並のしあわせなど無縁だ。そう思い定めてもいる。

それなのに、見知らぬ婆が差し出した赤子を、わたしは腕に抱き取ってしまった。

「これが、わたしの子……」

赤子は頬を赤くふくらませてすやすやと寝入っている。まるまると肥えた赤子だ。

「そうか……そうなのか」

不思議なほど、すんなり信じられた。

延寿は遊行婦《あそびめ》だ。わたしのほかに何人も男がいた。一夜限りの男を含めれば数知れない。延寿自身にも誰との子か、わからぬのではあるまいか。からだを重ねた男の顔をひとつひとつ思い起こして数えてみても、なんの実感もない。どの夜の悦楽の種か。そう自身に問うても、いつの夜も蕩《とろ》けて溺《おぼ》れたとしか思い出せぬ。わたしはその中のひとりでしかなかろう。

それでも信じられた。

――天から授けられた子。

延寿が産んだのなら、父親はわたしでなくてもいい。託されたのだと思った。

赤子の股間《こかん》を確かめ、おもわず大声を発した。

「男か！　そうか。男か。おまえはわが息子。この運慶の長男だ」

顔を覗《のぞ》き込んで揺すぶりたてると、赤子は目を醒まし、甲高い声で泣き叫んだ。

「母者が恋しいのか？　おまえの母者はいまどこにおるのだ？」

延寿はどこでこの子を産んだのか？　噂すら聞こえてこない。

人目を避けて空家にもぐり込み、柱にしがみついて子を産む女の姿が虚空に浮かんだ。苦痛にゆがむ顔、脂汗《あぶらあせ》と血でぬらつく下肢、乱れた長い髪、食いしばった口から迸《ほとばし》り出る絶叫。だが、胸をはだけて赤子の口に乳をふくませるその頬には、安らぎと慈愛の笑みが浮かんでいる。

「よう産んでくれた」

虚空に浮かぶ延寿のおもかげに呼びかけ、

「よう生まれてきてくれた」

腕の中の赤子に笑いかけると、赤子はますます激しく泣きわめいた。

「腹が減っておるのだな。乳をくれる女を探してやろう。だから、もう泣くな」

すると、赤子はぴたりと泣き止《や》み、黒々とした大きな瞳でまじまじとわたしを見つめた。

その顔に延寿のおもかげを探しながら、熱心に言い聞かせた。

「今日からおまえは熊王丸《くまおうまる》だ。よいか。熊王というのは梵天《ぼんてん》なのだぞ。梵天は昔の天《てん》竺《じく》で世界の創造主と崇められた最高神なのだ。われら衆生が生きる欲界《よっかい》の、そのまた上に在る、清らかな色界《しきかい》。そこにおわす、仏法の守護神なのだぞ。だから、おまえは強くなれ。誰よりも強く、気高い男になれ」

その言葉が通じたか、赤子はにこりと笑った。その無垢《むく》な笑いに、わたしの目から初めて涙が溢れ出した。

「おお、おお、いい子だ。熊王丸よ。おまえも仏師になるのだ。よいか。わかったか」

出生がどうであろうが、血がつながっていようがいまいが、運慶の子になったからには、仏師になるのがおまえの宿命だ。おのれの非才を嘆こうが、この父や才に恵まれた者を妬《ねた》もうが、どうあっても仏師にさせる。

親の身勝手な欲と、恨みたくば恨め。憎みたくば憎め。それでもかまわぬ。ただ、運慶の子として生きよ――。

抱かれた腕の温みに安心したか、とろとろと眠り始めた赤子を飽かずに見つめ、何度もくり返した。

五

目の前に大日如来がおわす。いや、わたし自身が彫り上げたばかりの御像だ。

「ほぅ――っ」

腹の底から一つ、大きく息を吐いた。

われながらよくできた。初めて父や兄弟子の助力なしに、自分ひとりで彫り上げた。

像高三尺余（約九十八センチ）。ほぼ人間の等身大の坐像で、ヒノキ材の寄木造り。

頭と体部は正中線《せいちゅうせん》で合わせた左右二材、それに両腕と横に張り出した両脚を別材でつなぎ合わせている。

寄木造りは、いまからほぼ百二十年前、宇治の平等院鳳凰堂《ほうおうどう》の本尊阿弥陀如来像などで知られる稀代の大仏師定朝が完成させた画期的な技法で、それにより、それまでの一木《いちぼく》造りでは不可能だった丈六《じょうろく》以上の巨像も容易に造れるようになった。また複数の仏師が分業して同時に制作できるおかげで、短期間で仕上げられるようにもなった。王家や大貴族がこぞって大寺院を建立《こんりゅう》した時代で、そのための造仏の注文が飛躍的に増え、それにこたえる必要があったのだ。以来、一木造りに代わる主流になっており、この像のような比較的小さな像の場合は、一人の仏師が三月《みつき》ほどで造るのがふつうである。

だがわたしは、その四倍もの一年近い期間を費やし、持てる技術と創意、情熱と意欲、すべてを注ぎ込んで制作した。むろん、初めて独り立ちする喜びと不安の両方を抱えてだ。

高々と結い上げた髻《もとどり》の毛筋の一本一本、それこそ息を止め、全神経を集中して刻んだ。この指が、この手が、鑿と木の感触をしっかり憶えている。木が刃の力におのれの命を懸けて抗《あらが》い、やがて恭順する。力と力、意志と意志のせめぎ合いだ。それは、木と仏師の闘いではなく、たがいの命のやりとりである。木石や銅で造られたものであれ、仏の姿は仏そのもの。

——絵木法然《えもくほうねん》。絵に描かれたものであれ、仏の姿は仏そのもの。真実の仏である。

その言葉を、その意味を、おのれの心にたえず念じて造った。

智拳印《ちけんいん》を結ぶ両腕をあえて胸から大きく離し、ふところに広い空間をつくった。きらびやかな腕輪や瓔珞《ようらく》で飾った上半身はたっぷり厚く、豊かに。腰は逆に思いきり引き締めた。ゆったりと坐す結跏趺坐《けっかふざ》の膝は、両側に大きく張り出して安定感を与えた。頭上の大きな宝冠は繊細な透かし彫りで、大きさのわりに軽やかさと優美さを表わし、見る者の視線を上へと導く。

丸すぎず頰の引き締まった顔は若い。弓なりの長い眉、小鼻の張った高い鼻梁《びりょう》、くっきり刻んだ唇は小さすぎず大きすぎず。端正だが脆弱《ぜいじゃく》ではない。強い意志を持つ高貴な青年の姿にした。

延寿の姿かたちを写しとったことに後悔はない。

愛欲にまみれたみだらな肢体は、そのまま仏の姿にもなる。煩悩《ぼんのう》の炎の中に、仏は宿る。それを現わす仏師もまた、煩悩の狭間《はざま》で仏の姿を刻むのだ。

震える手で筆をとり、息をととのえてから、台座の内部に書き込んだ。

運慶承　安元元年十一月廿四日始之
給料物上品八丈絹肆拾参疋也
已上御身料也
奉渡安元弐季丙申十月十九日
大仏師康慶
実弟子運慶

末尾に花押を書き込むと、ぶるっと震えが来た。

制作料として、上物の八丈絹をなんと四十三疋《ひき》も与えられた。破格の高額だ。嬉《うれ》しかった。量や額の多寡《たか》ではない。一人前の仏師として、師匠や兄弟子の手を借りず、自分ひとりで造り、初めて得た報酬だ。この喜びと興奮を残しておきたい。

この銘文は、やがて何百年か千年か後の世、修理のために解体される際、初めて人目に触れるであろう。それまではひっそり封印される。

いや、ついに日の目を見ぬまま朽ち果てるか、火にまかれて焼失してしまうやもしれぬ。それでもいい。それでもいいから、この瞬間を残したい。わが命の瞬間を。

「大仏師康慶、実弟子運慶……」

乾きはじめた墨跡にそっと息を吹きかけながら、つぶやいた。

「ほう、できたようじゃな」

父が工房に入ってきた。完成するまでは、途中で見ることも、手を加えることもせぬ。誰にも見せるな。おまえひとり籠ってやれ。そう言い、実際に一度もこの小部屋に足を踏み入れることはしなかったし、弟子たちの立ち入りもかたく禁じた父だ。

父はお像に向かい合い、長い時間凝視した後、ふり返って無言でうなずいた。

――ようやった。

その顔がそう言っている。

だがつぎの瞬間、父の顔がみるみる険しくなった。

「運慶。仏師がみずから銘を記すとは、どういう料簡じゃ」

「それは、わたしのいまの」

だが、父は激しく遮《さえぎ》った。

「驕《おご》りたかぶりよったな。愚か者めが」

すさまじい形相でわたしを睨《にら》みすえると、足音荒く出ていってしまった。

父が消え、仏の像とわたしだけがとり残された。

仏の細く伏せた玉眼がじっとわたしを凝視している。

――我を生んだのはおまえか。何者だ。おまえは、何者だ。

「いえ、あなたさまが命じられたのです。我を出《いだ》させよと」

しどろもどろにこたえた。

「この、わたしに……」

仏の眼がぎらりと光り、わたしを見据えた。

六

柳生の里の円成寺へ完成した大日如来像を納めにいく。

木々が葉を落とした初冬の山道は明るい陽射が降りそそぎ、風は枯草の香をふくんでいる。

幾重にも白布にくるんで白木の箱に納めたお像を荷車に乗せ、つき添っていく道すがら、晴れがましいはずのわたしは重苦しい気持に沈んでいた。車輪の軋《きし》む音がまるで、地獄の獄卒がわが身を石臼《うす》で挽《ひ》き砕く音に聞こえる。

このまま納入してしまっていいのか。渡したら最後、手の届かぬ存在になる。麗々しく須弥壇《しゅみだん》に安置され、下から伏し拝むしかなくなってしまう。わたしのものではなくなる。それでいいのか。くり返し自分に問い、そのたびに心が激しく波立つ。

不意に、白布をかぶった御仏が哄笑《こうしょう》した。

――愚か者め。我はおまえのものではない。執着するな。

「おいっ、止まってくれ」

わたしは荷車を止めさせ、その前にひれ伏して叫んだ。

「いま一度、どうか、いま一度、やらせてくださりませ。無心に、ただひたむきに彫りたいのです。お導きくださりませ。どうか、どうか」

――ならぬ。

仏は厳しい声で突き放した。

――迷え。おのれひとりで、迷え。迷うて迷うて、迷いぬけ。

その声は、父の声のようにも、延寿の声のようにも聞こえた。慈悲の色は微塵もなかった。

――それが、おまえの宿命ぞ。

「なんと……」

わたしは地べたに額をこすりつけて泣きじゃくった。車夫や弟の定覚《じょうかく》や小仏師たちが唖然《あぜん》と見つめる中、地べたに突っ伏して身悶えした。

その頭上に、初めて披露したときの人々の声が重なり合って降りそそぐ。

――見事な初仕事じゃ。ようやった。

――幼い頃から図抜けた腕じゃったが、まさかここまで才あるとは。いや、驚かされた。ゆくゆくは父の跡を継いで大仏師になれよう。楽しみじゃ。

――父親とは違う、自分なりの特徴が早くも出ておる。いやはや、たいしたものだ。

賞賛、期待、羨望。輝かしい未来。晴れがましいはずの言葉の嵐《あらし》が、荊《いばら》の鞭《むち》になってわたしのからだを打ち据えた。

「やめろっ。やめてくれ！」

手を振りまわして懸命に避けようとするのに、鞭の雨は執拗《しつよう》に迫り、容赦なく襲いかかってくる。

（違うのだ。できたと思ったのは思い上がりだった。わたしには見えぬ。自分が求める御仏の姿が見えぬ。いや、自分が何を求めているのかすら……）

賞賛のざわめきがふっと止み、怒号に変わった。

――身のほど知らずの愚か者め。おまえはこれまでじゃ。

――気が狂うたか。よいざまじゃ。

耳をつんざく非難の嵐の中、わたしは虚空に向かって手を合わせ、必死に叫んだ。

「頼む。教えてくれ。わたしのどこがいけない。何が足りない。どうか教えてくれ。誰でもいい。頼むから教えてくれ、なあ、誰か」

わたしが手を伸ばしてすがりつこうとすると、車夫たちはたがいに顔を見合わせ、気味悪げにあとずさった。

「よし、ここで休憩にしよう。皆、休んでくれ」

定覚が他の者に弁当を使うように言いつけ、皆、てんでに、道から外れた枯草が敷き詰められた窪地に散っていった。

「さあ、兄者」

弟はわたしを抱え上げるようにして起きあがらせ、路傍の松の木の下へ連れて行くと、根元に坐《すわ》らせ、腰に吊《つ》るしていた竹筒を外してさし出した。

「飲みなされ。あいにく酒ではのうてただの水ですが、落ち着きますよ」

「ああ」

わたしはうっそりとうなずき、震える手で竹筒を受け取ると、ぼんやりしたまま口に運んだ。

だが水は喉を通っていかない。烈しく噎《む》せ、口から溢れ出した水は首筋や布子《ぬのこ》の胸元をしとどに濡《ぬ》らした。

喉がきつく締め上げられる苦しさに咳込《せきこ》みながら、わたしはだらしなく嗚咽《おえつ》を漏らした。

その背をさすりながら、定覚は車上の像に目をやった。

「兄者は、夜もろくに寝ず精魂詰めすぎたせいで、気が昂《たか》ぶっておられるのです。あのお像は、兄者がどう思おうが、誰がなんと言おうが、出色の出来。それ以上、何を望まれるのか。このわたしなぞ、あれを見るたびに、わが身の非才にうちのめされ、毎晩夢を見るのですぞ」

「なんと？」

「お像を彫ることが、いまの兄者のように、おのれの精魂と血肉を削りさえすればできるのなら、わたしとて厭《いと》いはしませぬ。わが命を注ぎ込んでも悔いはせぬ。兄者のようになりたい。少しでも追いつきたい。子供の頃から、ひたすら兄者の背中を見てやってきたのです。兄者が女にうつつを抜かしておるときも、わたしは女には目もくれずやってきた。悲しいほど不器用なわたしでも、たゆまず努力しつづければ、技は遅々としてでも上がります」

定覚はちいさく微笑《ほほえ》み、ふっと自分の腕に視線をおとして言葉を継いだ。

「しかし、小手先の技ではどうにもならぬ。あのお像を見せられて、わたしは突き落とされてしまいました。毎晩見る夢は……自分のこの両腕の肘《ひじ》から先が、すっぽり無い夢です」

両腕を抱くようにからめて突き出し、喉の奥から軋んだ声をしぼり出した。

「この両腕が……」

「腕がないと？」

意味がわからず、わたしはふり返って弟の顔を見つめた。

「わたしは地べたを這いずって、必死に自分の腕を探しているのです。泥まみれで地べたを這いずって、それでも腕は見つからない。腕のない仏師。洒落《しゃれ》になりませぬな。おかしな夢でしょう？」

死んだ母親似のほっそりした優顔をゆがませ、それでも精いっぱい笑ってみせた。

夢ですよ。ただの夢です。

「さあ、そろそろまいりましょう。お像が待ちくたびれておられます。早う連れていけ、早う落ち着かせろ。そう怒っておいでです。ささ、立ってくだされ。腕なし仏師に担《かつ》がせるおつもりですか。そんなご無体な」

明るい調子で言いたてて兄を起きあがらせると、衣についた泥や枯葉の屑《くず》を盛大にはたき落とし、わざとおどけた大声で皆に出発を命じた。

「冬の陽は短い。長居すると、柳生の山里は冬眠前の熊や狼《おおかみ》が出るぞ。食われる前に、それぞれ、とっとと行こうぞ」

どうなることかとこちらの様子をちらちら窺っていた者たちは、皆、ほっと安堵の顔で集まってきて、御仏を運ぶ車はようやく進み出した。

「すまぬ。わたしは自分のことしか考えられなんだ」

わたしが並んで歩く定覚に小声で詫《わ》びると、弟はひどく寂しげな顔でかぶりを振った。

「なんの。わたしの取り得は兄者の背を押すことなのでしょうから」

ひょうきんで場をなごませる明るい性格なのはいいが、ときとして軽薄にすぎるところがある。仏師はただの職人ではない。人を圧する威厳や気性のきつさが必要だ。それを欠いては大物にはなれぬ。常日頃、父や寺の重職たちにそう諫《いさ》められている定覚だ。

「兄者を羨《うらや》み妬む気力はもう、とうに消え失《う》せました。人にはもって生まれた役割がある。どうにもならぬことに抗うのは馬鹿《ばか》げている。違いますか？」

そのときだけは強い視線で、弟は兄を見据えた。

七

奈良の町は師走《しわす》の烈風が吹きすさんでいる。

夜闇の中、火の粉が吹雪のようにきらめきながら舞い狂う。あちこちから立ち昇る火柱に照らされ、真昼のように明るい。炎は風に煽《あお》られて散り散りにちぎれ飛び、地上を横薙《な》ぎに舐めていく。

「金堂に火がついたっ」

誰かが叫んでいる。

「逃げろっ。焼け死ぬぞっ」

木々も建物もたちまち炎につつまれ、轟音《ごうおん》とともに崩れ落ちた。

逃げまどう群衆の姿が影絵のように照らし出されている。群衆はこちらに押し寄せ、目の前で折り重なって倒れる。

耳をつんざく轟音、腹に響く地鳴り。巻き上がる火の粉と熱風。

治承《じしょう》四年（一一八〇）十二月二十八日。平氏の大軍勢が南都に攻め寄せた。

かねて平氏の横暴に怒りを募らせていた南都諸寺の大衆《だいしゅ》たちは、以仁王《もちひとおう》の挙兵を機に、近江の園城寺《おんじょうじ》や諸国の源氏と連携して反抗を強めていた。これに対して清盛は、息子の重衡《しげひら》に命じて園城寺を焼討《やきうち》させ、軍勢はそのまま奈良へ向かって押し寄せてきたのである。

南都七千人の大衆は結集して戦いに挑んだ。

「一兵たりとも仏敵を踏み入れさせてはならぬ」

老いも若きも僧衣の下に鎖帷子《くさりかたびら》を着込み、白帽子《しろぼうし》の上に兜《かぶと》をかぶって、奈良への入口の奈良坂と般若寺の古城郭に詰めた。街道を遮断し、あちこちに逆茂木《さかもぎ》と盾を立て並べて防衛線を張り、襲撃を待ちかまえた。わたしも父や一門の者たちとともに加わった。

平氏軍は四万余。総大将の頭中将《とうのちゅうじょう》平重衡は兵を二手に分け、同時に攻めかけてきた。

夜明けから夕刻まで、果てしなく激闘がつづいた。わたしは一門の者たちや町衆と一緒にもっこを担いで投石の石つぶてを運び、塹壕《ざんごう》にもぐり込んで竹槍《たけやり》で敵勢の馬の横腹と脚を狙《ねら》った。

騎馬軍団が怒濤《どとう》のような地響きを上げていっせいに疾走してくる。馬が蹴散《けち》らす土砂を頭から浴び、地べたに突っ伏して蹴倒されるのを避けた。

矢が横殴りの雨のように飛び交い、ばらばらと降ってくる。

ひゅんっ、
鋭い音とともに矢が頭のすぐ横を飛んでいった。一瞬、息が止まりかけた。

「おう、運慶。無事か？　怪我《けが》はないか？」

顔も手脚も泥だらけの僧兵が野太い声で叫びながら駆け寄ってきた。

坂四郎栄覚《さかのしろうようがく》。武者顔負けの怪力と刀と弓の腕前で南都一の悪僧と知られる強者《つわもの》だ。

平素は人の嫌がる力仕事を一手に引き受け、暇があれば町の子らと遊ぶ気のいい男で、よく工房にも顔を出して、用材切りや運びを手伝ってくれる。

僧衣の上に萌黄縅《もえぎおどし》の腹巻を着込み、さらに黒糸縅《くろいとおどし》の鎧《よろい》を重ね着て、白帽子の上に鎖《くさり》錣《しころ》の五枚兜《ごまいかぶと》。左右に白柄《しらえ》の大長刀《おおなぎなた》と黒漆の太刀をかい込み、荒い息をついている。

わたしは荒ぶる武神のようなその姿に目を奪われながら、声を励まして訊いた。

「栄覚どの。とうてい持ちこたえられぬ。じきに破られるぞ。どうする」

騎馬の平家勢は柵《さく》を破り、次々に乗り越えて、徒歩の僧徒をさんざんに蹴散らしている。

勝鬨《かちどき》の雄叫びが津波のように押し寄せてくる。

「おうよ。おぬしらは早う立ち退け。寺にもどって守りを固めるのだ」

「おまえさまはどうする。ここで討ち死にする気か」

「いんや。そないに容易《たやす》く死んでなるか」

栄覚は鼻の孔をふくらませて力強い声で言い放った。

「転害門《てがいもん》まで引き、なんとしてもそこでくい止める。そこがわれらが仏都の、最後の結界じゃ。そこから先に仏敵を入れてなるものか」

聖武天皇がこの日本国を守護する総国分寺として建てられた東大寺。その西門は、害を転じて福と成すとの願を込めて、転害門と呼ばれている。

――われらが仏都。最後の結界。

その言葉は、雷のようにわたしの胸を打った。

「御仏を守るがおぬしの仕事。御像一体、一堂たりとも、断じて損じてはならぬ。わかったら、早う行け。仏師ども、皆、運慶につづけっ」

鬼神のごとく両目をかっと剝《む》き、口を大きく開いて吠《ほ》えた。

「神仏を怖れぬ下郎の輩《やから》ども、いざ、かかってこいっ」

両脚を踏ん張り、大長刀を地面に突き立てて、大きく一つうなずいてみせると、同宿の僧兵十数人を引き連れ、敵勢に向かって突進していった。

師走の爛《ただ》れるように赤い残照が散乱する死骸《しがい》を容赦なく照らしている。

奈良坂と般若寺の防衛線を打ち破った平氏勢は、怒濤のように町に迫った。

日没になると、師走二十八日の夜空に月はなく、あたりは足の踏み場もさだかでないほど真の闇につつまれた。

同士討ちを怖れた平氏勢は盾を割って松明《たいまつ》にすると、次々に町屋に火を放った。

折からの烈風に、火の手はみるみるいくつにも分かれて縦横無尽に町を這い舐め、興福寺と東大寺の伽藍《がらん》にも吹きつけた。

すでに勇猛剛毅と名のある僧兵たちの大半が討ち死にしてしまっている。怪我を負った僧兵らで自力で歩ける者は折れた長刀を杖《つえ》とすがり、幽鬼さながらの無残な姿で吉野や十津川のほうへ落ち延びていった。

歩行もままならぬ老僧や、経蔵を守るために残った学侶《がくりょ》、寺稚児や女童《めのわらわ》、奴婢《ぬひ》、それに兵馬に追われた町衆たちが、われ先に東大寺の大仏殿や興福寺に逃げ込んでくる。

南への街道筋も町衆たちが殺到している。荷車に精いっぱいの家財道具と幼い子を載せ、水で濡らした菰《こも》で覆《おお》って火がつくのを防ぎ、車輪もちぎれ飛ばんばかりの全速力で逃げていく。

「おまえらも逃げよ。熊王丸を頼むぞ」

わたしは老僕と下女に、熊王丸と大事な工具類を春日野の南、高円山《たかまどやま》のあたりに避難させるよう命じた。

「万が一、そこにも火の手が迫ったら、山裾《すそ》づたいに南へ下り、そこから山中に入れ。なんとしても柳生の里へたどり着いて、円成寺に逃げ込め。大日如来をお納めした誼《よしみ》がある。かならず匿《かくま》ってくれるはずだ。熊王丸、泣いてはならぬ」

八歳にしては小柄でおとなしく、泣き虫の息子に言い聞かせると、熊王丸は必死に涙をこらえ、歯を食いしばって訊いた。

「おとうは一緒に行かぬのか？　もしもおとうが死んだら、わしらはどうなるんじゃ」

「この痴《し》れ者め！」

息子の頭を容赦なくはたいて一喝した。

「ようも意気地のないことを言いよって。万が一そないな仕儀になったら、おのれの力で生き延びよ。それくらいできぬでどうする。それでも運慶の子か」

「おとう、死んではならぬ！」

熊王丸はわたしの顔を光る目で睨み据え、悲鳴のような声をほとばしらせた。

八

工房は工人や見習い仏師たちが寝ずの番で守っているが、そこももはやあぶない。

「父上、せめて御衣木《みそぎ》だけでも運び出しましょう」

木像を造る用材を御衣木と呼ぶ。工房の内外にはその御衣木が山積にしてある。乾燥させて寝かせておくためだ。伐《き》り出してきたままの丸太、樹皮を剥《は》いだもの、すでに角材にしてあるもの。なかには樹齢数百年の巨大な木曾《きそ》ヒノキもある。いずれ丈六の大像をつくるための貴重な用材だ。

「無駄だ。とうてい運びきれぬ。それより」

父康慶は場違いなほど落ち着き払った態度で命じた。

「諸堂のお像をお守りせねばならぬ。われらの命にかえても、守りきらねばならぬ」

聖武天皇が建立した興福寺の東金堂《とうこんどう》は寛仁《かんにん》元年（一〇一七）に焼失し、十四年後に再建された。本尊は薬師如来で、その後堂には敏達《びだつ》天皇の御代に新羅《しらぎ》より請来されたという釈迦如来のお像がおわす。本朝の仏法の初源の御像だ。

光明皇后が生母 橘 三千代命婦《たちばなのみちよみょうぶ》のために建てた西金堂《さいこんどう》も、永承《えいしょう》元年（一〇四六）

の大火で焼失。再建に三十一年もかかった。本尊の乾漆《かんしつ》釈迦如来坐像とともに、十一面観世音菩薩がおわす。とある池中から御首を現したという自然涌出《じねんゆじゅつ》のお像だ。そして、それを守る十大弟子と八部衆ら眷属《けんぞく》の神々。いずれも創建当時からの由緒《ゆいしょ》ある天平仏である。

「手分けしてお運びするのだ。わしらは東金堂へ行く。運慶、おまえたちは西金堂だ」

康慶の大声に、わたしと五、六人の若い仏師らが弾かれたようにいっせいに飛び出した。

「堂に燃え移るぞ。急げっ。急げっ」

わたしは走った。煙を吸ってしわがれた大声で叫びたてながら、無我夢中で走った。あたりはすでに火の海だ。火のついた木切れがあちこちに散乱し、煙がくすぶっているのを、高下駄《たかげた》で踏み散らして走った。

火を消すのは無理だ。炎が炎を呼ぶ。

境内はどこもごったがえしている。

人垣をかき分けて進んだ。火の粉が烏帽子《えぼし》に落ちてぶすぶすと煙を上げている男。負ぶった赤子のやわらかい頭髪が麦わらのように燃え、ずるりと頭皮が剝けて垂れ下がっているのも気づかず、人を突き退けて逃げようとする女。木の根元にしゃがみ込んで一心に念仏を唱えている老婆。どの顔も呆《ほう》けたような虚《うつ》ろな目で、そのくせ歯をむき出して、鬼の形相を浮かべている。

生きたい本能、死にたくない本能、他人を犠牲にしても、自分だけは助かりたい我欲。人間の本能と我欲がむき出しでうごめいている。

「塔が燃えている！」

誰かが悲鳴を上げた。

東金堂の五重塔と、南円堂の三重塔。猿沢池に面した南大門の左右に並び建つ二つの塔が、巨大な火柱になって燃え上っている。どす黒い煙が各階の連子窓から噴き出し、その真っ赤な身体《からだ》を覆《おお》いまとわりついている。

わたしにはその光景が、紅蓮《ぐれん》の炎の光背を背負った巨大な不動明王の姿に見えた。二体の不動明王が憤怒《ふんぬ》の炎を噴き出し、天を怖れぬ人間どもを呪《のろ》って叫びたてている。塔頂の銀色の九輪が下から朱金に変わり、頂上に達して真紅の矢となるや、ぐらりと傾き、斜めに落下して地面に突き刺さった。

西金堂はすでに、連子窓から青黒い煙が噴き出し、内側から燻《くすぶ》っていた。男たちが寄ってたかって扉や壁を打ち壊さんと、躍起になって大木槌《きづち》を叩《たた》きつけている。

「やめろっ。堂内に空気を入れてはならぬ。火勢が強まって一気に燃え広がるぞ」

わたしは大声で叫び、細くこじ開けた扉から中へ飛び込んだ。

内部は煙が充満して渦を巻いていた。屋根の一部が落ち、そこから蛇のような長い炎が何匹も身をよじり、絡《から》み合いながら入り込もうとしている。

火炎の蛇はすでに、本尊釈迦如来と観音菩薩にもからまりつき、這《は》いずりまわっていて、近づくことすらできない。

「南無《なむ》釈迦牟尼仏《しゃかむにぶつ》。南無《なむ》観世音菩薩《かんぜおんぼさつ》。なにとぞお赦《ゆる》しを。お救いできませぬ。どうか、お赦しくださりませ」

頭を垂れて合掌すると、わたしはついてきた仏師らに大声で命じた。

「十大弟子と八部衆をお助けする。一体でも多く運び出せ」

軽い乾漆像しか運び出せない。

――一体でも多く。

それしか考えられなかった。

わたしは阿修羅《あしゅら》像を両腕に抱えた。

「いくぞ。いいか、焦るなよ」

小仏師たちとうなずきかわし、三人がかりでそっと横にすると、上半身、腰、脚部をそれぞれが抱きかかえた。蜘蛛《くも》の足にも似た六本の細く長い腕を折らぬよう、着ていた浄衣を脱いでくるみ、他の者たちにもそうさせた。

「足元に気をつけろ。何が落ちているかわからん。踏み抜くと大怪我するぞ」

煙が沁みて涙がとまらない目を必死にこじ開け、薄闇の中をそろそろと移動すると、半開きの扉からようやく外に運び出した。

外に出ると、新鮮な空気が一気に肺腑《はいふ》になだれ込んできた。

「うっ、うぐっ」

噎《む》せて苦しい。息が詰まる。

手が痺《しび》れて像を取り落としそうになるのを、指に力を込めて懸命に耐えた。

「気を抜くな。このまま猿沢池の畔《ほとり》まで突っ走るぞ」

万が一、火がついたら、池に投げ込む。

(お赦しくだされ。お救いするにはそれしかないのです)

心の中で話しかけ、無意識に阿修羅の顔を見た。

阿修羅の目がわたしを見ていた。

かすかに眉《まゆ》を寄せ、哀《かな》しげにも、心の痛みをじっと耐えているようにも見える、繊細な少年の顔。

ものごころついたときから、毎日のように見て、慣れ親しんだお顔だ。真っ赤に塗られた三面六臂《さんめんろっぴ》の異形ながら、その姿は血肉を備えた生身の人間に見える。

（微笑んでおられる）

安心しきっておられる。

不意に、胸の奥から愛《いと》おしさがこみあげた。

四百五十年もの歳月、この若き阿修羅は、薄暗い堂内でひたむきに御仏を守って立ちつづけ、この世を見つづけてきた。人々の祈りを聴きつづけてきた。それなのに、こんな悲惨な目に遭い、それでも、やわらかな笑みを浮かべている。

仏師にとって、御仏の像はこのうえなく尊い。仏師はそのために僧侶に劣らぬ修行をみずからに課す。身を律し、戒律を守って日々暮らし、暇さえあれば読経《どきょう》と写経に励む。護摩を焚《た》き、密教の修法を実践する。山に籠って荒行する者もいる。

――わが身とわが心が穢《けが》れておって、尊い御仏を造ることができるか。

師匠である父からそう教えられてきた。怖れと敬虔《けいけん》な信仰心が仏師を仏師たらしめる唯一の法だ。そう信じてきた。

だが、このときわたしは、畏怖《いふ》や崇敬やありがたさより、それよりこの阿修羅に、愛おしさを感じてしまった。怒りを支えにして必死に生きている、一人の孤独な少年。苦しみや悲しみの中にさえ、喜びと希望を見出すやわらかな精神。そして、それゆえに深く傷つく心。

溢《あふ》れそうになる涙をこらえ、わたしは彼を両腕に抱きかかえなおした。

わたしは阿修羅像を両腕に抱え、その顔をじっと見入った。

美しい。触れれば産毛《うぶげ》のやわらかさまで感じられそうなふっくらした頰、ひそめた眉、愛らしい唇。側面の唇を嚙《か》みしめた怒りの顔ですら、痛々しくて愛おしい。

阿修羅は、もとは荒ぶる神だった。神とはいえ、好んで他者と争い戦う酷薄非情の外道であった。それが仏法に出会い、初めておのれの心を深く見つめることを知った。戦う相手は他者ではなく、実はおのれ自身であることを知った。知ることで怖れを知り、苦しみを知ったのだ。この天平時代に造られた像は、そういう阿修羅の本性と目覚め、それゆえの苦悩をまざまざとあらわしている。

それにしても、仏師はどうして、少年の姿であらわそうと考えたのか。強い怒りと荒ぶる魂をあらわすために全身を赤く塗りたてながら、姿かたちは繊細な少年。その落差、いや、それどころか相反する概念を一つにまとめようとしたのか。

仏師は何を考え、何を目指したのか。

一つだけ、はっきりわかる。仏師は誰か生身の少年の姿と表情を、そっくりそのまま写し取ったに違いない。それだけは確かだ。

「兄者。早うっ。屋根に火がまわりましたぞ。早く離れぬと崩れ落ちます」

定覚が悲鳴のような声を上げた。

「よし。猿沢池にお運びするぞ。急げ。それっ、行くぞ」

エイ、ホッ。エイ、ホッ。

声を掛け合って呼吸を揃《そろ》え、必死に走った。地面のあちこちに散らばった木片がぶすぶすと煙と炎を吐き散らし、風にあおられて枯草に燃え広がっている。それを蹴散《けち》らし、踏みにじって、走った。

転がるように南大門前の石段を駆け下り、ようやっと阿修羅を池の土手に運ぶと、池の水を頭からかぶり、すぐさま西金堂に取って返した。

時折粉雪も舞う厳寒の夜だというのに、燃え盛る火熱で寒さを感じるどころか、全員、びしょ濡れの衣から湯気を立ち上らせている。

「火の勢いが強い。入るのはもう無理だ」

寺僧が口々に叫んでいるが、誰も諦《あきら》めようとしない。どの顔も不動明王さながら真っ赤に火照《ほて》り、汗をしたたらせて、無我夢中で走りまわっている。

九

朝になって明るくなると、あたり一面、焼野原になっていた。

興福寺の伽藍《がらん》はことごとく焼失。金堂、東金堂、西金堂、五重塔、三重塔、北円堂、南円堂、唐堂、講堂、喜多院の二階堂、南大門、僧房数十棟、食堂《じきどう》、大湯屋、その他大小の堂宇、総数三十八。何一つ残っていなかった。

ところどころまだぶすぶすと煙を吐く黒焦げの柱や立木が無惨な姿で残り、そこらじゅう焼けただれた瓦礫《がれき》が散乱し、焼死体《し》があちこちに転がっている。

平氏の軍勢は春日野に陣を布いた。春日明神の神域の森まで兵馬がわがもの顔で陣どり、神木を伐って焚火で暖をとり、煮炊《にた》きして休息をとっている。兵士たちは槍を抱えたまま兜を枕《まくら》に眠りこけている。どす黒い隈《くま》と煤《すす》にまみれた顔でおどおどと周囲を窺《うかが》う兵もいる。報復を恐れているのだ。

わたしたちはそれを横目に、憤怒と憎悪《ぞうお》にはらわたを煮えくり返らせながら、瓦礫を掘り返して遺骸《いがい》を捜し、戸板や荷車に乗せて運ぶ作業に追われた。

歩くだけでもうもうと舞い上がる灰塵《かいじん》を防ぐために鼻と口を布きれで覆い、煙にやられてひりつく目をしょぼつかせながら、黙々と動いた。

春日野に掘った大きな穴に死骸をまとめて投げ入れる。皆、口々に「南無阿弥陀仏」とつぶやき、掌《て》を合わせて頭を垂れると、また重い足を引きずってもどるのだ。

（栄覚どのはどうなったろう）

あれきり姿がないところをみると、奈良坂か転害門で骸《むくろ》になっているか。葬《ほうむ》ってやることもできない。

（おまえさまの勇ましい姿、この運慶がずっと憶《おぼ》えておるから。絶対に忘れはせぬから）

それだけが、いまの自分がしてやれる唯一《ゆいいつ》の弔いだ。そう思いながら平氏の本陣の前を通ると、幔幕《まんまく》の前に据えた床几《しょうぎ》に腰かけている大将重衡の姿が見えた。

恰幅《かっぷく》のいい肥えたからだに赤紫裾濃縅《あかむらさきすそごおどし》の、いかにも平家の御曹司にふさわしい華麗な大鎧を着込み、まだ金覆輪《きんぷくりん》の大太刀を佩《は》き、大兜をかぶったままだ。兜の巨大な鍬形《くわがた》が陽に照らされて金色にきらめいている。

重衡は相国《しょうこく》入道清盛の五男坊で、文武に秀《ひい》でて陽気で快活な気性が人に愛され、兄弟の中でいちばん清盛の若い頃に似ていることもあって、秘蔵っ子と評されている。

そう聞いたことがある。たしかに、色白で豊頬《ほうきょう》、なまめかしい色気が匂《にお》い立つ、見るからに育ちのよさそうな貴公子だ。

いかにも威厳ありげだし、泰然自若と落ち着きはらっているようだが、しかし、わたしは見逃さなかった。

その一見のどかにも見える無表情は複雑な感情に揺れていた。勝ち戦の興奮、父の命令を完遂した満足感、予想以上の大惨事を引き起こした怯《おび》え。眼前にひろがる焼野原に心あらずというふうに視線を漂わせ、ときおり爪《つめ》を噛みかけては、自分の無意識の行動に顔をしかめる。

周囲にはやはり華麗な甲冑《かっちゅう》姿の重臣たちが興奮の態で動きまわっている中で、その姿はひどく孤独に見えた。

視線を感じたか、彼の目がつと泳いで、わたしを捕えた。

わたしは棒立ちのまま、その視線を受け止めた。

──おまえは何者だ。

大兜の下の目がそう問うた。

──何者でもいい。忘れぬぞ。昨夜のことは忘れぬ。恐れおののいているいまのおまえを、わたしは忘れぬぞ。

——なにっ。

ほんの一瞬の斬《き》り合いだ。刃と刃ではなく、視線で斬り結んだ。

重衡は頬をひくつかせて床几から腰を浮かせると、

「引き揚げだ。者ども、いざ、勝鬨《かちどき》をあげよ！」

大声で叫んだ。その声が、わたしには悲鳴に聞こえた。

平家勢は、打ち取った大衆の首級《くび》数十を槍の穂先に突き立てて凱旋《がいせん》していった。その中には血糊《ちのり》にまみれた坂四郎栄覚の首級もあった。

火はまだ燃えつづけている。ようやく消火しても瓦礫の灰の中にはまだ熾火《おきび》がひそんでいて、一日もしてからふたたび炎を噴き出して燃えあがるのだ。焼け残った立木が突然、白煙を噴いて火柱になる。

行方の知れぬ家族を捜しにきた老婆《ろうば》が、かろうじて焼け残ったあでやかな女の衣の袖《そで》と白い腕をかき抱いて泣き叫んでいる。娘か、孫か。

「東大寺も悲惨なありさまで、手がつけられん。加勢を頼みたい」

寺僧に請《こ》われて行ってみると、目を疑う光景が広がっていた。

大仏殿の二階には千七百人以上が逃げ込み、敵を昇らせまいと梯子《はしご》を外してたてこもったが、猛火はそれごと呑《の》みこんだのだ。

十六丈の盧舎那《るしゃな》大仏は御首が平石敷の床の上に落ち、御体はどろどろに鎔《と》け崩れて、黒々とした金物の小山になりはてていた。

「二階にこもった者たちは全員、蒸し焼きだ。ひとりも生きておらぬ。惨《むご》すぎる」

顔見知りの若い沙弥《しゃみ》が煤だらけの顔をゆがませて呻《うめ》き、

「地獄だ。地獄の業火《ごうか》だ」

天をふり仰ぎ、狂気のように喚《わめ》きたてた。

「殺せ！　殺せ！　いっそわしらも皆殺しにしろ」

「黙れ！　黙らぬか」

わたしは沙弥の胸倉をつかんで突き飛ばし、

「地獄だと？　この骸たちが地獄に落ちるどんな悪業を犯した。地獄なぞであるものか」

悲鳴を上げて泣きじゃくる沙弥の背を、力の限り打ち据えた。

二階は崩れ落ちて死骸と瓦礫が折り重なって山になっていた。

上のほうの骸は性別もわからぬほど焼け焦《こ》げており、持ち上げようとするとずるりと皮がはがれて、赤剝《む》けの肉塊になる。それを鍬《くわ》でかき集めて桶樽《おけだる》に放り込む。肉や髪が焼ける異臭に何度も吐き、赤子とおぼしきちいさな塊に目をそむけた。

だが、すぐに麻痺《まひ》した。馴《な》れた。怒りも、哀れみも、何も感じなくなった。

死骸の山が少しずつ減ってきて、下のほうになると、焼死体より押しつぶされて圧死した死体のほうが多くなった。血反吐《へど》と煤にまみれた顔、ぐにゃりと折れ曲がった足、飛び出してぶら下がっている眼球。その前ではもはや、念仏も陀羅尼《だらに》も頭に浮かばなかった。

歩き巫女《みこ》姿のうつぶせの死骸があった。背中から腰、脚まで背面は焼けただれている。その骸をもちあげようとして、ふと顔を見て、呆然《ぼうぜん》とした。

「延寿……」

わたしを翻弄《ほんろう》した唯一の女。わたしが愛した唯一の女。わたしを救った唯一の女。わたしの手で、その姿を大日如来像に写しとられた女だった。

「延寿、延寿！」

その顔は奇跡的に無傷で、まるで眠ってでもいるようにやすらかだった。

わたしは彼女のからだをかき抱き、揺さぶりたてた。

「おいっ、起きろ。目を開けろ。死ぬな。おい、おいっ、延寿」

頬を叩き、口に耳を寄せて、無駄と知りつつ、まだ息をしていないか確かめた。

そのたびに彼女は頭をぐらぐらさせ、まぶたがめくれあがって白目になった。

「おまえ、こんな近くにいたのなら、なぜ、わたしのところに帰ってこなかった」

なにゆえ、たったひとりで死んだ。なぜだ。

身を売りながら放浪していたのか、衣は薄汚れ、見るからにうらぶれている。白粉《おしろい》を塗りたて、唇にも頬にも毒々しいばかりに濃く紅を刷《は》いているが、すっかり面やつれして、肩の鎖骨が突き出すほど痩《や》せ細ってしまっている。法皇の宮に召されるほどの今様の名手、美貌《びぼう》と才気を誇った美妓のおもかげは、どこをさがしてもなかった。

「運慶よ、この女人、この柱にしがみついていたらしいな」

兄弟子の快慶《かいけい》がわたしの肩にそっと手を置き、やさしい声でつぶやいた。

「そのおかげで、きれいな顔のままだ」

延寿が伏していたところを見ると、たしかに、堂柱の破片が一尺ばかり、焼けずにもとの朱の色を残していた。

「いや、胸にかき抱いて、自分のからだで守っていたのかもしれぬな」

その言葉に、わたしの目からどっと涙が噴き出した。

どこか遠くから、寺僧たちの会話が聞こえる。

「興福寺内だけで八百余人。この大仏殿で千七百余人。元興寺《がんごうじ》で五百余、新薬師寺は三百余だそうだ」

「合わせて三千五百人を超す。討死した大衆《だいしゅ》は千人以上」

「法相《ほっそう》、三論《さんろん》、華厳《けごん》の法門聖教《しょうぎょう》は一巻残らず消え失せた。堂宇、諸像も数えるほどしか残っておらぬ。本朝はもとより、天竺《てんじく》や震旦《しんたん》でも、これほどの法滅《ほうめつ》はいまだかつてなかった。これからどうなるんじゃ」

「死んでも地獄。生き残ったわしらも生き地獄じゃ」

はてしない嘆きを、わたしは延寿の形見となった柱の破片をきつく握り締め、ただ呆然と聞いていた。

十

「無事にお救いできた」

筵《むしろ》と戸板を敷いて横たえた諸像を、わたしは舐《な》めるように観察した。大惨事の数日後だ。

興福寺西金堂に安置されていた八部衆は、阿修羅以外の七体も無事に運び出せた。薄暗い堂内の須弥壇《しゅみだん》にあったときにはわからなかった細部の造形、表情、全体の調和。

腰に巻いた天衣はきらびやかで精緻《せいち》な彩色がまだ残っている。

頭に象の冠をかぶる青年武将の五部浄《ごぶじょう》。竜宮に住んで雨を呼ぶ龍《りゅう》の化身の沙羯羅《しゃから》も、阿修羅とおなじ年頃の少年の姿。鳩槃荼《くばんだ》は夜叉《やしゃ》で、もとは死者の魂を吸い取る悪鬼だった。帝釈天《たいしゃくてん》の宮で簫《しょう》を吹く、音楽と酒の神乾闥婆《けんだつば》。除害招福をつかさどる金翅鳥《こんじちょう》の迦楼羅《かるら》は、頭部がくちばしのある鳥で体は人の姿。毘沙門天《びしゃもんてん》の眷属《けんぞく》とも帝釈天宮の音楽の神ともいう緊那羅《きんなら》は半人半獣で、前頭部に一角を持つ。畢婆迦羅《ひばから》は摩睺羅伽《まごらか》ともいい、口や顎《あご》に髭《ひげ》を蓄えた勇ましい武人の姿。阿修羅以外は全員甲冑を身にまとい、仏法の守護神であることをあらわしている。

「ようも無事にお守りできた。お救いできた」

あらためてそう思う。

あの業火の中から救い出せたのは、この像たちがそれを望んだからだ。生き残ることを望んだからだ。

だが、おなじ西金堂で救い出せたのは、あとは十大弟子像だけだった。いよいよ火勢が強くなり、堂内はすでに火の海で、断念せざるをえなかったのである。

釈尊の高弟たちの像は、あばら骨がごつごつ浮き出た痩身《そうしん》、顔に皺《しわ》を刻んだ老体、まだういういしい若僧とさまざまで、全員、質素な僧衣を身にまとっている。八部衆とおなじ工房でつくられたものらしく、技法も顔の表情や全体の雰囲気も共通しているのが、間近で見るとよくわかる。

「まるで生きているようだ。どんな仏師たちがつくったのか」

これだけ統一感のある群像を造れるからには、少なくとも数十人の仏師集団がいて、その上に全体を指揮する大仏師がいたのは間違いない。その大仏師がすべての像の構想を立て、下絵を描いた。

乾漆像は、細い木材や塑土でおおまかなかたちを組み立てて芯《しん》にし、その上に麻布と漆を何層にも巻き、塗り重ねる。さらに大鋸屑《おがくず》を漆で練った木屎漆《こくそうるし》を盛って細部を形づくる。指などの繊細な部分は鉄芯を入れることもあるが、金銅の鋳像《ちゅうぞう》に比べれば、はるかに軽く、大がかりな作業や工房の必要もない。飛鳥・天平の頃は寺の伽藍と仏像づくりが国家事業であったから、莫大な資金を投入して鋳像が盛んにつくられたが、その一方で軽便な乾漆像も数多くつくられた。何より、乾漆像は鋳像よりやわらかい肉づけができる利点がある。

わたしはまじまじと見つめ、溜息《ためいき》をついた。

「いまのわたしらには無理だ。とてもつくれぬ」

天平の仏師たちに畏敬と嫉妬《しっと》を同時におぼえた。

天平の時代にも、この興福寺に造仏所があったと伝えられている。東大寺、薬師寺、大安寺、新薬師寺、元興寺、唐招提寺、と大寺が目白押しで、さらに各氏族の氏寺《うじでら》も少なくなかった。仏師たちの仕事は引きもきらなかったろう。

多作と豊富な資金が技術の向上を生んだのか？

いや、それだけではなかろう。

乾漆技法はその後、なぜか廃《すた》れ、いまや絶滅してしまっている。それにとって代わったのが木像だ。天平の頃にも木像はつくられたが、たいていは貴重な香木を使った特殊なもので、数はけっして多くなかった。

「このやわらかさ、まるで生身のような温み。木像ではできぬ。あらわせぬ」

乾漆像に比べると、木像は鋳像ほどではないにしても、どうしても硬い。

「これぞ生きた仏だ。こういう、生きて息をしているような姿を、わたしはつくりたいのだ」

自分の声にはっと驚き、おもわず息を止めて目を閉じた。

瞼《まぶた》の裏に、あの夜の阿修羅の顔が浮かんだ。

愛おしい少年。あの夜の思いがいまの焦燥に重なり、ちいさく呻いた。

仏は人間ではない。人間を超越したものだ。だが、生きた人間の姿を借りて、その姿を示す。だからこそ、阿修羅を造った仏師は、三面六臂に真っ赤な肌の異形に、この現世に生きていた少年の姿を重ね合わせることができた。

（わたしもいつか、つくれるように……）

なる、とは、いまの自分にはいえない。ただ、なりたいと灼《や》けつくように思う。自分の前に、深い洞窟《どうくつ》が大きく口を開けたような気がする。出口のない、真っ暗な洞窟だ。その中をわたしは、手探りでやみくもにさまよっている。

第二章　新しい時代、新しい国

一

「これから大仕事が始まる。いよいよだ」

一門の仏師や工人たちを前に、わが父康慶はいつになく興奮のおももちで宣言した。

「皆、存分に腕を揮《ふる》ってくれ。われらの実力を天下にとどろかせようぞ」

父が檄《げき》を飛ばし、皆はたがいに顔を見合わせて奮い立っている。

焼討から半年、世相は大きく動いた。年明け早々の治承五年一月、誰よりも焼討を嘆かれたという高倉上皇が崩御。父院の後白河法皇は年号を養和《ようわ》元年と改元して院政を再開したが、それからふた月もたたぬ閏《うるう》二月、今度は焼討を命じた張本人の平清盛入道が死んだ。高熱を発してもだえ苦しんだ壮絶な死にざまで、世間は神仏の祟《たた》りと溜飲《りゅういん》を下げ、「熱《あ》っち死」と嘲《あざけ》った。

しかも、平安京の三分の一を焼き尽くした四年前の安元《あんげん》の大火、昨年春京を直撃した巨大な竜巻、加えて二年続きの大飢饉《ききん》、それらがすべて平家のせいにされている。京内外では疫病《えきびょう》も蔓延《まんえん》し、街路に死骸《しがい》が放置されたまま腐敗して、さながら地獄のありさまと聞く。

仁和寺《にんなじ》の隆暁法印《りゅうぎょうほういん》という人が、せめても仏縁を結ばせて供養《くよう》してやろうと巡回して死者の額に梵語《ぼんじ》の阿字《あじ》を記して数えたところ、二ヶ月間で四万二千三百にもなったという。わずか二月《ふたつき》ばかりでそれほどなのだから、その前後や全国津々浦々では、どれほど膨大な死者が出たか。

この奈良でも、焼討で家を失った民たちが町のいたるところに溢《あふ》れている。骸骨《がいこつ》さながら痩《や》せこけたからだに襤褸《ぼろ》を引き被《かぶ》った蓑虫《みのむし》のような母子が、猿沢池の縁で凍死しているのを見たこともある。藻《も》まみれの凍った泥水で餓えをいやそうとしたのか、子は上半身を水に突っ込んで息絶えていた。供養してやりたくても、わずかに被害を免れた用材が焚火《たきび》にして暖をとるために盗み出される事件が頻発しており、寝ずの番で防がねばならず、心身とも余裕がないありさまだ。難民たちよりは恵まれているとはいえ、工房でも食糧不足は深刻で、顔が映りそうに薄い稗《ひえ》と麦の雑炊でかろうじて腹を満たすしかない、この半年だった。父がいま、いつになく声を高くしているのも、皆を鼓舞する必要に迫られてのことなのだ。

古代中国では、天災はすべて天帝が為政者の不徳を責めているせいとされたし、この国でも奈良朝までの天皇たちは責任を感じて深く恥じたのに、いまの為政者たちは、後白河法皇も摂関家も、すべてを平家の悪業のせいにして、自分たちは痛痒《つうよう》すら感じないらしい。

（しかし、そもそも、平家と源氏を自分の損得で好き勝手に使いまわし争わせたあげくに切り捨てたのは、法皇その人ではないか。厚顔無恥でなくてなんだというのか）

わたしは憤怒《ふんぬ》に歯噛《はが》みしたが、当の後白河法皇が、頭上の重石が取れたといわんばかりに東大寺と興福寺の造寺官を任命し、二寺は早々と復興へと動き出したのだから、ありがたく思うしかない。

東大寺では重源上人《ちょうげんしょうにん》が大勧進職を拝命して大仏再建に着手し、興福寺でも再興造仏を担当する仏師が任命された。

宇治平等院の阿弥陀如来像で知られ、「仏の本様」と崇敬された稀代《きだい》の大仏師定朝の本流を名乗り、京七条大宮に仏所をかまえる院派《いんぱ》。定朝の弟子の長勢《ちょうせい》が独立し円勢《えんせい》らが続いた分派で、京の三条に工房を構えて三条仏所と称する円派《えんぱ》。宮中や貴族の注文を一手に引き受けてきたのがこの二つの京仏師集団である。

それに対して、興福寺の造仏所に属して御寺《みてら》仏師と呼ばれるわれら奈良仏師がどこまで食い込めるか。期待と不安に皆やきもきしたが、やっと各堂の造仏担当が発表されると、落胆に変わった。一つも割り当てが与えられなかったのである。

「皆も知ってのとおり、悔しい思いをさせられたが、しかし、やっとのことで、こうしてわれらも仕事ができることとあいなった。徒《あだ》やおろそかな仕事をしては、奈良仏師の面目にかかわる。各自そのことを、いま一度、しっかと胆《きも》に銘じてもらいたい」

康慶の言葉に、皆、ようやく顔を引き締め、大きくうなずいた。京仏師らが面倒がってやらないような、たとえば須弥壇《しゅみだん》の欄干や壁や扉の飾り彫り、せいぜい台座の蓮弁といった、雑多な下請け仕事しかやらせてもらえないと諦《あきら》めかけていたわれらだ。晴れて造仏にたずさわれる喜びに、いやがうえにも胸を躍らせている。

「康慶、控えよ。わしから皆に言っておくことがある」

露骨にいやな顔でさえぎったのは、横に坐している成朝《せいちょう》だった。

成朝はわが父康慶の師である康朝《こうちょう》の実子で、康朝亡《な》き後、自分こそが奈良仏師正統の後継者と自負しているのに、父がその自分をさしおいて僧綱《そうごう》の法橋《ほっきょう》位に叙せられ、棟梁《とうりょう》とみなされているのが面白くないのである。

かつて天平の時代から、仏師はたとえ出自がどうであれ、おのれの才と精進次第で頭角を現し、一門を率いる棟梁になることができた。本来は修行を積んだ高徳の僧しか許されぬ僧綱位を朝廷からいただく身に昇り、身分の垣根を越えて公家《くげ》と対等につきあい、王侯貴族の仕事でも自分の主張を通すことができる。それゆえ、栄誉と富を夢見て野心に燃える若者たちがこぞって集まってきた。

職人や工人の世界の花形、別格であることはいまも変わりないが、しかし、いまや、棟梁の座は親から子へ、直系の孫へと、世襲があたりまえになってきている。

わが父康慶は、康助の跡を継いだ先代の康朝が息子の成朝が一人前になる前に亡くなったため、一門の束ねを託された。むろん実力と人望あってのことで、それを不服に思う者はひとりもいない。

だが、成朝はことさら肩をそびやかして言いたてた。

「当初、金堂と講堂の造仏は七条大宮仏所の院尊《いんそん》と決まったが、わしは三条仏所の明円《みょうえん》どのと諮《はか》り、異議を申し立てた。この二堂は、寺内でもっとも格式が高い堂宇だ。院尊に独り占めされるのはなんとしても承服できぬ。わけても講堂の諸仏は、われら奈良仏師の祖たる頼助《らいじょ》さまが、かつて修造なされた所縁がある。その直系たるこの成朝が任じられてしかるべき筋なのだ」

寺内の重職たちにも無断で、直訴という非常手段にうって出たのだった。

直訴は半分だけ聞き入れられた。

金堂の造仏は法眼《ほうげん》明円、講堂は法印《ほういん》院尊、南円堂は法橋康慶、成朝は食堂《じきどう》の造仏を担当すること——。あらためてそう申し渡されたのである。

無官でとりたてて実績もない成朝があらたに任じられたのは、わが父がひそかに重職を通じて後白河法皇の側近に粘り強く根まわしした結果の、きわめて異例の厚遇である。それでも成朝は、康慶が自分の食堂より格の低い南円堂の担当になったのを誇り、威張りかえっている。

「わしは全奈良仏師を率いる惣大仏師《そうだいぶっし》として、かならずや、院尊や明円にひけをとらぬ仕事をする。皆は万事、わしの指示に従うように。いいか。わかったな」

しつこく念を押したが、実力と人望、統率力、どれをとってもわが父に劣るのは周知の事実だから、皆、鼻白んで目をそらしている。

「運慶、おまえはわしの下で働いてもらうからな。しかと心得ておけ」

成朝は、三歳年下なだけで技量が拮抗《きっこう》しているわたしを配下に置いてこき使おうというのだ。皆が顔を見合わせてざわつきかけるのを、

「どうぞ、ご存分に。よいな。運慶。皆も、よくよく承知しておくように」

康慶は強い声音で制した。

父に成朝をないがしろにする気はない。それどころか、かならず成朝を立てて自分と息子らはその下に位置づけ、皆にも常々そう言い含めている。

「わかっております。なんでもやらせていただきます」

わたしは気もそぞろでこたえた。

いまのわたしは、大仏師として仕事をする自信を完全に失ってしまっている。

(ああ、かまうものか。荒彫りの下働きだろうが、墨付けや木取りだろうが、頭髪の毛彫りだろうが、なんでもあんたの命じるまま、おとなしくやってやる。好きなようにこき使うがいい)

半ばふてくされて、そう観念しつつも、

(そのかわり、恥ずかしいものを造りやがったら、そのときは、皆の前で容赦なく嘲《あざけ》り嗤《わら》ってやるからな。憶《おぼ》えておけよ)

湧《わ》き上がるどす黒い嫉妬《しっと》に唇をゆがませた。

二

その夜、父に呼ばれた。

「運慶、おまえに妻を迎える」

耳を疑った。

「妻？」

「相手は菩提院《ぼだいいん》の院主さまの隠し子だ。院主さまは新別当さまの側近。造仏の任命にも絶大の力がおありだ。悪い取引ではない」

父は仏壇の香に火をつけながら表情一つ変えず言い、その煙を深々と吸い込んだ。

「話はもうついている。嫌やは許さぬ」

このたび、あらたに興福寺別当に任じられた一乗院の信円《しんえん》は摂関家の出で、九条兼《かね》実卿《ざねきょう》と延暦寺の慈円《じえん》の異母兄弟にあたる。貴種中の貴種であり、まだ二十九歳の若さながら、持ち前の覇気で復興の牽引者《けんいんしゃ》になると期待されている。院主はその新別当と肝胆《かんたん》相照らす側近だ。造仏師の任命に便宜をはかった見返りに、厄介者の娘を押しつけてきたのだとわたしは察した。

「わたしはかまいません。仰せのとおりに」

どんな女だろうが、かまやしない。延寿が死んだいま、誰でもおなじだ。

彼女がいつかもどってきて、夫婦になれると考えていたわけではなかった。住む世界が違う。仏師の妻に納まるような女ではない。わかりすぎるほどわかっていた。だが、いざ、死なれてしまうと、心の奥底でいつかそれが実現するような気になっていたことに愕然《がくぜん》とした。

熊王丸と親子三人、川の字で眠る。もっともっと子が増えて、にぎやかになる。知らず知らずにそんなことまで夢想していたのだ。それがかなわぬ夢になった以上、誰でもいいから、早いところ妻を迎えて落ち着きたい。延寿のことを忘れてしまいたい。

「そのかわり、一つお願いがございます。いずれ『法華経』を写経して奉納したいと思い、かねがね料紙を少しずつ買い集めておりました。造仏の仕事が本格的に始まる前に、それを実現させておきたいのです」

その願望は、円成寺の大日如来像を造った頃から持ちつづけていた。

「自分自身に区切りをつけるためです。それだけはどうか、お許しを」

経典の書写は功徳《くどく》を積む善行として、出家・在家を問わず、盛んにおこなわれている。自分の進むべき道、方向を見失ってしまっているいま、ここでいま一度、仏師として原点に立ち返って区切りをつけぬことには、先に進めない。そう思い定めている。

それともう一つ、あの焼討の三千五百余もの犠牲者の魂を慰め、菩提を弔うために、追善供養をしたい。思えば、延寿の亡骸《なきがら》を偶然、発見したのも不思議な巡り合わせ、深い因縁だ。あらためてそう思う。

「これを見てください」

わたしはふところから白布にくるんだものを取り出し、父の前に差し出した。

大仏殿の柱の焼け残りの木片だ。延寿が胸に抱きしめて息絶えていたそれを、寺僧に頼み込んで譲ってもらった。以来、その一部を細長く削り、肌身離さず携えている。いわば延寿の位牌《いはい》だ。

「夢を見たのです。春日の御神が、これを経巻の軸木にせよと」

「なに、御神の夢告とな？」

父はいぶかしげに聞き返したが、わたしは、夢の中の神の顔が延寿であったことは打ち明けなかった。

「よかろう。おまえが願主《がんしゅ》とあらば、他の者たちも喜んで結縁《けちえん》してくれるであろう。それが強い絆《きずな》になり、おまえのこれからを支えてくれよう。それを忘れるな」

父はわたしが迷いの中にいることを見抜いていたらしい。

「熊王丸も結縁に加えてやれ。産みの母の供養になる」

父は慈愛のこもった声音でつけくわえた。

「わたくしに、この子を育てろと？」

新妻の狭霧《さぎり》が熊王丸を睨《にら》み据えて眉《まゆ》を吊《つ》り上げた。

「どこの馬の骨とも知れぬ、卑《いや》しい傀儡女《くぐつめ》の子を？」

「馬の骨ではない。わたしの子だ。わたしの嫡男《ちゃくなん》だ」

「嫡男ですと？　では、わたくしが産むのは嫡男ではないとおっしゃいますのか」

「いやならいい。この子はこのまま婆やに育てさせる。おまえは一切かかわるな」

わたしが頭に血を昇らせて吐き捨てると、狭霧はますます金切声を張り上げた。

「それはなりませぬ。運慶の嫡妻になったからには、わたくしが立派に育てますとも。お見くびりなさいますなっ」

名だたる院主の娘という自負、隠し子という引け目、その二つがこの平凡な容姿の女を勝気にさせている。たかが若手の仏師に嫁がされた屈辱を、その気の強さで克服しようとしているのだ。そう思えば哀れにもなる。

「わかった。よろしく頼む。おまえを大事にして、決してないがしろにはせぬゆえ、どうかこらえてくれ」

本心から言い、頭を下げた。

「約束してくださいまし。どうか」

狭霧は急にしおらしくなり、くたくたと夫の胸に身を委《ゆだ》ねてきた。

「たくさん子を産みます。あなたを助ける子供を」

彼女なりに覚悟と決意をしているのだと思うと、愛《いと》おしさがこみあげた。

「よい子を産んでくれ。仏師になって、わしと熊王丸とともに、新しい世界を創っていく息子らを、おまえが産んでくれ」

抱きしめると、狭霧は声を押し殺して泣いた。泣きながら何度もうなずき、うなずきながら、わたしの背にまわした腕にひしと力を込めた。

三

京七条、法住寺《ほうじゅうじ》の一室。いよいよ『法華経』の書写を始める日だ。

寿永《じゅえい》二年（一一八三）四月二十九日辰《たつ》の刻（午前八時）、願主のわたしをはじめ、結縁者たちが一堂に会している。大施主である延寿の母親の阿古丸《あこまる》が緊張したおももちでわたしの横に坐《ざ》し、かたわらに引き寄せた十一歳の熊王丸の手を握り締めている。

半年前、延寿の遺髪を形見として渡すために京の阿古丸の屋敷を初めて訪れたとき、『法華経』書写を発願していると告げると、彼女はぜひとも協力したいと申し出てくれた。

「あの娘は自分の好き勝手に生きたのですから、悔いはございませんでしょう。ただ、もって生まれた才を無駄にしてしもうたことが、わたくしは母親ではなく芸の師匠として、どうにも口惜しゅうてなりませぬ。他人がどうあがいても望めぬ才をもって生まれたのは、それだけですでに神仏の加護を与えられておるということ。あたら無駄にして赦《ゆる》されるものではございませぬ。もしも延寿が、あの子が落ちぶれて放浪する間にそれに気づいたとしたら、どれほど歯噛みしたことか。人一倍自負心がある、情のきつい子です。せめて、『法華経』の功徳《くどく》で、あの娘の魂を鎮《しず》めてやりとうございます。それに……」

阿古丸はふっと黙り込むと、膝《ひざ》に重ねた自分の掌をじっと見つめてから言葉を継いだ。

「仏師のあなたの子を産んだのも、亡骸をあなたに見つけてもらえたのも、御仏が結びたもうた宿縁にございましょう。その御礼をせねば」

多額の金子を提供してくれ、さらに彼女自身が発願主になって、もう一部、合わせて書写することになった。彼女の親族や知己が呼びかけに応じてそれに結縁し、この場にも二十人ばかりが出席している。延寿の妹の千歳《ちとせ》もいる。彼女は母に代わって後白河院の宮所に侍し、いまや当代一の今様唄《うた》いと名をはせている。姉によく似た、りりしい美貌《びぼう》の女だ。

他の傀儡女たちも皆、素麻の浄衣に身をつつんで神妙なおももちをしているが、華やいだ雰囲気は隠しようがない。なかには、熊王丸が延寿の子と知って、あたりはばからず感極まって抱きしめたり、頰を寄せてくる者もいて、熊王丸は気押されて固まってしまっている。

わが一門の仏師たちもこぞって結縁してくれた。快慶、宗慶《そうけい》、実慶《じっけい》、円慶《えんけい》、寛慶《かんけい》、源慶《げんけい》、静慶《じょうけい》。それに、弟の定覚。

彼らのなかには、家と家財を焼かれて困窮している者も少なくないのに、百文、二百文となけなしの給金から布施を出してくれた。皆にとっても、犠牲者たちの鎮魂と奈良の復興、それに奈良仏師の躍進は悲願なのだ。だが、ただひとり成朝だけは、格下のわたしに協力するのが不本意なのであろう。結縁を拒んだ。

わたしは、結縁に狭霧との間に生まれた次男乙王丸の名も連ねさせた。むろん本人はまだ襁褓《むつき》の赤子だが、いずれは異母兄とともに、わが一門を支える仏師にさせたい。

そう考えてのことだ。

出席者たちが声を揃《そろ》えて読経《どきょう》する中、ふたりの執筆僧がうやうやしく筆を下ろした。

硯《すずり》の水は、清水寺と、比叡山の横川《よかわ》、それに三井の園城寺の、三ヶ寺の霊水をわざわざ汲《く》んできた。

一行書くたびに、出席者たちが三度礼拝《らいはい》し、法華経の法号と念仏を唱える。書写がすべて完成するまでおよそ四十日。皆が思い思いに参列して祈り、執筆僧の世話や補助をする。わたしは熊王丸を伴い、ほとんど詰めきりで侍すことになっている。

おごそかで静寂な時間が流れていく。

堂の外では、ほととぎすが甲高い声で鳴き交わしている。ほととぎすは冥土《めいど》とこの世を行き来して、死者の思いを運んでくるという。延寿の思いも運んできてくれているはずだ。

（延寿よ、熊王丸が見えるか？　おまえの子だぞ。わたしとおまえの子だぞ）

今回、初めて熊王丸を伴った。阿古丸に孫の顔をみせてやりたかったし、息子にも顔すら知らぬ母親がどういう人だったか、教えてやりたかった。

熊王丸はこれを機にいよいよ正式に仏師修行を始める。ものごころついたときから、何度叱《しか》られても工房に入りびたり、父や仏師たちの仕事にじっと見入っていた子で、工房の掃除や木皮剝《む》き、刃物の砥《と》ぎなどの見習い仕事は自分からいつの間にかするようになっていた。だが、これからが本当の修行だ。これからは父でも子でもなく、師と弟子になる。熊王丸自身にその覚悟を固めさせるために連れてきたのである。

「経巻の軸にはこれを使います」

わたしが布切れにつつんで木箱に納めていた木片を阿古丸の前に差し出した。

「延寿がこれを抱いて死んでいたと？」

震える手で受け取った阿古丸は、孫をじっと見つめて声をつまらせた。

阿古丸は、近々、後白河法皇の側近貴族の後妻になり、宮を辞することになっている。まだ老いたというほどではないのに、芸を売って生きる身には盛りを過ぎた悲哀が色濃くつきまとっている。

「思えば、わたくしも娘も、浮世を漂うだけのはかない身。名声も財も、ほんの一時《いっとき》のものですのに、それを忘れてわたくしは、芸を棄てて出奔したあの娘を、不甲斐《ふがい》ない、情けないと心の底で憎んでおりました。愚かな、あさはかなおなごにございます。生きるも一時、死ぬるも一時。たしかなものなど、この世にあるのでしょうか」

深々とため息をついて木片を撫《な》でさする阿古丸に、

「幾多の今様をつくり、唄ってこられたあなたが、その無常を知らぬはずがありますまい」

わたしは冷たく突き放した。彼女の言葉にわたし自身の焦燥を見抜かれた気がして、反射的に口から飛び出した言葉だった。

興福寺の造仏作業は、遅々として進んでいない。備蓄してあった御衣木《みそぎ》はほとんど全焼してしまったから、あらたに伐《き》り出して、最低でも半年か一年は寝かせておかねばならないのだ。京から手持ちの用材を運ばせることができる院尊や明円ら京仏師は、早々に着手しているが、父たちは木材の手当てに奔走し、父自身も直接、木曾《きそ》や飛騨《ひだ》の山奥にまで出かけていく。せっかく得た大仕事なのに、初手から後《おく》れを取り、さすがに焦《あせ》りを隠せずにいる。

東大寺ではすでに大仏の御首の鋳造《ちゅうぞう》が始まっている。大勧進を拝命した重源上人が宋《そう》の工人陳和卿《ちんなけい》を招き、これまでにない画期的な像になると噂《うわさ》されている。

そんな大事な時期に、自分だけこんなことをしていていいのか。許されていいのか。うしろめたさと申し訳なさで歯嚙みするが、それでも、これをすまさぬうちは、自分の気持の切り替えができない。

――つくづく不器用な男だ。

自分で自分を呪《のろ》ってもいる。

京に来る直前、わたしはあらたに、興福寺西金堂の釈迦《しゃか》如来像の制作を、別当の信円さまから申し渡された。当初の各堂の担当割り当ては無理があり、東金堂と西金堂の両堂は堂の建設だけ先に開始して、造仏に関しては未定のままだったのである。

「おまえが七年前に造った円成寺の大日如来、わしも拝したが、実に見事な出来だ。りりしゅうて、若い力がみなぎり出すようじゃ。今回の西金堂本尊もああいうものにしたい。期待しておるぞ。存分に力を揮《ふる》え。新しい時代にふさわしい御仏の姿を見せてくれ」

自分より年下なのに、信円別当にはすでに大物の威厳がある。

わたしは因縁を感じた。焼討の際、わたしはまっさきに西金堂に駆けつけた。阿修羅像はじめ八部衆と十大弟子は運び出せたが、本尊の釈迦如来像は救えなかった。どす黒い煙につつまれ、身中から火炎を噴き出させる無残なお姿は、いまもこの目に焼きついている。

他の堂宇も、金銅製の巨像はどれもほとんど全滅してしまった。信円別当はそれをふまえて、今回は金銅像はやめて木像にするというのだ。

——新しい時代にふさわしい、新しい御仏の姿。

その言葉にわたしは、行く手を照らす一筋の光を見出した。

「金銅像にひけをとらぬ、堂々と重厚な木像を、かならずや造ってみせます」

気負い立って宣言してしまったが、自信があるわけではなかった。

しかも丈六の巨像だ。生半可な技量でやれるしろものではない。制作に入る前に、どんなお像にするか、構想をしっかり練り、試作を重ねなくてはならない。ここでこうしている間も、頭の中はそのことでいっぱいなのだ。

願経が完成してつつがなく法要をすませた。

「おかげさまで、無事に満願できました。われらは奈良にもどります」

阿古丸ら世話になった人たちとも名残を惜しんでいよいよ奈良へ帰ろうという矢先、越中礪波山《となみやま》の戦いで平氏軍を破った木曾義仲《きそよしなか》の軍勢が入京してきた。

「早うお帰りなされ。京の町はいつ、火の海になるか。その前に無事にすませられたのは、まさに延寿が守ってくれたのだと思います。さぞ満足しておりましょう」

平氏は安徳幼帝を擁して西国へ撤退していった。都落ちする際、家屋敷をすべて焼き払うのが武家のしきたりとかで、毎晩のように京の夜空を焦《こ》がしている。

「あの光景を見ると、どうしてもあの焼討の夜を思い出してしまいます」

たった二年半前のことなのに、またしても火だ。平氏は、火とともに南都に押し寄せ、火とともに京を去っていく。権勢は無惨に燃え落ち、栄華は灰になって舞い散る。

これも無常の世のならいだ。

だが、その灰燼《かいじん》の中から、次の時代が萌芽《ほうが》する。そう願わずにいられなかった。

四

焼討から早や五年。いまだ痕跡《こんせき》をなまなましく残す東大寺。焼失した大仏殿の跡地に、夜明けを待ちかねて数千の僧俗が群集している。

再建なった大仏の開眼供養の日だ。文治《ぶんじ》元年（一一八五）八月二十八日。きりりと冷えた秋風が木々の枝を鳴らして吹き抜ける、すがすがしい朝になった。

天平の遺宝である錦《にしき》の大幡《おおばん》を大仏殿の基壇の前の東に立て、西と南にも新造の幡《のぼり》が立てられている。

基壇上の東側の仮舎は後白河法皇の御座所で、異母妹の八条院《はちじょういん》も陪席している。女院は源氏挙兵のきっかけになった以仁王の養母であったから、誰よりも焼討に心を痛めていたのであろう。その莫大《ばくだい》な領地がもたらす財物の一部を惜しみなく喜捨した。

一方の後白河法皇はいわずとしれた、平氏と源氏を自分の身勝手な都合で終始翻弄《ほんろう》した張本人だ。平氏の南都焼討も、もとはといえば、法皇が裏で陰謀をめぐらしたことに端を発したのである。その結果、未曾有《みぞう》の大惨事になったのに、本人はそんな呵《か》責《しゃく》は露ほども感じておられないであろう。仮屋の中でいまも、しれしれととりすました顔で大仏を眺めておられる姿が、まざまざと目に見える気がした。

前庭にはかろうじて焼失を免れた天平の大灯籠《とうろう》の前に舞楽の舞台が設けられ、中門との間に長床《ながとこ》を据えて、役僧や朝廷からの大臣はじめ、貴族の参列者の席になっている。

衆僧は回廊跡の東側と西側に設けた仮囲いをびっしり埋め尽くしている。僧侶《そうりょ》の数は、東大寺の僧三百人に、興福寺から五百人、元興寺から十五人、大安寺三十人、薬師寺百人、西大寺十五人、法隆寺四十人、合わせて千人。天平の開眼供養会の盛儀もかくやというおごそかさだ。

その背後に控えているのは各寺の堂衆たちで、康慶とわれら御寺仏師も興福寺の一員として列席を許された。全員、三日間精進潔斎のうえ、揃《そろ》いの新調の白麻の浄衣に身をつつみ、神妙なおももちで整列している。

「まさかこないに早うにこの日が迎えられようとは、思うてもおらなんだ」

父が横に並んだわたしに感慨深げな表情でささやいた。

「重源上人さまがなされた勧進の成果じゃ。見よ、運慶。この人垣を」

わたしらのうしろには、綱を張って隔てられているが、町衆や武士や農民たちが肩を接して詰めかけている。なかにははるばる地方からこのためにやってきた者も少なくない。

大勧進役の重源上人は、「十方一切同心合力《じっぽういっさいどうしんごうりき》」、天下万民、たとい一尺の布、一寸の鉄、一木、半銭といえども、それぞれに持ち寄り、貴賤《きせん》の別なく、心を一つにして力を合わせねばならない、と説いてまわった。

——結縁すれば、現世で松柏《しょうはく》のごとき長寿を保つことができ、来世はかならず極楽往生できる。

その言葉を信じ、貧しい民たちまでがこぞってなけなしの財物を差し出して結縁したのである。その額は予想をはるかに上まわった。民衆がどれほど切羽詰まった願いを大仏に託し、その再建を待ち望んでいたかだ。

さらに、奥州の主藤原秀衡《ひでひら》は砂金五千両という莫大な寄進をしてくれたし、源頼朝も砂金千両、米一万石、上絹一千疋《ひき》の寄進を約束した。平氏は五ヶ月前の今年三月、壇ノ浦で滅びた。頼朝の寄進の約束はその直前のことだから、なまぐさい理由なのは目に見えているが、そのおかげで覇権を手にできたと思ってくれれば、向後も支援を惜しまぬであろう。それもこれも重源上人のたくみな交渉力のたまものである。

「あのご上人、最初はどうも得体が知れぬと危ぶむ向きもあったが、なかなかどうして、ただの大言壮語の法螺《ほら》吹きではなかったな」

父はまた声をひそめた。

「ほんに、たいしたお方です。われらもこれから、大いに世話になるかと」

わたしはいつもせかせかと早足で歩きまわっている上人の小柄で痩せた姿を思い浮かべながら、小声でこたえた。

「あのお方についていくのは、いろいろ難儀でしょうが」

重源は十三歳で醍醐寺に入ったが、十七歳からは四国巡礼を皮切りに、五度の大峰修行をはじめ、山岳修験に身を投じた。熊野、吉野、葛城山《かつらぎさん》・金剛山《こんごうさん》を巡歴し、信濃の善光寺、はるか遠い加賀の白山、越中の立山と諸国の霊山で行を積み、さらに三回も宋国に渡って最新の仏法を学んだという。すでに六十五の老齢ながら絶えず先頭に立って活動できるのは、長年の山岳修行で鍛えた強靭《きょうじん》な身体のおかげであろう。

ただし、僧綱による公認の僧位をいただく身ではなく、あくまで民間僧である。そのせいもあってか、天平時代の大仏造顕《ぞうけん》に民衆を率いて尽力し、菩薩と崇《あが》められた行《ぎょう》基《き》に自らをなぞらえているようなところがある。各地で橋や堤防、灌漑《かんがい》の溜池《ためいけ》を築き、貧窮者や行き倒れの病者を保護する布施屋を建てるなどの社会事業をしてきたのは、行基の活動に倣《なら》ってであろう。今回、勧進役に推挙されたのもその豊富な人脈ゆえだし、実際それを存分に駆使してやっている。

かの行基も、最初は民を扇動する私度僧《しどそう》と朝廷から迫害されていたところから、聖武天皇が大抜擢《ばってき》した。天下万民が一布、一鉄、一木を持ち寄り、力を合わせて参加せよ、という今回の重源上人の呼びかけ自体が、大仏造顕の詔《みことのり》を踏襲していることを思えば、いつの時代も、民衆の結集こそが官の力や政をしのぐのだとあらためて思う。いつの時代も、官はそれを怖れ、また、うまく利用する。

卯《う》の刻（午前六時）、行事鐘が打ち鳴らされ、衆僧が基壇に昇って東西に列立して、いよいよ法要が始まった。

開眼師は東大寺別当定遍《じょうへん》僧正、呪願師《しゅがんし》は興福寺別当信円権僧正、導師は興福寺権別当覚憲《かくけん》権大僧都。その三役がそれぞれの座につき、千人の僧が声を揃えて、仏眼真言、開眼誦、仏名を唱える中、後白河法皇はみずから足場によじ昇り、仏面だけ鍍金《ときん》して御身はまだ漆塗りのままの大仏の御目に墨を入れた。

わたしがいるところからは遠すぎてよくは見えないが、おそらくは毛が抜けて細く痩せてしまっているであろう古びた大筆は、天平の大仏開眼供養の際、導師をつとめたバラモン僧正菩提僊那《ぼだいせんな》が用いた開眼筆である。天平勝宝四年（七五二）、いまから四百三十三年前のことである。

以来、正倉院の勅封蔵《ちょくふうぐら》に秘蔵されていたのを、法皇がこのために取り出させた。正倉院が伽藍《がらん》から少し離れているおかげでかろうじて焼失を免れ、こうして再び陽の目を見たのだ。天平の開眼法要のときにも、大仏殿はまだ建てられておらず、露天の状態で、鍍金もやはり御顔だけだったと重源上人から聞いている。

新しい尊顔は、両眼が吊り上がって鷲鼻《わしばな》ぎみのいかつい顔つきで、もとの天平大仏を見慣れた目には、いかにも宋人の作らしく、異国人めいた異相に見える。

「鴉天狗《からすてんぐ》のごたる。恐ろしいご面相じゃ」

「いや、外《と》つ国の仏よ。宋で流行《はや》っておるのじゃろうが、ありがたい感じはせぬのう」

「手を合わせて拝む気にゃなれぬわ。無理して喜捨したが、期待外れもいいところじゃて」

背後の観衆の中から声高に言い合う声が聞こえた。なにやら猥雑《わいざつ》な笑い声をあげる不埒《ふらち》な者までいる。

(おのれ、おまえら、重源上人のおかげでようやっとここまでこぎつけたのに、なんたる罰当たりを。恥を知れっ)

わたしは大声で怒鳴り返したいのを、奥歯を噛みしめて必死にこらえた。

わたし自身、この顔貌《がんぼう》には少なからず違和感を覚える。日本人にはなかなか馴染《なじ》みにくいお顔だとも思う。だが、拝む気になれぬとはなにごとか。

上人は法要の前に、法皇が奉加された鑑真《がんじん》和上請来の唐招提寺と東寺《とうじ》の仏舎利二粒を大仏の胎内に納めて魂を入れており、開眼によって、いまあらたに命が吹き込まれたのだ。そう思うと、わたしの目からは知らず知らずに涙があふれ、どうにも止めようがない。

大仏の頭頂の上、青い空に延寿の姿が見える。静かな美しい顔でじっと見下ろしている。

いや、彼女だけではない。目をこらせば、ここで焼け死んだ千七百を超す死者たちの視線が、注がれている。

警備の兵数名が人垣をかき分けてやってくると、雑言を吐き散らした者たちを引きずり立てていった。周囲の者たちは首をすくめて目顔でうなずき交わし、人垣は何事もなかったかのように鎮まった。

儀式は粛々と進んでいる。大臣以下貴族たちが進み出て焼香礼拝し、それが終わると中央の舞台で雅楽が演奏される中、千人の衆僧が列をなして仏前を巡った。

そのさなか、

「おや、雲行きが怪しゅうなってきよったぞ」

誰かの声に空を見上げると、いつの間にか陽射が陰り、晴れ渡っていた空がにわかに曇ってきていた。

「なにやらけったいな塩梅《あんばい》じゃな」

言いたてるそばから、どす黒い雲がみるみる広がり、空全体を覆《おお》ったかと思うと、ぽつ、ぽつ、と雨が落ちてきた。

「こりゃ本降りになるぞ。どこか逃げ込めるところはないか」

観衆がざわめきだす間もなく、地面をたたきつける土砂降りが襲いかかった。

観衆が列を乱して逃げまどっている。東西の回廊跡の衆僧の仮屋や貴賓の仮屋になで殺到し、たちまち大混乱になった。警護の衛士ともみ合いになり、鉾盾《ほこたて》と怒声で追い払われると、ちりぢりに逃げ去ってしまった。

儀式はやむなく中断した。

豪雨とともに風も出てきて、濡《ぬ》れて重くなった幡や幔幕《まんまく》を狂ったようにひるがえらせている。あたりはもはや、白い紗幕《しゃまく》を下ろしたように何も見えない。

「これでは続行は無理じゃろう。やむをえぬ。わしらも退散するか」

康慶が、烏帽子《えぼし》をつたって髪を濡らし、額と眉からしたたって目に入る水滴をぬぐいながら言ったが、わたしはその場を動こうとしなかった。

「わたしは最後まで見届けます。棟梁は皆を連れて、どうぞ」

これは、人間どもの愚行に対する天の怒りか。それとも、死者たちが流す涙か。どちらともわからぬが、わたしはすべてを引き受けねばならぬ。そう思い定めていた。

下衣までびしょ濡れになり、からだが冷えて震えが止まらない。歯がかちかちと鳴るのを顎《あご》に力を込めてこらえ、あたりは誰もいなくなってがらんとした場所に、わたしは一人立ちつづけた。

その後の儀式、導師による御願文と咒願師の咒願文の読誦《どくじゅ》は、法皇と女院の仮屋の中でおこなわれ、舞楽と衆僧の梵唄《ぼんばい》、錫杖《しゃくじょう》の儀は公卿の仮屋の中でつづけられた。

雨音と風音にかき消されそうな雅楽の音や梵唄が、立ち尽くすわたしの耳に切れ切れに聞こえた。すべてが終わった申《さる》の刻（午後四時）には、あたりはもう真っ暗になっていた。

五

それから五ヶ月後の翌文治二年（一一八六）正月末、興福寺西金堂の丈六釈迦如来坐像がようやく完成した。

わたしは長いことその前に坐《すわ》り込んでいる。しんしんと底冷えする黄昏《たそがれ》どき。他の者たちが仕事を切り上げて帰った後、わたし一人、工房に居残って感慨にふけった。あと数日で修二会《しゅにえ》が始まる。本尊仏に旧年の穢《けが》れを懺悔《さんげ》し、天下万民の安泰と除災与楽を祈念する、奈良時代からつづく大事な法会である。

五年前、諸堂壊滅からわずかひと月余の非常事態の最中でさえ、中止されることはなかった。東大寺では二月堂でおこなうのが伝統で、さいわい若草山の中腹にあるため無事だったから例年通りできたが、ここ興福寺では、焼失した堂の基壇の上、残骸と化した金銅仏の前で粛々と行い、以来、本尊不在のまま、つづけてきた。そのたびに、寺内の者たちは皆、一日でも早い復興をあらためて誓い合ってきたのである。

今年からはいよいよ新造の本尊の前で執りおこないたい。信円別当はじめ生き残った大衆《だいしゅ》や寺内のすべての者たちの悲願だ。

それにこたえるため、わたしは徹夜の連続でやっと彫りまでは仕上げたが、鍍金に関しては費用と材料の調達の目途すら立たぬ状況で、明日、素木《しらき》のまま、西金堂に仮安置する。

不本意だが、法要になんとか間に合わせることができた。安堵と疲労で放心状態のまま、飽かずに見つめつづけた。

お顔は、両眼の間をあえて狭《せば》め、おもいきり切れ長の眼に刻んだことで、鋭く厳しい印象になった。鼻と口もくっきりと彫り刻み、全体に彫りの深さを強調した。見ようによってはあくの強い、いかめしい尊顔にした。

いや、したというより、そうなった。仰ぐ者に安心感を与えるおだやかなお顔にはできなかった。見る者がそれぞれ自分の犯した罪と、犯そうとしている罪を見透かされている気がして、怖れおののく。震えながらひざまずき、額《ぬか》ずいて伏し仰ぐ。それを厳しく叱咤《しった》し、力強く導いてくれる御仏だ。

知らず知らず、柳生の円成寺にお納めした大日如来像と比べていた。

あれから、すでに十年。かの像は、人間でいえば二十代半ばの青年だ。わたし自身がそうであったし、いま思えば、初めて任された単独の大仕事の張りつめた緊張感、みずみずしい決意、そして、自分自身の苦悩がそのままあらわれ出た。

それにひきかえこの像は、三十代半ばの壮年の力と自信のみなぎりがある。わたし自身、腕にも肩にも筋肉がつき、胸もぶ厚くなった。それより何より、過酷な体験をいやというほど味わってきた。仏師が意識して自分自身を投影することはありえないが、おのずと、そうでありたいという理想像を追い求めてしまうものなのか。

いいや、そうではない。世の中が激しく動き、人は皆、生死のはざまで翻弄《ほんろう》され、苦しみ喘《あえ》いで、すがりつける御仏を求めているのだ。わたしはそれを造った。いや、御仏に造らされた。そう思う。

「ほう、都によくある仏とは、だいぶ違うな」

突然降ってわいた野太い声に驚いてふり向くと、いつの間にか、直垂《ひたたれ》姿の五十がらみの大柄な武士が戸口に突っ立ち、黒々とした顎鬚《あごひげ》をしごきながら、しきりににやついていた。

「これが、新しい仏とやらか」

入っていいかと尋ねもせず、いきなりずかずかと入り込んでくると、自分の鼻先がつくほど像に近づき、矯《た》めつ眇《すが》めつ、眺めまわした。

「どこのどなたか存じませぬが、無礼にござりましょう」

怒気を含んだ声を発したわたしを、やおらふり返った武士はじろりと睨《ね》めつけた。

「おぬしが康慶のせがれか。成朝から聞いておったが、なるほど、いい腕だ」

「成朝どのから？　すると、あなたは鎌倉の？」

成朝は昨年、配下の仏師たちを引き連れて鎌倉に下り、源頼朝が亡父義朝《よしとも》の追善のために鎌倉に創建した勝長寿院《しょうちょうじゅいん》の造仏にたずさわっている。

「わしか？　北条時政《ほうじょうときまさ》という、根っからの田舎武士よ。頼朝どのの舅《しゅうと》だ」

顎鬚をしごいて、にやりと笑った。

北条時政が頼朝の命で兵を率いて上京し、滞在していることは聞き知っている。平氏が壇ノ浦で滅亡したのが前年三月。その後、頼朝と戦功著しかった末弟義経《よしつね》の関係がこじれ、義経は討伐を逃れていまだ行方をくらましている。奥州平泉の藤原秀《ひで》衡《ひら》のもとに逃げ込んだという噂もあるが、時政の上洛はその義経が都に潜伏していないか探索するためと、京内の治安回復、それにくわえて、義経に頼朝討伐を命じた後白河法皇に対する威嚇《いかく》といわれている。

そんな人物が何のためにやってきたのか。何かこの寺に疑わしいことでもあるというのか。おもわず警戒して立ち上がると、

「まあ、そういやな顔をするな。わしは従兄《いとこ》の墓参りに来ただけじゃ」

時政は意外な人物の名を口にした。

大和源氏出身の興福寺僧・法橋信実《しんじつ》。上座や寺主などの重職を歴任した役僧だが、若い頃は同族の大和源氏と抗争したり、大衆を率いて金峯山《きんぷせん》を襲撃して「日本一悪僧武勇」と呼ばれ、この興福寺の僧兵の親玉だった。保元の乱のときには崇徳《すとく》上皇方について朝廷に睨まれ、平氏の焼討の際も老体の身で最後まで奮戦して、ついに討死した。

「あやつめ、坊主《ぼうず》のくせして、わしによう似た荒っぽい男じゃったな。仏道修行より武勇で名を馳《は》せよった」

時政はわたしが坐っていた円座にどかりと腰を据えると、おぬしも突っ立っておらんで坐れ、と横柄《おうへい》な態度で命じた。

「ふむ、憎々しげに睨み据えよって、仏師にしては不敵な面《つら》がまえじゃ。気に入った」

わたしがしぶしぶ向かい合って坐すと、時政はまたしきりににやつき、

「墓参りと申したが、実をいえば、目的はそれだけではない。わしは近々、婿《むこ》どのに倣ってわが北条家の寺を建てる。おぬしにその本尊と諸仏を造ってもらいたい。これを見て、ますますその気になった。こういうやつを頼む。都風のありきたりのは御免じゃぞ」

無礼にも尊像を顎でしゃくった。

自分のことをまず田舎武士と言い、荒っぽいと言ったのは、断ることは許さんという先制攻撃だったのかと、わたしはようやく思いあたった。

「お言葉ですが、わたしは、自分がいいと思うものしか造れません。こういうのにしろとか、ああいうのはならぬとか、無理強いには添いかねます。どうぞお引き取り

を」

　負けてなるかと睨み据えた。

「ほう、とっとと帰れとか？　これはまた、えろう硬い骨がありよる。成朝とは大違いじゃ。ますます気に入った」

からから笑うと、大げさな身ぶりで太刀と小柄《こづか》を抜き、刃と刃を打ちつけて金打《きんちょう》してみせた。

「ほれ、起請《きしょう》の証《あか》しじゃ。断じて違《たが》えまいぞ」

「いかに宣誓とはいえ、御仏の前で白刃をひらめかせるとは、坂東武者はやはり田舎者。礼儀だの作法だのはよいとしても、御仏に崇敬の念のない御仁に寺を営む資格があるとは、この運慶、断じて思いませぬ」

　食いしばった歯の間から、きしんだ声をしぼりだしたが、時政はなおもにやつき、

「やれやれ、こむずかしい男じゃわ。ならば、坊主にならって鉦《かね》を打つか。それとも、ほれ、その鑿《のみ》と槍鉋《やりがんな》を貸してもらおうか。おぬしも誓え。わしの依頼を受けると」

「お断りいたします。われら仏師は金打なぞいたしませぬ。誓いは御仏にだけ立てます」

「ならば、これに誓えばよい」

また釈迦如来像を顎でしゃくった。

悪気がないのはわかるが、傍若無人にもほどがある。

とっとと出ていけ！　怒鳴りそうになるのを必死にこらえて頭を下げた。

「いずれにせよ、わたしの一存で決められることではございませぬ。棟梁《とうりょう》に相談せぬことには、受けるともなんともいえませぬ。今日のところは、どうぞこれで」

「そうか。棟梁の指図は絶対か。わしら武士とおなじじゃな。婿どのはあくの強い坂東武者の束ねに難儀しておられる。勝手な行動を許すことはできぬのじゃ。それをそのかす輩《やから》も許すわけにはいかぬ。それが道理じゃ」

そのために、調子に乗って独断専行に走った実弟の義経をやむなく処断し、そそのかした法皇にも脅しをかけたのだと暗にほのめかした。

「よかろう。今日のところは引き揚げる。棟梁によしなに頼んでくれ」

案外、あっさり腰を上げた。

時政を見送りに、というより、目の前で板戸をぴしゃりと閉めてやるために、戸口まで行くと、外に十数人の従者の一団がそれぞれ馬を引いてたむろしているのが見えた。

いずれも五尺八寸を超す屈強の武者だ。直垂の上に腹当《はらあて》を着込み、足元は鉄《くろがね》の脛当《すねあて》。

兜《かぶと》こそかぶっていないが半武装で、背に箙《えびら》を負い、強弓を掻《か》い込んでいる者、長柄の槍《やり》を地面に突き立てている者もいる。残照に照らされて武具の金具が冷たくぎらつき、どの顔も黒く隈《くま》どられて、いかにも精悍《せいかん》に見えた。獰猛《どうもう》にすら見えた。

（これが、鎌倉武者か）

眼を見張った。焼討のときの平氏勢は、雑兵ですらもっとこぎれいないでたちだったし、戦の興奮の最中でさえ、こんな精悍な感じはなかった。

（これは……）

がっしりした肩、分厚い胸、たくましく張った腰、地を踏ん張る脚、肉厚の顔、血管の浮き出た額、肩にめり込まんばかりの太い首。その形、その動き、その息遣い、その生命感。

ぞくりとした。眼を離すことができなかった。

（まさに武神だ。神将だ）

たとえば薬師如来の眷属《けんぞく》である十二神将は、昼夜十二時絶えず衆生を苦厄から守護する十二人の護法神である。あるいは十二支をそれぞれ受け持ち、誰ひとり漏らすことなく守護する。それぞれ武具を手に、鎧兜《よろい》に身をつつみ、荒々しく敵を威嚇する。

怖れを知らぬ、勇猛な戦闘者集団である。

（栄覚どの……）

焼討で壮絶な死を遂げた僧兵の栄覚を思い出した。

ふだんは人なつっこい気のいい大男で、近所の子供らになつかれてまとわりつかれていた。よく死にかけた野良《のら》猫や狸《たぬき》の子を拾っては自分の房で育てていた。こやつら獣もわしら人間とおなじ命じゃけん。蚤虱《のみしらみ》だらけの瀕死《ひんし》の子猫をふところに入れて温め、口移しに粥《かゆ》を与え、それでも甲斐なく死んでしまうと、大泣きしながら寺内の木の根元に埋めてやった。ここなら仏さまが守ってくださるからな。次は人間に生れてこいよ。いんや、やっぱし人間なんぞやめておけ。それより仏さまのお使いになれ。また会おうな。そんなことを、まるで人間に話すように言い聞かせていた。そんな男が、鬼神のように大長刀を振るって戦い、討ち取られ、首を槍先に串刺《くしざ》しにされたのだ。

（この男たちも、きっと）

妻や子をいとおしみ、親兄弟と力を合わせて、自分の守るべきものを守って生きているのであろう。そして、そのためにおのれの生身の肉体を奮い立たせ、命を賭《か》けて戦うのだ。敵の命を奪い、その血にまみれて、生き残ったことを喜ぶ。

それが人間というものの正体だとしたら、生身の肉体がそのまま神仏でもあるとい

うことか。この男たち、殺戮者《さつりくしゃ》であるこの武者たちもまた、神仏の一つの姿というこ
とか。
初めてそう思った。あの焼討以来、わたしの心の中には、武者に対してどす黒い憎《ぞう》
悪《お》と怒りがわだかまっている。それが消えていく気がした。
(そうか。そうなのか)
自分でも思いがけない感情だった。からだの奥から喜びとも感動ともつかぬものが
突き上げてくる。
(この男たちを、生きている命を、かたちにしたい)
一人一人の姿を脳裏に刻みつけた。一瞬の動きをかたちにしたい。動と静。激情と
沈着。さまざまに躍動する美しい肉体を、そのよじれるさまを写しとりたい。かたち
にしたい。
「ではな。よき返事を待っておるぞ」
時政は後もふり返らず、五十近い老将にしては意外なほど身軽に馬に飛び乗った。
馬は明るい鹿毛《かげ》の若牡で、よほど鍛えられているとみえて横尻《じり》の筋肉が盛り上がり、
いかにも実用一辺倒の鉄《くろがね》の鞍《くら》と鐙《あぶみ》がよく似合う。時政が手綱を引き絞ると、ふさふさ
した鬣《たてがみ》をなびかせ、太い首を振り上げてこたえる。

人馬一体。広大な原野を疾駆する姿が眼に浮かんだ。青々した夏の原野で、錦繍《きんしゅう》の秋の野で、烈《はげ》しく吹雪く冬の原で、人と馬は一つになって疾《はし》る。なんと雄々しく美しい光景か。

「あ、いや、お待ちを」

気づくと、時政のうしろ姿に呼びかけていた。

「やらせてください。わたしに、やらせてください。お頼みいたします」

自分でも思ってもいなかった言葉が口を衝《つ》いて出た。父に懇願し、どうあっても許してもらう。それしか考えられなかった。

「よし。存分にやれ」

時政はふり返って破顔した。

「楽しみにしておるぞ。そうじゃ。東国へ来い。わしらの国がどんなところか、おぬしがその目で見定めよ。しかと見定めて、わしらにふさわしい仏をつくれ」

六

信円別当から依頼されていた正暦寺正願院《しょうりゃくじしょうがんいん》の弥勒菩薩像を大急ぎで造り上げ、時政の仕事にとりかかった。

驚いたことに、時政は父に正式に依頼をしてくれた。わたしが棟梁の指図がなければ受けられぬと言ったのを、ちゃんと憶《おぼ》えていたらしい。武士の世界もおなじだと言っていたが、筋を通してくれたおかげで、わたしは晴れてその仕事をやれることになった。

――運慶に頼む。他の者では駄目だ。運慶一人にやらせろ。

わざわざ直談判して念を押す強引さに、父は半ば呆《あき》れ、半ば驚きながら承諾したのだった。

「ただでさえ興福寺内の造仏に人手が足りぬ状態じゃ。時政どのに言われるまでもなく、他の仏師をつけてやるわけにはいかぬ。おまえ一人でやれ。本来ならば、棟梁のわしが時政どのの希望を聞いて下図を描くところじゃが、それもおまえに任せる。よいな。それがどういう意味かわかっておるな」

「はっ、承知しております」

すべての責を自分一人で負う。そういう意味だ。

「ただし、寺内の仕事ですでにおまえに割り当てられておるものは、免じるわけにはいかぬ。どちらもやれるであろうな」

有無を言わさぬ命令だった。

それから三年がかりでようやく、阿弥陀如来と観音菩薩《ぼさつ》・勢至菩薩の両脇侍《きょうじ》、毘沙《びしゃ》門天《もんてん》、不動明王とその眷属の矜羯羅《こんがら》と制吒迦《せいたか》の二童子、計七体のお像を完成させた。時間に追われ、寝食を忘れての苦闘だった。

時政の発願には、菩提寺を造営する他にもう一つ、大きな理由があった。頼朝の正室である娘の政子《まさこ》を守護する寺にしたいというのだ。

「政子は頼朝どのを支え、おなごの身でわれら北条一族の未来を背負うのじゃ。おぬしが造る仏の力で守ってやってくれ」

重荷を背負わせている娘への親心を滲《にじ》ませた。

「よくよく考え、なんとかお心にかなうものにします。しかし、難題ですな」

悩んだ末、ようやく思いついたのが、聖武天皇を支えて藤原氏一門を権勢の座に押し上げた希代の女性、藤原光明子《こうみょうし》、光明皇后の存在だった。

すぐさま奈良の西京《にしのきょう》にある法華寺の阿弥陀浄土院へ飛んでいった。光明皇后が晩年、浄土思想に傾倒して創建した堂である。

その本尊の阿弥陀如来像は、説法印《せっぽういん》といういめずらしい印契《いんげい》を結んでいる。転法輪印《てんぽうりんいん》ともいい、両手を胸前に掲げて親指と薬指の先を合わせて輪をつくる。人々に向かって熱心になにか説いている瞬間のしぐさだ。

如来のからだの特徴の一つに、手指の間の水かきがある。苦しむ人々を一人も漏らすことなく掬《すく》い上げるためだ。この説法印はその水かきがよく見えるのと、女人のしなやかでやわらかい手指の動きを連想させるためであろうか、奈良時代の宮廷女性たちに好まれたという。だが、ここ二百年ばかりはほとんど造られていない。

——これこそ女人の寺にふさわしい。

直感でそう思った。体軀《たいく》は見るからに頼りがいのある、どっしりと大きく、力強い像にする。女性のしなやかさと、男性的な力強さ、その二つを併《あわ》せ持つ仏だ。

決心すると迷いはなかった。

量感のある体軀に対して、肩から下半身を覆《おお》う衣は襞《ひだ》をたっぷりとり、厚く深く、波打つような衣文《えもん》を彫り込んだ。浅い彫りの薄っぺらな衣文では貧弱すぎて、御身の量感とそぐわない。像全体がのっぺらして鈍重な印象になってしまう。

彫りを深くするには、内刳《うちぐ》りを控えめにして木を厚くするしかない。その分、歳月を経て乾燥が進むと、ひび割れが生じる危険性があるが、それでもあえて挑戦した。

脇侍の観音と勢至の両菩薩は光明皇后に仕える女官たちを連想して造形した。利発そうな顔に、きびきびと活動的なほっそりした肢体。

随身の不動明王と毘沙門天、それに童子たちは、生きている人間の姿を写し取ると決めた。みなぎる生命力、いきいきした表情、いまにも動き出しそうな身ぶり、ものいいたげな双眼。別世界の仏国土ではなく、この現実世界に生きている人間たちの肉体と心、感情を表わす。

経典の儀軌《ぎき》で定められている像容《ぞうよう》の決まり事や定義をまったく無視することはできないが、それだけにこだわるのでは、ありきたりのものしかできない。ある意味、野放図に、大胆に、斬新《ざんしん》さを前面に打ち出した。

「玉眼をつくりだして狂い死にした仏師のように、狂うほどすごいものがつくれたら、本望ぞ。それが仏師だ。わたしは仏師だ」

くり返しそうつぶやきながら、一心不乱に鑿を振るうわたしを、周囲の者たちは気味悪がり、年かさの兄弟子たちは理解を示しながらも諫《いさ》めた。

「のう運慶、おまえが、どこにもない、まだ誰も創《つく》ったことのない、新しいものを求める気持は、ようわかる。わしらと違うて、おまえには人並み外れた才がある。それが才あるものの宿命じゃからな。しかし、言うておくぞ。だからこそ、奇を衒《てら》う必要はない。奇を衒えば、ただのこけおどしの、俗悪なつくりものに堕す。その愚を犯してくれるな」

父は面と向かっては何も言わないが、おなじことを思っていると感じる。言わないのは、言っても無駄だと見切っているからだ。玉眼を生みだした仏師のことを教えてくれた、わたしが十歳だったあの日から、いつかこういう日がくると父にはわかっていたに違いない。

——運慶よ、狂うところまで行ってみよ。行けるかどうか、試してみよ。

父の無言を、わたしはそう受け止めた。

ただ一人、刺すような視線を送ってきた男がいる。

兄弟子の快慶だ。

「運慶、わたしも狂うほどのものをつくるぞ。おまえには負けぬ」

快慶はいま、東大寺大勧進の重源上人から依頼された仕事にかかりきりになっている。上人が全面的に認めるだけあって、技量は一門の兄弟子たちの中で群を抜いている。その分、表面的にはおだやかだが、自分に厳しい。厳しすぎるほど自分を律して精進する男だ。

その彼が、めずらしく競争心をむき出しにした。

——運慶、死んでもこの快慶、おまえには負けぬぞ。

挑みかかるようなその視線が、わたしを奮い立たせた。

完成した七体の像を工房に並べて披露したとき、まっさきにやってきた快慶は、一言も言葉を発さなかった。そのまま半日近く工房の隅に立ったまま、像群を凝視していた。

――どうですか、快慶どの。

その一言を、わたしは口にすることができなかった。

快慶が否定するとは思わない。われながら会心の出来だ。

だが、快慶は褒めはしない。認めはしない。

快慶の背が言っている。

――運慶よ、おまえとこの快慶の間には、どうやら、どうやっても相容《あいい》れることのできぬ何かが存在するらしいな。

――そのようですな、快慶どの。どちらが上とか下とかという、技量の問題ではない。それよりもっと、ずっと大きな違い。そういうことですな。

自分たち二人の個性の違いを、目指すものの方向性の違いを、わたしも快慶もはっきりさとった瞬間だった。

七

駿河湾を見下ろす薩埵《さった》峠、その先に長く裾《すそ》を引く霊峰富士。

息を呑《の》んで見つめたわたしは、自分でも気づかぬうちに、腹の底から大声で叫んでいた。

「うぉーっ、うぉーっ」

随行の者たちが呆れ顔で見るのもかまわず叫びつづけた。

晩春のうららかな陽射にきらめく海。荒々しい土肌の裾野を長く引く純白の山。

北条時政から依頼された仏像を、伊豆韮山《にらやま》の願成就院《がんじょうじゅいん》へ運んでいく途中だ。

送り出せばすむところを、どうしても自分で運んでいきたいと父に懇願した。東国はどんなところか。この像たちがどんなところに納まるのか。自分の眼で確かめたい。

時政や東国の人々がこれをどう受け入れてくれるか。じかに知りたい。

康慶と兄弟子たちは、昨年からいよいよ興福寺南円堂の造仏にかかっている。一方、成朝は若手と中堅の仏師十数名を引き連れて鎌倉へ下向し、勝長寿院の本尊阿弥陀如来像はじめ諸像を造っている。

ここでまた運慶が抜けるのは痛いが、康慶はこれを機に東国でさらに市場を開拓する可能性に賭けた。頼朝の挙兵以前、すでに康慶自身、いまは頼朝の側近になっている箱根権現の別当や地元の僧侶の依頼で地蔵菩薩像を造り、納めたことがある。京の寺の造仏は院派や円派ら京仏師に独占されており、そうでもしなければ、まったくといっていいほど仕事がなかったのである。

そのときはやむにやまれぬ事態だったが、しかし、これからは違う。東国の武士たちが世の中を動かし、京と南都に進出してくる。いち早く彼らとつながりを確立する仏師集団だけが、次の時代を生き延びられる。

「よし、東国の武者たちが何を求めているか、しっかりつかんでこい。彼らがどんなものに拍手喝采《かっさい》するのか、その目で探してこい」

その言葉に送られて、ほぼ半月の長旅をしてきたのだ。

その甲斐《かい》があった。いま目の前にあるこの雄大な景色。これが東国だ。

「うおぉぉ――っ」

腹の底から叫んだ。熱い血が全身を駆けめぐっている。

海沿いの街道を進み、富士川を越えた。

膝上《ひざうえ》ほどしか水のない浅瀬なのに、甲斐から富士の西麓《せいろく》を下ってくる流れは思いのほか速い。御像を積んだ荷車が押し流されて転倒しそうになる。全員が身を挺《てい》して遮ってようやく渡りきった。

砂利の河原と水面には、数千羽の水鳥の群れが餌《えさ》をついばんでいる。

「あれが、平氏にとっては運のつき始めでしたな。相国入道は地獄の釜《かま》から火炎を飛ばして、憎っくき鳥どもめ、と焼き殺してやりたいところでしょうよ」

出迎えにやってきた時政の家人《けにん》が笑いながら説明してくれた。

南都焼討の二ヶ月前の初冬、この川をはさんで頼朝勢と平氏軍が対峙《たいじ》した緒戦。日が暮れてあたりが真っ暗になった頃、この水鳥がいっせいに飛び立ち、平維盛《これもり》を総大将とする平氏勢は、羽音を敵の襲撃と勘違いしてちりぢりに逃げ、戦わずして敗れた。その偶然の勝利で頼朝は上げ潮に乗り、清盛はぶざまな敗退に激怒してますます強硬になったのだった。

鎌倉方の者にとってはまさに記念すべき快挙だが、家人の「焼き殺す」という言葉に、わたしは南都焼討の悲惨な記憶を呼び起こされ、おもわず顔をしかめた。

あの燃え盛る炎ときらめき舞う火の粉の光景に、いま目の前にあるこの清らかな浅瀬の川と水鳥の群れ。対極にもある二つの光景が、わたしの目には重なって見える。

ふと、大将だった平重衡の顔が脳裏に浮かんだ。

重衡は、平氏都落ちの後、一ノ谷の合戦で源氏方に捕えられ、京へ送還された。その後、梶原景時《かじわらかげとき》によって鎌倉へと護送され、頼朝と対面。頼朝は彼の器量に感心して、厚遇したというが、だからといって、命を助けるつもりは最初からなかったろう。

はたして、南都の衆徒からの身柄引き渡しの強い要求を、頼朝はあっさり承諾し、重衡はふたたび西へ移送された。南都方に引き渡されて処刑されることは、重衡自身も当然わかっていたはずだ。彼は、鎌倉へ移送される際と、処刑のために西へもどる際の二度、この富士川を渡った。どんな思いで見たのか。

重衡は東大寺の使者に引き渡され、奈良に入る手前の木津川の畔《ほとり》で斬首《ざんしゅ》された。その日は処刑を見んと衆徒や町衆が詰めかけ、大変な騒ぎだった。わたしも兄弟子たちに誘われたが、行かなかった。

むろん、あの男を憎む気持は強かった。あの夜焼け死んだ数千の人々、奮戦の末、討ち死にした坂四郎栄覚、幾多の僧兵たち、そして延寿。彼らの恨みを忘れられるはずがない。焼けつくような憎悪だ。なんとしても報復せずにはおかぬ、無惨に斬首されるところを見たい。最後の最後まで泣き叫んで命乞《ご》いするか、落ち着き払って従容《しょうよう》と死んでいくか、この目で見届けたい。そういう気持がなかったわけではない。

だが、あの夜の翌朝、まだあちこち燻《くすぶ》り、死骸《しがい》が転がっている最中に偶然、出会ったあの男の姿が目に焼きついて残っていた。あのときの彼は、自分がしでかした惨劇を朝陽とともに見せつけられて、あきらかに恐れおののいていた。それでも、肩をそびやかし、精いっぱい虚勢を張っていた。あの哀れな姿があの男の真の姿だといまでも思っている。

彼は処刑の前、法然《ほうねん》上人に面会を請《こ》い、受戒したという。どんな気持で阿弥陀仏の救いにすがったのか。それだけは訊《き》きたかったと思う。あれだけの人命を奪い、寺と仏の像を焼き払い、仏敵、悪魔と憎まれて、それでもなお、人は誰でも阿弥陀仏のもとに極楽往生できると信じたか。信じられたのか。

駿河湾の東の根元から富士を背に南に向かうと、里山に囲まれたのびやかな平野の中に北条の本貫の地、韮山《にらやま》があった。

その一角、西の守山《もりやま》を背にした木の香も清《すが》しい新造の寺に連れていかれた。

目的の願成就院だ。

「ほう、これはまた。けっこうなお寺ですなぁ」

わたしは声をあげた。

世辞ではない。京や奈良の大寺に比べれば、豪壮さや絢爛《けんらん》さはないし、何百年の歴史を経てきた重々しさもないが、その分、あっけらかんと開放的な、のどかさと明るさがある。

本堂の前には広い池を備えた浄土庭園があり、つい最近、完成したばかりだという。朱塗りの橋に、池中に浮かぶ小島、白砂利を敷き詰めた州浜、深山渓谷を模した立石。水面に淡々《あわあわ》とした春空と裏山のかたちを映し込んでいる。

誰か京から作庭師を呼んで造らせたか、時政が京で見てきたものを見様見真似《みようみまね》で造らせたか。手本通りの浄土庭園で、とりたてて見どころがあるわけではないが、寺域を囲む木々の合間に、田起こしに精を出す農民たちの姿が見えるのが風情《ふぜい》ある遠景になっている。

あと半月もすれば、田に水が張られ、田植が始まる。夏には一面、育った稲が緑の海のようになり、秋になれば黄金色に輝く。そのおだやかで平和な光景こそが浄土なのだ。

「阿弥陀さまたちもお気に召される。この里に来られたことを喜んでくださいましょう」

本心からそう思える。

さっそく本堂の須弥壇に安置していると、郎党たちを引き連れた時政が鎌倉から馬を飛ばして帰還してきた。

「おお、おお、これは、これは！」

時政はどかどかと歩み寄り、大仰な身ぶりで手を打った。

「期待以上の出来じゃ。運慶、ようやってくれた。さすが、わしが見込んだ男じゃ」

うむ、うむ、とうなずいては、像に手が届くほど近づいてお顔を見上げ、覗《のぞ》き込む。

これは面白い、とまた手を打ち、

「ほれ、皆も近づいてよう見よ。どうじゃ、どうじゃ？」

郎党たちにせわしなく訊きたてた。

「お屋形。どうと言われましても、なぁ」

郎党たちは互いに顔を見合わせ、口をあんぐり開けて長いこと見入っていたが、そのうちに次々に腹を抱えて笑い出した。

「ほれ、見てみい、あの毘沙門天。どこぞで見た顔じゃと思うたら、天城《あまぎ》の太郎にそっくりではないか。口をへの字に引き結んで眼《まなこ》をひん剝《む》き、鼻の孔《あな》を盛大に膨らませよって。狩りで大物を仕留めたときの、あやつの得意満面じゃ」

ひとりが言えば、

「そういえば、この不動明王、三浦の次郎の若い頃によう似ておるわ。筋骨たくましい力自慢で、なにかというと裸になって相撲をとりたがった。戦のときの暴れっぷりときたら、まさにあないな形相で、敵兵どもは見ただけで震え上がって逃げよった。うむ、あれはまさしく三浦の次郎だ。わが竹馬の盟友じゃ。戦で死によったから、老いた姿は知らぬ。あやつは永遠にあの姿のままじゃ。まさかふたたび会えるとは」

顔に皺《しわ》を刻んだ初老の武士がなつかしげに目を細めた。

「付き従う二童子はまるで兄弟じゃな。生まれつき賢《さと》いのと、悪たれ餓鬼と。兄弟で気性がまるで違うのはようある。うちのせがれどももそうじゃった。そのくせ仲がようて、喧嘩《けんか》しつついつも一緒じゃった。うむ、お屋形のいわしゃるとおりじゃ。これは面白い」

口々に言い合う男たちの声をわたしは、わが意を得た思いで聞いた。

矜羯羅童子は見るからに賢そうで、静かに直立してつぶらな瞳《ひとみ》でまっすぐ前を見つめる。従順な善性《ぜんしょう》の童子だ。片や、制吒迦は悪性《あくしょう》、といっても我《が》が強いという意味だが、いかにもきかぬ気の強情そうな悪童の面がまえで、口をへの字にしてからだを大きくひねり、いまにも駆け出していきそうな動きを表現した。実をいえば、矜羯羅は弟の定覚、制吒迦はわたし自身の子供の頃の気性と姿だ。

「これは幸先《さいさき》がよい。奥州藤原氏討伐の出陣に、すこぶる頼もしい守護仏になってくれよう。のう者ども。そうであろう」

時政が大声で言い、郎党たちがそろって気勢を上げた。

郎党たちが去った後、時政はひとり残って、説法印の本尊阿弥陀仏を長いことじっと見つめていた。たっぷりと豊かで、すべてをつつみ込む、かぎりなくおおらかな御仏だ。

「のう、運慶。わしを恨むか」

背後に立ったわたしをふり返り、時政は髯《ひげ》に埋もれた頰に曖昧《あいまい》な笑みを浮かべた。

「おぬしには、この寺とこの御仏をわが北条家と政子のために造ると言っておきながら、さっき皆の前で、奥州討伐の守護仏とぶちあげた。おぬし、すさまじい形相でわしを睨み据えよったな」

わたしは頰を引きつらせたまま返事をしなかった。

「じゃがな」

時政は、ゴクッ、と咽喉《のど》仏を一つ、大きく上下させてから、軋《きし》んだ声音で言い放った。

「わしは欺《あざむ》いたわけではないぞ」

「いまさら言い訳なさるおつもりですか。御仏の前でようも」

「違う。言い訳ではない。わが婿どのが戦乱の世を終わらせるためには、なんとしても奥州は潰《つぶ》さねばならぬ。そのための最後の戦いなのじゃ」

「奥州が天下を窺《うかが》っているとでも？」

義経が平泉の藤原秀衡のもとに駆け込み、庇護《ひご》を受けているという噂がある。頼朝や時政らが、秀衡が合戦巧者の義経を旗頭に押し立てて攻め寄せるのを警戒しているのはあきらかだが、いまのところそんな動きはない。それどころか、秀衡が死んだという噂が広がっている。これからどうなるか、先行きがまったく見えないのが今の状況なのだ。

（もしも鎌倉勢が平泉を攻めることにでもなったら、あの地はどうなる？）

わが一門は平泉と縁がある。藤原氏二代基衡《もとひら》が発願した毛越寺《もうつうじ》の金堂本尊、丈六薬師如来坐像と十二神将像は、かつて父康慶と弟子たちが総力を挙げ、約三年半の歳月をかけて造ったものだからだ。わたしはまだ十代で見習いの身だったが、初めて思う存分働いた記念すべき仕事だった。

はるか北の夷狄《いてき》と見下される土地にもかかわらず、豊富な黄金がもたらす財力によって京より繁栄しているというだけあって、藤原基衡はたいそう気前がよく、後白河法皇発願の蓮華王院《れんげおういん》の千体千手観音造仏が終わって後、仕事に餓《う》えて困窮していた一門にはありがたい注文だった。

大量の礼物を運んで平泉から使者がやってくるたびに、わたしは初代藤原清衡《きよひら》が建立した中尊寺の黄金を張りつめた金色堂のことや、彼らが仏の教えをどんなふうに信奉しているかなど、根掘り葉掘り聞いて、想像をめぐらした。

基衡は平泉を「この世の浄土」にすると決意し、毛越寺の大伽藍《がらん》を建て、浄土庭園を造ったという。奥州に生きる人々が未来永劫《えいごう》、安寧に平和に暮らせる戦乱のない国を築こうとしたのだ。わたしたちが造ったのは、そのための御仏の像だ。

その地が戦場になる。考えるだけでぞっとする。

「平泉を攻め滅ぼす、それがあなたがたの正義だとおっしゃるのか」

だが、時政はわたしの問いにこたえず、背に受けて夕陽に向かった。

その姿は、北条氏の未来そのものを見つめているように、わたしには見えた。

その点景の一つにわたし自身の姿もある。苦々しさと希望が入り交った複雑な気持で、わたしも朱金と紅と紫をぼかして染まる夕空を見つめた。その色は、南都焼討の日、坂四郎栄覚とともに見た、あの爛《ただ》れるように壮絶な夕景を思い出させた。

願成就院の諸仏の安置をすませ、開眼法要に参列すると、早々に成朝がたずさわった勝長寿院を見るために鎌倉へ向かった。時政とこれ以上顔を合わせたくなかった。

成朝は、本尊の丈六阿弥陀如来像を造りあげると、やりかけのまま中断している興福寺の造仏が気になりだしたか、早々に帰ってしまったが、配下の十人の小仏師と彩色の絵仏師、截金師は、その他の諸像、光背や蓮華座などの造作のため、まだ鎌倉に残っている。

さっそく勝長寿院に見に行くと、丈六皆金色《かいこんじき》の本尊阿弥陀如来坐像は成朝が気合を入れて造ったのがよくわかる丁寧な作だった。

「成朝どのは鎌倉殿のお気に召すよう、何度も手直しして、その結果、おとなしめな造形になりました。それでも、京の本様とは違う、われら奈良仏師らしい味が、少しは出せたかと」

父康慶の弟子である古参の仏師は満足と不満をないまぜにした顔で、わたしの顔色を窺った。

たしかに、端正で上品な雰囲気がある。技術的にもよくできている。そういう京風の正統的で伝統的な仏が頼朝の注文だったのか、それとも、成朝がその意を汲《く》み取ったのか。おだやかで安心して見られるが、しかしその分、保守的で面白味に欠ける。わたしが作った願成就院の諸像とはまるで違う。古参仏師がそれでも、奈良仏師らしさを精いっぱい出したところさら言いたがるのは、わたしが反発するのを怖れているからである。

「いや、ようやってくれました。棟梁も納得してくれましょう。で、今後のことですが」

わたしは職人たちの顔を一つ一つ見渡し、思い切って切り出した。

願成就院の本尊・諸仏はまたたく間に評判になり、御家人たちがこぞって見にやってきた。驚いたことに、自分も本貫の地に氏寺を造りたいという有力御家人が大勢いる。

「造仏はおぬしに頼む。鎌倉に留まって造ってくれ。是非とも頼む」

次々に声がかかっている。

なかでもまっさきに申し出たのが、数々の武功を挙げて鎌倉の侍所《さむらいどころ》の初代別当もつとめた和田義盛《わだよしもり》で、彼はすぐさま氏寺の創建を決め、さっそく建造にかかっている。

「すぐ奈良にもどるつもりでいましたが、皆が協力してくれれば引き受けられます。どうでしょう。わたしと一緒にやってくれませんか」

わたしは頭を低くして頼み込んだが、

「いや、わしらはここの仕事が終わったら、すぐにでも奈良へ帰るつもりでおるんじ

「しかし、せっかく注文があるのに、むざむざ断るのももったいない」

揺れ迷う彼らの腹の内には、年下のわたしに使われるのは業腹《ごうはら》という気持もあるのだ。

「あなたがたは先輩方。弟子扱いするつもりは毛頭ありません。一緒にやる仲間として、ここで新しい仕事を切り開きたいのです。われら奈良仏師が生き残っていくためには、いろいろ試行錯誤して、いままでにない新しい仏を打ち出すしかない。ここでなら、奈良ではできないおもしろい仕事ができます。なんでも試してみられます。どうか頼みます。この運慶に力を貸してくだされ」

わたしのいつにないなりふりかまわぬ懇願が、ようやっと皆の心を動かした。

「そこまで言うなら、のう、みんな。ここでやってみようじゃないか」

いちばん年かさの男が言い、他の者は顔を見合わせてしぶしぶうなずいた。

「じゃが、偉そうに棟梁面《づら》されたらかなわん。それは心得てもらいたい」

技量は誰もが認めつつも、協調性のない一匹狼とうとまれているわたしが、彼らの中に入っていけるか。まとめられるか。勝負はこれからだ。

わたしはさっそく北条時政と和田義盛に相談し、彼らの肝煎《きもい》りで鎌倉に工房を設けた。鎌倉特有の「やと」と呼ばれる谷筋の一つで、山に囲まれた静かなところだ。簡素ながら、皆が暮らす住房も建て、飯炊き婆《ばば》と雑用をする下男も雇った。これで腰を落ち着けて仕事ができる。

八

三浦半島、芦名《あしな》の里の浄楽寺《じょうらくじ》。

よく晴れた七月半ばの午後、わたしはその裏山に登り、頂から和田義盛とともに、西に相模湾と伊豆の山並越しに富士を望む雄大な景色を見渡した。まだ残暑の日も多い時期なのに、早くも秋の気配がある。真っ青な空に水のように白い筋雲がゆるゆると漂い流れ、清明な風が吹き渡っている。

「なんと美しい。胸が洗われる眺めとは、まさにこのことですな」

わたしはおもわず声をあげた。

富士はまだ青々としている。義盛はまぶしげに目を細めてそれを見やり、手を合わせて言った。

「今年はだいぶ季節が早い。あとひと月もすれば、あの頂が雪を冠《かむ》りましょう。見慣れておるのに、毎年、なにやら待ち遠しい気持にさせられますわ」

「なるほど、わかる気がいたしますな」

わたしも東国に来て富士の姿は見慣れたが、山頂に白い冠をいただく姿はまた格別だ。その純白が少しずつ降りてきて、裾野《すその》の錦繍と混じりあい、色鮮やかに輝くであろう。足柄や箱根の山々もうっすらと雪を纏《まと》い、海の色がいっそう深くなり、白波が立つ冬へと移り変わる。富士はその下で生きている人間と獣たち、すべてをつつみ込み、いつでも屹立《きつりつ》している。

「わしの妻は、あの山頂こそが阿弥陀浄土と、そう深く信じきっておりましてな。わしにわざわざこの地を探させたわけで」

義盛は、日々の弓馬の鍛錬で日焼けした顔を照れくさげにほころばせた。

和田氏は坂東八平氏の一つ三浦氏の枝族で、三浦半島の他、安房国の和田御厨《みくりや》にも所領があったことから和田氏と称している。義盛は祖父や父、弟らの一族共々いち早く頼朝の挙兵に加担し、終始支えた功績によって、侍所別当に任じられた有力御家人である。ことに強弓の腕前は御家人一と讃えられ、武勇の士と尊敬されている。だがその一方で、平氏勢を追って瀬戸内海で戦いが長期化した際、兵を率いる侍所別当でありながら、妻子恋しさのあまり、ひそかに軍を離れて帰郷しようとして非難されたというから、度を越した愛妻家なのか。今回の造寺造仏も、妻のためと公言してはばからないあたり、率直すぎるほど率直な人柄であるらしい。

「それゆえ、運慶どのにぜひとも、この景色を見てもらいとうて」

本堂の棟上げが済み、鐘楼や諸堂の工事も着々と進められている最中、わたしをこの地に招いたのである。

「さあ、あいさつ代わりにまずは酒盛りといきましょうぞ。それがわれらのしきたり。破るわけにはいかぬでな」

さあさ、さあさ、と急き立てられ、背を押されるように杣道《そまみち》を下っていくと、南西が開けた中腹の平らな場所に、そこだけ下草と熊笹《くまざさ》を刈り込んで板敷の桟敷《さじき》が設けられていた。

「せっかくの好天、楽しまぬではもったいない。ここから、それはもう見事な夕焼けが見られる。それに今宵は満月。ほれ、下のあのあたり、一面のススキの原ですぞ」

子供のように嬉《うれ》しげに指さした。

無骨で単純。いささか思慮を欠く人物といわれているようだが、わたしはこの少し年上の男に好感をもった。

「鄙《ひな》の地ゆえ、田舎くさいものしかないが、松茸《まつたけ》の初物と獲《と》れたての魚。ことにほれ、このもどり鰹《がつお》、脂《あぶら》が乗っておっていけますぞ。さあさ」

大皿に山盛りの刺身を手ずから取り分けてくれ、自分も一切れ口に入れると、うむ、よし、と破顔した。美食家でもあるらしい。

「あいにくわしは、下戸《げこ》というほどではないが、たいして飲めんのじゃ。その分、うまいものに目がない。妻には口が賤《いや》しいだの食い過ぎじゃのと叱《しか》られるが、女遊びをするわけでなし、他になんの楽しみがあるかと、喧嘩になる始末でしてな。しかし、酒が飲めぬのはまことに味気ない。これぱかりは親を恨みとうござるよ」

快活にしゃべりたてながら、酒を勧める。

やがて秋の陽が黄色みを帯びて傾いていき、富士の山肌が夕陽に染まった。それが鮮やかな真紅から褐色を帯びる頃には、眼下のススキの原はほのぼのとした淡い紅色に輝きだした。

富士が次第に黒ずみ、ついに漆黒の影絵に変わる頃、東の空に月が昇り、ススキの原は一面、まるで銀白の濃淡の広布を敷き詰めたようになった。

わたしも義盛も、言葉少なにその幻想的な絶景を見つめ、しみじみと酒を酌《く》み交わした。豊かで、静かな時間だ。

(まるで、夢の中にいるようだ)

仏の世界は皆金色に光り輝いているという。人の夢の世界は、ときにこんな銀白に輝く。苦界《くがい》に生きる人間たちにも一瞬のきらめきがある。その夢の色だ。はかなさを底に流し込み、寂びてきらめく命の色だ。

夜風が少し肌寒く感じるようになる頃、ふたりきりの宴《うたげ》はお開きになった。義盛はわたしが近くの地主の家に宿れるよう手配してくれていたが、自分は、明日早朝から評定《ひょうじょう》があるので、今夜のうちに鎌倉へもどらねばならぬと残念そうに言い、

「此度《こたび》の造仏は、わしら夫婦二人の発願でしてな。妻は頼朝殿の勝長寿院の阿弥陀仏がえろう気に入っておって、あれに似たものをと望んでおりますで、よろしゅうに」

神妙なおももちで深々と頭を下げた。

「わかりました。あれを手本に、きっとお気に召すものを造らせていただきますから」

わたしは安心させるようにうなずいてみせた。

妥協ではない。願主の望みを入れるのも大事なことだと、ここへ来て思うようになった。人々が求める仏をつくってこその仏師だ。

「わしらはしばらく鎌倉を留守にするでな。なに、そう長くはかからんはずだが」

そう言い残して北条時政や和田義盛が奥州へと出征していったのは、それから間も

ない文治五年（一一八九）七月下旬。平泉に匿《かくま》われていた源義経が、鎌倉の圧力に屈した藤原泰衡《やすひら》に攻められて自害を遂げ、その首が鎌倉に送られてきてから一ヶ月余後のことだった。

浄楽寺の造仏の御衣木《みそぎ》は、さいわいなことに近くの古堂改修のために寝かしてあった材木を流用できた。

本尊の阿弥陀如来像に、観音菩薩と勢至菩薩の両脇侍。この三尊像を中心に、随身の毘沙門天像と不動明王像の計五体。

本尊の大きさは頼朝公の勝長寿院の本尊坐像が丈六なのに対して、その半分の「半丈六」（像高約一四二センチ）。時政の願成就院もそうだったが、いかに有力御家人といえども、主と同じ大きさにはできない遠慮がある。そのあたりの上下関係の厳しさこそが、鎌倉武士団の規律の厳しさであり、団結の強さなのだと、坂東に来てみてあらためて感じるようになった。

阿弥陀如来の印相は、願成就院とは異なる上品下生《じょうぼんげしょう》の来迎印《らいごういん》。ごく普通の阿弥陀如来の印相で、勝長寿院の阿弥陀如来像とおなじ。これも妻女の希望だ。

脇侍の観音・勢至の両菩薩像は、およそ六尺弱（一八〇センチ弱）。女人めいたふくよかで無邪気な丸顔、笑みを含んでいるようにわずかに上がった口角、高く結い上げた髻《もとどり》。腰をひねって立ち、衣は肩から領巾《ひれ》を垂らして、装飾的で優美な雰囲気だ。衣の襞《ひだ》も、願成就院の像より浅く、細やかにして、やわらかさを強調した。義盛の妻女が好むであろうと考えてのことだ。

三尊に付き従う随身は、願成就院とおなじく毘沙門天と不動明王だが、どちらも願成就院の像より、こころもち肉づきは控えめ、すっきり引き締まった体軀《たいく》で、動きも少ない。

「あちらとはだいぶ印象の違うものになりましたが、運慶どのはこれで本当によろしいのか」

小仏師のひとりがおそるおそる訊いたが、わたしは無表情のままうなずいた。

（けっして納得できる出来ではないが）

詳細な絵図を描いて全体の構成を決め、制作中はこと細かい指示を怠りはしなかったが、実際の彫りはほとんど小仏師たちにやらせた。むろんむずかしい部分やお顔の微妙な表情は自分で彫った。

成朝の作と比較されるのは目に見えている。どちらが上とか下とか、同門で食い合うことになるのはまずい。まっさきに鎌倉の仕事に挑んだ成朝の功績にけちがつくことだけは、避けねばならない。

奈良仏師の正統、次の棟梁の立場はなにより重い。決してないがしろにはできない。みぞおちからこみ上げる、苦い嘔吐《えずき》のような不満を無理やり飲み下した。他の者たちに気取られてはならない。ここでわたしが成朝を否定するような言動をするわけにはいかない。

「それより、和田どのとご妻女はしごく満足してくだされた。それがいちばんだ」

出征から三月後の十月二十四日、錦繍が鎌倉を囲む山々をようやく彩《いろど》り始めた頃、奥州征伐を果たして軍勢が帰還した。

妻女は涙を流して喜び、二三日おきにわざわざ数里も離れた館から輿《こし》に乗って礼拝しにくる入れ込みようだし、義盛は妻に感謝されて面目が立ったとはしゃいでみせた。おまけに報酬も破格で、大量の米や上絹、それに銅貨の袋が運び込まれて、わたしも皆も目を丸くした。奈良の寺の仕事とはくらべものにならぬ高報酬だ。

「なるほど、東国武士は気前がいい」

誰かが言えば、

「いや、それだけではない。それほど自分たちの仏を渇望《かつぼう》していたということだ」

古参の仏師が感慨深げな顔でうなずいた。

「そうですな。運慶どの」

「ああ、そうだ。これを機に、次々に注文が舞い込む。当分は奈良にもどらず、この東国で精いっぱい頑張らねばならぬ。皆もその覚悟でいてほしい」

皆を見まわして宣言すると、

「当分とは、いつくらいまでのことで？　この先何年も、ということでしょうか」

まだ二十代の若い仏師が不安げに訊いた。彼は若い妻と幼い子を残してきている。他の者たちも老親や家族と別れて、この先また何年もこんな遠地で暮らすのは耐えがたい、それが本心であろう。

わたし自身、長男の熊王丸に加え、妻の狭霧との間に乙王丸のほか二人の男児と娘が一人できており、五人の子の父親だ。上の二人はすでに仏師の修行を始めており、父に託してきた。

熊王丸は、早いものでこの春十七歳になった。昨年、祖父から湛慶《たんけい》という仏師名をつけてもらい、南円堂の造仏の下働きをしている。なかなか筋がいいと快慶が気に入って使っている。自分の手で鍛えてやれないのは残念だが、大仏師康慶と快慶、それに叔父の定覚の技を盗み取るいい機会だと思うしかない。

「さぁて、どうであろうな。請われればどこへでも行く。何でも造る。御家人衆は坂東一円、上野、下野、常陸、安房、上総、甲斐、信濃にまで散らばっているというから、楽しみではないか。存分に腕が揮《ふる》えるのだからな」

わざと嬉しげに手を打って笑ってみせると、皆もようやく笑顔になった。仏師にとって、存分に腕を揮って仕事ができることが、郷愁より家族恋しさより、大きな喜びなのだ。

九

それから一月ほどした日の午後、町に用足しに出かけたわたしは、鶴岡八幡宮の近くで騎馬の頼朝に出くわした。どこぞへお忍びの外出なのか、屈強の従者が四騎、前後左右を固めるほかは、供や兵の姿はなかった。先頭の一騎が無言のまま、往来の者たちに手にした長棒を差し出して、端に寄るよう指図している。

(ほう、あれが)

町屋の軒下に立ったわたしは初めて見る覇者をしげしげ観察した。

地味な濃褐色の狩衣姿の頼朝は、馬上だからはっきりとはわからないが、背丈は高いほうか。色白で面長の端正な顔立ちで、頭髪や眉《まゆ》や顎鬚《あごひげ》も薄い。全体にのっぺりした貴族的な風貌《ふうぼう》である。そのせいか、当年四十三歳と聞くより老《ふ》けて見えるが、母親が熱田大宮司《あつただいぐうじ》の娘という血のせいか、京育ちのせいか、見るからに貴種の匂《にお》いを漂わせている。ふと、焼討の翌朝、遭遇した平重衡を思い出した。あれとおなじ種類の人間か。北条時政や和田義盛の無骨さとはまるで違う。

(だが、さすがに威厳がある)

覇者の自信か。背筋をまっすぐ伸ばし、ゆっくり馬をすすめてくる。無表情で前を見つめ、沿道には目もくれない。みるからに堂々としている。

(いや、そうでもないか?)

なんとなく違和感をおぼえたその時、沿道のこちら側、わたしより三丈ほど手前のあたりから、年寄が一人、頼朝めがけて飛び出してきた。武士ではない。農夫か漁師か、貧しい身なりの年寄だ。何事かしきりに話しかけながら、大事そうに胸に抱えていた藁《わら》包みを手渡そうとしている。蒸《ふ》かし芋か、魚か。こんなものしかございませぬが、よかったら召し上がってくだされ。はにかみながらそう言っているように見える。

だが、従者が割って入るより先に、わたしははっきり見た。頼朝の顔になんともいえぬ嫌悪《けんお》の表情が浮かんでいた。

ぞっとするような冷たい顔だった。それは一瞬で消え、あとはまたもとの無表情に

もどったが、

（そうか。あれがあの男の……）

正体――。だとしたら、心許せる人柄ではなさそうだ。父を殺され、命は清盛のお情けで助けられたものの、伊豆に流され、流人《るにん》として長い忍従の歳月をひたすら耐えた男だ。実の弟も信じられず、執念深く死に追いやった男だ。彼にとって疑心暗鬼は身を護《まも》るすべなのであろう。本心をさとられまいとする警戒心、それゆえの無表情が一瞬、ほころびをみせた。そういうことなのだろうが。

時政が以前、鎌倉殿は東国武士を束ねるのに苦労している、と言ったのを思い出した。頼朝という男は、本心は彼らのことも信用しきっていないのかもしれない。だが、その慎重さ、猜疑心《さいぎしん》が彼をここまで押し上げてきたのだ。それがある限り、京の朝廷や公家《くげ》に取り込まれて滅亡への道を突き進んだ平家の轍《てつ》は踏まぬであろう。そう思いながらも、わたしは見たくないものを見てしまったという思いが拭《ぬぐ》えなかった。

それから間もなく、

「奥州討伐の犠牲者を、敵味方の別なく、すべての戦没者の菩提《ぼだい》を弔う寺を創建する」

頼朝は永福寺《ようふくじ》の創建を発願し、わたしたちはその本尊をはじめとする諸堂の造仏を命じられた。頼朝から直々の注文、これ以上ない大仕事だ。読みはあたった。

だが、わたしの胸中は複雑だった。

頼朝は平泉で毛越寺と中尊寺をその目で見て、いたく感嘆したという。永福寺は、堂の扉と後壁の絵は毛越寺金堂を模し、中尊寺の大長寿院《だいちょうじゅいん》を模した二階建ての壮大な二階堂はじめ、阿弥陀堂、薬師堂、多宝塔、それを囲む回廊などの大伽藍と浄土庭園にするということだ。

しかし、基衡や三代目の秀衡が目指した「この世の浄土」を受け継ぐ意思があるのかまでは、わたしにはわからない。ただそう願うばかりだ。

救いといえば、頼朝が平泉の町と寺を焼き払わなかったことだ。

(薬師如来と十二神将は無事だ。いまも、あの地におわす)

あれがある限り、北の王者藤原氏は滅びてしまっても、彼らが目指した仏国土は存在しつづける。せめてそう思いたい。

永福寺の造仏は何年かかるか。三年、いや、もっとか。なんとしても成功させる。これからまだまだ、この鎌倉や坂東での仕事は増える。確信がある。将軍家や有力御家人たちはきそって寺を創建し、それにともなって造仏の仕事は引きも切らぬのが目に見えている。ここでは京仏師らと競合することもなく、自分たちの独壇場だ。

「運慶よ、ここが正念場ぞ。思い迷っておる暇はないのだぞ。よいか。わかったな」

わたしはきつい声で自分自身を叱咤《しった》した。


永福寺の建設予定地では地割が始まり、造仏の作業場も設けられることになって、いよいよ動き出した。鶴岡八幡宮の北東、三方を低い山で囲まれた谷《やと》の一つで、いまはまだ一面灌木《かんぼく》が繁《しげ》る野原だが、縄張りを見るだけでも、壮大な大伽藍と苑池《えんち》の様が想像できる。

そんなある日、初夏の光が周囲の山々と谷をあかるく照らしている午後、作業場の外がにわかに騒がしくなった。何事かと出てみると、騎馬武士に警護されてやってきた一人の女人が馬から降り立つところだった。

年の頃は三十をいくつか越したくらいか。さして大柄ではないが、肩の張ったいかにも丈夫そうなからだつきで、浅黄色の小袖《こそで》に筒袴《つつはかま》、まるで男のような風体だ。

「御方《おかた》さまにござる。前触れもない急なお越し、いったい何事か」

工人頭が小声でわたしに耳打ちして慌《あわ》てて駆け寄ると、女人は気さくな笑顔を見せながら、速足でまっすぐわたしに近づいてきた。

「そなたが運慶どのですね？　教えられずとも一目でわかりましたよ。父が言ったとおりじゃもの。仏師なのに、まるで武者の面構え」

快活に言い、白い歯を見せて破顔した。よく通る声だ。日焼けした顔は、目も鼻も口も、造作がどれも大きく、頬にそばかすが盛大に散らばっている。

「それがしも、教えられるまでもなく、北条の御方さまと」

「いかつくて野暮ったい田舎女。ご想像どおり？」

「いや、見事なお顔立ち。威厳がおありになる」

もって生まれた器量だ。人の上に立つ宿命の者が放つ生気。生命力だ。これはこれで美しい。

（なるほど、この女人なら、やりかねん）

時政から聞かされた頼朝と彼女のなれ初《そ》めの話を思い出した。

流人の頼朝との結婚を反対され、他の男に嫁がされることになった政子は、暴風雨の暗夜、たった一人で頼朝の配所へ突っ走り、強引に結婚してしまったという。都や奈良の貴家の女ではとうてい考えられないことだから、時政の法螺話《ほらばなし》と聞き流していたが、この行動力は持ち前のものらしい。坂東女《ばんどう》が皆、そうではなかろう。やはり特別な女なのだ。

寺僧がしきりに仮客殿に案内しようとするのを政子は笑いをふくんだ顔で断り、喉《のど》が渇いたから冷たい水をと所望して、楠《くす》の巨木の下で話しましょうとわたしを誘った。

「あの阿弥陀さまを造りまいらせたのはどんな人か、どうしても会いたくなって、矢も楯《たて》もたまらず、馬に飛び乗ってひとっ走り、来てしまいました。子供たちを驚かせて悪かったけれど」

悪戯《いたずら》を思いついた童女のような表情になった。すでに、長女大姫、長男万寿《まんじゅ》、次女三幡《さんまん》と一男二女の母親で、溢《あふ》れんばかりの母性と、それに加えて男顔負けの豪快さがある。

願成就院の阿弥陀如来と相通じるものがある。そう思いながら訊《き》いた。

「お気に召していただけましたか」

「ええ、驚きました。このわたしに、あの阿弥陀さまのようになれと、そう言われている気がしました」

政子はなんのてらいもなく言ってのけた。傲慢《ごうまん》な自負の気配は微塵《みじん》もない。ただ、率直に、そう感じたと言っている。

「そうですか」

わたしは胸の中で安堵《あんど》と感嘆の吐息をついた。わたしは間違っていなかった。

「京から下って万寿の学問の師になっていただいているお公家に、光明皇后というお方のことを教えてもらいました。聖武天皇さまをお支えし、実家の藤原氏を繁栄に導いた皇后さまは、さぞ気丈な女性《にょしょう》であられたのでしょうね。この田舎女が皇后さまという高貴なお方になぞらえられるなど、おこがましすぎて罰があたります。でも運慶どの、その気概だけは見做《みなら》わねばと思います」

強い視線でわたしを見据えて言い、

「鎌倉殿や父たちが奥州征伐に出立したとき、わたしは鶴岡八幡宮に戦勝祈願の百度参りをしました」

政子は大枝を広げた楠の木陰に入り、ごつごつした幹に手を触れ、顔を上げて木漏れ日を受け止めながら、静かに言った。

「武家の女が勝利を願うのは当然のこと。父が願成就院を建立したのも、実を申せば、奥州を滅ぼす宿願のため」

「やはり」

わたしは吐息を吐き出した。時政の本心はやはりそこにあったか。

奥州藤原氏と奥州の民の安寧を祈るための仏像を造ったわたしが、それを滅ぼすための仏の像を造ったのだ。なんという因縁か。

絶句しているわたしを政子はじっと見やり、うしろめたげに目を逸《そ》らすと、しぼり出すような声で言葉を継いだ。

「ですが、父はけっしてあなたを謀《たばか》ったのではありません。奥州はいずれ滅ぼさぬわけにはいかなかった。父は先を読んだのです。それがわが北条家のため、鎌倉殿のため、ひいてはわたしのためと」

「自分たちが生き残るためには、敵を滅ぼすしかない。それが武門の宿命と？」

わたしは時政にも訊いたことをふたたび口にした。

だが、平泉もそう考えていたのか？ 北の大地で、自分たちの国を営んでいただけではないのか？ 共存は考えられなかったのか？ けだもののように食い合い、殺し合うのが武家の本性というわけか。

わたしの怒りを感じ取り、政子はいまにも泣き出しそうに頰をひくつかせて言った。

「勝者も敗者も多大な犠牲を出すのが戦の常。いえ、武者のみならず、民は兵にかり出され、家を焼かれ、田畑を踏みにじられて、塗炭《とたん》の苦しみを味わいます。勝ったわれらはその罪業を背負わねばなりません。未来永劫、子々孫々です」

「永福寺は、そのための寺と？」

わたしは空しさと怒りを同時に吐き出した。そんな詭弁《きべん》に騙《だま》されるか。勝者の贖罪《しょくざい》など、滅ぼされた側が喜ぶか。

政子はわたしを凝視してうなずいた。

「敵だけではありません。親族も敵になり、若い二人を傷つけ、苦しませてしまいました」

木曾義仲の遺児義高《よしたか》と政子の娘大姫のことだと、わたしはようやく気づいた。義仲の人質として鎌倉に送られてきていた義高は大姫と恋仲になり、許嫁《いいなずけ》になったが、義仲と頼朝の関係が悪くなり、義仲が討たれると、義高も処刑された。それ以来、大姫は気鬱《きうつ》の病になり、両親を避けていると聞いたことがある。

「義経どのの愛妾《あいしょう》静御前が産んだ赤子まで、われらは殺してしまいました」

どんな僅《わず》かな危険でも見逃せば、あとあと禍根《かこん》を残すことになる。頼朝は慈悲をかけて清盛入道の轍を踏む愚を誰よりも知り抜いている。政子がどう命乞《ご》いしても許すわけはなかった。

「わたしはどう償ったらよいのか。そればかり考えてきました。願成就院の阿弥陀さまにこたえを求めました」

「それで？」

かの御仏はどうこたえたか。

だが、政子は泣き出しそうな顔でかぶりを振った。

「ただ、強くなれ、と。光明皇后さまのように、雄々しく強いおなごになれ、と」

十

政子の一途《いちず》さをわたしは認める。武家の論理も、認めたくはないが、わかる。だが、仏師のわたしはどう考えればいいのか。その思いが頭から離れなくなった。

敵対する双方がそれぞれおのれの利益《りやく》を仏に求める。私利私欲だ。そのために寺を造り、御仏の像を造る。相容《あいい》れぬその二つを課せられた仏師は、どう考えればいいのか。なにをよりどころにすればよいのか。

自分は像を造るだけで、願主がそれに託すものまでは関知しなくてもよい。そう割り切ればいいのか。御仏に任せればよいのか。その導きに委《ゆだ》ねればいいのか。

（仏の像を造るのは、仏を造ることとは違う。そういうことか）

いままで当たり前にやってきた造仏と、仏師というもののありかたを、いま、突きつけられている。

ただ一つ、それだけは確かにわかることは、仏師は自分の作品を造るのではないということだ。仏の像は仏師の作品ではない。自分らしいものを造りたいという思いは、我欲であってはならないということだ。

政子がいうとおりだ。願主が造らせる目的が贖罪《しょくざい》であれば、その仏は贖罪の仏になる。敵調伏のためであれば、そういう仏になる。そう思えばいいのか。

彫っていても、気づくとそんなことばかり考えている。疲れきって寝床に倒れ込んだ後も、闇《やみ》の中でかっと目を見開き、気づけば呻《うめ》き声をあげている。答えが見つからぬまま仕事に追われ、迷いはさらに深くなる。


次第にささくれ立っていくわたしを癒《いや》してくれる女ができた。

女の名は由良《ゆら》。年はようやく十八。

鎌倉の地に御家人の家屋敷が増え、里山と浜の間に細長い町並ができると、さっそく酒楼が軒を連ねる一角ができた。京や奈良の色町とは雲泥《うんでい》の差の、板屋根が海風で吹き飛ばされぬよう石を置いた軒の低い建物の、いたって雑駁《ざっぱく》な通りだが、どの店にも春をひさぐ女がいて、客は御家人の供で郷里を離れて鎌倉に滞在している郎党たちだった。遊女といっても、琵琶《びわ》一つ弾けるわけでなし、むろん今様など聞いたこともないような、泥臭い地元の女たちである。

由良は三浦の漁師の娘で、浜の強烈な陽射を浴び潮風にさらされて育ったせいで、赤銅色の肌と赤茶けた髪の女だ。聞けば、よちよち歩きの頃から母親や兄たちと地引網を引いていたそうで、肩にも腕にもふくら脛《はぎ》にもこりこりと筋肉がついた、引き締まったからだつきをしている。しゃべる言葉ときたら粗野な漁師言葉と濁った東国訛《なま》りで、聞き取れないことも多いが、大声で笑い、くるくるからだを動かす。その小気味よさに惹《ひ》かれ、夜寝つけないほど疲れきった日には、酒をあおるかわりに由良を買い、抱いた。ビシビシと尾ひれを打ちつけて跳ねる魚のようなからだを抱きしめると、生命の力を感じた。

馴染《なじ》みになって間もなく、与えられた工房の片隅にある住房に引き取った。他の仏師たちもそれぞれ、酒楼の女に馴染んで無聊《ぶりょう》を慰めている。由良を引き取ったのは、身のまわりの世話をさせるためと、仏師たちの食事づくりのためだった。繕いや洗濯は雑だし、日々の用に預ける銭の管理ときたらだらしなくて目も当てられないが、浜育ちの彼女がつくる雑魚《ざこ》と根菜のごった煮や味噌《みそ》仕立ての汁は仏師たちを喜ばせ、陽気な笑い声が彼らの疲労と緊張とでささくれだった神経を癒してくれる。

「妾《めかけ》が欲しいなら、わしの娘か姪《めい》をくれてやったものを。よりにもよって、あれとはな」

時政や親しくなった御家人たちに呆《あき》れられたが、それが好意であれ、武家の女をもらって親族になるのはまっぴらごめんだ。

「いやいや、下女がわりでして、妾というようなものではございませぬ」

妻への義理立てというような殊勝な気持はないが、三男一女となさぬ仲の長男を抱えて留守を守っている狭霧にすまぬという思いはある。その場限りの情欲の相手なら許せても、鎌倉の武家女を側妻《そばめ》にしたなどと知ったら、それこそ夜叉《やしゃ》のごとく荒れ狂うであろう。後々面倒なことになるのが目に見えている。

「しかしながら、がさつですが、なかなかええ女《おなご》を見つけたと思うております。それに、潮臭いのも一興」

わざとらしくにやりと笑ってみせて受け流した。

「どうせあたえは雑魚だよ。せいぜいサバかイワシ。都あたりの上品な白身魚と味が違うのはあたりまえさ。ふんっ。生臭いのに飽きたら放り出しゃいいだろ」

鼻の穴をふくらませて悪態をつく小面憎《こづらにく》さにはうんざりさせられるが、それが由良なりの、いずれは別れる相手への腹の据えようと思えば、愛《いと》おしくもある。

すぐに由良は身ごもり、月満ちてまるまると肥えた男の赤子を産んだ。

腹が空《す》く暇もなくまた身ごもり、一年後にはもう一人、これまた男児を産み落とした。

「おまえはまるで犬じゃな。ようもやすやす産み落としよる」

からかい半分で悪態をついたのは、わたしの喜びの表現だった。

「こやつらは、わしの五男と六男だ。ふたりとも仏師にする」

それが運慶の息子に生まれた者の宿命だ。否《いや》も応《おう》もない。

「なに言ってんだい。そんなのまっぴらごめんだよ。この子らはあたえの子だ。あんたの勝手にさせるもんか」

由良は赤子を胸に抱きしめ、上の子をひしと脇《わき》に引きつけて、わたしを白い目で睨《にら》みあげた。わたしが奈良に帰るとき、この子らも連れていかれると怖れているのだ。

「おまえも一緒にいけばいいではないか。それに、まだ先のことじゃ。ここでまだまだ仕事をする。当分ここから離れはせぬ」

永福寺の仕事はようやく軌道に乗ってきているが、まだ一年やそこらはかかる。本堂に納める本尊の三尊像と諸仏以外に、付随する堂宇の諸仏もつくる。

さらに御家人たちからの依頼が殺到している。小仏師たちに割り振ってはいるが、願主の希望を聞いて絵図を起こすのはわたしの仕事だ。ここではわたしが大仏師であり、棟梁《とうりょう》の立場にある。最終的な責任を負うのもわたしだ。

頭が痛いのは、仏師たちの力量にばらつきが大きくなってきたことである。もともと経験も技量もそれぞれ異なり、得手不得手の違いもあったが、この坂東に来て仕事をこなすうちに、腕が上がった者と本来の力が出せずにいる者とが出てきた。坂東の好みに合わせられる柔軟性があるかないかの違いだけでない。この地の人間を見下し、馬鹿《ばか》にしている者は、しょっちゅう不平不満をもらし、仕事に身が入らず雑になる。工房が休みの日は朝から酒楼に入りびたり、女に入れあげる。喧嘩沙汰《けんかざた》で怪我《けが》を負う。悪い噂が絶えない者の始末をつけるのもわたしの役目である。

中にはわたしの指図にいちいち反抗的な者もいる。棟梁でもない傍流の、それもまだやっと中堅の指図に従わなくてはならぬ筋合はない。腹の底でそう見下しているのだ。

ことに高円《こうえん》という仏師はわたしより十歳も年上で、成朝の右腕と自他ともに認める力量の持ち主、気性も大の負けず嫌いときている。成朝が後のことはおまえに任せるといって帰国し、彼自身、その自信もあったから、わたしの指示にことごとく異を唱える。

「成朝どのはそういうやり方はなさらぬ。承服できぬ」

あからさまに口元をゆがめて舌打ちした高円を、わたしは怒鳴りつけた。

「ならば、奈良へ行って成朝どのに訊《き》いてこい。それでもわたしに従えぬというなら、二度ともどってくるなっ」

たかだか台座の蓮弁《れんべん》の反りをもう少し大きくするか否かというだけの、たいして大きな問題ではないのに、積もりに積もった相互の反感が火を噴いた瞬間だった。

翌朝、高円の姿は消えた。はたして奈良へ帰ったのか、それともどこか他の地に流れていったか。皆、案じてあれこれ口にしたが、わたしは確かめようとしなかった。

一年ほどして、安房国の某寺に打ち合わせに出かけていった小仏師のひとりが、二月ほど前から得体の知れぬ流れ者の仏師が村はずれの辻堂に住みつき、像の修理をして銭を貰《もら》っていたが、寒さしのぎの焚火《たきび》で小火《ぼや》を出し、姿をくらませてしまったと聞き込んできた。人相風体からして高円らしい。

「あやつが自分で選んだ道だ。しかたあるまい」

皆にはそういったものの、あたら腕のある仏師を使いこなせず、浮浪の身に落としてしまったという悔いがわたしの中に重くのしかかった。

気性も能力もさまざまな者たちを束ね、自分の思うように使いこなす。その者の能力を引き出し、反抗を抑え込む。自分自身の好悪の感情を抑える。それがいかにむずかしいか。みずからの心身をすり減らす重圧か。

それが大仏師という存在だ。上に立つ者の宿命だ。そう自分に言い聞かせつつ、逐《ちく》電《てん》した高円をふと羨《うらや》ましく思うことがある。

十一

いま完成したばかりの大日如来像を前に、わたしは頭の中でもう一つの大日如来の姿を思い描いた。

円成寺の大日如来。初めて自分ひとりの手で完成させた、記念すべき作。自分の原点だ。あそこからすべてが始まったという思いが、いまもある。

二つの像が並んで坐している場面を想像し、しげしげと見比べた。

新しいのは足利義兼《よしかね》からの注文だ。

義兼は下野国足利の地に在していることから足利姓を名乗っているが、かの八幡太郎義家の曾孫にあたり、本姓は源氏。母は熱田大宮司の娘だから頼朝とは父方母方どちらからも近い血縁であり、しかも妻は北条政子の妹時子。頼朝は義兄でもあるという、二重三重の縁で結ばれている。平氏討伐と奥州攻めに従軍し、幕府の創建に貢献した出来物で、上総国の国司に任じられている。

その頼朝門葉の士が、思うところがあったか、身内の菩提を弔うために創建した菩提寺の樺崎寺《かばさきでら》に一堂を建立した。その本尊とする大日如来像をわたしに依頼してきたのは、永福寺での仕事を鎌倉へ来るたびに見にきていたのと、舅《しゅうと》の時政の願成就院にもしばしば訪れていたからである。

彼といると話がつきない。御家人の統率という剛毅《ごうき》な武辺者でなくてはできない立場にあるにもかかわらず、なかなか好学の士で、漢籍はもとより、仏法や仏典の類もよく読んでいる。おまけに管弦や書画のたしなみもあるとみえて、鎌倉武士にしては幅と奥行きがある。鋭い質問にたじたじとなりながら、わたしは彼との会話を心から楽しんだ。

義兼が大日如来を篤《あつ》く信仰しているのは、現世利益《げんぜりやく》のための大日如来と、来世の往生を願う阿弥陀如来は同体であるとして、真言密教に浄土思想を取り込んだ覚鑁《かくばん》の思想に傾倒しているためでもある。

「わが寺は、舅どのの願成就院とおなじく、西に山を背負い、堂塔の前に大きな苑池のある浄土庭園にしようと思うとりましてな。晩年はそこで、子孫繁栄とわが心の安寧を願って念仏三昧《ざんまい》の日々を送ろうと。いや、それはいかにも強欲にすぎますかな。わしが戦場で命を奪った大勢の敵兵の魂が、そんな虫のいいことを赦《ゆる》すはずがないでしょうかな」

そう言って複雑な表情で笑ってみせた。

わたしより年下なのに老成した感があるのは、戦つづきのこれまでであったからか。栄耀栄華《えいようえいが》と滅亡は表裏一体であることを知り尽くし、それでも両方願わずにいられない。そんな人間の業を自覚しているところが共感できた。

その思いがおのずと出たか、おだやかな大日如来になった。円成寺の大日如来同様、智拳印《ちけんいん》を結ぶ金剛界の大日如来だが、それより一尺あまり小さい像高二尺余（約六十一センチ余）、双子のようによく似てはいるが、それよりやわらかく、円熟した姿といおうか。ゆったりと坐《ざ》し、静かに見守ってくださる御仏になった。

最後の仕上げに、義兼の目の前で像の胎内に心月輪《しんがちりん》を納めた。水晶の珠と五輪塔形の木柱、それと、義兼が覚鑁の高弟から譲られたという仏舎利一粒。

御仏だけでなく人間にも、清明な満月に似た、悟りの境地の清らかな心、心月輪が内在する。これらはその象徴だ。これが義兼自身の心月輪になればと思う。

余人をまじえず、義兼とふたりだけでおこなった。像の背板をしっかりふさぎ終えるまで、わたしも義兼も一言も言葉を発さなかった。ときおり、裏山から百舌鳥《もず》の啼《な》き騒ぐ声が聞こえる。それに空の高いところで風笛が、空気を引き裂いて、鋭く響いている。まるで森羅万象が耐えきれず上げる悲鳴のようだ。

それを聞きながら、二人並んで坐して仏をふり仰ぎ、どちらもそのまま黙りこくった。

どれだけ沈黙がつづいたか。世界から隔絶されたような、静かな満たされた時間の後、わたしは像を見つめたまま、やっと言葉を発した。

「この御仏を造らせていただいたおかげで、ようやっと見えてきた気がいたします」

「ほう？　どういうことですかな？　何が見えたと？」

まるで弟か幼馴染の親友に対するような慈愛の籠《こも》った声音で尋ねた義兼に、

「わたし自身、巧く造ろうとか、自分らしいものを造ろうという意識を捨て、ひたすらあなたさまの願いを思ってやれた。そういう意味では、初めて無心になれた造仏でした。わたし自身の思いは、おのずとその中に込められる。ようやくそう思える気がします」

わたしは胸にこみ上げる熱いものを心地よく味わいながらこたえた。そんなつもりではなかったのに、抱えてきた迷いを吐き出していた。この人ならわかってくれる。受け止めてくれる。共有してくれる。

「そうですか。仏師には仏師の業《ごう》がある。そういうことですかな」

「はい。その業を抱えて、苦しみながらやっていくしかないのだと」

それが仏師の宿命だ。そう思うことでようやく吹っ切れた。

明日、これを送り出せば、東国での仕事は終わる。

足かけ五年過ごしたここを離れて、奈良へ帰る。

——「やっと」か、「もう」か。

自分自身の心をはかりかねている。

由良と四歳と三歳になったふたりの息子も当然、連れていくつもりでいたが、

「あたえは行かないって言ったろ。奈良ってとこは海がないっていうじゃないか。そんなところで生きていけるかい」

頑強に言いつのり、

「この子らはあんたにくれてやる。連れていきゃいいさ。仏師にさせるがいいさ」

そのくせ、両脇にひしと抱き寄せ、ぼろぼろと涙を流した。

「おっかあが行かぬなら、おらたちもいやだ。おとうと一緒には行かぬ」

上の子がわたしを睨《にら》みあげて言えば、下の子も唇をきつく嚙《か》んでうなずくのだ。

「ここで漁師になるつもりか？　それとも、御家人の郎党になりたいか」

わたしは溜息《ためいき》をついた。

それならそれでしかたがない。無理強いはできぬ。この幼さで母親と引き離される不憫《ふびん》さは、赤子のときに実の母親から引き離されて顔も知らぬ長男でつくづく思い知らされている。この子らにおなじ思いはさせたくない。

だが、驚いたことに由良のほうが承知しなかった。息子たちの頬をひっ叩《ぱた》き、

「おまえたち、そんな料簡違いは赦しゃしないよ。あたえは漁師や武家の小者の子を産んだんじゃない。仏師の子を産んだんだ。仏師運慶の子を産んだんだ。それが得心できぬというなら、あたえの子でもない。いますぐ縁切りだ。二人してどこへとなり出ておいき。さあ、とっとと行っちまいな」

子らの手をつかんで立ち上がらせ、泣きわめくのもかまわず、戸口へと引きずっていった。

「兄弟そろって野垂れ死にか、狼《おおかみ》に食われて死ぬか、それがおまえたちの定めなんだろう。おっかあはそう思って諦《あきら》める。だから、おまえたちもそう思って観念しな」

すさまじい剣幕に、ただあっけにとられて見ていたわたしは、そのときようやく、由良の心を理解した。わたしに託されたものの大きさを知った。

第三章　棟梁《とうりょう》の座

一

成朝の住房の引き戸を開けようとしたわたしは、ふと気配を感じて手を止めた。小窓からそっと中を覗《のぞ》くと、成朝と抱き合う狭霧の背中が見えた。床から半身を起こした成朝が狭霧の胸に顔を埋め、むせび泣いている。

「死にとうない。まだ死にとうない。もっと彫りたい」

呻《うめ》くように言う成朝の口を、狭霧の唇が塞《ふさ》いだ。

わたしが鎌倉へ下ったのと入れ違いに奈良へもどってきた成朝は、中途のまま放り投げていた興福寺食堂《じきどう》の造仏を再開した。いやいやという体《てい》で、出来はかならずしもよくはなかったが、鎌倉殿の菩提寺《ぼだいじ》の造仏を請け負い、完成させてきた自負は彼をますます増長させていた。落慶法要に際して慣例によって褒賞が与えられることになったが、成朝は御寺《みてら》仏師の直系たる自分が無位のままなのは不当であり、僧綱位をいただいてしかるべきだと言い出したのだった。わたしが奈良へ帰って間もなくのことである。

たしかに、仏師にとって僧綱位は唯一《ゆいいつ》の身分保障であり、社会的地位である。最高位が法印《ほういん》、二番目が法眼《ほうげん》、第三位が法橋《ほっきょう》の三段階で、主に仏師や絵仏師に与えられる。南都仏師では現在、康慶が唯一、法橋を経て法眼位にあるだけで、院派や円派の京仏師集団に大きく水をあけられている。東大寺や興福寺としても、再興計画に参画する仏師は僧綱位を持つ者が一人でも多いほうがよいと判断し、成朝の僧綱位を朝廷に申請してくれた。その結果、最初に与えられる法橋位に就くことが決まったが、その直前、卒中で倒れたのである。

一命はとりとめたものの、右半身に麻痺《まひ》が残った。起きあがってからだを支えることも、立って歩くこともできなくなった。

わたしは妻の狭霧に命じて、成朝の看病と身のまわりの世話をさせている。東国に下る前に妻と子を失《な》くした成朝は独り身で、飯炊《た》きの老婆《ろうば》がいるだけの暮らしだったから、介護する女手が必要だった。百姓女を雇っても、生来気難しいうえに、思うようにならぬ焦《じ》れでますます当たり散らす。わめきたてたり、物を投げつけたりするので、すぐに逃げられてしまい、見かねたわたしが父と相談して、子育ても一段落して暇になっている狭霧をつけてやることにしたのだった。

狭霧は、わたしが鎌倉から連れてきた二人の幼児を育てさせられるのが業腹《ごうはら》でならず、そちらは子守女を雇って面倒を見させるのを条件に、成朝の介護を承知したのだった。むろん最初は不承不承だったが、成朝もさすがに雇い女に対するようなわがままは言えないとみえて狭霧のいうことはおとなしく聞くから、狭霧も次第に懇切になってきていた。

「考えてみれば、気の毒なお方です。位を得て、いよいよこれからというときにこんなことになって。焦れて荒れるのも無理ありませんわ」

同情のこもった口ぶりでいい、せっせと通って世話をし始めたから、わたしはほっとしていたのである。

だが、不随の身になっても、成朝は鑿《のみ》を離そうとしなかった。

握っても握っても、すぐぽろりと落ちる。呻きながら拾い上げ、必死に握り直す。布きれで掌に括《くく》りつけた鑿の刃先を板にあてがい、渾身《こんしん》の力を込めて槌《つち》を打つ。だが刃先は無惨に木肌を滑り、薄い板は無惨に割れる。

「これ以上無理をしては、からだに障《さわ》ります。また発作を起こしたら、今度こそ命とりになってしまいます。あなたから言ってやってください。お願いですから、鑿を握るのをやめさせてください」

狭霧が何度も訴えたが、わたしは黙ってかぶりを振った。

成朝はようやく本物の仏師になったのだ。直系という自尊心で威張りかえっていた彼が、彫れなくなって初めて、心の底から彫りたいと切望するようになった。そんな彼をわたしは初めて尊敬するようになっていた。たとえ命を縮めることになってでも、彼の望むようにしてやりたい。苦痛にのたうちまわってでも、仏師として死ぬほうがいい。そう思っていた。

だが、成朝と狭霧がいつしか心を通じ合わせるようになっていたのを、わたしはまったく気づかなかった。

成朝が狭霧の胸から顔を上げ、覗いているわたしと目が合った。

――運慶、おまえ、知っていたのか？

成朝の目が訊《き》いた。

いや、錯覚だ。実際は、ふたりは気づかなかった。わたしは足音を忍ばせてその場を離れた。

半年後、成朝は死んだ。わたしは彼が死ぬまで、狭霧にはそのときのことは何も言わず、死んだ後も何も訊かなかった。

ただ、ときおり、夢を見る。狭霧と抱き合った成朝がわたしに訊く。

「おまえは知っていたのか」

わたしはこたえる。

「ええ、知っていましたよ。成朝どの。妻はあなたを慕っております。心から慕い、愛《いと》しいと思っているのを、不義と責められるか……」

最後は躊躇《ためら》うように途切れた。

すると、狭霧がふり返り、高らかに笑う。

「そうですとも。わたくしはあなたよりこの人が愛しい。あなたの負けです」

成朝は悲しげにかぶりを振り、狭霧をさらにきつく抱きしめる。仰向いた狭霧は恍《こう》惚《こつ》の表情を浮かべて白い喉《のど》を喘がせ、吐息をつく。ふたりは忘我の波間に漂い、気づくとわたしは一人とり残されているのだ。

ふたりの淫《みだ》らな姿が頭を離れない。からみ合う二つのからだ、わななく指、そりかえった足先、ぬめぬめと光る汗。けがらわしいと思いつつ、だが醜いとは思えない。

肉欲こそ人間の煩悩《ぼんのう》の極北だ。人間の業《ごう》そのものだ。仏の道は煩悩を滅することにある。しかし、生身の人間に煩悩を捨てきることができるのか？

いや、できはしない。煩悩を抱えて生きるしかないのだ。煩悩の業火に焼かれ、悩み苦しみ、あがきながら生きるしか、すべはないのだ。

だとしたら、仏菩薩《ぶつぼさつ》もまた、かつて生身の人間であった頃は、その苦しみをいやというほど味わったはずだ。その記憶はいまも、そのからだの奥深くに刻み込まれているはずだ。

（成朝どの、その姿を、そのまま仏のすがたとして、つくることができないでしょうか）

わたしは虚空《こくう》に向って問いかけた。

（狭霧よ。おまえのその淫らな姿がそのまま仏なのではないか？　違うか？）

夢から醒《さ》めたけだるさの中で、くり返しそう思う。そう思うことでしか、ふたりを赦せない。

二

一乗院仏所の奥座敷に、父と快慶、それにわたしが顔をそろえている。父から大事な話があると呼ばれた。

二月末のうららかな春の午後で、板戸を開け放した廂《ひさし》から花の香をふくんだ温気が流れ込んでくる。縁先の手洗いの手水鉢《ちょうずばち》にあたる陽が、軒裏に反射し、さらに床に映って光の環がまばゆくゆらめいている。

それを目を細めて見やりながら、父がいつになく陰鬱《いんうつ》な声で切り出した。

「来月の東大寺大仏殿の落慶法要の際、ありがたくもわしに造仏賞を与えると、重源さまを通じて九条関白さまからお達しがあった」

「それは、おめでとうございます。では、いまの法眼位から法印に昇られるということですな。南都仏師で初めての快挙。われら弟子一同、何より大きな励みになります」

快慶が感極まった声音で言った。

名実ともに康慶が南都仏師の棟梁として公に認められ、これまで京仏師以外いなかった最高位の法印に叙せられることになったのだ。まさに快挙だが、

「これも」

快慶は言いかけて、後の言葉を呑《の》みこんだ。

成朝が死んで、直系云々《うんぬん》と主張する者がいなくなったおかげ――。

温厚な快慶はさすがに口に出すのは憚《はばか》ったのだとわたしは察した。

「快慶、そちは法橋位に叙される。重源さまが是非にと関白さまにお頼みしてくださった」

「わたしがですか？　まさか」

快慶は信じられぬという顔で絶句したが、わたしの胸に嫉妬《しっと》の痛みが走った。

快慶はわたしが関東にいる間、めざましい仕事をこなしてきた。まず、快慶自身が願主となって造り、興福寺に納めた弥勒菩薩立像。三尺余の小像ながら丁寧な彫りで、いかにも彼らしい端正な作だ。

次に、醍醐寺の勝賢座主《しょうけんざす》が後白河法皇の追善のために発願した三宝院の本尊である四尺弱の弥勒菩薩坐像。金箔《きんぱく》押し仕上げではなく、宋国の流行をとり入れてわが国初の金泥《きんでい》塗り仕上げをほどこした意欲作だ。金箔仕上げと違い、ぬめぬめと内側から光が滲み出す感がある。造形は康慶が興福寺南円堂で造った本尊の不空羂索観音《ふくうけんじゃく》坐像によく似た明快な顔立ちと、姿態の豊かな量感に左右均等の衣文や装飾の華麗さを加え、独自の作風を築き上げている。

重源上人が快慶をいたく気に入っており、勝賢座主に紹介したのも上人だった。快慶自身も上人に深く帰依《きえ》し、「南無阿弥陀仏」と号する上人から「安阿弥陀仏《あんなみだぶつ》」の名を与えられている。上人はさらに、東大寺中門の二天像を快慶にやらせるよう父に掛け合い、わたしの弟の定覚と一体ずつ制作した。

大作を次々にこなし、一作ごとに確実に腕を上げている快慶が評価されるのは当然だ。そう思いながらも、わたしはとり残されたような苦い敗北感を嚙《か》みしめた。

だが、康慶は快慶に視線を当てて意外なことを口にした。

「わしは法印位昇叙《しょうじょ》を辞退する。そのかわり、この運慶を法眼にしていただく」

今度はわたしが、まさか、と絶句する番だった。

わたしは関東から帰ってきたあと、東大寺中門二天像の仕事を小仏師として手伝っただけで、大仏師として大きな仕事は一つもしていない。まして、法橋位を飛び越していきなり法眼位に昇るなど、聞いたことがない。

「棟梁。それはつまり」

快慶は師を正面から見据えて言いにくいことを口にした。

「運慶どのが次代の棟梁になる。その布石というわけですか」

表情は温和なままだが、その声音は軋《きし》んでいた。

「いかにも、そのとおりじゃ」

康慶は重々しくうなずき、さらに語気を強めて言葉を継いだ。

「そこでじゃ、快慶、そちには法橋位を辞退して、湛慶に譲ってやってほしい」

言い放つと、父は快慶の視線を避けて目をつぶった。

——自分の後は運慶が継ぎ、その後は運慶の長子湛慶が継ぐ。

奈良仏師の棟梁の座は自分の血筋で世襲する。そう宣言したのだ。

わたしは呆然《ぼうぜん》と父の顔を見つめた。

無理無体はもとより承知。拒否は許さぬ。父の奥歯をぐっと嚙みしめた頰の緊張に、それが表れていた。

重い沈黙が落ちた。

仏所の裏庭に一本だけある遅咲きの桜の枝で鶯《うぐいす》がさえずっている。壁に立てかけて乾燥させている木材にようやく傾きかけた陽射が反射し、あたりをしらしらと発光させている。暮れなずむ春の夕だ。

「承知してくれたら、向後はわしの指図がなくとも、自由に注文を受けて仕事してよい」

「棟梁、それはどういう意味でありましょうか」

快慶が喉にからんだ声で訊いた。

「まさか、わたしを破門なさると？」

「そうではない。配下の者たちを連れて自分の工房を営むのを許すということだ。むろん、わが一門であることに変わりはないし、わしはそちの師であり、そちがわしの弟子であることにも変わりはない」

「無位のまま独立せよと、そうおっしゃるのですな」

快慶の声が震えた。それがいかに酷なことか、仏師なら誰でもわかる。

だが、康慶の声音は微塵《みじん》もゆらがなかった。

「のう、快慶。向後、東大寺の仕事はいまにも増して多くなる。これからとりかかる大仏殿の四天王像と脇侍《きょうじ》像は、おそろしく巨大な御像になる。重源さまはそれをわれら一門にすべて任せてくださるお心づもりだ。そちの力がどうしても必要なのだ」

その言葉は、すでに快慶の処遇について重源上人と話がついているという意味だ。あるいは見返りに大仏殿諸像の仕事を約束されたのかもしれないとわたしはようやく察した。

「それ以外にも、快慶、そちは思う存分、仕事ができる。上人さまじきじきに名指しされて仕事ができるのだ。実力さえあれば、位などいかほどのものか。なまじわしの指図を受けずともよい分、面倒な制約もない。悪い話ではないと思うが」

言葉を尽せば尽くすほど、快慶を地位から外そうという父の魂胆と身勝手さが透けて見えて、わたしはいたたまれない気持で快慶の横顔を窺《うかが》った。

「わかりました。棟梁のお指図に従います」

快慶は一瞬、鋭い目でわたしを見つめ、それからふっと視線を外した。その横顔には何も浮かんでいなかった。

三

昨夜来の春の豪雨はようやくやんだが、濃い靄が夜明け前の青い大気を煙らせている。

建久《けんきゅう》六年（一一九五）三月十二日。待ちに待った東大寺大仏殿の落慶法要の朝だ。

数千の大衆《だいしゅ》や在家信者、町衆らが未明から惣門《そうもん》の前につめかけている。わたしも父やせがれらとともに入場の時を待ち、群衆の頭越しに、大仏殿の大屋根が甍《いらか》も黒々と巨大な獣のようにうずくまっているのを感慨にひたりながら見つめている。

「やれやれ、十年前の大仏開眼供養《くよう》のときには、途中からひどい嵐《あらし》になってしもうたが、今日はどうであろうな。昨夜は夜中に地震もあったし、またしても波乱の一日にならねばよいがのう」

まわりにひしめき合う大衆らが声高に話している。

「鎌倉殿の軍兵が寺の四方八方とりまいておるぞ。ほれ、見よ。惣門の左右に矢を番《つが》えた射手まで配しておるわ。警護というが、ものものしすぎて興醒めじゃな」

頼朝は数万の大軍勢を引き連れ、妻の政子、長女大姫や息子らを伴って上洛。鴨東の源氏の館六波羅《ろくはら》亭で疲れを癒した後、途中、石清水八幡宮に一泊して、一昨日、奈良に到着。東大寺東南院に入った。

その日、夜半になって後鳥羽天皇も関白九条兼実卿《きょう》ら上卿方を従えて行幸してきて、すでに下向していた御生母の七条《しちじょう》女院藤原殖子《たねこ》と合流した。旅行や移転を忌《い》む厄日の往亡日《おうもうにち》をおしての京外行幸は前例のないことで、なんとしても鎌倉殿と同日に到着しなくてはならぬ義理があるのかと噂《うわさ》されている。

「こうして大仏殿が復興できたのは、ひとえに鎌倉殿のおかげ。主役は彼というわけじゃ。お株をとられた腹いせに、なんとしても同日に到着したかったのよ」

そんな口さがないことまで言いたてる者たちもいて、町の者たちは両者のせめぎ合いを無責任に面白がっているのである。

頼朝はさらに昨日、黄金一千両、馬一千頭、上絹一千疋《びき》、米一万石という莫大《ばくだい》な財物を施入して奈良中の度胆を抜いた。平泉の藤原秀衡が健在のときには、大量の黄金を寄進して威勢を示したが、平泉滅亡後は頼朝が大檀越《だいだんおつ》の面目を独占した感がある。

帝も摂関家もその事実の前には頭を垂れてうなだれるしかないのだ。

「それは百も承知じゃが、しかし、わざわざ大軍勢を引き連れてきよったのは、この法要のためだけではあるまい。朝廷を威嚇《いかく》するのが目的。武家のやることときたら、いっつも剣呑《けんのん》じゃ。焼討しよった平氏の鬼畜どもと変わりゃせんわ」

さすがに最後は声をひそめた。

卯《う》の刻（午前六時）、日の出を告げる鐘の音とともに、将軍家と御台所《みだいどころ》の御車が前後してやってきた。

随行の騎馬武者は御車の前後に分かれて二十八騎。正装の大紋姿の有力御家人たちだ。指揮する先陣の先頭は六年ぶりに見るなつかしい顔だった。三浦の和田義盛、浄楽寺の開祖だ。わたしが息子たちや弟子らにも命じてそろって深々と頭を下げてみせると、義盛は得意げな顔でうなずき返した。一世一代の晴れがましい舞台で、うやうやしく挨拶《あいさつ》されるのはさぞ気分がよかろう。

随兵たちが堂前の廂に着座すると、ようやく大衆の場内入場となった。

霧雨に濡《ぬ》れそぼって一刻もじっと待った数百人はわれ先に押し寄せ、たちまち警護の兵ともみあいになった。

「ええい、鎮《しず》まれっ。鎮まらぬと蹴散《けち》らしてくれるぞっ」

後陣の最後尾を務める梶原景時《かじわらかげとき》が騎馬のまま駆けもどってくると、腰の太刀を抜いて振り上げ、大声で怒鳴った。強引に馬をけしかけ、いまにも本当に蹴散らさんばかりだ。

大衆らはそれでも引き下がらず、居丈高に叫び返した。

「下馬札の文字も読めんような田舎武者が、偉そうにほざくなっ。やれるものならやってみろ」

「仏前で白刃を振りまわすとは、外道にも劣る鬼か畜生ぞ。恥を知りやがれっ」

「おのれ。一の御家人と承知で愚弄《ぐろう》するとは、将軍家を愚弄するもおなじぞ」

景時がなおも白刃を振りかざして吠《ほ》え立てると、

「笑わせよるわ。一の御家人がそれでは鎌倉殿もお里が知れるわ」

互いの兵たちも加わって罵詈《ばり》雑言《ぞうごん》の応酬になり、狼藉《ろうぜき》はたちまち過熱して騒然となった。大衆の多くは焼討で戦い、多くの朋輩《ほうばい》を失って、やっと生き残った僧兵たちだ。いまだに心底では武家に対して抜きがたい遺恨を抱いているのである。

あわや乱闘、というとき、将軍家の指示を受けた一人の武者がうやうやしい態度で席を立ち、群衆と兵の間に進み出た。

「畏《おそ》れ多くも将軍家の使者として申し上げる」

大衆らの前にひざまずくと、身を屈めて敬礼したから、皆、あっけにとられて怒声をおさめた。

「当寺は平相国のために焼亡し、むなしく礎石を残してことごとく灰燼《かいじん》となり申した。衆徒の悲嘆、いかばかりかとお察し申す。われらが源氏はたまさか大檀越となり、造営の初めよりいまに至るまで、微功を励まし、合力してまいった。あまつさえ、魔障を断ち、仏事を遂げんがため、数百里を旅して大伽藍《だいがらん》の縁辺に詣《もう》でたのである。それなのに、そのほうら衆徒は、なにゆえ歓喜いたさぬのか。われら無慙《むざん》の武士ですら、結縁《けちえん》を思い、この大事業の一遇たるを喜んでおるに、そのほうら有智《うち》の僧侶《そうりょ》は、なにゆえ違乱を好み、わが寺の再興を妨げるのか。造意すこぶる不当なり」

朗々と述べたてた。年の頃は二十代後半、きりっと線の鋭い眉目秀麗《びもくしゅうれい》な男だ。

「これはまいった。礼にかなった見事な挙措《きょそ》。野蛮はわしらのほうじゃ」

「あなたはどちらのどなたさまで。是非とも御名を名乗ってくだされ」

大衆たちが口々に請《こ》うと、武士は照れたような笑顔を見せた。

「それがしは、下総国は結城の住人、結城朝光《ゆうきともみつ》と申す者にござる。いや、いささか口はばったいことを申してしもうた。お赦《ゆる》しあれ」

風が吹き抜ける野原で馬を駆る姿が想像できるような、素朴で人なつっこい武者だ。

（なんともすがしい。これぞ坂東の男だ）
わたしの脳裏に坂東の地で過ごした足かけ五年のさまざまな光景がまざまざとよみがえり、われ知らず微笑《ほほえ》んだ。あの頃は自由に仕事ができた。あの気風が、あの武者たちが支持してくれたからだといまさらながら思いあたる。

後鳥羽天皇の鳳輦《ほうれん》がしずしずと入場し、女院の御車がつづいた。

鳳輦から降り立った帝は御年十六。三年前、祖父の後白河法皇が崩御してからは親政を始め、若いながら帝王の自信に満ちあふれ、いかにも堂々としているように見える。

それにひきかえ関白九条兼実卿は、もっぱら帝より鎌倉殿に気を遣っているように見えて、周囲の者たちも失笑をもらしている。

新造の大仏殿は創建時の基壇と礎石をなるべく使い、規模はほぼそのまま。ただ、重源上人の好みで宋の建築様式を取り入れ、大屋根の反りも以前より大げさで派手になった。

艶《つや》やかな朱塗の太柱がひときわ目を引く。上人が苦労を重ねて諸国を探し求め、やっとのことで周防国の山で調達した木材だ。残りはこれから、われら康慶一門が殿内の造仏に使うことになっている。

──いよいよ正念場だ。わが一門の命運を賭《か》ける大仕事だ。わたしは空をふり仰いで身震いした。わたし自身にとっても、法眼としての初めての大仕事である。明日からいよいよ木取りの作業にかかる。

（快慶どのは……）

快慶の顔が脳裏をよぎった。彼もこの場のどこかにいるはずだが、あれから自分の工房を構え、毎日、顔を合わせることはなくなった。会っても以前のように親しく口をきくことはできなくなっている。

運慶には絶対に負けぬと、闘志を燃やしているであろう。それはわたしも同様だ。快慶の才と実力を誰よりも怖れてもいる。どちらがよいものをつくるか、つくれるか。周囲も鵜《う》の目鷹《たか》の目《め》で見ている。

競い合うことで双方が高みを目指すことになるか。それとも、無益な競《せ》り合いに堕《だ》すか。それは双方の性根次第だとも思う。

だが、自分のほうが踏み外してしまわぬか。功名心に逸《はや》れば、ことさら目立つものを造りたくなる。相手より少しでも人目を引いて賞賛されたい。それしか考えられなくなる。それが怖い。

法要が粛々と始まった。千人の僧侶が声を揃《そろ》えて読経《どきょう》し、前庭の舞台では舞楽が演奏されている。開眼供養会のときとかわらぬ華やかな盛儀だ。だが、十年前に開眼の筆をとった後白河法皇はすでになく、かわりに今日は、その第二皇子の仁和寺御室第六世守覚《しゅかく》法親王の姿がある。人の世は移り変わり、人の命ははかない。

未《ひつじ》の刻（午後二時）、雨がふたたび降りだした。十年前と違い、見物の衆徒たちは周囲を取り巻いて威圧している軍勢を怖れて混乱はないが、雨脚はみるみる強くなった。

雨が眉《まゆ》を伝って目に入る。ぼやける視界もなすがまま、立ち尽くすわたしの目に映る光景は、いつの間にか開眼供養会のときの光景に変わっていた。大仏が横殴りの雨風に御身をさらしておられる。その姿がみるみる焼けただれ、焼討の情景に変わった。どろどろに鎔《と》け出す仏体、ぐらりと傾き、どうと崩れ落ちる御首。燃えあがる大仏殿。人々の悲鳴、泣き叫ぶ声、夜空を焦《こ》がす火柱。

その炎の中から、新造の大仏殿がふたたび立ち上がる。わたしは涙と雨が入り混じって滲む目をようやく、ゆっくり拭《ぬぐ》った。

四

　翌日、わたしは東大寺東南院の執行職《しぎょう》を通じて北条政子に面会を申し込んだ。明早朝には京にもどるとのことで側近に断られたが、政子自身がぜひにと会ってくれた。

「運慶どの、よう来てくれました。五年ぶりですね」

「御台《みだい》さまにおかれましては、あの頃と少しもお変わりなく」

　わたしは世辞を口にした。いまや天下の征夷大将軍の御台所である政子は都ふうの流行《はや》りの衣装に身をつつんでいるが、野暮ったい田舎くささがかえって目立つ。

「お子さま方にこれを。お慰めになればと存じまして」

　わたしは両掌《りょうて》に乗るほどの木彫りの玩具《がんぐ》を差し出した。馬、子犬、兎《うさぎ》、鹿《しか》。怪我《けが》をしないよう、角を削り落として丸っこい形にして、あえて彩色もせず、表面を滑らかに磨いてある。撫《な》でたり抱いたりして心地よい工夫だ。磨きの作業はわたしの下の子らにさせたが、二人とも喜んでやり、その後真似《まね》て造ったりしている。

　今回の上洛に頼朝夫婦は四人の子を引き連れて来ている。十八歳の大姫、嫡男《ちゃくなん》の万寿あらため頼家十四歳、次女の乙姫こと三幡十歳、わたしが奈良に帰る前年に生まれた末子の千幡《せんまん》はまだ四歳。

そんな幼児まで二十日はかかる長旅に連れ出したのは、頼朝に自分が生まれ育った京を妻子に見せ、その文化に触れさせたい気持が強いからであろう。これからは都人と対等に渡り合っていく意志表明と公家《くげ》たちはみている。

「あら、可愛《かわい》らしいこと。皆、喜ぶわ。慣れない地で遊び相手もいないせいか、長男以外は元気がなくて」

あいかわらず率直なものいいだが、心配げに眉をしかめ、しきりに両手を揉《も》みしだいている。子らは京の居館である六波羅亭に置いてきてここへは連れてきていない。政子だけ早く京へもどるのはそのためであろうが、だいぶ神経質になっているらしい。

大姫のことかとわたしは察した。わたしが鎌倉にいる頃、大姫は気鬱《きうつ》の病を患《わずら》っており、ときおりひどくふさぎ込むと聞いた。今回の上洛に子らを引き連れてきたのは、大姫を後鳥羽帝の女御《にょうご》として入内させる話が進んでおり、宮中を牛耳っている丹後《たんごの》局《つぼね》に姫たちを会わせるためもあるという。大姫の病がまだ完全に癒《い》えていないのだとしたら、母親の気苦労は並大抵のものではなかろう。

「首尾よういきますよう、陰ながらお祈りしております」

口に出してしまってから、政子がわずかだが頬を引きつらせたのを見てとり、わたしは後悔した。この人はもしかすると、入内話も宮廷やそこに巣食う人々に近づくことも、本意ではないのかもしれない。見るからに田舎女めいたこの人が、公家衆がしてやられるほどのしたたかなやり手だという丹後局と、はたして対等にやり合えるのか。素朴な強さが通用するのか。

「ええ、願成就院の阿弥陀さまがわたくしを守っていてくださいますから」

政子の言葉がいっそう痛々しくわたしの耳に響いた。

五

東大寺内の作業場で一門の仏師や番匠らがいそがしく立ち働いている。

「いよいよだ。うまくいくか」

どの顔も緊張しきっている。

よその者が見たら、さぞ異様な光景であろう。正中線で正面から真っ二つ、右半身と左半身に分かれた巨大な半身像が四つ、台車に乗せられて並んでいる。

像高三丈（坐高約九メートル）の坐像。虚空蔵《こくうぞう》菩薩と観世音菩薩。大仏殿の本尊盧《る》舎那仏《しゃなぶつ》の両脇侍だ。堂内で安置するときは一丈七尺高（約五メートル）の台座に乗せるから、光背をふくめると大仏の頭頂に達するほどにもなる。

西側に安置される虚空蔵菩薩は父とわたしがそれぞれ半身ずつ造り、東の観世音菩薩は快慶と定覚が半身ずつ造った。半年という短期間で完成させるための画期的な試みだ。

半身ずつ造って矧《は》ぎ合わせる方法は、小さな像ならやったことはあるが、これほどの巨像で可能なのか、細密な寸法を書き入れた絵様《えよう》をもとに雛形《ひながた》を何度も試作したとはいえ、この実物でもしも、少しでも左右がずれていたらと考えると、いつも以上に気が抜けない作業だ。

いよいよ半身ずつを矧ぎ合わせて一体にする。

「よし、虚空蔵からやる。よいか。くれぐれも慎重にだぞ」

正面の位置で床几《しょうぎ》に坐《ざ》して指揮する父の声も、こころなし緊張している。

小仏師、木取りを専門とする番匠、用材を山から伐り出して運搬してくる杣人《そまびと》、それぞれ八十名。全員が息を詰めて台車を押し、仏体が横倒しにならぬよう、横腹や腰を支えながら、慎重に進んだ。

菩薩の左半身と右半身がそろそろと近づいていく。

「待て。右が斜めになっておるぞ」

「左が早すぎる。相手をよう見よ。息を合わせるのだ」

「何をしておる。焦《あせ》るな。落ち着け。焦ると転がり倒れるぞ」

父が険しい声で叱咤《しった》し、そのたびに台車が止まる。皆、顔と首筋から噴き出した汗を拭い、大きく息を吐く。

一歩、また一歩。一寸、また一寸。

息詰まる緊張の中、じりじりと近づいていく。その姿はまるで、おのれの片割れを恋い慕い、呼び合うかのようで、背後から見つめているわたしは胸に迫ってくるものを抑えられなかった。

「あと少しじゃ。気を抜くな」

康慶がしぼり出すように言ったが、誰も声を発しなかった。

最後は、まるで二つの塊がたがいに吸い寄せられるように見えた。

「おおーっ」

「合ったぞ。ぴったりだ」

「見ろよ。鼻先、唇、眉間《みけん》の白毫《びゃくごう》、顎《あご》、首の皺《しわ》、衣の襞《ひだ》、どこも一分のずれもない。まるで最初から一木で造ったようだ」

感嘆の声が上がり、皆、大きく息をついた。

わたしは安堵《あんど》より陶酔を感じた。思考が停止し、意識が脳天から上へと、天に向かって引き上げられていくような、強烈な陶酔感に身を委《ゆだ》ねていた。

「これほどうまくいくとは。さすがは棟梁と運慶どのじゃ」

快慶がごくりと喉を大きく上下させてつぶやき、その横で定覚が不安げに爪《つめ》を嚙んでいるのに気づき、ようやく我に返った。

「よし。次は観世音さまだ」

父が命じ、ふたりが造った半身が慎重に運ばれ、寄り添った。

こちらもぴたりと合った。そうわたしには見えた。

だが、次の瞬間、快慶がすばやく駆け寄った。

「相すみませぬ。棟梁。ほんのわずかですが、ずれがあります。目尻《めじり》の高さが少しばかり不均衡になってしまっております。いや、定覚どのの方ではなく、わたしが下げすぎたのです」

言うが早いか、足場の櫓《やぐら》によじ昇り、お像の顔面に手を延ばすや、丸刀ですばやく彫り直した。

「いたらぬ始末、恥ずかしゅうございます。お赦しを」

下に降りてきて康慶に深々と頭を下げると、そのまま足早に出ていってしまった。

そのうしろ姿を見送りながら、わたしはちいさく溜息《ためいき》をついた。

明らかに定覚が彫った方がほんの少し、上がりすぎていた。

ほんの二寸かそこら。お顔全体の大きさからすれば、ほとんど目立たない程度だ。あとはどこも見事に左右合っている。髪の生え際《ぎわ》、眉間の位置、鼻梁《びりょう》の高さと幅、鼻先、唇、顎先の位置、どれもぴったりだ。

だが、仏菩薩のお顔は、かならず左右均等でなくてはならない。人間の顔は誰でも多かれ少なかれ右と左が違っている。それが豊かな表情にもなり、個性にもなり、また人間というものの不完全さの象徴でもあるのだが、仏菩薩の像はわずかな歪《ゆが》みやずれもあってはならない。悟りの完全なることをあらわすものだからだ。その基本中の基本を踏み外している。

（定覚は？　気づいているか？）

弟を見ると、だらりと頬がゆるんだ無表情で巨像を見つめている。

「よし、今日はこれまでにしよう。明日から仕上げにかかる。皆、精を出してくれ」

父がいつになく疲れきった顔で言い、皆がかたづけにかかったのをみすまして、わたしは弟に声をかけた。

「おい、多聞天《たもんてん》の方は大丈夫であろうな」

その声音は、われながらぞっとするほど冷たかった。

六

見物の大観衆が見守る中、大仏殿に仕上がった四体の巨大な立像が運び込まれ、それぞれの位置に安置されようとしている。

甲冑《かっちゅう》をまとったたくましい武神、四天王像だ。東方の持国天《じこくてん》、南方の増長天《ぞうちょうてん》、西方の広目天《こうもくてん》、北方の多聞天。像高四丈（約十二メートル）。脇侍《きょうじ》よりさらに巨大な像である。

それぞれの姿形と彩色は天平期に造られた原像を踏襲した。甲冑や衣の色や文様は精密な截金《きりかね》と彩色をびっしり施し、いかめしいというより華麗な唐国風だし、身体の色も、持国天は春を象徴する緑、増長天は夏を表わす朱赤、広目天は秋を表わす白、多聞天は冬の黒と、方角と季節に合わせてある。

この四天王は、大仏師四人がそれぞれ一体ずつ担当した。わたしが持国天、父康慶が増長天、快慶が広目天、定覚が多聞天。一番格上とされる東方持国天は本来、惣大仏師たる康慶が造るべきところだが、父はあえてわたしにやらせ、自分は二番目の増長天をうけもった。

「おまえが次の棟梁だと世間に示すためだ。よいか、運慶。それにふさわしい出来でのうては赦さぬぞ。そのために法眼にして箔をつけさせたのを忘れるな」

父の容赦ない言葉に、快慶に無理やり辞退させたいきさつをあらためて突きつけられ、奮い立ったわたしだが、父がかっての技の冴《さ》えを失いかけていることを見抜いてもいた。齢《よわい》六十半ばを過ぎ、いくら二十人の熟練の小仏師を使ってほとんどの作業を任せていても、体力的にきつく、気力では補いきれなくなっているのだ。

父は棟梁の座を降りようとしているのか。それとも、それより先に鑿を握れなくなるか。いずれにせよ、自分が重圧を担《にな》わねばならなくなる日が近いことをひしひしと感じる。

両脇侍とこの四天王、計六体の巨像をわずか半年で完成させたのは、有力御家人たちにそれぞれ分担して資金を提供させた鎌倉殿の強い要請にこたえる必要があったからだが、康慶の焦りがそれだけ大きい証拠でもある。その甲斐《かい》あって世間は、

「速疾の造立《ぞうりゅう》、まさに奇特と謂《い》うべし」

と驚嘆している。こうして安置の作業を公開するよう重源上人と図ったのも、世評を煽《あお》るのが目的なのである。

大仏殿の造仏は、京の院派の棟梁院尊が大仏の光背を造っただけで、われら一門がこの六体をすべて独占した。興福寺の再建の際、院派と円派に主要な仕事をもっていかれ、残りの格下の仕事しか与えられなかったあの無念を思えば、この十五年は隔世の感がある。

上げ潮に乗れたのは、鎌倉とのつながりをいち早くつけたおかげだ。平氏が壇ノ浦に滅んでからわずか二ヶ月後、早くもみずから鎌倉に下った成朝、その後、息子のわたしを送り込んだ康慶――ふたりは賭に勝ったのだ。

成朝亡《な》き後、名実ともに棟梁《とうりょう》になった康慶の名をとって、世間は一門を「慶派」と呼び始めている。成朝が生きていれば、「成派」あるいは「朝派」とでも呼んでいたか。わたしが次の棟梁の座を継ぐことはありえず、あくまで成朝の下で使われて働くだけだった。快慶と同じ立場だ。実力があっても上には立てない。なまじ腕が立つせいでうとまれる。一門の中で微妙な立場に立たされるだけだった。

そんなことを考えながら快慶の広目天像を凝視したわたしは、おもわずぞっと身震いした。均衡のとれた姿形、右手に筆を持ち、左手は胸の高さにまで上げて経巻を持っている。わずかに腰をひねって立つ姿はどこにも無理がなく、力みを感じさせない自然体だ。

風を孕《はら》んでなびく広い袖口《そでぐち》の動きが、かえって静けさと内に秘めた力の充実を感じさせる。顔もことさら大仰な表情ではなく、口を閉じてじっと一点を見つめている。白い体色の清らかさもあいまって、内に秘めた熱い情熱と研ぎ澄ました精神力を感じさせる像だ。康慶とわたしが造った下絵と雛形を忠実に踏まえながらも、快慶らしさがおのずと滲み出している。

（いや、わたしの持国天とて、けっしてひけは取らぬ。けっしてだ）

唇をきつく噛みしめて自作の像を凝視した。振り上げた右手に金剛杵《こんごうしょ》を握り締め、左手は大きくひねった腰にあてている。真正面を見据える顔は額とこめかみに血管がくっきり浮き出るほど緊張感にゆがみ、口を大きく開いて仏敵を威嚇している。全身に塗られたどぎつい緑がただならぬ異形の力を強調する会心の作で、父も褒めてくれた。

（悪くない。快慶に負けてはおらぬ）

重源上人もこの人にしてはめずらしく目を赤く潤《うる》ませ、手放しの賛辞を贈ってくれた。

「おお、ようやってくれた。まさにいまの時代がこの力強さ、内側からみなぎり出す雄渾《ゆうこん》さを求めておるのじゃ。この四天王が向後の四天王像の新しい手本になるであろう。運慶よ。よくぞ、時代が求めるものをかたちにしてくれた」

その言葉にわたしは胸を熱くした。

東国でしか認められなかった新しい造形が、いまや、「時代の美」と認められるまでになった。新しい美の概念を自分たちが創造したのだ。

（これがわたしだ。運慶だ）

高揚感に震えた。世間に向って叫びたい。すべての仏師に向って叫びたい。真似《まね》できるものなら真似てみよ。この運慶を、真似てみよ。

持国天と父の増長天が三尊像の前方の左右に、広目天と多聞天は後方の左右に据えられた。前方二像は互いに向かい合い、後方二像が正面を向く珍しい配置は、南宋様式を積極的にとりいれようという重源上人の強い意向だ。南宋様式を通じて、いま一度、仏法の生地である天竺《てんじく》へと、ゆうゆうと時空をさかのぼる、原点回帰の試みである。

上人はさらに、宋の工人たちに石の仁王《におう》像を造らせて四天王像の前に安置させ、南都焼討で滅亡してしまったと人々が悲嘆した仏法が、見事に復活、いまや完全に再生したことを、高らかに示してみせた。

「この東大寺こそがこれからの新たな仏法の殿堂じゃ。戦で死んでいった幾多の命を、敵味方なく済度《さいど》する戦没者供養こそが、真の世直し。わしは、そう人々に説いてまわった。それがようやっとかなった。ありがたいことじゃ。苦労は無駄ではなかった。甲斐があった。長生きはするものじゃ」

六十一の老齢を押して大勧進職を引き受け、すでに七十六歳になった上人は、ますます瘦《や》せて背の丸くなった身体《からだ》を揺らして笑った。

「しかしながら、上人さま」

康慶は身を乗り出し、上人の前に平伏して声をしぼり出した。

「興福寺の再建はいまだ道半ばにございます。この康慶が手がけました南円堂の造仏は早くに終わりましたが、北円堂はいまだ手つかずのまま、目途すらたっておりません。運慶にやらせました西金堂の釈迦如来像にいたっては、いまだに金箔押しの仕上げができず、素木のままで安置してあるありさま。あげくに、氏長者《うじのちょうじゃ》の九条さまにまで、無様《ぶざま》な出来、見苦しい代物《しろもの》、ときついお叱《しか》りを受けております。かように、わしら一門にとって、まだまだ先は長うございます。上人さまのお力添えなしに完遂にこぎつけられるとは、とうてい思えませぬ」

いつになく気弱な声で訴え、はらはらと涙をこぼした。

「何を泣くか。康慶」

上人は厳しい声で一喝した。

「おぬしには運慶がいる。快慶らもおるではないか。それに、おぬしはわしより十も若い。まだいくらでもやれる。何を焦る。たわごとを申すでない」

上人らしい叱咤にも、康慶はますますうなだれるばかりだった。

七

いまや上げ潮に乗っている南都仏師を束ねる棟梁たる大仏師康慶は死んだ。

父の死顔が生前とは別人のようにおだやかで、わたしははと胸を衝かれた。

「ようやっと重荷を降ろされたのであろう。そう思うしかあるまい」

一門の者たちに言ったのは、自分自身に言い聞かせる言葉だ。

実際、おだやかな死だった。東大寺大仏殿の諸仏の奉納からわずかふた月。朝、起きてこないのを不思議に思った家人が見にいくと、寝床の中で亡くなっていた。眠ったまま息絶えたとみえて、苦しんだ様子はなく、ただ、目尻《めじり》から耳へ一筋、涙が乾いた跡があるだけだった。

父の亡骸《なきがら》を前に、わたしは一門の全員を集めて宣言した。

「棟梁は過日、わしに京に進出して工房を構えよとおっしゃった。すでに土地は決めてある。ありがたいことに、八条院さまが御所領を譲ってくださるのじゃ。かつての定朝一門の七条大宮仏所にもほど近い八条高倉だ。よいか。われらは棟梁の遺志を継がねばならぬ」

わたしの言葉に、皆、悲しみの表情から緊張したおももちに変わった。

「では、ここはどうなさるので？　興福寺の造仏は、誰が？」

定覚が不安げに訊いた。

「この一乗院仏所はおまえ、定覚に任せる」

中堅と若手の小仏師に、彩色の絵仏師と截金師、用材の木取りをする番匠、漆工、雑用の見習いらは、このままここに残して定覚のもとで仕事をさせる。温厚な人柄で、わたしと違って誰からも好かれ、慕われている弟だが、そろそろ副棟梁として責任ある立場になってもらわねば困る。

「わしと湛慶はじめ息子ら、それに、あとの者たちは京に移る」

ゆうに五十人を超す大所帯を引き連れての大移転である。この奈良に残すのもほぼ同数。むろん、その時々の仕事の多寡《たか》によって員数の調整をしなくてはならぬが、どちらも同等の質と生産体制を維持するのは容易なことではない。成朝の配下はそのまま定覚が引き継いでいるし、熟練から見習いまで百人近い仏師を抱えるいまだから、初めて実現可能になったのである。

東大寺の造仏で評判になって以来、弟子入り志願の若者がぞくぞくと集まってくる。仏師という仕事が世間に認知されてきた証拠だ。腕一本で貴族や高僧とも互角につき合える名士になる、僧位をもらって裕福になれる、そう安易に考えている輩《やから》も多いが、夢と野心に燃える若者の中から、才能と根性がある仏師が生まれる可能性は大いにある。定覚やわが息子らがそういう連中に突き上げられて安穏としていられないのは願ってもない。熾烈《しれつ》な切磋《せっさ》琢磨《たくま》からしか、本物は生まれない。

「快慶よ」

初めて「快慶」と呼び捨てにした。今日から彼はわが運慶門下の仏師だ。

「おまえは、いままでどおり自分の工房で重源さまの仕事を中心にやってもらう」

奈良に残れという意味だ。

定覚ははっとした顔でわたしを見、快慶は頬を硬くして無言で目をそらした。

座がざわついている。誰もが、奈良を率いるのは実力からして快慶、でなければ、快慶も京に移る。そう思っていたのだ。

「静まれ！」

わたしは声を張って宣言した。

「移ったらすぐに新しい仕事にかかる。ぼやぼやしておる暇はないぞ。残る者も皆、心してかかれ」

「して、棟梁」

湛慶が改まった口調でわたしを棟梁と呼び、

「その新しい仕事とは？」

不安げに訊くと、ちらりと快慶の横顔を窺った。湛慶はひそかに快慶に心酔している。快慶の不服を危惧《きぐ》しているのだ。わたしはそう察しながらも無視した。

「高野山の一心院谷《いっしんいんだに》に八条院さまが不動堂を建立なさる。そこにお納めする八大童子像を造る」

土地を提供してくれる八条院からの交換条件である。京へ進出したものの仕事がないのでは弾みがつかぬところだから、願ったりかなったりのありがたい申し出だ。

「だが、その前に」

わたしは父の死顔を見つめ直し、生きている父に話しかけるように言った。

「亡き棟梁の菩提《ぼだい》を弔うために、地蔵菩薩を造りまいらせる。棟梁がかつて箱根権現の神宮寺にお納めした地蔵菩薩坐像を模す。棟梁が描いた絵様が残っておるし、実物の細部までこの目にしかと刻みつけてある」

父があれを造ったのは四十代で、わたしが円成寺の大日如来像を造った直後だったが、作業の一部始終を記憶している。寄木造りではなく、いまでは珍しい古風な一木造りだったから、それもそのまま踏襲する。

おもてむきはおだやかな死だが、父の本心はかならずしもそうではなかったろう。完遂できなかった仕事に悔いと未練を残して死んでいったはずだ。その霊を慰めて供養してやりたい。

京進出は父の悲願だった。院派と円派と互角に肩を並べ、やがてはそれを凌《しの》ぐ一派にのしあがる。おもてだって口にこそしなかったが、父の心底にその野望の炎が燃え盛っていたことを、わたしは知っている。父はその悲願のために、みずから発願して地蔵菩薩坐像を彫った。

だからわたしも、一門を背負っていく覚悟と決意を込めた地蔵菩薩を造り、父の御《み》霊《たま》に捧《ささ》げる。京での初仕事にこれ以上ふさわしいものはない。

（そうでもしなければ……）

弟や息子らや弟子たちにはけっして気取られてはならぬが、胸の内は不安と恐怖が渦巻いて、叫びだしてしまいそうなのだ。

藤原氏の氏長者で父の庇護者《ひごしゃ》であった九条兼実卿が、ついひと月ほど前、土御門通親《つちみかどみちちか》と丹後局との政争に敗れて失脚した。関白の座を追われ、一時は、流罪《るざい》になるという剣呑な噂《うわさ》さえあった。謹厳な人柄で、もともと政治的駆け引きは不得手なお方だから、望みの綱の後鳥羽天皇中宮である娘任子《たえこ》が皇子を産めなかったことで、廷臣たちにも見切りをつけられてしまったのだという。

不可思議なことに、鎌倉殿はあれほど兼実卿と近しく、連携してたがいに利を得る間柄であったのに、事《こと》この件に関しては、朝廷に異議すら申し入れず沈黙している。自分の娘の大姫を入内させる野心があり、丹後局に近づいているともいう。兼実卿はもはや利用価値がなくなったぼろ草履も同然、あっさり捨てられたということか。

権勢の座とは、かくももろく、残酷なものか。まるで砂上の楼閣に片足だけで立つようなものだ。その権力者の庇護を得てしか仕事ができないわれら仏師もまた、砂上の楼閣の軒先に自ら紡《つむ》ぎ出した細糸でぶらさがっている蜘蛛《くも》に似ている。落ちればたちまち、砂の海に呑《の》まれて沈む。最初からいなかったかのように、跡形もなく消え失《う》せる。

その光景を思い描いて、奥歯を嚙《か》みしめたとき、

——それは違うぞ、運慶。

父の声が聞こえた気がして、はっと死顔に目をやった。

――わしらが消えても、彫りまいらせた御仏の像は残る。

父の声ははっきりそう言った。

――たとえ御像が失われたとしても、その残像は人の心に残る。

――信じよ。形を彫るのではない。人々の心の中に、刻み込むのだ。

父の目尻から、また一筋、つつーっと涙の線が刻まれていった。

「人の心に刻む。人々の心の中に刻み込む」

死顔の涙の筋を凝視し、わたしはただ、その言葉を呪文《じゅもん》のように反芻《はんすう》した。

八

京に移って落ち着く間もなく、すぐさまわたしは地蔵菩薩像の制作にとりかかった。

父と対峙《たいじ》し、おのれと向かい合う。父に教えられた技と造仏に対する考え、それによってわたしがこれまで培《つちか》ってきたもの、そのすべてを注ぎ込む。棟梁康慶から棟梁運慶へ、父から息子へ、引き継いでいく心と技のすべてだ。

父の声が聞こえる。

──天平の世の仏と、平安の世の仏。おまえが幼いときから朝な夕なに拝し、肌身に刻み込んでいるもの、そのすべてを注ぎ込め。

天平仏の乾漆像は最後に木屎《こくそ》漆で肉付けするから、まるで生身の人間の血肉を思わせるやわらかさがある。片や平安時代の一木造りの木彫像は、硬質でかっきりした質感だ。一木造りの硬さに柔を加える。父がいちばん愛し、手本にしていた東大寺法華堂の不空羂索《ふくうけんじゃく》観音菩薩像は、体軀《たいく》を造ってからその上に着衣を別につくって被《かぶ》せ重ねている。きわめて珍しいその技法も取り入れたい。

──わしら父子だけではない。これまでの何百、何千の有名無名の仏師たちがどうやって歩んできたか。その足跡をたどれ。先人たちの苦闘の歴史をたどりなおせ。

天平仏と平安仏の融合だ。それぞれの時代の仏師たちが築き上げてきた造仏の変遷《へんせん》をたどり、仏師たちが模索してきたものをこの像に込める。その先に、これからの時代に人々が求める御仏の姿がある。

そして、眼はむろん玉眼だ。狂い死にした一人の天才仏師が生みだし、いまやわれら南都仏師の象徴ともなっている玉眼。わたしがもっとも得意とする技法だ。だが、今回はそれをあえて大きく目を見開かせて目立たせるのではなく、半眼に伏せた目を極力細くして、静かで思索的な表情にする。

——さあ、運慶。そこから先は、いよいよおまえの時代だ。おまえがつくり出せ。おまえの時代を創り出せ。

着衣の襞は深く、うねるような流れをあらわした。いまにも動き出しそうな躍動感をあらわす。かつてわたしが願成就院の阿弥陀像を造った際、父はその襞のうねりの圧倒的な量感を「おまえは自分を見つけた」と誉めてくれた。わたしを認めてくれた最初だった。それよりは、父が残した地蔵像の図絵を踏襲するために、心もち控えめにした。それでもわたしらしさは出せた。

——運慶よ。わがせがれよ。ようやった。

父の声がわが耳に響いてくる。生きているときのままの、厳しく、揺るぎない声音だ。

像の胎内には、宝珠、半球、四角錐《すい》、円筒形、蓮台《れんだい》を縦に重ねた五輪塔を納めた。父の御霊だ。最後に、長年父の下で苦楽を共にしてきた弟子や番匠たち、それにわたしの息子らにも一刀ずつ彫らせ、各々が書写した経典類を束にして胎内に隙間なくぎっしり納入した。父に手向ける焼香代わりだ。

——もう思い残すことはない。ここから先はおまえ一人だ。

父の声はそれで消えた。

いずれ、この像を本尊として、父の菩提を弔う堂を建立しようと考えている。ささやかなものでいいから、わが一族の氏寺にしようと思う。そう重源上人に話すと、

「一門がこの京に定着していくための礎《いしずえ》というわけじゃな。康慶もさぞ喜ぼう」

老いて落ちくぼんだ両の眼にうっすら涙を滲ませ、仏所とおなじ八条にそのための用地を提供してくださるという。

「ついては、平家一門の菩提も弔ってやってくれぬかえ。この地は六道の辻《つじ》で亡者を守る地蔵尊こそふさわしい。かねがねそう思っていたのじゃ」

八条のこのあたりはかつて平家一門の屋敷が軒を連ねていたところだ。平家は都落ちする際、武家の作法にのっとってみずから焼き払って去っていった。その広大な土地はいまは鎌倉幕府の管理下にあり、その一部が重源上人に与えられている。そこを譲ってくれるというのである。

恩讐《おんしゅう》を超えて菩提を願う。重源の思いの深さにあらためて感服したわたしだが、

「ありがたいおはなしですが、いますぐ実現はできませぬゆえ」

と辞退した。いまはまだ、仏所の造営に手いっぱいで、一堂を建立する金銭的な余裕がない。

「それまでは、工房に安置して、われらの仕事ぶりを見守ってもらおうと存じます。

大棟梁がいつも目を光らせておるとなれば、怠けたり、いいかげんな仕事はできませぬゆえ」

翌建久九年（一一九八）、京仏師の巨星たる院派の棟梁院尊が死に、あくる年には円派の明円も死んだ。

興福寺諸堂再興の折には、造仏の主要なものはほとんどこの両派に独占され、われわれら南都仏師は悔しい思いをさせられた。それが東大寺大仏殿の巨像群の仕事のときにはわれらの独壇場で、両派は大仏の光背や付属品の制作しかなかった。ここ二十年弱の間に、形勢は逆転した。時代が変わったのだ。定朝以来、二百年近く、公家社会の中に確固たる存在意義をもち、そこで好まれるものを連綿とつくりつづけてきた彼らと、東国の武家社会に活路を見出すしかなかったわれらの違いだ。伝統と古いしきたりの中でぬるま湯にひたりきっていた彼らは、時代の趨勢《すうせい》についてこようとしなかった。その必要も感じていなかった。いや、先を見る目がなかったのだ。その違いだ。

絶対的な支配力で束ねていた両派の棟梁、院尊と明円はそれをどんな思いで見つめていたか。新興勢力たるわれら慶派の棟梁が死に、わたしという新しい棟梁のもとで京に進出してきたのを、どんな思いで見ていたか。

時代が変わった。奇《く》しくも三派ともこの時期に代替わりすることになったのは、いかなる因縁か。

だが、いまの時代もやがて変わっていく。人々が求めるものも変わってくる。わたしはそれをつかまえられるか。「いま」の御仏の姿をつくれるか。人々の思いを表現できるか。

わたしはまだ五十の坂を越えていない。気力、体力、そして技量。ちょうど脂《あぶら》が乗りきる時期を迎えている。勝負は始まったばかりだ。父の位牌《いはい》代わりの地蔵菩薩像がそれを見つめてくれている。

第四章 霊《れい》験《げん》

一

蒸し暑さが工房の空気を淀《よど》ませる三月初めの夕刻。外はいまにもまた雨が降り出しそうに薄暗い。わたしは燭台《しょくだい》の火を近づけ、父を弔う地蔵菩薩像の最後の仕上げに没頭していた。

突然、一人の黒衣の法師が弟子らの制止を振り切ってずかずかと乗り込んでくるや、

「弘法大師空海さまは、このわしに使命を託された。わしを名指しされたのじゃ」

初対面の挨拶《あいさつ》もなしに、いきなり、野太い声を発した。六十がらみの大柄な男だ。わたしは横目でじろりと睨《にら》み据え、無言でお帰りくだされと鑿《のみ》を持った手で戸口を示したが、彼はその場に仁王《におうだ》立ちしたまま、わたしを傲然《ごうぜん》と見下ろし、なおも言った。

「おぬしがそれを助《す》ける。そのために来た。お大師さまのご意志と思え」

言い放つやいなや、不作法にも高下駄《げた》を投げ飛ばすように脱ぎ捨て、上がり込んでくると、わたしの前にどっかと胡坐《あぐら》をかき、ようやく名乗った。

「わしは文覚《もんがく》じゃ。聞き知っておろう」

「存じませぬな」

一瞥《いちべつ》もくれず、吐き捨てると、

「ほほう、そうかや」

にたりと笑ってみせ、胡坐の膝《ひざ》に両手をついて肩をそびやかすと、部屋中に響きわたる大声で述べたてた。

「よう聞けよ。お大師さまの遺蹟《いせき》である高雄《たかお》の神護寺《じんごじ》と東寺は、四百年の歳月を経て、目も当てられぬほど荒れ果ててしまっておる。まことに嘆かわしいありさまじゃ。この京の都、いや、日本を守護せんがために、お大師さまが精魂を傾けて造営なさった真言密教の聖地じゃぞ。その荒廃こそ、かかる戦乱の世を招いた元凶なのじゃ。ただちに復興せねばならぬ。その大仕事は、このわしにしかできぬ。お大師さまからじきじきに命じられた使命じゃ。他の誰にできるか」

「それがどうしたと？」

わたしはやっとの思いで、喉《のど》にからんだ声をしぼり出した。頭ごなしの大言壮語で人を圧そうとか。そんな虚仮威《こけおど》しに負けてなるか。

怒りのせいで、額に汗がじっとりにじんでくる。首に掛けた手拭《てぬぐ》いでそれを拭うと、相手も僧衣の広袖《ひろそで》で顔中を拭い、ついでに見苦しく伸びかけた半白の坊主頭《ぼうずあたま》までくるりと拭ってから、少し声を和らげて言った。

「のう、運慶。わしを助けよ。おぬしの畢生《ひっせい》の大仕事じゃぞ」

「お言葉ですが、それはわたし自身で決めます。あなたさまに押しつけられる謂《いわ》れはござりませぬ」

「いいや、おぬしはやる。やらねばならぬ。それがおぬしの定めだ」

わたしを睨《ね》めつけたまま、文覚はまた、にやりと笑った。

「鎌倉殿のお指図といえば、わかるか？」

「なるほど。虎《とら》の威を借る何とやらというわけですか」

さすがに、頼朝をして「日本第一の大天狗《てんぐ》」と罵《ののし》らせた後白河法皇を激怒させただけのことはありますな、とまではいいかねたが、文覚はさも愉快といわんばかりに手を打ち、呵呵《かか》大笑した。

「おうおう、まったく口の減らぬやつじゃ。鎌倉の面々が口をそろえて言いよったわ。運慶という男、性根は武士じゃ。追従を知らぬ硬骨ゆえ、言うことをきかせるのは容易ではない。そう言うておったが」

　自分も武家の生まれだけに、気心が通じるとでもいうつもりか。

「仏師に向って武士とは、戯《ざ》れ言《ごと》が過ぎましょう。あなたさまは仮にも僧体。殺生を生業《なりわい》とする武家の因業は捨てたはずではありませぬのか。その坊主頭は世を謀《たばか》るためですか」

　わたしは顔をしかめて舌打ちした。

　荒聖《あらひじり》文覚。俗名を遠藤盛遠《えんどうもりとお》という摂津渡辺党の出で、若い頃は後白河法皇の同母姉の上西門院《じょうさいもんいん》に仕える北面の武士だったが、二十歳かそこらで突然、出家。原因は愛する女の命を誤って奪ってしまったからだという。従兄で同僚の源《みなもとの》渡《わたる》の妻である袈裟《けさ》御前《ごぜん》という女性《にょしょう》に横恋慕し、渡を殺して奪おうと謀ったが、誤って袈裟の方を殺害してしまった。思い悩んだ彼女が夫の身代わりになろうと仕組んだためだった。絶望と後悔で自害しようとした盛遠は、渡に過《あやま》ちを繰り返すのかとつよく諫《いさ》められ、その場で髪を下ろしたのだという。

　真偽はあきらかではなく、文覚自身がそう称しているだけかもしれないが、確かなことは、特定の師について修行して出家したのではなく、文覚という法名も自分でつけた、つまり私度僧ということだ。

ただ、荒くれ武者だった前身をうかがわせるのは、熊野三山で各々七日、計二十一日間の絶食行や、極寒期の滝行といった壮絶な荒行によって霊力を備えたといい、老齢のいまなお筋骨逞《たくま》しく、しぼり出す大声と鋭い眼力で人を圧するということだ。熱狂的な弘法大師崇拝がいつ頃からのものか知る由《よし》もないが、三十そこそこで、大師が住持して真言密教の道場とした神護寺が荒れ果てているのを憤《いきどお》り、おのれの手で復興せんと勧進に邁進《まいしん》し始めた。

だが、後白河法皇に執拗《しつよう》に強訴《ごうそ》したため、逆鱗《げきりん》に触れて伊豆国に流罪《るざい》になり、そこで頼朝と出会った。頼朝がまだ少年で河内源氏の棟梁《とうりょう》の御曹司であった頃、上西門院の御所に出仕していたから、ふたりはそこですでに出会っており、いかなる運命の巡り合わせか、ともに流人の身で再会したのだった。

都育ちで学問を好み、性格は粘着質で猜疑心《さいぎしん》が人一倍強い頼朝と、激情の荒聖。共通するものがない両者だから、逆にウマが合うのか、八歳年上の文覚は頼朝に挙兵を強く勧め、そのためには仏の加護を得る必要があると吹き込んだのだった。

いまや押しも押されもせぬ征夷大将軍の側近で、朝廷と幕府を結ぶ連絡役を務めている。京と鎌倉を頻繁に行き来するうちに、いつの間にか後白河法皇の信任もとりもどし、神護寺復興はすでに最終段階にまできている。

「運慶、おぬしまでわしを蔑《さげす》むか」

誰に向かってもずけずけものを言うので、公家や貴族出身の僧たちに毛嫌いされている。天台座主の慈円など「行動力はあるが粗暴で学識なく、言いたい放題、人の悪口雑言を吐き散らし、天狗を祀《まつ》る異端僧」とまで酷評し、世間は「後白河院以上の天狗」とまで評している。

たしかに、聞きしにまさる傲岸な人物だ。重源上人とは大違いだ。重源上人も破天荒で強引だが、言葉巧みにじわじわと人を追い込む老獪《ろうかい》さがある。それにひきかえこの御仁は、まさに直情径行。憎み嫌う者を蹴散《けち》らし、敵をなぎ倒して突き進んでいく傍若無人の輩《やから》だ。

「おぬしまで世評を鵜呑《うの》みにしよるか。その程度の男か。見損のうたぞ」

文覚は鼻で嗤《わら》い、試すようにわたしを睨《にら》み据えた。

「世間を口先三寸で謀るのはいかがなものかと、そう思うまでです。天狗とはちと、おこがましゅうござりますな」

「ほっ、ずけずけ言いよるのはどちらぞ。で、自分は虎の威を借る狐《きつね》ごときに嚙《か》み殺されるものかと？」

「それは、お話次第、いえ、仕事次第」

南都東大寺の大仏と大仏殿再建の際、莫大《ばくだい》な資金を提供するよう、頼朝を説得したのもこの文覚だった。それについては少なからぬ恩義を感じているし、この人物ならば、不可能も可能にするのではないかという期待もある。端《はな》からわが身の栄達を捨ててかかっている人間にしかできないことがある。この御仁はまさにそれだ。

だが、いいように利用されるのはまっぴらだ。狐に操られる手先になるものか。

「おぬし、めっぽう欲の深い男じゃな。自分がやりたいことなら、野狐《やこ》とも、鬼神・夜叉《やしゃ》の類《たぐい》とでも寝るとか」

「それがわが定めであれば、抗《あらご》うても無駄でありましょう。御仏の計らいと受け入れます。この世でおのれの身に降りかかることはすべて、苦境や災難さえも、意味のあること。仏の御意思かと。ただし、あなたさまが決めることではござらぬ」

「よし、そう思うておればよい。仏がおぬしを守ってくれようぞ。いまにわかる」

文覚はなにやら確信ありげに眼を光らせ、大きくうなずいてみせた。

二

「わしのいうことが信じられぬなら、おぬしがその目で見よ。神護寺の本尊薬師如来を拝すれば、一瞬で信じられる」

その言葉どおり、わたしは文覚にすぐさま神護寺に連れていかれた。

神護寺は京の北西、愛宕山《あたごさん》に連なる山並の奥深くに位置する山岳寺院である。もとは、奈良時代の末、聖武天皇の娘の称徳《しょうとく》女帝が道鏡を寵愛《ちょうあい》して帝位に就けようとしたとき、宇佐八幡神の神託によってそれを阻止した和気清麻呂《わけのきよまろ》が建立した河内の神願寺《じんがんじ》とこの地の高雄山寺《たかおさんじ》の二寺を統合して一寺にしたことに始まる。日本天台宗の祖である最澄はここで法華会《ほっけえ》をおこない、空海も高野山や東寺を開く前の一時期、居住して伝法灌頂《かんじょう》をおこなった、わが国における密教の発祥の地ともいうべき寺である。

正式名称は「神護国祚真言寺《じんごこくそしんごんじ》」。「八幡神の加護により、国家鎮護を祈念する真言の寺」という意味だが、空海以降、権力者の庇護《ひご》がなく、荒廃してしまっていた。

「わしは、頼朝公にこう説いた。八幡神といえば、八幡太郎と名乗られた源義家公。いわずとしれた、貴公の祖でおわす。貴公がこの国を守護する征夷大将軍になられたのは、ひとえにその因縁有ってのこと。そのゆかりの寺の復興は、まさに公の前世からの定め。使命ですぞ。源氏の世が末永く盤石たるため、幕府を守護させんがためですぞ、とな」

その一方で、勘気が解けた後白河法皇にも「国家鎮護は治天の君の使命」としつこく強調し、両方から資金を引き出すことに成功したのだと、文覚は得意げに鼻をうごめかした。

だがわたしの耳には入らなかった。本尊の薬師如来立像に圧倒され、相槌《あいづち》をうつのも忘れて呆然としていた。

和気清麻呂が下野国に左遷《させん》された道鏡の呪詛《じゅそ》を怖れ、それを打ち砕くために自ら彫ったという伝説がある、一木造りの立像である。

下京八条の工房からおよそ半日がかりで、熊笹《くまざさ》が繁《しげ》り、折れ枝が頭上からのしかかる険しい山道を喘《あえ》ぎ喘ぎ、やっとのことで登ってきた。着いた時にはすでに薄暗くなっており、通された本堂には、灯明が点《とも》されていた。両側から灯火の光が揺らめいて照らしているが、まるで暗がりから、じわりと滲《にじ》み出してきたように見える。

ふてぶてしいまでに肉厚の顔と体軀《たいく》は、傲岸にさえ見える。ありとあらゆる魔と邪悪を打ち砕き、はね返す、すさまじいばかりの威力。

（なんだ、これは）

この圧倒的な存在感はただものではない。清麻呂自彫云々《うんぬん》の伝説は真実とは思えないが、しかし、そういう伝説が生まれた理由がひしひしとわかる。

「恐ろしい。こんな恐ろしいお像は、いままで見たことがありませぬ」

わたしはきつく嚙《か》みしめた奥歯の間から声をしぼりだした。背中の産毛《うぶげ》が逆立ち、震えがとまらない。

この像が造られた平安初期、延暦《えんりゃく》から貞観《じょうがん》年間という時代は、諸国で大災害が頻発した時代だったと聞いたことがある。東国では富士山が大噴火し、陸奥では蝦夷《えみし》が反乱を起こし、坂上田村麻呂《さかのうえのたむらまろ》がやっとのことで討伐。大地震とそれにともなう大津波で、数千もの人命が失われたという。奈良でも東大寺の大仏の首が自然に落ちたと伝えられている。

また、何度も疱瘡《もがさ》が蔓延《まんえん》し、京も諸国も死骸《しがい》が放置されて腐臭を放つ、まさに地獄さながらのありさまだった。大地が荒ぶり、怨霊《おんりょう》が暴れまわり、人々は恐怖のどん底で苦しみ喘いだ時代だったのだ。

政治はなすすべもなく、立ち向かおうとしたのは密教僧たちだけだった。奈良時代のそれまでの端正な仏像から、こういう像が求められるようになったのはそういう時代だったからだ。

「いや、運慶。いまもおなじだと、おぬしは思わぬか」

「いまとおなじと？」

「乱世のただ中で、おぬしらの南都が平氏に焼討され、木會義仲によって都は焼き払われた。あの時代に匹敵する大地震、疫病《えきびょう》の蔓延、旱魃《かんばつ》、飢饉《ききん》、まさに屍《しかばね》が地を覆《おお》うがごとき、ここ数十年じゃったではないか。天下万民、信じられるものを失い、すがりつける神仏を見失ってしまっておるではないか」

荒聖はいつになく沈痛なおももちでわたしを凝視した。

「おっしゃるとおりかと」

人が人を信じられぬ今の世だ。人が神仏を信じられぬ今の世だ。たしかに、この仏の像が造られた時代とおなじだとあらためて思い当たる。

「そこで、運慶、いよいよおぬしの出番とあいなる」

この神護寺の中門に、巨大な二天像と八体の夜叉像を造れというのだ。

「この像のごとき破邪の忿怒尊《ふんぬそん》を、邪悪な人間どもと魔物どもを震えあがらせる像を造れ」

文覚の強引な口説に反発と嫌悪をおぼえながら、しかし、わたしはいつしか引き込まれていた。なるほど、大仕事だ。一門挙げて、一門の命運を賭けてやりたい。その衝動が抑えきれなくなった。

「やりましょう。ぜひともやらせてください」

「おお、そういうと思うたわ」
文覚はしてやったりと膝を叩《たた》いた。
「おぬし、よくよく業《ごう》の深い男よの。他の誰にもやらせぬ。自分が独り占めする気か」
しきりににやつく荒聖を無視して、わたしは一気に言い放った。
「わたしに考えがあります。南都元興寺の中門の御像、それを模して造りたいのです。
あれこそ、むかしから霊験《れいげん》あらたかと名高き御像。かねて模してみたいと考えており
ました。あれがやれるなら、この運慶、一世一代の大仕事にしてみせます」
その二天像と眷属《けんぞく》である八体の夜叉像は、どれも見るからに奇怪な姿で「言語道
断」と畏怖され、さまざまな霊験話がある。神護寺のあるこの愛宕の山々は古来、天
狗や魑《ち》魅魍魎《みもうりょう》がうごめく異界と恐れられている。その魔を鎮《しず》めるにこれほどふさわし
い像群はあるまい。
「なるほど。おぬしらしい発想だ。破邪の力みなぎる、凄《すさ》まじく恐ろしいやつをわざ
わざ選びよるとはな。よし、やれ。いますぐかかれ」
文覚の声音に迷いはなかった。
「望むところにございます」

わたしはすぐさま、文覚の高弟の恵眼房《えげんぼう》とともに奈良へもどった。

恵眼房性我《しょうが》は、もとは仁和寺と勧修寺《かじゅうじ》で灌頂を受けたれっきとした真言僧だったが、若くして文覚の弟子になり、覚の一字をもらって千覚《せんがく》と通称している。兄弟子の上覚《じょうがく》とともに最初から神護寺復興に加わり、世間では、文覚、上覚、千覚の三人合わせて、「三覚」と呼んでいるが、師とは対照的に、気性温和、身体《からだ》つきも華奢《きゃしゃ》で、そのうえ多病である。そのせいか、わたしと同年輩なのにすでに老成の感がある。

神護寺と東寺の勧進を抱え、幕府方の使者として京と鎌倉を足しげく往復せねばならぬ文覚は、頼朝公が菩提寺《ぼだいじ》として創建した鎌倉の勝長寿院の初代別当にこの千覚を当て、護持僧に抜擢《ばってき》させた。わたしとは鎌倉の造仏に携わったときからの古い知己で、彼が帰京して神護寺と東寺の奉行役を務めると聞いて、わたしは心底、ほっとした。

「御坊のお人柄とご人徳なら、安心して仕事に打ち込めます。ありがたいことで」

「運慶どのは、わが師は苦手ですかな。たしかに、機嫌次第でいいように振りまわされるのは業腹でしょうからな」

「いやはや、すべてお見とおしですな。御坊のようなお方が慕っておられるところをみると、あの御仁、やはりただの天狗ではないのでしょうが」

「いやいや、稀代《きだい》の大天狗というべきお方。おまえさまといい勝負かと」

千覚はおっとり笑ってみせるのだ。

「愚僧のような凡愚の者は、大天狗同士の丁々発止の勝負を面白おかしゅう拝見しておりますゆえ。どうぞ、存分にやりあいなされよ」

妙なはっぱのかけ方をされた。柔よく剛を制す。手玉にとられている感に苦笑しつつ、わたしは寸暇を惜しんで元興寺に通い詰め、細部まで丹念に模写した。

子供の頃からよく通って飽かずに眺めたお像たちだが、こうしてあらためてじっくり観察すると、強い手ごたえを感じる。

これは絶対に面白い試みになる。これを造った仏師は狂気だったか。それとも、異国からやってきた仏師か。まさに言語道断。他のどこにもない、他の何にも似ていない。唯一無二《ゆいいつむに》の造形だ。かの時代がこれを求めたのなら、今の時代もまた、これを求めている。

夢中で模写し、夢中で制作にかかった。

一鑿《ひとのみ》入れるごとに発見がある。

——かたちが奇怪なのではないぞ。奇怪なのは見る者の怖れの心だ。おまえにそれがわかるか？

かの仏師の魂がわが体内になだれ込んでくる。

――怖れとは何だ？　畏怖《いふ》とはどういうことだ？

お像が問いかけてくる。

――人の心の中の邪悪な魔を鎮《しず》め、祓《はら》う。そのための奇怪な姿なのだ。わが手がそう教える。いままで体験したことのない感覚だ。

往古の像の模刻はいままでにもしたことがある。往古の秀作を模すことは、技術の習得に欠かせぬものだからだ。見て憶《おぼ》え、彫って感じる。見習い修業の頃から幾度となくやってきた。

だが、今回は細部を模すのとは違う。そっくりそのまま、像の魂までも写しとる。それがどれだけ自分を大きく変えるか。育ててくれるか。日々、実感できた。

手伝わせた定覚や湛慶らも、慣れぬ技法に四苦八苦しながらも、確実に手ごたえをつかんでいる。いや、技術だけでなく、底に流れる大きな何かをつかみ取りつつあることは、彼らの目を見ればわかる。

「棟梁、いい勉強をさせてもらいました。最初は、なにゆえわざわざこんな難儀をと不思議に思いましたし、棟梁がご自分らしいものを好きなように造られるほうがよいのにと思いましたが、実際にやってみて、お考えがやっとのみ込めました」

疲労と充足感がないまぜになった顔で口々に言うのだ。

「皆、ようやってくれた。わし自身、得難い経験になった」

はたして、出来上がって中門に安置した像を見た文覚は、

「ほう、変わったな。おぬし」

一目で見抜いた。

「わしが見込んだとおりじゃ。おぬしには、往古と現在《いま》を繋《つな》ぐ力が備わった」

「なんと……」

わたしは内心、舌を巻いた。わたしが技法や造形の模倣《もほう》ではなく、かの仏師と真っ向から格闘し、その心魂をわが心中に迎え入れたことを見抜いた。

――往古と現在を繋ぐ。

仏法もまた然り。時代によって移り変わるものと、普遍なるもの。その双方が渾然一体になって初めて、人々を信じさせる力になり得る。文覚はそう言うのだ。そして、わたしがその境地にいたったと初めて認めてくれた。

「ありがたきお言葉。苦労のし甲斐《がい》がございました」

傲岸不遜なだけではない、慧眼《けいがん》の人なのだ。そういう人物に認められるのはいかに幸せか。鳥肌が立つほどの喜びだった。

神護寺に通ううちに、文覚上人に従うひとりの若僧と顔なじみになった。年の頃は二十五、六。長身だが骨組はほっそりと華奢で、みるからに聡明そうな目をした若者だ。

「妙覚《みょうかく》というのじゃよ。名づけたのは、むろん、このわしじゃ」

文覚上人がにやりと笑った。

「ほう、それはまた」

わたしがその若僧を見やると、彼は色白の頬を染めて苦笑してみせた。

「みょうがく」と読めば、悟りにいたるまでの修行の段階の最終地点。つまり、ついに悟りにいたって仏果を得た者、仏に他ならない。慢心・僭越《せんえつ》といわれてもしかたのない大それた法名だが、上人とすれば、上覚、千覚につづいて自分の覚の一字を与えたというだけの、彼らしい諧謔《かいぎゃく》なのであろう。しかし、つけられた方はさぞ有難迷惑であろう。そう同情したが、

「いや、この者は特別な命じゃ。なんとしても妙覚《みょうがく》になってもらわねばならぬ」

そのときばかりはいつもの上人らしからぬ慈愛と厳しさが入り混じった顔で言った。

彼の素性は、平六代《たいらのろくだい》。清盛の嫡男重盛《ちゃくなんしげもり》の子維盛《これもり》の遺児で、正盛《まさもり》から数えて直系の

六代目にあたるのでそう呼ばれていた。生き残った最後の御曹司なのだ。

　父維盛が都落ちした際、妻と十一歳だったこの一人息子を残していった。彼は母とともに嵯峨野《さがの》の某所に匿《かくま》われていたが、平家滅亡の後、北条時政の残党狩りによって捕えられ、鎌倉へ送られた。処刑されるところを、文覚が助命嘆願。

「頼朝どの、そこもともちょうどこの年の頃、清盛に殺される運命だったのを救われた。それをお忘れか。その情け心が平家滅亡につながったことを思えば、見逃すわけにはいかんという気にもなろう。だが、因果は巡る。助けられた恩をここで返してはどうですかな。武家を束ねて天下を布武する棟梁たる器量を世に示す、またとない機ですぞ」

　そう言って猜疑心に揺れる頼朝を説得したのだという。

「もしも万が一、源氏に歯向かうそぶりが見えたら、その時は、この文覚が刺し殺す」

　荒くれ武者の前身をむき出しにして凄《すご》んでみせ、身柄を預かって人目につかないこの神護寺に入れたのだった。

「ところが、武家の棟梁の直系というても、刀一つ持ったことのない貴公子育ちなのに、根性だけはあってのう」

鞍馬《くらま》寺に入れられて稚児になっていた牛若丸、後年の源義経が武家の棟梁の子たるおのれの血に目覚めた前例がある。いずれこの子も、と恐れをいだいた上人は、彼が十七歳のとき、因果をふくめて剃髪《ていはつ》させた。

もっとも本人は学問が好きで、教えもしないのに経を読み、すすんで滝行や回峰行をする。師や兄弟子たちよりずっと僧らしく自分を律し、戒律を守っている。

五年ほど前、大江広元《おおえのひろもと》を介して頼朝公に謁見《えっけん》し、異心なく出家したことを伝えると、頼朝はかえって危機感をいだいたと文覚は苦笑した。自分の息子たちと引き比べて、妙覚の聡明さを見抜いたからだというのだ。それでもそれ以上は気に留めなかったのは、かねての文覚の言葉を信じたのと、鎌倉の勢力がすでに揺るぎないものになっているからだ。

以来、妙覚は諸国を修行して歩いており、定期的に神護寺に帰ってくる。

「地方にいくと、いまだに戦乱の傷跡が残り、荒れ果てているのがよくわかります。民たちはいつまた戦の世になるかと怯《おび》えています。愚僧は彼らのために何ができるか、そのことを考えながら歩いておるのですが」

こたえはなかなか見つからないと、意志の強そうな眉を曇らせていうのだ。

湛慶とは同い年のせいかよほど気が合うとみえて、会えば長いこと語り合っている。

各地の道々の野仏や、人里離れた山中の崖《がけ》にひっそり刻まれ、雨風にさらされて風化している石仏のこと、そんなところにも、誰がするのか野の花が供えられていることなど、湛慶は新鮮な感動で聴き入るのである。

「道端で行き倒れて死に、獣に食い荒らされて骨になっているのに出会うこともしょっちゅうです。そんなときは、仏が迎えてくれると念じながら埋めてやって、経を読みます」

あるとき、雨宿りに偶然入り込んだ洞窟《どうくつ》で、平家の落ち武者とおぼしき数体の白骨が折り重なっているのを見つけた。主と従者たちが逃げおおせぬと絶望して刺し違えたか、主はまだ少年だったのか他より小柄で、華麗な甲冑《かっちゅう》が無惨に汚れ傷《いた》み、美しい錦繡《きんしゅう》の護《まも》り袋を握り締めていた。

「まるで自分の姿を見るようでした。呼ばれたと思いました。この者たちの無念の思いが呼んだのだと。この者たちは死に、わたしはなぜ、生きているのか。なんのために生かされているのか。考えずにはいられませんでした」

ふところから、形見の護り袋を取り出して見せた。ふところに納めて肌身離さず持ち歩いている。母親か年若い妻か、どんな思いで持たせて送り出したか。いまも帰りを待っているか。いつの日か、死者が巡り合わせて、手渡してやれる。そんな気がしている。

「いずれ高徳の阿闍梨《あじゃり》におなりになるお方。よいお方に巡りあえました」

湛慶は敬愛のこもった声で言うのだ。

次代を担《にな》うふたりが立場の違いを超えて確かな友情をはぐくんでいる様子を、文覚上人もわたしも目を細めて見ている。

三

神護寺の二天像の制作の最中、わたしは上の息子たち、湛慶、康運《こううん》、康弁《こうべん》、康勝《こうしょう》の四人を引き連れて高野山へ向かった。

目的は、京に進出して仏所を創設するにあたって用地を提供してくれた八条院から依頼された造仏にとりかかる前に、一心院の行勝《ぎょうしょう》上人に会うためだ。手足がかじかむほどの厳寒を押し、険しい山道を白い息を吐きつつ登ってきたのである。

一心院谷は、九度山《くどやま》から登っていって山上に入る手前、いわば聖地高野山のとば口にあたる。女人堂から少し進んだ、両側から峰が迫る細長い谷筋の斜面に、石垣で囲った陵墓が見えた。

「あれが美福門院《びふくもんいん》さまの陵か」

わたしたちはその方に掌《て》を合わせ、うやうやしく頭を垂れた。

美福門院は八条院の生母であり、鳥羽天皇の皇后だったお方である。本人の遺言によってここに陵墓が造られた。弘法大師以来の女人禁制の固い掟《おきて》を破ることに対して、山内でかなり紛糾したが、美福門院といえば権勢並びなき女人であった。近衛天皇の母后であり、次の帝位をめぐって保元の乱を引き起こし、勝利して後白河天皇を誕生させて庇護者《ひごしゃ》として君臨、鳥羽院の遺産をすべて引き継いで莫大《ばくだい》な所領を有する大富豪でもあったから、その遺志を無視することはできなかったのと、本人が深く帰依《きえ》していた一心院の主、行勝上人が引き受けたからだったという。

摂津国に生まれた上人は若くして仁和寺に入って密教を学び、その後、修験道の荒行で山野を縦走していたというだけあって、その験力《げんりき》は宮廷でも一目置かれ、ことに稀代の不動法の行者として知られている。

一心院は、竹垣囲いに黒木の門、そこから見える堂や住房らしきものといえば、降り積もった雪の重みで板屋根が押し潰《つぶ》されそうな貧相な建物が三、四棟。それでも、まだやっと棟上げ状態の建築途中の堂があり、その前の空き地で、極寒だというのに、小柄な老人が片肌脱ぎになって薪割《まきわ》りをしていた。

「あの寺男に案内を請《こ》うてまいります」

湛慶が門内に入っていこうとするのを、

「いや、待て」

わたしは袖をつかんで引き留めた。

「見てみよ、あれを」

ゆうに三貫目はあろうかという大鉈《おおなた》を高々と頭上に振り上げ、一瞬、ぴたりと制止し、無言のまま、振り下ろす。と、径一尺はある丸太が、カーン、と甲高い澄んだ音を響かせて真っ二つに割れる。裂帛《れっぱく》の気が周囲の木立を揺るがし、枝や屋根から雪が滑り落ちる。

職業柄、木のことは知り尽くしている。雪深く湿気が多いこの時期、あれほど澄んだ音が出せるのは、過《あやま》たず木の芯を捉《とら》えている証拠だ。遠くて見えないが、切り口は鉋《かんな》で削いだように滑らかで、きれいに木目が通っているであろう。

老人は割れた片方を台に載せて据えると、鉈を振りかざし、振り下ろした。

カーン、

周囲の木々が揺れ、木魂《こだま》が長く響いて消えていった。

動作に無駄が一切ない。おなじ速さ、おなじ角度で正確に振り上げ、振り下ろす。

制止の一瞬の間《ま》もおなじ。

「おまえたちはわからぬか。あの御仁、ただの寺男ではない」

わたしがつぶやくと、息子たちは不審げに顔を見合わせた。

「あれは上人さまご本人だ」

「えっ？　あのみすぼらしい老爺《ろうや》がですか？」

いっせいに視線を向けると、その老人が気づき、鉈を手にしたまま近づいてきて声をかけてきた。

「ようまいられた。女院さまから聞いておりまするよ」

荒行者にしては意外なほど柔和な表情で、声音もやわらかい。皺《しわ》に埋もれた顔からして七十歳近いか、五穀を断ち、わずかな木の実と水のみで命を繋ぐ木喰行《もくじきぎょう》を修しており、高野穀断上人《こくだちしょうにん》と呼ばれている。

わたしはそのからだから目を離すことが出来なかった。痩《や》せさらばえて骨の上に皮膚が張りついているが、肩にも背にも、ぼろぼろの半袴《はんばかま》から覗《のぞ》いているふくらはぎにも、見るからに硬そうな筋肉がそこだけ別のいきもののように盛り上がり、筋でつながっている。皮膚はまるで鞣《なめ》し革《がわ》のような光沢があり、六年に及ぶ苦行によって肋骨《ろっこつ》がゴツゴツ浮き出した釈尊の姿はかくや、とおもわずにはいられなかった。

「この老体がそれほど珍しいかえ？」

「あ、これはご無礼を。つい見惚《みと》れてしまいました」

「ふふむ。仏師の習い性かの。臓腑《ぞうふ》まで見透かす眼をしておるわ」

ふぁっふぁっと笑いながら手を叩くと、平屋の建物から少年たちが五、六人飛び出してきて、挨拶もそこそこにわたしたちが背負っている笈《おい》を降ろさせ、建物へ運び込んでいった。上人に仕える供童たちらしいが、年は八、九歳から十二、三歳くらいか。皆、師とは大違いにいずれも丸々と肥えて、育ちざかりの生気に満ちている。薄い筒袖に膝丈の半袴だけという軽装で、頬を真っ赤にしてきびきびと動きまわっている。

「さっそくじゃが、ここが八条院さま発願の不動堂でな」

上人は建てかけの堂を指さし、

「雪が降る間は山下の工人たちが登ってきてくれぬゆえ、いっかな進まぬのじゃよ。用材の伐り出しや細かい造作はわしやあの者たちでやれるが、さすがに建てるのは工人でのうては無理ゆえ、しかたあるまいのう」

しごくのんびりした口ぶりで言い、わたしたちを房の一つへ連れていった。

「ここはわしの工房でな。いや、これは、仏師のおぬしらに気張ったものいいをしてしもうた。まさに釈迦《しゃか》に説法じゃわな」

照れくさげに首筋を掻《か》き、正面に据えた一体の像を指さした。

「わしが彫りたてまつったお不動じゃよ」

素木の不動明王坐像である。一面二臂で右手に降魔の剣を持ち、左手に衆生をすくい取る羂索《けんじゃく》を持つ。大きさは半丈六、いや、そんな造仏の寸法の規定を当てはめるまでもなかろう。人の等身大よりひとまわりほど大きい。それより、

「霊木をお使いになられたので？」

わたしは喉にからんだ声で訊《き》いた。

像の左胸の真ん中に大きな節がある。それがまるで心の臓のようで、じっと目を凝らしていると、ドクン、ドクン、と鼓動を打っているように見えてくる。息子らも声を失い、呆然《ぼうぜん》と見つめている。

「うむ、天野の丹生都比売《にうつひめ》さんの社のご神木じゃよ」

かつては高野山への表参道だった天野の里に、丹生都比売神を祀る社があるのだと、上人は背後の彼方を指さしながら説明してくれた。

丹生都比売神はもともとこの一帯の地主神で、弘法大師が聖地を探していたとき、この姫神から譲られたのが高野山だと伝えられている。

丹生は文字どおり「丹砂《たんさ》を生じる」であり、太古から朱の原料として採掘された。

このあたりの土はその丹砂を多く含み、それが渓流に流れ出し、その川と水とのつながりから丹生都比売神は雨を司《つかさど》る神にもなった。日照りの際の祈雨や大雨の際の止雨法を得意としている上人が、荒廃していた社の復興に乗り出し、宮中や貴族の崇敬を集めるようになって、寿永二年（一一八三）、社は従一位を授けられた。

「社の背後に鎮座しておった楠《くす》の古木が、一昨年秋の大嵐《あらし》で根こそぎ倒れてしもうてな。姫神のご意思と思うた。そのことを八条院さまに申し上げると、女院さまはこう言われた。女人と子供をあらゆる災厄から逃れさせ、守護してくださる、強い強いお不動さまを造ってほしい。高野山に入って祈ることを許されぬ女人たちと、その子供たちを救ってくださるように、それを祀るお堂を建立しましょうと」

それには、生母の墓があるこの谷こそふさわしい。その強い願いを汲《く》み、上人は不動明王を彫った。われら一門は不動明王の周囲に居並んで囲繞《いにょう》する八体の童子像を造ることになったのである。

不動堂の建立《こんりゅう》と造仏の費用、それに今後の維持にかかる費用は、むろん願主の女院が出すが、それ以外にも、文覚上人の要請によって鎌倉殿が鎮西の荘園を寄進した。わたしを推薦したのも文覚上人と恵眼房性我、千覚どのだ。八条院、文覚師弟、鎌倉殿、いくつもの縁が重なり合って、わたしをここへ導いたのだ。そして、この行勝上人との出会いもまた、あらたな縁である。

「おぬしから見れば、まるで子供だましの、素人《しろうと》の稚拙なしろものでしかなかろう」

行勝上人ははにかんだような笑みをみせ、気になる部分は修正してくれと言ったが、わたしは即座に首を横に振った。

技術的なことをいえば、腰布や肩から胸に掛けた布の襞《ひだ》の流れと、その下の体軀《たいく》の造形に整合性がないし、胴体部はおそらく節を左胸にもっていくためであろうが、左によじれて、正中線がずれてしまっている。だが、それがなんだというのか。

「お直しするところはどこもございません。わしら仏師にはできぬお像です」

夜な夜な一心不乱に鑿を振るう上人の姿が目に浮かぶ。不動明王の命じるまま、姫神の命じるまま、神仏との感応によって、霊木に命を宿らせたのだ。技巧でできるものではない。

「ただ、このお像が末永くいまの形を保っていられるための細工は必要です。それだけはしっかりやらせていただきます」

この像は、右腕の肘《ひじ》から先以外は寄せ接ぎしていない一木造りである。膝先までの寸法からして、径二尺半はある巨木であったろう。問題はひび割れを防ぐための内刳《うちぐ》りがなされていないことである。このままでは何十年かしたら大きなひび割れがあちこちに生じて、修復不可能になってしまうのが目に見えている。寄木造りの場合は最初に刳《く》りをしてから接《は》ぎ合わせるのだが、これは横たえて底面から慎重に刳っていくしかない。

鑿の刃を入れて驚いた。楠はわたしたちがよく使うヒノキ材よりずっと硬く、仏師でも彫りに難渋するのに、この楠はふつうよりさらに木目が詰んでいて、思った以上に硬い。その上、あちこちに節がある。素人がよく彫れたものだとあらためて驚かされた。

肘から先の接合部のホゾを締め直し、節を目立たぬ程度に削った。

作業をしながら木目の美しさに感嘆した。かつて唐では彩色を施さない檀像《だんぞう》が多く造られた。南方産の白檀《びゃくだん》や栴檀《せんだん》などの香木を使い、木目の美しさと芳香を活《い》かして緻《ち》密《みつ》な彫りを施したものだが、日本では檀木がないため、榧《かや》や桜などで代用する。白木がもともと日本人の好みに合うこともある。

不動明王といえば、火のような赤で塗り立てて憤怒《ふんぬ》と破邪の威力を表わすのがふつうだが、この像は檀像ふうの素木造りである。

「これはこのまま、彩色を施さぬほうがよろしいでしょう。せっかくの胸の節が目立たなくなってしまいますので」

そのかわり、それをとり囲む童子の群像は、色鮮やかで華やかな彩色を施す。この不動さんなら、見劣りするどころか、かえってその霊性が引き立つはずだ。

不動明王は、大日如来がどうにも救いがたい愚かな人間どもを救うため、あえて恐ろしい憤怒の形相で姿を現わしたものだ。人間を惑わし苦しめる煩悩《ぼんのう》をその強い威力で打ち砕き、厳しく叱咤《しった》する。仏道を求める者たちを守護し、導いてくださる仏神である。

それにつき従う眷属、お伴の八人の童子が八大童子。正式には八大金剛童子という。

「童子たちは、それこそ生気に満ち満ちた姿がふさわしかろうと存じます」

仏の像ではない。人間の子供をそのまま写そう。上人に仕える侍童たち、そして、わが息子たち。町角で見かける子供たち。幼くして親から引き離されて寺に入れられ、淋《さび》しさをじっと耐えている子。その姿をそのまま写そう。駆けずりまわって遊ぶ子。高らかに笑い、しゃべる子。考え深げにおのれの内奥を見つめる子。一心に祈る子。何かに熱中している子。それぞれの一瞬の命の輝きを切り取ろう。

四

京の仏所にもどると、すぐに下絵の制作にかかった。

だが、はたと困った。八大童子は密教の諸尊の中でもきわめて特異で、まったくといってよいほど作例がない。参考にできる先例がないのだ。そういう意味では新たな挑戦だ。

「さて、どうするか」

手始めに、八大童子のことが唯一説かれている経典『聖無動尊一字出生八大童子《しょうむどうそんいちじしゅっしょうはちだいどうじ》秘要法品《ひようほうぼん》』を読み込んだ。

阿耨達《あのくた》童子、矜羯羅《こんがら》童子、制吒迦《せいたか》童子、烏倶婆誐《うぐばが》童子、恵光《えこう》童子、恵喜《えき》童子、指徳《しとく》童子、清浄比丘《しょうじょうびく》の八人。彼らは、菩提心《ぼだいしん》、福徳、方便、慈悲の四つの性格を持ち、行者を守護し、行者が修法によって得た利益《りやく》を衆生にもたらしてくれる存在とある。さらに、悟りに達して仏になった時に得る四つの叡智《えいち》である四智《しち》と、悟りに至る修行である四波羅蜜《しはらみつ》、すなわち、仏の教えとそれを求める者の行いとをあらわすともいう。

「なるほど、そうだったか」

ふつうは不動明王を中心に、矜羯羅と制吒迦の二童子を両側に配して三尊像とすることが多く、わたしが北条時政の依頼で伊豆の願成就院に納めた不動像もそのかたちだった。それをあえて八童子すべて造ろうという、八条院の願いの強さを思わずにはいられなかった。その女院の思いに応《こた》えられる行勝上人はやはり、「知法無双」と崇拝されるだけのことはある。修法や行の実践だけでなく、経典や儀軌を熟知し、密教の神髄を深く理解している証拠だ。

わたしはそのふたりに応えられるか。かたちにできるか。人間の子供の姿を写すと宣言したが、それだけでは駄目だ。その中に、一途《いちず》に仏道を求めるひたむきさや、真摯《しんし》に生きようとする決意、そしておのれの弱さに苦しみ揺れる心をあらわさねば。

脳裏に浮かんだのは興福寺の阿修羅像だった。焼討の夜、わが腕に抱いて思った。この像をつくった仏師は、どんな思いを込めたか。何を表現したかったのか。かたちを造るのではない。内面をあらわす。人間を超越した仏や菩薩の姿とはまた違う、より生身の人間に近い、しかも、まだあどけなさの残る童子の姿で。

わたしは五男と六男を呼びつけた。

「はい、棟梁《とうりょう》」

ふたりは緊張のおももちで膝《ひざ》をそろえてちんまり坐《すわ》り、おずおずとわたしを見つめた。鎌倉から連れ帰った、由良が産んだ子らだ。九歳と八歳。

緊張するのも無理はない。ふだんほとんど声をかけられることもなく、ほったらかしにされている。急に呼びつけられて怯えているのだ。

「おまえたち」

名前を言おうとしたのに、出てこなかった。あろうことか、わが子の名を忘れている。どう考えても思い出せない。唖然《あぜん》とした。

仕事が詰まっているときはほとんど工房脇《わき》の小部屋で寝泊まりして、住房には帰らない。同じ敷地内で暮らしているのに、親子らしい会話はまったくない。そのせいだ。ことに大きな仕事が入っているときは、そのことでいっぱいで、子供のことまで頭がまわらない。冷酷な親だが、子供は、腹を満たしてやって寝るところを与えてさえやれば、あとは勝手に育つ。良くなるも悪くなるも本人次第だ。恨みたいなら恨め。そうわりきっている。

現に、このふたりは、奈良へ連れてこられる旅のあいだはいきなり母親に突き放されたつらさに泣きどおしだったが、いざ大勢の男たちの中に放り込まれると、幼いながらに覚悟を据えたか、泣き言一つこぼさなくなった。

——仏師になるのがおまえたちの定め。

母親のその言葉をどこまで憶えているかはわからないが、邪魔にされて追い出されても工房に入りびたり、食い入るように大人たちのすることを見て真似《まね》したがった。教えられもしないのに彫り刀や鑿を持ちたがるのは厳しく叱《しか》りつけたが、わたしが小さかった頃もそうだったと思い返せば、これも仏師の才能の一つと見切っている。他の息子らは、長男の湛慶は生真面目《きまじめ》ゆえにそうだったし、四男の康勝はこのふたりとおなじふうだった。事実、このふたりは、資質は違えど確実に才がある。残る康運と康弁はそこそこ器用にこなせはするものの、才というには平凡だ。

ふたりには兄たちとおなじく七歳から見習いをさせている。まだ修行といえるほどのものではないが、十五歳になったら仏師名を与えて、一人前の小仏師としてやらせる。それまで辛抱できるか、それとも途中で逃げ出すか、まだいずれともわからないが。

「袴を脱いで肩脱ぎになって、そこに立て」

ふたりとも母親似とみえて、年齢より体格がよく、引き締まったからだつきだ。わたしは描き上げたばかりの下絵を見せ、実際にからだを触ってさまざまな体勢をとらせた。

「わたしがいいと言うまで、決して動いてはならぬぞ」

ふたりは瞬時に意図をのみ込み、一時《いっとき》もの間、火の気が一切なく底冷えする工房で、全身にびっしり鳥肌を立てながら、わたしの指示に従った。

無理な姿勢をとらされて、全身が血の気に火照《ほて》り、額や首筋に汗がにじみ出しても、黙って耐えた。筋肉がひくつき、筋を無理に伸ばしつづける苦痛を、下唇を嚙みしめてこらえている。それを不憫《ふびん》に思う余裕はなく、わたしはその姿を描きとるのに必死だった。

「父上、あんまりですわ。あの子たち、あのあと風邪を引いて寝込んでしまいました。少しは考えてやってくださいまし」

強い口調で娘の如意《にょい》に抗議され、わたしは意に介さぬふりをしたが、さすがに内心では閉口した。

「わたしはあの子らを守ってやるつとめがあります。父上の代わりに、です」

娘がそうまで言うのは、実の子ではないあの子らを妻の狭霧は毛嫌いして養育を拒否し、代わりに世話をして育てたのが、当時まだ自らも子供だった如意だからである。

如意はいま十七。男兄弟の中で唯一の娘ということもあり、ものごころついた頃から家事を手伝ってきた。母親に似ず、おだやかな気質の心やさしい娘で、母親が死んだいまでは下女たちを指揮して家事を仕切っている。五十人を超す住《よ》み込みの弟子や工人たちの食事づくり、浄衣の洗濯、買い出し。地味な小袖に汚れ除けの腰巻をつけ、髪を小切れで包んだ家婢《かひ》さながらの粗末ないでたちで、文句一つ吐かずやっている。

年弱の新入りの少年たちに仏師に必要な読み書きや、立ち居振る舞いを教えるのも彼女の仕事だ。

「わかった。ところで、如意。例の話だが」

わたしとすれば大助かりだが、いい年頃になっているこの娘をこのままにしておいていいのか、そう思い始めていた矢先、神護寺の仕事で世話になった貴家の家司《けいし》から思いがけない話が持ち込まれた。

「わしの年の離れた姉が後鳥羽天皇のご生母七条院さまに仕えておりましてな。養女にする娘を探しておるのですが、如意どのはどうかと思いまして」

何度か所用で仏所を訪れ、如意とも面識がある。利発さと温厚さ、笑顔を絶やさぬ明るい気性を見込んでの勧めである。

冷泉局《れいぜいのつぼね》というその姉は、いままでずっと独り身で女房勤めをしてきて七条院に信頼され、所領をいただき財も蓄えているが、齢《よわい》五十をすぎて、しきりに子供のいない寂しさをおぼえるようになったのだという。

「話相手がほしいのですよ。着飾らせて行儀作法を身につけさせてやりたい。手塩にかけて養育したいと。本人が望めば宮中に出仕させてもやれると」

「そんな大層な縁組、仏師の娘ごときには荷が重うございますゆえ」

いったんは断ったが、悪い気はしなかった。仕事柄、貴族や格式の高い大寺の高僧たちともつきあいがあるし、いまでこそ仏師といえばそれなりの身分と思われるようになってもきたが、しかしたかが工人だ。まして自分は鎌倉の武家とのつながりが強い。京では新参者だし、貴族階級からすれば下賤《げせん》の身分と見下されていると思っていたが、仏師運慶の名は存外、大きくなっているということだ。仏師全体の社会的地位が高くなってきている証《あか》しでもある。

はたして、冷泉局本人からも再三、ぜひとも会ってみたいから連れてきてほしいと使いがくる。

「如意よ、おまえの気持次第だ。無理強いはせぬ。行く気はあるか」

娘に訊くと、だいぶ悩んだようだが、

「父上のお役に立てるなら」

とうなずいた。いつもの娘らしからぬ陰鬱《いんうつ》な顔が気にかかりつつもわたしは、これからの一門にとってまさに願ったりかなったりだと自分に言い聞かせた。

冷泉局は一度で如意を気に入ったから、養女縁組はすんなり決まり、如意は十八歳になった春、局の私邸に引き取られていった。

五

「なに、八条院さまが見えられたと？」

弟子があわてふためいて知らせにくると、わたしは大急ぎで工房を飛び出した。

先触れもなしに、いったい何事か。

女院の御所はおなじ左京八条東洞院《ひがしのとういん》。わずかな距離とはいえ、院の御幸《ごこう》ともなれば、網代庇《あじろびさし》の車やおつきの女房が乗る糸毛車《いとげのくるま》を連ね、警護の騎馬の武官やら徒歩の兵士やらでものものしい行列になる。迎える方も、敷地内を掃き清め、見苦しいところは白布で覆《おお》い、もてなしの膳《ぜん》やら酒肴《しゅこう》やら何日もかけて饗応の支度に大わらわになる。第一、仏所へのお出ましなど、聞いたことがない。

車寄せに飾りのない目立たぬ牛車が一台横付けされており、わたしが駆け寄ると中から女院が降り立った。供は若い女房一人に平服の男が数名。これなら誰も女院の外出とは気づくまい。

「これは、女院さま。こんなむさくるしいところへお出ましとは」

女院から進捗《しんちょく》状況を問い合わせる使者が再三やってくるので、つい昨日、わたしが女院御所に伺って完成した旨《むね》を報告したばかりだ。

「一目見たくて辛抱できなくなってしまいましたの。拝見できますかしら。それとも、お堂に安置して供養《くよう》をすませるまでは、門外不出のご法度《はっと》？」

女院は心配げなおももちながら、いたって無邪気に訊いた。

「いえいえ、他ならぬ願主さまにお見せできぬ法がございましょうや」

昨日、初めて御所に伺い、驚かされた。

御座所の前の白砂敷きの庭に平伏して、女院のお出ましを待っていた。殿上に上れる身分ではない。だが、奥から現われた女院は、女房に命じてわたしを廂《ひさし》に上らせたのである。しかも、上畳《あげだたみ》からすべりおりると、廂のすぐそばまでやってきて坐《ざ》し、こう言った。

「遠くては話もできません。わたくし、年のせいでこの頃、耳が遠くなって、難儀しているのです」

御年六十二。ずっと独り身でこられたせいか、とてもそうは見えなかった。薄紫の単衣《ひとえ》の小袖に浅緑色の小袿《こうちぎ》を重ねた涼しげな軽装がよく似合う。髪を包む白布に縁取られたお顔は色白でふくよかに丸い。笑うと目尻《めじり》にくっきり皺《しわ》が刻まれるが、それがまた表情を豊かにする。笑うことに慣れた顔だと、わたしは一目で好感をいだいた。

耳が遠い云々《うんぬん》は、むろん口実だ。高貴なご身分なのだから御簾《みす》を隔てて対面するのがしきたりなのに、最初から御簾はなく、しかも、手が届きそうに近くまでやってきて会話しようという。気さくなお人柄と聞いてはいたが、このお方は誰に対してもそうなのか。

さらに驚いたことに、平伏して気づいたが、床にうっすら埃《ほこり》が積っていた。あとでおつきの女房が、ここでは巷《ちまた》に溢《あふ》れている孤児や貧者に与える衣を女房たちが縫っており、そのせいで綿埃が出て始末に負えないのだとこぼしていた。八条院は「埃で死にはしない」と気にもとめないというのだ。

裁縫仕事も八条院みずから針を持つことも多く、その理由が、「歌会だの管弦だので暇をつぶすのは時間がもったいない」というのだから恐れ入る。

父帝の鳥羽院と生母の美福門院から相続した所領で「日本一の大金持ち」といわれているお方なのに、あらためて見まわすと、家具調度はどれも華美なものではなく、女房たちの衣装も皆ばらばらのちぐはぐなものだった。

平氏の出で後白河院の晩年の寵妃《ちょうひ》だった建春門院《けんしゅんもんいん》に仕え、後にこの御所に仕えた女房は、あまりの違いに呆《あき》れ返ったという。建春門院の御所は、平家の財力という後ろ盾があって裕福だったせいもあるが、趣味のいい豪奢《ごうしゃ》な調度品で飾られていたし、門院自身が几帳面《きちょうめん》なしっかりしたお方だったから、どこもかしこも整然として、塵《ちり》一つなかった。女房たちは皆、季節に応じた揃《そろ》いの衣装を支給され、行儀作法もきちんとしていた。

それにひきかえ、この八条院はしごく鷹揚《おうよう》なご気性で、しかも自由闊達《かったつ》。しきたりにこだわらず、頭の回転も速かった。そのご気性を父の鳥羽院はいたく鍾愛《しょうあい》し、他のどのお子より可愛《かわい》がられていたという。次の帝《みかど》を誰にするか迷っておられた際には、いっそこの娘を女帝にしようとまで考えておられたというのだ。そんなまことしやかな噂《うわさ》があったことを、実際に女院と対面してわたしは思い出した。

だが、女帝即位は実現しなかった。他ならぬ生母の美福門院が反対して出家させてしまったのである。まだ御年二十の若さだったという。

美福門院はどういう気持であったか。帝位という類《たぐい》なき栄光の座を阻止し、しかも女の人生を断ち切らせるからには、よほど強い思いがあったであろう。母親としてそれが娘のしあわせと信じたに違いないが、余人には窺《うかが》い知れぬことである。ただ、美福門院というお人は、世間が評するほど権勢欲のかたまりではなかったのかもしれないと思う。ひとえに娘のしあわせを願う一個の母親であり、八条院もまたそういう母の思いを理解できる娘であったということか。

ともあれ、若い身空で出家したこのお方は、生来の資質を曲げることなく、おおらかに歩んでこられた。寂しく虚《むな》しい人生などと嘆く暇《いとま》もなかったであろう。異母兄である後白河天皇の子である二条天皇の准母《じゅんぼ》となったほか、九条兼実卿の子息や後鳥羽天皇の皇女ら、数多くの子女を養育した。彼女の周りはたえず幼い子らのにぎやかな声が響いており、実の親以上に慕われていた。

やはり後白河天皇の子の以仁王《もちひとおう》も彼女の猶子《ゆうし》だった。以仁王が打倒平家の兵を挙げたのは、彼女がそそのかしたせいだという者もいるが、そういう噂が出るほど、彼女のまわりには平家一門に反感を抱く連中が集まっていたのは事実だ。以仁王は敗れて壮絶な最期《さいご》を遂げたが、それを機に頼朝はじめ源氏勢が兵を挙げ、平家を滅亡に追い込んだのだった。

わたしは、女院がそんな政治的陰謀に陰で糸を引くようなお人とは、とうてい思えない。ただ、平氏の専横を、この人らしいまっすぐさで、よくないと考えておられたのではないか。それを口にすることもあったやもしれぬが、陰謀などこのお方におよそ似つかわしくない。

わたしは工房と棟続きの広間に女院を案内した。

一方の壁際《かべぎわ》は須弥壇《しゅみだん》を模して三尺ほど高くしてあり、出来上がった像は納入までそこに安置しておく。その前に坐して見上げて拝する者の目線でどう見えるか、確認するためでもある。

そこに、八体の童子像を不動堂で実際に安置する位置どおりに並べてある。全体のつりあいを確かめるためだ。

「これはご本尊の身代わりでして」

わたしは中央に置かれた木型を指さした。行勝上人作の不動像とほぼ同じ大きさの木型を、あらたにこしらえた台座に載せてある。

「お見苦しゅうございますが、ご容赦願います」

だが、女院はそれには一瞥《いちべつ》もくれず、左右に四体ずつ置かれた童子像に目を奪われていた。

「あら、まあ、なんと可愛らしいこと」

女院は歓声をあげ、手を打った。

六

「どの子も、まるで生きているみたい」

「ええ、実際に子らの姿を写しました。どれが誰とは申せませんが」

わたしの返事も上の空で女院は童子一人一人をじっと見つめ、ちいさくうなずいたり、ふっと微笑《ほほえ》んだりしている。

阿耨達《あのくた》童子、矜羯羅《こんがら》童子、制吒迦《せいたか》童子、烏倶婆誐《うぐばが》童子、恵光《えこう》童子、恵喜《えき》童子、指徳《しとく》童子、清浄比丘《しょうじょうびく》。どれも身の丈は三尺半（一メートル内外）程度。それぞれ岩座に立つ。いずれも童子らしい豊頰丸顔だが、持物《じもつ》や性格はそれぞれ忠実に経典の記述にのっとっている。

恭敬《きょうけい》小心の者とされる矜羯羅童子は、合掌した親指と人差し指の間に独鈷杵《とっこしょ》を挟み、生真面目ではあるがまだあどけなさの残る顔に曖昧《あいまい》な表情を浮かべている。熊王丸、いまの湛慶の幼い頃のおもかげだ。南都焼討の夜、おとうが死んだらわしらはどうすればいい、と泣きだしそうな顔で訊いた、あのときの顔だ。

「制吒迦童子はいかにも賢そうね。他の子たちを率いる頭領格というところかしら」

「そう見えますか。経典には悪性とありますが」

わたしはわが意を得たりとうなずいた。髪を五つに束ねる五髻《ごけい》に結い、身体《からだ》は真っ赤で怒りを表わし、左手に金剛杵、右手に金剛棒を持つ。あえて強烈な我意の中に内面の思慮深さがにじむ表情にした。意識したわけではないのに、出来上がってみると、神護寺の妙覚、平六代さまに似ていて、われながら驚いた。

「その彼をさんざんてこずらせるのが、この子？」

八条院が指をさしたのは烏倶婆誐童子。性格と姿は暴悪とされるこの童子は、口をきつく引き結び、眉《まゆ》を吊《つ》り上げて睨《にら》み据える憤怒《ふんぬ》の相で、逆立つ真っ赤な頭髪で怒りを表わした。次男の康運の十二歳の頃の顔を写した。正妻所生の長子であることを誇り、ともすれば異母兄を嫉《そね》む。

「でも、誰よりも一途。怒りを克己心に変えることができるようになりさえすれば、誰より強く頼り甲斐《がい》がある。そういう子ね」

八条院は楽しげに言い、ちいさく微笑んだ。彼女が養育した数多いお子たちの中にも、きっとそういう子がいたのであろう。

ただひとり僧体の清浄比丘は、下唇をぎりりと嚙《か》みしめ、右手に三鈷杵《さんこしょ》、左手に巻物を持つ。勉学が進まぬことに焦《じ》れている少年僧、行勝上人の堂で会った弟子のひとりだ。

「みるからに健気《けなげ》そうで、守ってあげたくなるわ。でも、本人はそれを望まない。ひたむきに精進するしかないと思い定めているのね」

阿耨達童子と指徳童子は、五男と六男にいろいろやらせてみた体勢と、そのときのふたりの表情をもとにしている。父の厳しい命令に怖気づきながらも懸命な表情を狙《ねら》った。

恵喜童子と恵光童子は、町で見かけた物売りの少年と貴家の牛車を引く牛飼いの子の顔と姿だ。のどかな中にも今日一日生き延びる苦労を幼いながらに知る子らだ。

「どの子も皆、いまにも動き出して、眼を輝かせてしゃべり出しそうだわ。不平不満、悪態、泣きたい思い、ちいさな喜び。どの子も声が聞こえる」

どれだけ見ていても飽きない。一人一人と会話しているような気がする。女院のその言葉に、部屋の隅でかしこまって坐している息子たちは顔を紅潮させ、うなずき合った。

すべての図絵はむろんわたしが描いたが、実際の制作は矜羯羅童子、制吒迦童子、それに恵光童子の三体だけわたしが彫り、あとの五体は息子たちや弟子にやらせた。ことに次男以下の三人にはじめて一体ずつ任せた。

その間、これまではまだ早いと言わずにいたことを、いろいろ話して聞かせた。

師と一体になって、毛穴を通じて学べ。

巧く造るな。造ろうという意識を棄てよ。

自分を原木に見立てるのだ。原木という自己の中に、本当の自分がいる。その周りの余分なものが、欲望と執着、煩悩《ぼんのう》だ。それを取り除け。削り落とせ。真の自分を削り出せ。

止《や》むにやまれぬ願い、心の渇き、造仏は行だ。修行だ。

鉋研《かんなと》ぎ、鑿研ぎからが修行だ。師がやるのを見て、自分でやってみる。ひたすら真似よ。自己流で勝手にやってはならぬ。

こうも言った。

ざっくり指を切れ。木をおのれの血で汚し、その穢《けが》れをおのれの手で取り去れ。

三男の康弁は、人一倍手先が器用で、のみこみも早い。そのせいで調子に乗って、ともすれば仕事ぶりが雑になる。ある日、他のことに気をとられていたか、左の親指と人差し指の股《また》をざっくり抉《えぐ》った。一歩間違えば腱《けん》を切断して使いものにならなくなる大怪我《おおけが》だった。噴き出した血がみるみる荒彫りを染めていくのを、動転した康弁は茫然と見つめて突っ立っていた。わたしはすばやく自分の浄衣の袖《そで》を引きちぎってその手をくるみ、強く押さえて血を止めながら諭したのだった。

未熟なうちは怪我はつきものだ。問題は気のゆるみだ。それはおまえの心の穢れだ。

また、次男の康運にはこう諭した。

等身大の像をつくる際、荒彫りと内刳りをして、一年か一年半、寝かす。なぜだかわかるか？　木は乾くと動く。縮み、反り、ねじれる。木の命の最後の狂いだ。生まれ変わるためのあがきだ。苦しみもだえ、暴れ、抵抗する。仏になるのを拒否して、内なる悪が荒れ狂う。失うものか、消えてやらぬぞ。激しくせめぎ合う。鎮《しず》まるのを待て。じっと見守れ。自分の心とおなじだと思え。

息子たちにとってはまさに悪戦苦闘だった。自分ではよくできたと自信満々でいるのに、わたしが容赦なく削り落としてしまうのを、悔しさと情けなさで泣きそうになりながら耐えた。皆、そうやって一人前になっていくのだ。

だが、息子らや弟子にやらせたせいで、絵図どおりにはできず、体勢がぎこちなかったり、不自然な部分や技術の未熟さが出てしまったところが多々ある。わが工房の技術力がまだその程度ということだ。歯痒《はがゆ》いかぎりだが、現時点では仕方がない。

それでも、こうして群像として一堂に並べてみれば、わたしの狙いは間違っていなかったという自信がある。

「八条院さま、こちらでご覧ください。どうぞ」

弟子に綿入りの褥《しとね》をもってこさせて檀前の中央に敷くと、女院はさっそくそれに坐して身を乗り出した。

「あら、みんな、こちらを向いているのですね」

「お気づきいただけましたか」

八体の童子たちの視線がすべて行者に向くよう、全体の配置を決めたうえで、顔の向き、からだのひねり、着衣が風になびく方向、すべてそれに合わせてある。わたしがいちばん意を凝らしたのがこの眼だ。どの像も玉眼を大きく見開き、前に坐して拝する行者に強い視線を注ぐ。

「行者をじっと見つめているのですね。くじけるな。怖れるな。慈悲の心を忘れるな。ひたすら励め。そう叱咤激励している」

「ようおわかりで。まさか一目で見抜いておしまいとは」

驚いたわたしに、

「こうみえてもわたくし、金剛観《こんごうかん》の法名をもつ行者のはしくれですからね。なんなら、陀羅尼《だらに》の一つ二つ唱えてみせましょうか」

得意げに鼻をうごめかしてのたもうたかとおもうと、

「いえいえ、やっぱりやめておきましょ。すぐにボロがでてしまいますから」

目をくるりとまわしてみせるひょうきんさである。

息子らや弟子たちは皆、噴き出してしまいそうなのを肩を揺らして必死にこらえている。このお方は人の気持を楽しくさせ、周囲をなごませる特技がおありなのだとわたしはあらためて感嘆した。意図してそうしているのではなく、天性なのであろうが、このおおらかさが多くの人に慕われる理由でもある。

「ところで、女院さまは落慶法要にお出ましなされますのでしょう?」

不動堂の落慶供養が五月に予定されており、二ヶ月先に迫っている。それまでに高野山へお運びしてそこで最後の仕上げをしてから、行勝上人作の本尊ともども安置する。むろんわたし自身が同行して差配する。

導師はもちろん行勝上人だ。願主の臨席は当然のことだし、ぜひともこのお方に見ていただきたいと思ったのだが、女院はかぶりを振った。

「女人堂までは参りますが、法要は遠慮いたします。お大師さま以来の女人禁制の掟《おきて》を破ってまで自分の望みをかなえるのは、傲慢《ごうまん》なごり押し、いいことだとは思いませんので」

男性僧侶《そうりょ》の修行の妨げになると弘法大師は御母の入山さえも拒絶し、女人堂を造られた。

「そうですか。それは残念にございます」

「でも、いつか後の世には、女性《にょしょう》たちも堂々と入山して修行できるようになるでしょうし、入定なされてもいまなお生きて見守っておられるお大師さまのもとに参じられるようになりましょう。わたくしはそう信じております」

八条院はそうつぶやくと、遠い未来を見るような目になった。

「女性は五障《ごしょう》あって穢れている、殿方より劣り、愚かであるとされております。でも、だからこそ、生きていく意味があるのだとわたくしは思います」

「生きていく意味、ですか？」

「そう。煩悩に苦しみ喘ぎ、愛憎に身を焼き、夫や子を失う悲痛に泣き叫ぶからこそ、そこから脱して救われたいと必死に願う。なんのために生まれてきたのか、生きていくことになんの意味があるのか、懸命に考える。そのために、仏の教えが必要なのです。救いを求める思いは殿方よりずっと強い。この世の栄華や権勢を求めて寄進し、堂宇を建てる殿方とは違うのです」

痛烈な言葉だが、この人の口から出ると尖《とが》ったきつさはなく、静かに聞こえる。

「生き残った平家の女人たちは、いまも苦しんでおられます。建礼門院さまやお仕えしていた女房たち、公達《きんだち》の妻だった方々。彼女たちは夫やお子の菩提《ぼだい》を祈り、残された子らを守り育てることで懸命に自分を支えておりましょう」

それは自分もおなじだと女院の顔が語っていた。彼女はいまも、以仁王の遺児たちを引き取って養育している。

それに彼女の御所がある場所は、かつて平清盛の妻平時子、二位尼《にいのあま》の邸宅があったところだ。二位尼は孫である安徳幼帝を抱いて海の底に沈んだ。彼らの菩提を祈るのも、八条院はおのれの務めと考えているのであろう。

「女院さまのご意思は、この先末代までも、人々の心の中に生きつづけるでありましょう。われら一門、それに加担させていただいたおかげで功徳《くどく》を積むことができます」

深々と頭を下げながら、父の言葉を思い出していた。仏の像を造ることは人の心に刻むことだと父は言った。その意味があらためて胆《きも》にしみた。

七

文覚上人は神護寺復興を進める一方、東寺の復興にもとりかかっていた。

「いよいよじゃぞ。いよいよ念願の大仕事じゃぞ」

ことあるごとにわたしを呼び出しては、口から唾《つば》を飛ばして延々と計画を語る。両腕を広げて振りまわし、天をふり仰いで深々と溜息《ためいき》をついてみせ、はては両目からぼろぼろと涙を流し、鼻水を垂らす。その様子はあまりに熱狂的で、芝居がかっている。

（あいかわらずじゃ。その手には乗らぬぞ）

胡《う》散臭《さんくさ》さに鼻白みつつも、つい引き込まれる。

「まずは講堂の修復からとりかかる。諸尊の傷《いた》みは目を覆うほどだ。いますぐにでも修理せぬことには、このまま朽ち果ててしまいかねん。おぬしが修理するのだ。お大師さまが御自ら示現なされた密厳浄土《みつごんじょうど》を、わしとおぬしが復活させるのだ」

「講堂の諸尊を、わたしが？」

思わず聞き返したわたしの脳裏に、講堂内部の情景がまざまざと浮かんだ。

講堂は、弘法大師が真言密教の根本経典である『金剛頂経《こんごうちょうきょう》』と、国家鎮護のための経典である『仁王経《にんのうぎょう》』にもとづいて須弥《しゅみ》壇《だん》上に諸像を安置し、仏の世界を造り上げた羯磨《かつま》曼荼羅《まんだら》で、いってみれば「立体曼荼羅」である。

密教は大宇宙的真理である。誰も彼もが理解できるものではないので秘密教という。本来が抽象的な概念の世界なのだ。それを具体的に目に見せる。弘法大師ならではの斬新な発想である。

二十年前、いや、二十二年前だ。初めて父から任されて自分ひとりで円成寺の大日如来像を造ろうとしていたとき、どういう像にするか、考えあぐね思いあぐねた末、思いきって上京し、そこに通い詰めた。

　半月ほどだったか、毎日、朝早くから夕刻の閉門まで、一体一体、食い入るように見つめ、紙に写し取った。各像の全体、細部、顔貌《がんぼう》、印相、衣文《えもん》、台座の蓮華《れんげ》の反り方、光背の化仏《けぶつ》まで、無我夢中で書き写した。寺僧に懇願して、こっそり須弥壇上に上がらせてもらったこともある。手燭《てしょく》の光で照らしながら、顔がつくほど間近に見て、弘法大師空海が意図したことと、仏師の創意工夫を懸命に吸収した。

　堂内の床のほとんどを占める広い須弥壇上に居並ぶ諸尊、その数総勢二十一体。中央に、大日如来を主尊に阿閦《あしゅく》、宝生《ほうしょう》、阿弥陀《あみだ》、不空成就《ふくうじょうじゅ》の五仏。その左側に、金《こん》剛波羅蜜《ごうはらみつ》をはじめとする五菩薩。右側は不動明王を中心に五明王。それに、須弥壇の四隅を守る四天王。さらに、左右の端に梵天《ぼんてん》と帝釈天《たいしゃくてん》が鎮座する。

　だが、像数の多さと壮大さゆえ、大師の存命中には完成をみず、没後の承和六年（八三九）にようやく完成して供養された。以来、真言根本道場として、ときの朝廷や権門の法要も幾度となくおこなわれて崇拝を集めてきた。

　しかし、三百五十年の歳月は、どの像にも無惨な爪痕《つめあと》を刻んでいた。表面の金箔《きんぱく》や漆の落剝《らくはく》やひび割れが目立ち、虫に食い荒らされ、鼠《ねずみ》に齧《かじ》られ、糞尿《ふんにょう》で腐らされている惨憺《さんたん》たるありさまに、思わず絶句したのを憶《おぼ》えている。雨漏りによる湿気にやられたか、黴《かび》で黒ずんでいるものも少なくなかった。埃が護摩の煙に燻《いぶ》されて、脂《あぶら》のようにべったりこびりついているものもあった。

その無惨さに息を呑《の》み、言葉を失いつつも、そのときのわたしは破損の下の本来の姿を探し当てることに必死で、それ以上、気にかける余裕はなかった。

だから、文覚上人がいま、なんとしても修復せねばと焦燥している気持は痛いほどわかる。自身の功名心ではない。まさに使命感なのだ。

「やりましょう。いえ、こちらからお願いいたします。ぜひともやらせてくだされ。このわたしに」

目の前の傲岸《ごうがん》な男をひたと見つめ、両手をついた。

文覚上人は肉厚のからだを揺らして呵々《かか》大笑し、わたしの顔をまじまじと覗《のぞ》き込んで言った。

「そう言うと思うた。おぬしにとっては原点に立ち帰る、またとない機会。そうであろう。違うか?」

「おっしゃるとおりです。すべてお見とおしですな」

苦笑しつつ、その言葉を噛みしめた。

子供の頃から朝な夕なに見つめて、いまやわが血肉になっている天平仏。それとはまた違う密教の仏たちに、どうしてこうも心惹《こころひ》かれるのか。なまなましいまでの生命力、力の張《みなぎ》り、強い呪力《じゅりょく》、密教世界の妖《あや》しいまでの濃密さ、宇宙の真理そのものの広大さ、深さ。そして、人間の業《ごう》、欲望とそれゆえの苦悩、愛憎——。

あの頃の自分が感じ取ることができなかったものが、まだあるはずだ。いまの自分はそれをどう吸収するか。わがものにできるか。

「お言葉を借りるなら、この仕事はわたしにしかできぬ。自信をもってそう言えます。わが一門の者たちにも学ばせてやりとうございます」


建久八年（一一九七）四月、修復事業はいよいよ動き出した。

さっそく上人と寺側の采配《さいはい》で、東寺境内の北東の一角に、作業をおこなう仏所屋《ぶっしょや》とその隣に漆工所が設けられた。仏所屋は長さ十余間、仮ごしらえのがらんどうの建物だが、八条高倉のわが工房から歩いてほんの四半刻の近さで、すこぶる都合がいい。

その朝、わたしは二十二年ぶりに堂内に足を踏み入れた。

初夏の乾いた風が新緑の匂《にお》いを運んでくる。やわらかな緑の木漏れ日が石の基壇に降りそそぎ、さざ波のように揺れ躍っている。

寺僧が扉を開けてくれるのを待つ間、扉の鉄鋲《てつびょう》にそっと掌《て》を当てて触れると、陽射を浴びて人肌のような温みを伝えた。

寺僧たちが次々に格子《こうし》窓を開けていく。一つ開くたびに光の筋が射《さ》し込み、所狭しと並ぶ像を浮かび上がらせた。息苦しいほど濃密な空気が満ち満ちている。

闇《やみ》が払われていくにつれ、背筋がぞくぞくした。

弘法大師があらわしたかった密教世界、密厳浄土とはかくも霊気に満ち満ちたものか。あらためて震えが出た。

像たちは、深い眠りから醒《さ》まされ、身じろぎしているように見えた。須弥壇で光をもろに浴びた梵天と帝釈天はうるさげに首を振り、四天王は腕を小刻みに動かして筋肉の痺《しび》れをほぐそうとしている。五体の明王たちは無礼な闖入者《ちんにゅうしゃ》どもを威嚇《いかく》すべきかどうか話し合い、五仏はおっとり鷹揚にかまえつつも、鋭い視線でこちらを射抜いてくる。

これらを制作した当時の仏師たちの技量の冴《さ》えはどうだ。大師の意図を十二分に表現し、さらに余るものがある。

主尊の大日如来像は丈六の巨像である。台座の前に脚立を立てて間近で見ると、予想以上に損傷が激しい。堂から運び出して仏所屋へ移すのは危険すぎると判断した。やむなくここで修復し、それ以外の諸像は順次、仏所屋へ移して作業をおこなうことにした。

数十名の小仏師と番匠を率いて、五月初めからいよいよ作業を始めた。

台座から外してあらためて調べると、どの像も主尊同様、損傷が激しく、金箔が剝《はく》落《らく》し、その下の漆の下地もまくれ上がっている。長年の間に燈火の煤《すす》と埃がびっしりこびりつき、それを拭《ぬぐ》い取ると虫食いと腐食が進んでいる。中が空洞化していて、触るとぼろぼろと崩れてくるものまである。

「これはひどい。表側の補修ではとても駄目だ」

大半は解体修理が必要だ。ひび割れは別材で接《つ》ぐか、木屎《こくそ》漆で埋める。部分的にあらたにこしらえて取り替えなくてはならないものも多い。

使われている木は、槇《まき》。高野山周辺の山々に多く自生していることから、高野《こうや》槇《まき》とも呼ばれる木材だ。黴菌《ばいきん》が繁殖しにくく耐水性も高いので船材や橋材、建築材に使われ、古代には貴人の棺に珍重されたという。中には、樹齢数百年とおぼしき巨木もあり、高さ十一、二丈、径五尺はありそうなものも見られる。

葉は杉《すぎ》に似て一年中深い緑色をしており、肺腑《はいふ》の奥まで清浄にしてくれそうな香気がある。枝葉を折り切ってもすぐには枯れて茶色くならず、長い期間、緑色を保つ。生命力の強い木である。そのためであろう、弘法大師は、供花の代わりにこの槇の枝葉を仏前に供えたという。以来、高野山では信仰生活を厳格に守るために、果実のなる木や、観賞を楽しむための花が咲く木や竹を植えることを禁じ、各地の真言宗の寺々でもこの槇を仏前や墓前に供えるのが習わしになっている。

この東寺講堂の各尊の用材が、高野山から運ばれたものかどうか定かではないが、大師の強い意志であった可能性もある。

この東寺を第二の真言密教の聖地として、都を守護し、災厄の侵入を防御する寺にする。ひいては、教王護国寺の正式名称が示すとおり、仏の教えの王者たる真言密教によって国全体を守護する。それが大師の目的だった。そのために、高野山で生《お》いはえた槇を造仏に用いて、聖地高野山そのものを移す。いかにもありそうなことだ。

それにしても、この高野槇、材質は檜《ひのき》に似ているが、成長が遅く、その分木目が詰まっていて普通の槇より硬い。扱いがむずかしい素材なのだ。仏師たちの苦労は察するに余りある。

そのせいか、金剛波羅蜜を中尊とする金剛五菩薩の各像は、微妙な肉付けや衣や細部については木像の上に木屎漆を盛りつけて表現している。彫りにくさを解消するための苦肉の策であったか。天平仏の乾漆像をつくり馴《な》れていた奈良仏師たちの当然の知恵か。いずれにせよ、乾漆技法を加えることで、各像が一体一体異なる複雑な印相を精密にあらわし、生身に似たやわらかさを出すのに成功しているのだ。

不動明王を中尊とする五明王もしかり。体勢の自在さ、衣装や甲冑《かっちゅう》の驚くばかりに細かく複雑な細工。いくら見ても見飽きない。梵天、帝釈天、四天王の六天像はどれも、天平仏の写実性と密教の誇張的な華麗さが破綻《はたん》なくかみ合った、実に斬新な造形だ。

伝統的な美意識と技法、それに密教の美意識や価値観の融合。それこそが弘法大師が提示してみせた、平安初期のあたらしい仏教のありようそのものだ。それはそのまま、いまの自分たちの行く手を指し示す道標でもある。

「凄《すご》い像は実際の寸法より大きく見える。大きな生命を吹き込まれ、周囲の空間を圧するのだ。わかるか？」

小仏師たちに言い聞かせた。

「しっかり見よ。何十年たっても忘れぬよう、その眼に刻み込め」

それが将来の糧《かて》になる。

八

大事件が起こったのは五月九日。

阿弥陀仏の後頭部に鑿《のみ》を当てた小仏師の遠江別当《とおとうみのべっとう》がうわずった声を上げた。

「と、棟梁《とうりょう》、来てくださいっ。大変なことが……」

その声は木を打つ音だけが響く静謐《せいひつ》の中でひときわ異様に聞こえた。

「騒がしいぞ。何事だ」

かけつけると、仏師は三寸ほどの金属製の筒を載せ、両掌《りょうて》をわなかせていた。

「仏の頭部から、こんなものが転がり出てきました」

「経筒だな。納入物があるとは聞いておらなんだが」

つぶやきながら、わたしの声もうわずった。

表面の小さな修理はおこなわれた形跡があるが、解体修理は造像時以来初めてのはずだ。ということは、弘法大師が納めさせたものである可能性が高い。

銅製とみえるそれは鈍い光沢を帯び、転がり出たときの衝撃で蓋《ふた》が開いてしまったとみえて、中身は空だった。

「このあたりに落ちているはずだ。捜せ」

遠江別当と一緒にあたりを調べると、梵字《ぼんじ》の真言を書き付けた紙片と米粒ほどの白い粒が見つかった。

それを床から拾い上げたわたしは、おもわず低く呻《うめ》いた。

「仏舎利だ……」

たちまち仏師たちや行事僧、その場にいた全員がわらわらと集まってきた。

「騒ぎ立てるな。御仏の前だぞ。踏み荒らしてはならぬ。上人さまにお知らせしろ」

報《しら》せを受けてさっそく文覚上人と寺僧たちが駆けつけてきた。

「なんということだ。これぞ、お大師さまが唐国から持ち帰られた仏舎利じゃぞ」

上人は声をわななかせた。

「お大師さまは、膨大な仏書や法具とともに、仏舎利八十粒を請来《しょうらい》なされたと言い伝えられておる。かの金剛智三蔵《こんごうちさんぞう》が南天竺《みなみてんじく》で手に入れた由緒《ゆいしょ》あるものだ。弟子の大広智《だいこうち》に伝え、さらにお大師さまの師である恵果《けいか》和尚が継承して、お大師さまに授けられた。真言宗嫡系《ちゃくけい》の伝法者のみが相承する重宝中の重宝だ。その後、この寺の経蔵に安置なされたと伝えられているが、そうか、講堂の諸尊の胎内にも納められていたか」

感極まった態でまくしたてると、寺僧たちがいっせいにその前にひれ伏して合掌した。

――お大師さまの重宝。真言密教嫡流の象徴。

彼らはそれがまるで大師の魂そのものであるかのように畏怖《いふ》しているのだ。

「とすると、他の御像にも納められているはずだ」

わたしはほとんど確信的に思った。五仏のうち一体だけに納めたとは考えられない。すぐさま、宝生如来像の後頭部の裏板を外させ、内刳《うちぐ》り部分を探った。

「あったぞ。やはり思ったとおりだ」

阿弥陀如来像とおなじ形態の経筒だ。開けるとやはり、真言の紙片と舎利が入っていた。だが、こちらは二粒。

「ならば阿弥陀さまにも二粒納めてあったはずだ。蓋が外れた拍子に転がり落ちてしまったのであろう。かならずある。このあたりをくまなく捜せ。踏みにじってはならぬ。目を皿にして捜せ」

わたしの号令に、全員、這《は》いつくばって床を撫《な》でまわした。誰かの浄衣やからだに汗でくっついていないか、足裏、膝《ひざ》の裏、ひじの内側、首筋、浄衣の襞の合間や縫目までくまなく調べ、床に散乱している木屑や塵を慎重に掃き集めて篩《ふるい》にかけた。

「棟梁、ありましたっ」

誰かが叫び、皆、いっせいに歓喜の声をあげた。

「奇瑞《きずい》じゃ。お大師さまの奇瑞じゃ」

中には感極まって泣き出す者もいて、騒ぎはいつまでもおさまらなかった。

その後、解体修理が進むにつれて、他の諸像からも次々に同様の納入物が出てきた。その噂はたちまち世間に広まった。

文覚上人がここぞとばかり行く先々で喧伝《けんでん》するせいもある。

「まさしくお大師さまの奇瑞。われらの修復を嘉《よみ》して示してくだされたのじゃ」

あまりに声高に言いたてる様子に、わたしは疑念を感じずにはいられなかった。まさか、上人が仕組んだ謀《はかりごと》ではあるまいな。

だが、像を開いて混入させたような形跡はなかったし、あのときの上人の驚きように嘘《うそ》やわざとらしさは微塵《みじん》もなかった。それにいくら山っ気旺盛《おうせい》な大言壮語の上人でも、まさか信奉しきっている弘法大師を謀《たばか》るような真似《まね》はすまい。

風聞が広まるにつれて、仏舎利を一目拝したいと望む人が貴賤《きせん》を問わず詰めかけるようになったが、寺は騒動になるのと盗難を怖れ、厳しくはねつけた。納入物は宝物蔵に厳重に保管され、修理が終わった順にふたたび胎内のもとの場所に納められた。

上人とすれば、できれば自身の手でおこないたいところであろうが、多忙を極める身ゆえ、鎌倉にいる千覚をわざわざ呼びもどし、彼一人で堂を閉め切ってとりおこなわせた。寺僧たちもわたしたちも立会いはいっさい許されなかった。千覚は後日、

「いや、間違いがあってはならぬと緊張して身震いがおさまりませなんだ。せめて運

慶どのがついていてくれたら、少しは気が楽だったでしょうに」

めずらしく柔和な顔を曇らせてこぼした。重圧のせいか、もともと丈夫な体質ではないのに過労が重なってか、この頃急に痩《や》せが目立つようになっている。

見られぬとなると、噂は尚のこと大きくなる。わたしの験力《げんりき》が奇瑞を招き寄せたということになっていくのにさして時間はかからなかった。そしていつの間にか、世評が立つようになった。

「運慶は霊験《れいげん》を呼ぶ。霊験仏師じゃ」

——霊験仏師運慶。

いまや京でわたしの名を知らぬ者はいない。いや、南都でも、東国でも、当代一の仏師といえば運慶、といわれるまでになった。

「よいではないか。世間は名望に弱い。仕事がやりやすくなるぞ。うまく利用せよ」

文覚上人はこともなげにいい、千覚までが少しばかり戸惑ったおももちながらも、うなずくのである。

「いまにきっと、運慶どのが造るお像は霊験があるといわれることになりましょう。世の中の流れはそういうもの。いえ、世の中がそれを求めるのです」

千覚の言葉はなにやら予言めいていた。

第五章　巨像

一

「なに、頼朝公が亡《な》くなられただと！」

建久十年（一一九九）、正月十八日、雪が舞う朝、わたしが京の東寺内の仏所屋で凍えて強張る指を湯で温めてほぐしていると、町へ買い物にやった弟子が白い息を吐いて飛び込んできた。

「町中その噂《うわさ》でもちきりです。早馬がひっきりなしに駆けずりまわって、町人たちを蹴散《けち》らしています」

そこへ文覚上人の侍童も駆け込んできた。

「たったいま、鎌倉から早馬が。上人さまがすぐ来てくれとお呼びです」

急いで庫裏に駆けつけると、文覚上人はさすがに落胆のおももちで招き入れ、寺僧たちを下がらせてわたしとふたりきりで対面した。

「橋供養《くよう》にお出ましの際、突然昏倒《こんとう》して落馬なされ、その怪我《けが》がもとで寝ついてしまわれたそうな。ご壮健で病の兆《きざ》しはまるでなかったというに。わしよりずっと若いに。まさかこんなことになろうとは、思ってもみなんだ」

上人はがっくり肩を落とした。上人は当年六十一。頼朝公はそれより八歳下の五十三歳。

「わしのほうが先に逝《い》くべきじゃったに」

上人は昨年秋、ふた月ほど寝込んだ。長年の所労が積もりに積もって、若い頃は荒行で鍛えたさすがの身もついに悲鳴を上げたという感があった。くわえて、朝廷からの思いもよらぬ処分が追い打ちをかけた。

一年半前の建久八年五月、講堂の五仏の頭部から仏舎利が出てきて、世間に衝撃を与えた。それを無事に納めもどして解体修理を終えると、昨年の年明け正月から、五仏の中尊大日如来の修繕にとりかかった。この一体だけは仏所屋に移さず、講堂内でおこなったが、胎内から弘法大師自筆の日記が発見され、ふたたび大騒ぎになった。

四ヶ月余かけて大日如来像の修理を終えると、仏所屋に移してあった諸像を講堂にもどし、もとの位置に安置。五月十八日をもって、講堂修理はようやく完了となった。

ところが、その翌日、朝廷は文覚上人を流罪《るざい》にすると通告してきたのだった。

「わしが朝廷にも寺僧どもにも憎まれているせいだ」

流罪の理由は講堂内部の諸像を勝手に動かした不敬ということだから、わたしにとっても他人事ではなかった。だが、肩を接するばかりに二十一体がひしめき合う講堂内部で解体修理などできようわけがない。それは誰が見てもあきらかだ。なのに、いまさらいいがかりとしかいいようのない理由をこじつけてまで罪に落そうというのは、上人がいかに憎まれているかだった。

もう一つ別の理由があった。弘法大師が造らせて安置したという由緒《ゆいしょ》ある境内の八幡宮の御正体《みしょうたい》を、上人は修復なった金堂内に無断で移したのである。しかもそれを官に告発したのは東寺内部の僧侶《そうりょ》だった。

わがもの顔で乗り込んできて強引に事を進める上人を面白く思わぬ寺僧は少なくなかった。ことに上位の僧たちにとっては、僧綱で認められた正規の官僧である自分たちの職権を私度僧ごときに蹂躙《じゅうりん》されている。だが、復興事業の資金がすべて頼朝公から出ており、それを引き出すのは上人あってのことだから、ないがしろにされても我慢するしかなかった。そこに目をつけた公卿《くぎょう》の誰かから告発をそそのかされたにちがいなかった。

その四ヶ月前、十九歳の後鳥羽天皇が突然、わずか四歳の第一皇子に譲位し、自由の身になって院政を始めたのも、文覚を追い落とす機を狙《ねら》っていた連中にとって好都合だった。

後鳥羽上皇は気性の烈《はげ》しいお方だ。しかも平家が都落ちした際、持ち出された三種の神器がないまま即位した負い目があり、必要以上に武家を毛嫌いしている。鎌倉幕府が天皇たる自分と朝廷より優位に立つのが我慢ならず、その上、武家の出の上人が頼朝公の威を借りて傍若無人にふるまうのが腹に据えかねていたのであろう。

だから、講堂修復が完了したその翌日を狙いすまして罪を着せたものの、鎌倉の抗議を怖れてそれ以上の具体的な処罰はできず、そのままになっていた。

だが、頼朝公が亡くなったいま、上人の身はどうなるのか。復興はこのまま進められるのか。

わたしは懸念したが、上人はそれを察し、肩をそびやかして言い放った。

「すぐさま鎌倉へ下向する。公の葬儀はわしがとりしきらねばならぬ」

勝長寿院の別当は千覚が務めているが、上人自ら導師をやりたいと思うのは無理からぬことだ。

だが、一番弟子の上覚が懸命に止めた。

「ご上人がいまここで都を離れては、それこそ逃亡と咎《とが》められることになります。自重なさらねば」

「何を言うか。わしは鎌倉殿の祈禱師《きとうし》じゃぞ。公にどれだけ恩を蒙《こうむ》ったか。冥土《めいど》へお送りするのが最後の奉公。それがならぬというのか。この文覚に恩知らずになれというか」

歯嚙《はが》みして睨《にら》み据えたが、

「鎌倉へは名代を送ります。さいわい千覚は御台さまの信頼を得ておりますから、お任せください。ご上人は神護寺へお行きになってはいかがでしょう。明恵《みょうえ》の華厳の講義をお聴きになるということにして」

さすがは四十年来の高弟だ。師がここでまた朝廷に乗り込んで悶着《もんちゃく》を起こすようなことになっては、今度こそとりかえしがつかぬ。冷静にそう判断していた。

「明恵？　そうか、明恵の講義があったな。そうであった……」

上人はふっと顔を上げ、涙で汚れた目を虚空《こくう》に漂わせてつぶやいた。その顔に安堵《あんど》とも縋《すが》りつくともいうような、なんともいえぬ表情が浮かんでいるのに、わたしはあらためて驚かされた。

明恵房は上覚の甥《おい》で、八歳で両親と死別した彼を上覚が引き取り、神護寺で出家させた。文覚からすれば、弟子の弟子、孫弟子である。実際の年齢差も祖父と孫ほども離れているのに、文覚はその仏教的な資質を早くから見抜き、ことのほか鍾愛《しょうあい》している。

わたしは以前、上人と一緒に神護寺の寺内を歩いて見まわっていて、人気のない薄暗い木立の中でひとり、坐禅《ざぜん》している彼の姿を見かけたことがある。まだ年若い色白で華奢《きゃしゃ》な美僧の姿は、神々《こうごう》しいまでの静寂に包まれていて驚嘆したが、さらによくよく見れば、その衣の裾《すそ》のあたりや腰のあたりに、リスが何匹もちょろちょろ動きまわり、肩には小鳥が止まっているのだった。そのとき、上人は、「いつもああなのだ。鳥や獣にはわかるのであろう」といつになく慈愛と敬愛のこもった声音で言い、さらに、「心の仏性においては、舎利弗《しゃりほつ》も目連《もくれん》も、彼の心映えにはおよぶまい」とまで言った。舎利弗と目連はともに釈尊の十大弟子で、舎利弗は智慧《ちえ》第一、目連は神通第一と崇拝されている。それにも勝るというのだ。

しかも上人は、体調を崩すときまって明恵に平癒の加持祈禱《きとう》をさせているというから、彼の常人にはない特別な力を信じきっているらしい。

だが、当の明恵は、そんな上人の過剰な思い入れが鬱陶《うっとう》しかったのかもしれない。故郷である紀州に帰ってしまった。そこで教学研究と行に専念していたが、神護寺に帰ってほしいとの文覚の再三の要求に応じて昨年秋、ようやく帰ってきた。病臥《びょうが》した上人を見舞ったのだが、上人は栂尾《とがのお》の再興を要請した。弱冠二十六歳の彼に、衰微してしまっている華厳《けごん》思想の研究道場にしてくれと辞を低くして懇願したのである。

しかも、このわたしに釈迦《しゃか》如来像を造らせてその道場の本尊とすると約束したのだった。むろんわたしには一言の相談もなしでだ。それはいつものことだから、また頭ごなしかと思ったが、神護寺の復興事業もまだ進行途中で、この東寺の造仏を終えたら、またそちらにかかることになっている。その一環と思えということだ。

それなのに、上人がまた勅勘《ちょっかん》をくらって騒動が起こったせいで、明恵はひと月ほど講義するとそそくさと紀州へ退避してしまった。学究肌の彼にはしょっちゅう俗界との軋轢《あつれき》が起こるわずらわしさが耐え難かったのであろう。それでも上人は諦《あきら》めきれず、しつこく帰還を求めたから、つい最近、明恵はふたたび神護寺へ戻り、近く講義の続きを始めることになっている。

「そうじゃ。あの者に会えば、気が鎮《しず》まる。そうしよう。うむ、そうしよう」

上人はそうつぶやくと、わたしがいるのにやっと気づいたらしく、気恥ずかしげにちいさく笑ってみせた。

「案ずるな、運慶。中門の二天像はそのまま進めよ。何があっても怯《ひる》むでないぞ」

その声はいつもの自信に満ち満ちていた。

「なに、しばらくおとなしゅうしておれば、風向きはかならず変わる。このわしがこのまま引き下がるとでも思うか」

「そのお言葉、しかと胆《きも》に銘じておきましょう」

翌日、文覚上人は数名の侍僧を伴って高雄へと発った。

わたしと上覚は、東寺南大門の外に出てそれを見送った。寺僧、仏師、工人ら、およそ寺内のほぼ全員を集め、北西の方へ向かうのにわざわざ正面玄関である南大門から出ていくのは、上人らしい強烈な自負であり、かならず戻ってくるという意思表示である。

わたしは朱の色も鮮やかな真新しい門を見上げ、完成していてよかったとつくづく思った。この南大門が完成し、われらが造った仁王像を納めたのが昨年五月、講堂修復完了とほぼ同時だった。

門外から見て向かって右が阿形像《あぎょう》。左腕を高々と振り上げ、侵入せんとする魔や仏敵を威嚇《いかく》するために大きく口を開いて吠《ほ》え立てている。向かって左の吽形像《うんぎょう》は左腕の肘《ひじ》を曲げて腰に置き、口をへし曲げて力を蓄えている。両像はともに南の正面に向っている。配置も造形も、あえて奇をてらわず伝統にのっとった。東寺は西寺と並んで帝《みかど》と朝廷が在する都城を守護するために、羅城門から宮城へ都の真ん中を貫く朱雀大路の左右に造られた寺だ。他のどの寺社より強い威力と格式が必要だ。それが文覚上人の考えであり、わたしも全精力を注いで取り組んだ。

（ようできた。われら父子の旗揚げにふさわしい出来になった）

ひそかに自負している。

事実、この両像が据えられた当初、わざわざ見物しにくる貴顕や町衆で門前はごったがえした。

——これが、かの運慶の作か。すごい迫力じゃ。こげな恐ろしげな仁王は見たことないぞえ。

——たいしたものじゃ。さすがは霊験仏師。霊験にあやかろうぞ。

合掌して拝む者たちまでいて、さすがの文覚上人も苦笑した。

「まるでおぬしら一門の披露目じゃな。評判が評判を呼ぶ。これでまた、天下に運慶一門の名が轟《とどろ》くぞ」

その言葉にわたしは心中大きくうなずいた。これはわが六人の息子全員を制作に携わらせた、最初の大仕事なのだ。上の四人は高野山不動堂の八大童子像からすでに一人前にやらせているが、下のふたりはまだ十歳かそこらにもかかわらず、七歳から工房でこき使い、本人たちも進んでやりたがるせいで、めきめき腕をあげてきている。むろんまだ一人前の仕事ができるわけではないが、現場で経験を積ませるためにあえて荒彫りまでをやらせ、十五歳になったらと考えていた仏師名も前倒しして与えた。

五男運賀《うんが》、六男運助《うんじょ》。狭霧が産んだ次男康運、三男康弁、四男康勝の三人は、父が棟梁《とうりょう》だったから康の一字をもらったが、このふたりにはわたしの運の字を与えた。子の名をろくに憶《おぼ》えてもいない父親だったが、師として仏師名を与えれば、その瞬間から父子の関係は消え、師と弟子の関係のみになる。わたしもそうだった。父から運慶の名を与えられた日から、周囲も実名で呼ぶことはなくなり、一仏師として扱った。

息子たちが大きくなってきたこの五年、たまさか東大寺の中門二天像、大仏殿の脇《きょう》侍《じ》である虚空蔵菩薩像と観世音菩薩像、それに四天王像と、巨像制作がつづき、京に移転してからはさらに、神護寺の中門二天像、東寺の講堂諸仏の修復と、ひっきりなしに大きな仕事に恵まれた。成長期と一門の上げ潮の時期が重なったのは、彼らにとって大きな幸運だ。

いまかかっている東寺中門の二天像は、わたしはあえて実際の制作には手を出さず、息子たちに分担させている。東の像は康運を頭に康勝と運助。西の像は嫡男《ちゃくなん》湛慶を頭に康弁と運賀。それぞれの技量と気質を考えての配分だ。むろん熟練した年かさの仏師たちをそれぞれの補佐につけ、若い見習いらも手伝わせているが、息子らにとっては初めて挑む巨像である。

像容は、文覚上人と相談の上、神護寺の中門の二天像とおなじ姿にしている。神護寺の二天像を造ったとき、わたしは奈良の古刹《こさつ》元興寺の二天像を模した。「言語道断」「天下無双」と賞賛され、その特異な姿から霊験仏と畏怖《いふ》されてきた像だ。それを写すことでわたしは往古の技法と造形を学び、上人も「一皮も二皮も剝《む》けた」と評してくれた。息子たちはその一部始終を見ている。ことに上のふたりは実際に作業に携わり、木割から仏師の分担まで理解したはずだ。彼らがいずれ、大仏師として配下を指揮できるようになるための訓練だった。今回はその経験をもとに、さらに重い責任を負わせる。

「棟梁、組み上げの前に点検していただきたいのですが」

康運が自信家のこの男にしては珍しく、おずおずと声をかけてきた。

「何か不具合があるのか？」

「あ、いえ。大丈夫とは思うのですが、念には念を入れねばと」

「甘えるな。自分でやれ。うまくいかなんだら、得心するまで何度でもやり直せ」

根拠のない自信が揺らぐのは、少しは客観的に自分を見られるようになってきた証拙だ。

（もっともっと苦しめ。のたうちまわれ）

わたしは胸の中で悄然《しょうぜん》と仏所屋へ引き返していく息子の背にそう語りかけた。

（それしかおまえの未来はない。自分でそれを悟れ）

わたしが処女作である円成寺の大日如来を造ったとき、最初は満足いくものができたと自信満々だったのに、寺に納めにいく道々、とり乱して泣きわめくほど恐ろしくなった。弟の定覚に才ある者のそれが宿命だと諌《いさ》められた。才がない者はそれすらできない、その哀《かな》しさがわかるか、とも言われた。いまになれば、その言葉の意味がよくわかる。

「棟梁、上人さまの御身はほんとうに大丈夫なのでしょうか。まさか昨年の流罪の沙《さ》汰《た》が蒸し返されることは？」

湛慶が心配げに顔を曇らせて訊《き》いた。弟と違って慎重で思慮深いが、その分、ものごとを悲観的に考えすぎるきらいがある。

「余計なことは考えるな、湛慶。おまえの悪い癖だぞ。上の者が動揺して下の者がついてくるか。立場を考えよ」

「申し訳ございません。ただ、わたしは、六代さまのことが心配で」

二

湛慶の不安は的中した。

高雄に引きこもってひと月後、文覚上人は突然、検非違使《けびいし》に捕縛された。その日、堂上では、宮廷を牛耳る土御門通親《つちみかどみちちか》が親幕派の廷臣を一掃せんと出仕禁止を申し渡し、それに反発した者たちが悶着を起こして大騒動になった。通親は院御所に身を隠し、あわや保元・平治の乱の再来になるところだった。文覚上人捕縛はその先陣を切って実行されたのである。

上人は獄に繋《つな》がれ、上覚ら弟子たちの面会も一切許されないまま、二ヶ月余り後の四月十九日、佐渡への遠流の命が下った。

「わしが佐渡までお伴する。懇願してようやくそれだけ許された。すぐさま発《た》てとのきついお達しじゃ」

そう言い残して上覚はあわただしく出発した。佐渡のどこが居場所になるのか、幽閉されるのか、どの程度の自由が許されるのか、上覚も一切知らされず、わたしたちは上人を見送ることすらかなわなかった。

さらに、湛慶の不吉な予感がもう一つ当たってしまった。六代御前が検非違使に捕えられ、鎌倉に護送される途中で斬首《ざんしゅ》されたという報が伝わってきたのである。誰がなんのために殺させたのか、首謀者は結局わからずじまいだ。

頼朝公はかつて、文覚上人が六代の命乞《ご》いをした際、自分の眼の黒いうちは平家再興の駒にはさせぬと説かれ、一命を赦《ゆる》した。その後、出家して妙覚と名乗っている六代と対面した際にも、その聡明《そうめい》さに驚き、不安を感じつつも、すでに源氏の権力は盤石になっていたから、静観した。

そのいきさつを知っている鎌倉方の誰かが手をまわして検非違使に捕えさせたか、それとも、後鳥羽上皇か土御門通親あたりが幕府の混乱に乗じて平家の最後の生き残りを利用せんともくろみ、幕府方がそれを阻止するために奪い取ったか。あるいは、文覚上人という後ろ盾を失ったいま、抹殺されるのが彼の運命だったのか。

「あの御方が何をしたというのです。ひたすら仏法を求め、衆生を救うために生きようとしておられたのに、なぜ殺されねばならぬのか」

わたしにはわかりませぬ。わかりとうもございませぬ。拳《こぶし》で床を叩《たた》いて涙を迸《ほとばし》らせる湛慶に、わたしはかける言葉がなかった。

すべてが悪い方へと流れている。

神護寺は後白河院勅願寺の寺格を剝奪《はくだつ》され、寺領は後鳥羽上皇によって近臣や女房らに分け与えられてしまった。建設中の堂宇は中断を余儀なくされ、放置されたまま、みるみる夏草に埋もれ始めている。

そんな中、唯一《ゆいいつ》の救いは鎌倉から千覚がもどってきたことだ。千覚は神護寺の窮状を愁《うれ》う兄弟子上覚の懇望《こんもう》を受け、勝長寿院別当の重職を辞して帰ってきたのである。鎌倉を発つ際には、政子をはじめ幕府の有力御家人はもとより、民たちもこぞって見送りに出て涙ながらに別れを惜しんだという。それだけおだやかな人となりが信頼され、慕われていたのだ。

「尼御台さまのご心痛を思うと、後ろ髪引かれてなりませなんだが」

千覚は疲れの滲《にじ》んだ顔をゆがませて吐息をついた。政子は夫の菩提《ぼだい》を弔うために出家し、尼御台さまと呼ばれている。二年前に長女の大姫を失い、今度は夫君、次女である三幡も病の身なのだという。

三幡姫は十四歳。快活な愛らしい姫で、大姫のかわりに後鳥羽上皇の後宮への入内も内定し、すでに女御の位もいただいていたのに、三月初め、急に高熱を出して日に日に憔悴《しょうすい》していった。政子は諸社寺に祈禱誦経《きとうずきょう》をさせ、なかでも千覚を頼りにして、とどまってくれと懇願したというのだ。

だが、それからひと月余、尼御台から千覚のもとに三幡死去の悲報がもたらされた。京から名高い鍼医《はりい》を招き鎮静剤の高貴薬朱砂《すさ》をもちいて治療をさせたが、その甲斐《かい》なくついに帰らぬ人となったというのである。政子は次々に家族を三人も失ったのだ。わたしは願成就院に納めた阿弥陀如来を脳裏に思い描いた。あれからすでに十余年たっているが、自分が造ったものはすべて、たとえどれだけ歳月を経ようが、この手と脳裏がしっかり刻み込んでいる。あの御像は彼女の父である北条時政の依頼で造ったものだが、わたしは政子のために造った。

政子が鎌倉のわたしの作業場に突然、現われて言葉を交わしたことがあった。彼女は、あの像は自分に、強くなれと語りかけてくると言った。強くなれ。その言葉にわたしは、自分の意図を彼女が理解してくれているとわかって嬉《うれ》しかった。

その後の彼女はまさにそのとおりの生き方をしてきたと陰ながら思う。

いま、あの阿弥陀如来は、彼女の苦しみを受け止めてくださっているか。

――強くなれ。

その言葉がさらなる重荷を背負わせることになっていないか。

そしてこの先も、二代将軍を継ぐ息子の頼家を支えて、ますます重荷を背負うことになろう。それがあの稀代《きだい》の女性《にょしょう》に課せられた運命だとしたら、なんと過酷であることか。

（いや、大丈夫だ。容易なことでへこたれるような、やわなお方ではない）

願成就院の阿弥陀如来像は、堂々と豊かな体軀《たいく》が見る者に包容力と威厳を感じさせる像だ。それが政子自身に重なって思える。

祈るような気持でわたしはひたすら阿弥陀如来のお姿を反芻《はんすう》した。

三

「ようやっと仕上がった。急いで足利にお送りせねば」

足利義兼から依頼されていた大日如来像だ。

義兼は四年前の建久六年（一一九五）、厄年を機に東大寺で出家し、現在は義称《ぎしょう》と号して足利の樺崎寺《かばさきじ》に隠棲《いんせい》している。もともと樺崎寺を創建してわたしに下御堂《しもみどう》の本尊大日如来像を造らせたほど道心篤《あつ》い人物だった。仏を前にふたりで黙想したときのことをいまも思いだす。頼朝一家の門葉として幕府で重んじられていた彼は、頼朝の権威が盤石になるにつれて、次第に御家人の地位に落とされてしまった。出家の真の理由は、異母弟の義経に範頼と次々に身内を粛清し始めた頼朝や、幕府のやりかたに身の危険を感じ、回避するためだと、わたしに明かしていた。

「この世はつくづくむごい。わしはなんのために戦ってきたのか。すべては頼朝どののためであったのに、こうまで人を信じられぬとは。将軍家も長くはあるまい。もはや未練はないが」

ため息まじりに言い、隠棲所に安置する念持仏をと頼まれたのだったが、神護寺と東寺の仕事にかかりきりでなかなか手をつけられず、やっととりかかったのは奇《く》しくも頼朝公の突然の死の直前だった。

下御堂の本尊とおなじく金剛界大日如来。皆金色で、像高は下御堂の本尊が二尺余なのに対して、こちらは二分の一の一尺。義兼自身の希望もあり、かの東寺講堂の中心本尊の大日如来に似た像容にした。八頭の獅子《しし》が支える蓮華座《れんげざ》に坐《ざ》すのもおなじ。光背の周囲に金剛界三十七尊曼荼羅《まんだら》の主な仏菩薩を配したのも、東寺の像と合わせてのことだ。

わたしが初めて造った円成寺の大日如来像にも似ている。胎内には胸のちょうど心臓のあたりに水晶の心月輪と金属製の蓮華、胸から顔の下半分まである長い木製五輪柱を納め、尊顔の額、眉間《みけん》の白毫《びゃくごう》の裏には舎利を納めた。

千覚に頼んで魂入れしてもらい、厨子《ずし》にお納めして、翌朝、弟子に付き添わせて送り出す手はずをととのえた。

(どうか、間に合ってくれ)

義兼はいま、重篤《じゅうとく》な病に伏せっている。いよいよ末期《まつご》が近いであろうから急いでくれと本人から文が来たときには、わたしより若いのにと驚き、なぜもっと早くとりかからなかったかと臍《ほぞ》を嚙《か》んだ。

(義兼どの、これが届くまで、それまでどうか、待っていてくだされ……)

大日如来と阿弥陀如来は同体と深く信じる義兼は、この像にあの世へ導いてもらいたいと望んでいるのだ。なんとしても臨終に間に合わせたい。

だが、その日の夜、足利から義兼死去の報《しら》せが届けられた。

死去は三月八日、頼朝に後《おく》れることわずか二ヶ月。深い血の絆《きずな》と夢を共有することで結ばれた関係から、それゆえの確執へ。

(それなのに、今度は死出の旅に同行するのか。これが宿縁だとしたら、なんと残酷な)

義兼の思いを知っているだけに、やりきれない。

使者はわたしに宛《あ》てた義兼自筆の文を携えていた。

「大殿のご遺言とのことにございます」

「ご遺言……」

封を開けるとまず目に飛び込んできたのは、ひどく乱れて弱々しい筆跡だった。東国武者には珍しく風格と学識の豊かさを思わせる筆跡にいつも驚かされていたのに、最後の力をふり絞り、やっとのことでしたためたのであろう。

文面は、これまでの厚誼《こうぎ》を謝す文言とともに、こうあった。

「某《それがし》、お像と一体となる所存。わが在世の罪業のあまりに深きことをお察しいただき、お計らい願い奉《たてまつ》る。それでしかわが魂は浮かばれぬのです」

わたしは即座にその言葉の意味を悟った。

近年、故人の冥福を祈るために造像したり、念持仏の胎内に遺髪や爪《つめ》、歯などを納めることが多くなりつつある。従来は仏像はあくまで仏菩薩を憶念し、拝み祈る対象だったのに、考え方が変わってきたのだ。故人の追善供養のため、故人を偲ぶための仏像である。

だが、義兼は、それとも違い、自身が仏と一体になることを望んでいる。

(義兼どの、おまえさまは、そうしなければ、ご自身を赦《ゆる》すことができぬのですな)

噂に聞いたことがある。義兼は五年ほど前、妻女の時子を失った。それが、藤野という女から時子が不義密通して孕《はら》んだと告げられ、それを信じた義兼が妻を疑い憤《いきどお》った。時子は身の潔白を訴え、「死後わが腹を裂いてあらためよ」と遺言して自害してしまったというのだ。はたして亡骸《なきがら》の腹から大量の蛭《ひる》が出てきた。野外の井戸の生水を飲んだのが原因だったと後で知れた。しかも、讒言《ざんげん》したのは、侍女とも義兼の妾ともいう。

義兼は深く悔い、嘆き悲しんで妻を篤く弔ったというが、わたしはにわかには信じられなかった。暗然とした。彼ほどの理知的な男でも、嫉妬《しっと》の妄信に惑わされて猜疑《さいぎ》に我を失い、忿怒《ふんぬ》を抑えることができなかったのか。人はなんと弱いものか。だが、義兼が狂人を装《よそお》うまでして時子の姉北条政子の非難を逃れ、幕府から離れたという噂があるのも、彼がいかに苦しんだかの証《あか》しであろう。いや、本当に狂ってしまいたかったのかもしれない。

また、いつだったか、彼がしみじみ語ったことがある。

「数え切れぬほど多くの敵兵を殺してきた。彼らはあの世で、わしが行くのを待ち受けているでありましょう。そこでなら、敵も味方もないおなじ命として、ともに語り合うことができましょうかな」

一途に生き、裏切られ、切り捨てられた男。自身も多くの命を奪い、妻をむざむざ死に追いやった男、その生涯最後の願いを、このわたしに託したのだ。

（そうでございますな、義兼どの。心通じる者と思ってくださったのですな）

像に向かって胸の中で語りかけた。すでに義兼自身の魂が入っているような気がする。

（後世《ごせ》でまたお会いしましょうぞ。どこにおられてもかならず探し出しますゆえ、待っていてくだされ。かならずですぞ）

できることなら、この世でもっともっと語り合いたかった。酒を酌《く》み交わしたかったが、いずれ先立ち、後《おく》れる。それが人の世のならいだ。

わたしは急遽《きゅうきょ》、次男の康運を呼び、お像に付き添って足利へ行くよう命じた。

「お身内の方々に、お像の胎内に故人の歯をお納めしてはどうかとお伝えせよ。お望みならば、肩から右腕を外し、そこから歯に針金を巻いて入れることができるとな」

完成前であれば、他の納入物と一緒に丁重に入れられたが、すでに仕上げまで終わった後ではそれしか方法がない。

「ご本人の遺志だ。是非ともかなえてさしあげたい」――

わたし宛《あて》の文を見せ、それを持っていくよう命じた。できることならわたしが行きたいが、三河の滝山寺《たきさんじ》の仕事に追われていてどうしても無理だ。その仕事は湛慶も大仏師としてやらせているから、彼も行かせられない。

「おまえがわしの名代だ。くれぐれも粗相のないよう、誠心込めてやるのだぞ」

人一倍自尊心が高く、何かと異母兄との差を恨むきらいのある康運だが、

「承知いたしました。その樺崎寺にはたしか、もう一体、父上の大日如来像があるのですね。ぜひとも観てみたいと思っておりました。しっかり観てまいります」

目を輝かせた。樺崎寺の大日如来像は鎌倉で造ったものだから、息子らは古参仏師たちから聞くだけで、誰も見たことがないのである。

「万が一、補修しなければならぬところがあったら、できる限りやってまいります。お任せください」

名代という言葉が効いたか、いつになく積極的な態度で請け合い、意気揚々と出立していった。

四

滝山寺の仕事は、頼朝公の菩提を弔うために寺僧の式部《しきぶ》僧都《そうず》寛伝《かんでん》が発願した惣持《そうじ》禅《ぜん》院《いん》の本尊聖観音菩薩《しょうかんのんぼさつ》立像、脇侍の梵天、帝釈天の三尊。それに、十二神将、日光菩薩、月光菩薩、計十七体の制作である。

願主の寛伝は尾張の熱田大宮司の子で、頼朝の母方の従兄弟にあたり、あの足利義兼の叔父でもある。また、寛伝の叔父の滝山寺僧祐範は頼朝が伊豆に配流の身であった頃の庇護者《ひごしゃ》だった。

頼朝公は聖観音菩薩を深く信仰していたから、聖観音の像を造り、胎内に公の遺髪と歯を納めることになっている。三尊に関しては三回忌を期して供養する予定で、それにとりかかる前に、十二神将、日光菩薩、月光菩薩を完成させねばならない。

なにせ数が多いし、納期に余裕がないこともあって、湛慶を初めて大仏師として起用してわたしとともに大仏師二人体制をとり、湛慶を補佐する小仏師に定覚や源慶ら熟練の仏師をつけた。湛慶より年かさで経験も豊富な彼らを下に置いたことに不満な者が多いのは百も承知だが、次の棟梁になるのは湛慶だと周知させるためである。湛慶自身がその重圧に耐えて配下を使いこなせるか、彼にとっては厳しい試練だ。温和で協調性があり、上の指示に従順なのが取柄だが、いつまでもそれでは先が思いやられる。

誰にもいえぬことだが、わたしは心中に不安を抱えている。この滝山寺の仕事が終わったら、鎌倉がらみの仕事がなくなるのではないか。文覚上人もいなくなり、東寺や神護寺の再興事業も、つづけられてはいるが停滞している。鎌倉からの資金援助が頼みの綱だったのだから、この先もしもそれが途絶えたら、継続できないのは目に見えている。

われら慶派は、院派や円派の京仏師集団が歯牙《しが》にもかけなかった鎌倉方の仕事を一手にやることで台頭してきた。いまや工房は百人近い人員を抱えるまでになっている。仏師の他に、彩画師、番匠、工人といった連中もいる。その者たちを食わせて運営していかねばならない。これから先、それだけの仕事が絶え間なくあるのか。京の公家《くげ》社会の仕事はあいかわらず院派と円派が独占しており、そこに食い込むのは至難の業だ。

家督を継いで二代将軍となった源頼家はまだ若く、統率力は未知数だ。頼朝という絶対的な権威者一人に頼っていた組織の危うさは、そのままわが工房にもあてはまる。湛慶を時期尚早と思いつつ、あえて大仏師に起用したのは、その焦《あせ》りのせいもある。

その年の初冬十月、その不安と焦りを忘れさせてくれる出来事が舞い込んだ。娘の如意が冷泉局の養女になって一年。局は所領の近江国香庄《こうのしょう》の荘園を如意に譲渡してくれると言ってきたのだ。

「ようやってくれます。家人たちに対しても気配りが行き届いて皆から慕われ、いまでは家政を差配してくれておりますし、おつきあいのある他家の方々にも評判がよくて、いい養女を迎えたと羨《うらや》ましがられますのよ。これでわたくしも安心して余生を過ごせるというもの」

長く七条院に仕えて独り身を通し、子のない局は、如意に老後の面倒をみてもらいたいと望んでいるのである。

証人として書類に裏書をしながら、わたしは感慨にひたった。

娘はこれで晴れて公家社会の一員になった。近いうちに誰ぞ身分ある人の口添えで権門の男を婿に迎え、揺るぎない身分を手に入れる。そしてその姻戚《いんせき》関係がわが一門の地位を引き上げてくれるであろう。

「これでいい。いや、いよいよこれからだ。まだまだだぞ」

自分を奮い立たせ、弟子たちを鼓舞して日々の制作に打ち込んだ。

滝山寺の三尊像制作の合間、重源上人に会うため、湛慶を伴って久々に奈良へ下った。

奈良の一乗院仏所は弟の定覚に任せきりで、ほとんど顔も出せないでいたが、いよいよ東大寺の南大門の再建にとりかかることになり、二王像制作を正式に請け負うことになった。その打ち合わせである。それによってどんな姿かたちの像にするか決め、必要な用材の手配、仏師ら工人の配分と給金の見積もり等を算出して提出し、正式に費用を申請する。それが棟梁のいちばん大事な仕事である。

数年ぶりの奈良だ。

「湛慶よ、このまま仏所へ直行する必要もあるまい。少し歩いて見てまわろうぞ」

「はい、せっかくの好天ですし。わたしもなつかしゅうございます」

紅葉は過ぎたが、冬晴れのさわやかな陽気だ。

東大寺大仏殿の大屋根の黒瓦《がわら》が陽射を浴びて艶《つや》やかに照り映えている。再建工事の間、十年以上もずっと土がむき出しでひどく殺風景だった参道や回廊の周辺も、あらたに木々が植え込まれ、それがすこやかに生長して、以前の落ち着きをとりもどしている。

興福寺の寺域も、諸堂が次々に再建されており、もとの威容を誇らしげに見せている。

南の大石段を降りて猿沢池のほとりに出ると、土手の柳の並木は葉の落ちはじめた細枝を風に長々とたなびかせ、ちらちらと木漏れ陽を池面にまき散らしている。さわさわと乾いた葉鳴りが、しんと明るい午後の静寂をきわだたせ、心地よく響く。きりりと引き締まった大気は吸い込むたびに、五臓六腑《ろっぷ》を清浄にしてくれる気がする。

わが一乗院仏所は池端からつづく町並を、南へと抜けたところにある。

土手をゆるゆる巡ってそのむかしからの町並に出ると、思った以上に商家がびっしり建ち並び、活気にあふれていた。店屋を覗《のぞ》きながら行き交う買い物客、それを押しのけて通り過ぎる荷車、物売りの呼び声、女物のはなやかな色柄の衣や反物を誇らしげに吊《つ》るしている店。仏具を扱う店はぴかぴか光る真鍮《しんちゅう》の仏具や大鉢を所せましと積み上げ、その横の土ものの器を売る店も、負けじと藁縄《わらなわ》でくくった碗皿《わんざら》を往来にまではみ出させている。扇屋、酒屋、青物野菜や土物の店。心太《ところてん》や油で揚げた麦縄《むぎなわ》を食わせる茶店は以前より増えたか。軒先の縁台でしゃべり込んでいる老人たち、その横の甘い葛《くず》汁の大鍋《なべ》の前で、幼児が母親に駄々をこねてねだっている。

そののどかな光景に、わたしは涙ぐみそうになった。

ここで生まれ、ここで育った。狭い路地、道祖神の祠《ほこら》、すり減った石畳、すべてわたしの血肉に沁《し》み込んでいる光景だ。

「生まれ育った地はやはりいい。草木一本、石ころ一つまで皆、笑いかけてくれよる」

父の言葉に湛慶はわが意を得たりという顔でうなずきながらも、立ち止まってなかなか前に進もうとしないわたしを、

「棟梁、定覚叔父が待ちかねておられましょう。そろそろまいりませんと」

気が気でないという態でうながしたが、わたしはかぶりを振った。

「いや、その前に、快慶のところに寄っていく」

急な思いつきだが、快慶の工房はこのすぐ近くだ。工房がどんな様子か、いずれ行ってみるつもりでいたが、重源上人に会う前に、彼と会っておきたい。

突然の訪れにもかかわらず、工房で弟子を指導していたらしい快慶はにこやかに迎えた。

「これは棟梁、わざわざお立ち寄りいただいて、恐れ入ります。お出でになると聞きましたので、ご挨拶《あいさつ》に伺おうとしておったところで」

彼と会うのは何年ぶりか。わたしより数歳年上ですでに五十歳を越えた快慶は顔に皺《しわ》を刻み、髪にも白いものが目立ちこそすれ、肩も腕も筋肉が盛り上がり、精気に満ちて、自信にあふれているのが一目で見て取れた。

先代棟梁である康慶は法橋位を辞退することを条件に自分の工房を持つことを許し、わたしは京に工房を構えた際も、彼をそのまま奈良に留まらせた。以来、もっぱら重源上人やそれに連なる関係の仕事を任せている。

仕事の充実ぶりは目を見張るものがある。

重源上人は東大寺復興と並行して各地に勧進と信仰拠点となる別所を建立しており、快慶はその造仏を一手に担《にな》っている。その一つ、播磨別所の浄土寺の阿弥陀三尊像はすばらしい出来で衆人をうならせた。それが納められている浄土堂は、東面する像の背後の西の壁面がすべて扉になっており、日没時にはその扉を開け放つと、三尊の背越しに西陽が射《さ》し込み、内部の白壁と朱塗りの木組に反射して、皆金色の仏体をまばゆく照らし出すよう設計されている。

なにより快慶自身が熱心な阿弥陀信者だから、熱意を注ぎ込んで制作した。三尊の光背を普通の平面の板状ではなく、頭部から何本もの棒が突き出す造りにして、あたかも光が四方八方に放たれているかのように見せる工夫も快慶ならではの発案だった。

披露目の供養会《くようえ》にわたしの名代として参列した定覚は、

「まさに西方浄土からの来迎の光景に思えました。拝した者たちは皆、感極まって涙を流しましてな。ええ、このわたしも言葉もなく見惚《みと》れてしまいました。夢見心地でしたな」

制作の過程と舞台裏を熟知する仏師まで陶然とさせたというのだ。

浄土寺にはその他、快慶工房が制作した裸形の阿弥陀如来立像と菩薩面二十五面も納められており、重源上人が始めた迎講《むかえこう》は貴賤《きせん》の別なく大盛況だという。

「寄ってみたのは、おぬしがいま造っているものを見せてもらいたくての」

聞くところによれば、彼はいま、自ら施主となって東大寺の鎮守である八幡宮のご神体を造っている。それがどんなものか、この目で見ておきたい。彼の仕事を探るというような姑息《こそく》な意図はないが、威圧的な命令と受け取られはしないか、わたし自身、ひやりとする部分があった。だが、快慶は柔和な表情のままうなずき、

「東大寺が二度と再び、あの焼討のような大難をこうむらぬよう、お守りいただく。そのための鎮守の御神像でして」

静かな声音でこたえるとわたしを工房の一角に案内し、覆《おお》った布を取り払って荒彫りを見せた。僧形八幡神《そうぎょうはちまんしん》坐像で、坐高三尺弱。ほぼ人の等身大である。

快慶は一枚の絵をわたしに見せた。神ではあるが袈裟《けさ》をまとった僧体で、蓮華座に坐し、右手に長い錫杖《しゃくじょう》を持ち、左手は念珠をまさぐっている。

「これが？」

「これは写しですが、原本は弘法大師さまが渡唐の際、船中で感得した八幡神のお姿を、手ずからお描きになったものだそうです」

重源上人はそれを賜りたいと朝廷に懇望したが認められず、立腹した上人は内密に造像することを決意し、やっとのことでこの模写を手に入れた。だが、その悶着のせ

いで上人自身が施主になるのは憚《はばか》られ、代わりに自分を施主にしたのだと快慶は打ち明けた。

「わたしとしてはささやかなお礼奉公でもありまして」

上人は師であり、おかげでいい仕事を与えられている。ひとかたならぬ恩顧に報いたい。ひかえめな口調ながら、上人を慕う気持がにじんでいる。

「開眼は来年十二月二十七日を予定しております。この南都が焼討されたのは治承四年十二月二十八日でしたから、それから丸二十一年になる、その前日です」

上人と快慶、ふたりの思いの深さがその日を選ばせたのである。

「のう、快慶。このお像、わしにも結縁させてもらえぬか?」

わたしは快慶の目をまっすぐ捕えて言った。

「とおっしゃいますと?」

「東大寺の復興と未来永劫《えいごう》の興隆を切に願う気持は、わしとておなじじゃ。最後の大仕事に南大門の二王像の仕事が控えておる。それを無事に完遂できるよう、このお像に願い奉《たてまつ》りたいのじゃ。快慶、そのほうさえ承知なら、わしを小仏師として加わらせてもらいたい」

「棟梁がわしの下につくとおっしゃるので?」

「やりにくいかの?」

「いや、それは」

快慶はかすかに眉《まゆ》をひそめ、頰を強張らせて口ごもった。無理もない。棟梁が、配下の仏師が施主の造仏を手伝うなど、前代未聞《みもん》のことだ。

「快慶、そのほうは憶えておるか。あの焼討の夜、この湛慶の母親が大仏殿で焼け死んだ。その女が抱いていた柱の焼け残りを軸木にして、わしは願経をつくった。そのとき、そのほうも結縁してくれた。その恩を返させてもらえぬか?」

延寿が死んでからもう二十年近い歳月が流れた。つい昨日のことのようにも、はるかむかしのことのようにも思える。

「棟梁がそうまでおっしゃるなら、拒む理由はございませぬ」

快慶は神妙な顔にもどってうなずいたが、わたしにはわかっていた。

彼もわたしも、心中に互いの力量と仕事のやり方を見定めてやろうという気持がひそんでいるのだ。離れていた間にどれだけの違いが出たか。それを見定めないことには、南大門の二王像制作を共にはできない。協力しあえない。快慶にとっては、わたしが全面的に従える棟梁か、自分が納得して従えるか。意地と誇りをかけたせめぎ合いだ。わたしはわたしで、おのれをさらけ出してこの男に認めさせなくてはと意地になっている。

「棟梁のお力をいただけるのは、このうえない栄誉。ありがたく存じます」

「二王像の仕事ではそのほうの力を借りる。頼むぞ」

――火花を散らすのは、まだまだこれからだ。

どちらもそれを腹の底に刻んでいる。

五

翌日、重源上人に呼ばれて対面した。

上人とも何年ぶりか。もともと小柄で顎《あご》の細い貧相なからだつきのお人だが、ますます痩《や》せてちいさくなり、背が丸くなった。皮膚はまるで枯木のようで、瞼《まぶた》が重たげに垂れさがり、目の表情が窺《うかが》いにくくなっている。だが、気力はいまだ衰えていないらしい。つい先ほども弟子を叱《しか》り飛ばす大声が漏れ聞こえた。

「運慶、おまえは恰幅《かっぷく》がようなったな。なにやら康慶とよう似てきた」

「まだまだにございます。一門を束ねるむずかしさが身にしみてわかってきたところでして」

「康慶は嫡流の成朝に従いながら、統率力と人望で棟梁の座に登った。たいしたものじゃった。おまえはすでに腕はその父を超えたが、棟梁の度量はまだ超えられぬか。さもあろう。年季が違う。そう容易《たやす》く超えられるものではないわ」

口ぶりはおだやかだが、あいかわらず手厳しい。

「では、本題に入るとするか。これを見てくれ」

上人は文箱から一枚の木版刷りを取り出し、わたしの前に広げて見せた。

「これは……なんと」

わたしは目を見張ったまま絶句した。

「わしが宋国から持ち帰った北宋の霊山変相図《りょうぜんへんそうず》じゃよ。わしが渡ったのはむろん、杭州に都のある南宋だが、北宋の名残が色濃くあっての。仏法の隆盛にいたく刮目《かつもく》したものじゃ」

北宋は文治政治による高度な文化が発達した国だったが、経済破綻《はたん》を因とする内紛で国が乱れ、江南の地に逃れて南宋となった。

霊山は釈迦の浄土で、釈迦が菩薩や天人、夜叉らを前に説法する情景を描いた霊山変相図は宋国で盛んに描かれ、広く流布《るふ》したと聞いたことがあるが、実際に見るのは初めてだ。

「南大門はこれをやってもらう」

重源上人は絵の中の二王像を指でさし示した。

釈迦の斜め前、両側に立ち、一番目立つところに描かれている。

「これですか？……」

わたしはまた絶句した。

阿形《あぎょう》と吽形《うんぎょう》の二体は、どちらもからだを妙な具合にねじっている。見れば見るほど、奇怪としかいいようがない。しかも、ふつうは阿形が向って右、つまり東側で、吽形は左方、西側だが、この絵はそれが逆になっている。

「これを、造れと……？」

「どうじゃ。面白いであろう。のう運慶。あらためていうまでもないが、旧来の東大寺をただよみがえらせるのでは意味がない。新しい時代にはそれにふさわしい新しい仏法が必要なのじゃ」

再建ではない。堂塔の復興ではなく、仏法の復興であり、新たな出発。再起。それが重源上人の一貫した考えだった。そのために、全面的に宋の最新の建築と造仏を取り入れた。本尊の大盧舎那仏《だいるしゃなぶつ》は宋の工人を招いて鋳造させたし、おまけに宋人に石造りの脇侍を造らせ、われら一門が総力を挙げた脇侍と四天王像の巨像と並べて安置したのである。そもそも院派や円派の旧態依然の仏師集団を排除して、わが慶派に造仏のほとんどをやらせたのは、新しいものを造らせるためだったのだ。

「南大門は寺の正面玄関。まず真っ先にそれを示してみせねばならぬ。そのための二王像でなくてはならぬ。わかるな？」

上人は垂れた瞼の奥から目を光らせ、厳しい声音できめつけた。堂宇に比べて門や鐘楼は建造物としては格下とされているが、上人はそれを真っ向から否定し、わたしにそこにふさわしいものを造れと命じているのである。

絵図を借りて京の仏所にもどり、丹念に引き写しながらわたしの腸《はらわた》はどうしようもなく煮えくり返った。

「こんなものを造れだと？　これが面白いだと？」

異様に膨らんで突き出した腹、老婆《ろうば》の乳房のように垂れた胸、しまりのないだらけたからだつきだ。顔がまた、なんとも間抜け面《づら》ときている。八の字に下がった太眉、まん丸の団栗眼《どんぐりまなこ》、だらりと両端が垂れ下がった口を突き出し、頬骨も突き出ている。これではまるでひょっとこか、伎楽《ぎがく》の酔胡面《すいこめん》ではないか。剽軽《ひょうきん》を通り越して滑稽《こっけい》だ。醜い。

「これのどこに力強さがある」

力強さは美だ。美の根源が力強さそのものだからだ。人はそれに畏怖と憧憬《しょうけい》の念を同時に抱く。

「こんなものにどうやって畏怖を感じろというのだ。魔を祓《はら》い、邪を打ち砕く神通力が、これのどこにあるというのだ。ええい、くそったれっ」

筆を思いきり床に叩きつけ、絵図を睨《にら》み据えた。

それより何より、両像がとっている体勢はどう見てもおかしい。不自然だ。奇怪としか思えない。

「皆、ちょっと来てくれ」

仕事中の弟子や息子らを広間に集めると、絵図を見せておなじ体勢をさせてみた。絵の像が持っている金剛杵の代わりにおなじ大きさと重さの丸太棒を持たせ、皆で、ああだこうだ、いや違う、と腰をひねり、足の位置を変えして、いろいろ試させた。

「棟梁、これは駄目ですわ。ふくらはぎが攣《つ》っちまう。あ痛たたっ」

「片脚に重心を置いて同じ側の腰を前に突き出し、もう一方の脚はこうして踵《かかと》をついて、足先を浮かせる。どうやったって無理です。からだがうしろにそっくりかえっちまって、自力で立つことはできませんや」

よろけてどうと横倒しに倒れ込んでしまう者までいる始末だ。皆、汗だくになるまで頑張ったが、絵のとおりの体勢をとれる者はなかった。

「もういい。皆、ご苦労だった」

わたしは苦虫を嚙《か》み潰《つぶ》した顔で言い捨て、住房にもどると浄衣から常着に着替えた。

「ちょっと出かけてくる。今夜は帰らぬ」

下女に言い捨て、夕闇《ゆうやみ》が垂れ込め始めた町へ出た。行き先は五条清水坂の途中の女の家。

昼過ぎから怪しい雲が空を覆う陰鬱《いんうつ》な午後だった。ただでさえ一年でいちばん日暮れが早い時期なのに、昼と夜の区切りもなく、そのまま闇の狭間に墜ちていく。人が生きているのが虚《むな》しくなるのはこんな日だ。

そんなときには、気に入りの小袖《こそで》と括袴《くくりばかま》を着る。それに坊主《ぼうず》頭を隠す頭巾《ずきん》。

仕事のときはかならず素麻の浄衣だから、常着は好みのものしか身につけたくない。そのときだけが、本当の自分にもどれるときだからだ。一個の男になれる。感情をそのまま表に出し、怒り、笑い、欲望にまみれた男になれるからだ。

ぱっと人目を引く派手さはないが、見る人が見ればかならず目を奪われる、凝った色柄が子供の頃から好みで、父が亡《な》くなって一門を束ねる身になってからは、わざわざ染屋と織屋で誂《あつら》えている。帳面に書き写してある古像の天衣や、若い頃から収集している古裂《こぎれ》を見本に見せて、あれこれ注文を出すのが何よりの楽しみであり、至福なのだ。そのための費用は惜しまぬ。

古参の者の中には仏師風情《ふぜい》が驕《おご》りすぎていると眉をひそめる向きもあるが、次のお像の天衣がそれとよく似た色柄だと気づけば、そのための試作であったかと合点する。わたしはただ、自分が美しいと思うものしか、お像に着せたくないだけなのだが。

だが今日はろくに選びもせず、ほとんど無意識に目についたものを着て家を出た。

くろぐろと獣がうずくまっているような東山に向って足早に歩きながら、わたしは歯嚙みとひとり言を交互にくり返した。

「絵ならどうにも描ける。こちらは自力で立たさねばならぬのだぞ。立ちもせぬものを、どうやって造れというのだ。その違いもわからぬか。おのれ、おのれっ」

五条大橋で鴨川を渡るとき、川面は最後の残照で油を流したようにぎらついていた。いまの自分の心中もきっとこんなどす黒い瞋恚《しんに》でぎらついているであろう。それはやがてめらめらと炎を噴き出す。憎悪《ぞうお》と憤怒の炎でわたし自身を焼き尽くしてしまう。

こんなときは、女のからだを攻めたて、その中に埋没して鎮《しず》めるしかない。

「あら、あんた、今日はいやに早いじゃないか。いつもは夜が更《ふ》けてからなのにさ」

女は酒臭い息を吹き掛けてにっと笑いかけ、だらしなく肩からずり落ちる衣を物憂《ものう》げにかき寄せて迎えた。

名はあやめ。とある寺の僧に囲われていた女で、下卑た品性にそぐわぬ高貴な美貌《びぼう》に惚《ほ》れ込んでもらいうけ、二年ほど前から路地裏のしもた屋に囲っている。身のまわりの世話をさせてもろくにできず、昼間から酒を飲んで寝転がっている自堕落な女だが、しなやかな肢体を眺め、尻《しり》を撫《な》でながら酒をちびちび呑《の》んでいると、肩や背の凝りが不思議と消える。

「ねえ、酒にするだろ？」

「いや」

仏頂面のまま、上がり框《かまち》のそばであやめを押し倒した。寝間に連れ込む余裕もなかった。

「なんだよう。今日はいやに激しいじゃないか。おまえさん、どうかしたのかい」

汗みどろのからだを引きはがしながら、首筋に張りついたほつれ毛をうるさげに搔《か》き上げているあやめを横目で見て、ふとひらめいた。男には無理でも、女のしなやかなからだなら、ひょっとするとあの体勢も可能か。

「おい、立ってこのとおりにやってみよ」

例の二王像の絵を見せ、籠《かご》に炭を詰め込んで重たくしたのを持たせて体勢をとらせた。

「あれまあ、どうなってんだい、これ。むずかしいねえ」

あやめは首を傾《かし》げた。籠を持っている腕のほうの腰をぐっとひねって突き出すのができない。どうしても反対側に重心がかかってしまうのだ。

「違う。こうだ。わからぬのか」

わたしは焦《じ》れて片腕をあやめの腰にまわしてきつく押さえ込み、重心をかけさせると、別の方の腕をつかんで肩の高さまで上げさせた。

「痛いったら。やめとくれよ」

悲鳴をあげるのもかまわずやらせたが、何度試しても長く静止していられない。均衡を崩してよろけてしまうのだ。

「やはり駄目か。けっく、人のからだの構造ではどうやっても無理なのだ。この絵のとおりにやれというのが無茶なのだ」

語気荒く吐き捨てたが、あやめは腰をさすりながら無邪気に言った。

「だって、これ、二王さんだろ？　二王さんってのは天人なんだろ。人間じゃないんだろ?」

「なに?」

「だからさ、人間じゃないんだから、人間とおなじじゃないのはあたりまえじゃないか」

しきりににやついた。

「あたえは、神も仏も信じちゃいないよ。どうせあたえらみたいな下種《げす》のおなごなんざ救っちゃくれないからね。だからどうだっていいんだけども、でもさ、神や仏や天人が人間とおんなじからだで、おんなじ格好していなくちゃいけないって道理が、どこにあるんだい?」

「道理じゃと?」

「生きている人間そっくりだったら、そりゃあ、親しみがもてるよ。近しい存在に思えるし、目の前に現われて救ってくれそうな気がする。必死にすがって祈れば、きっと願いをかなえてくれる。苦しみを消してくれる。そう思えもする。……だけどさ」

あやめはそこまで言うと、ちょっと考え込む顔になって押し黙り、それからちいさくうなずきながら言った。

「だけども、ありがたいって気にはなれない。仏さんや天人ってのは、人間じゃないから、ありがたいんだ。だから不思議な力があると信じられるんだ。違うかい？」

「人間ではないから、ありがたいだと？」

「だって、そうだろ。人間なんか、どいつもこいつも強欲で、残忍で、薄汚くて卑しいやつばっかりだ。それが人間の本性だろ？　そんなのにそっくりな仏さんや天人なんざ」

最後は、ふんっ、と鼻で嗤《わら》い、荒々しい手つきで火桶《ひおけ》に炭を継いだ。あやめが息を吹き掛けるとそれはまるで待っていたかのように赤々と燃えたち、彼女の彫りの深い美しい顔を照らし出した。

明と暗。夜の寺堂でちらちら揺れる燭台《しょくだい》の明かりを頼りに像を仰ぐとき、この明と暗が現れる。

その凄愴《せいそう》な美に目を奪われそうになるのをこらえ、

「もういい。おまえのくだらない御託はたくさんだ。帰るぞ」

外へ飛び出した。

湿気をふくんだ粘っこい闇が執拗《しつよう》にまとわりついてくる。雨が近い。もしかすると小雪になるかもしれない。わたしの胸に淀《よど》んでいるどす黒い濁りとそっくりだ。

仏所に帰りつくと、家の者たちは皆、すでに寝入っているとみえて、静まり返っていた。

工房に安置してある地蔵菩薩の前に坐《すわ》りこみ、じっと睨み据えた。燭台の揺れる火に照らされ、細い切れ長の奥から玉眼がぬめぬめと光を放っている。

「断ってしまおう。やってられるか」

声に出して吐き捨てながら、しきりに父の顔が浮かんだ。

断ったら、どうなる。重源上人のことだ。宋の工人に石造りの像を造らせると言い出しかねない。東大寺復興の掉尾《とうび》を飾るこの大仕事をむざむざ失うことになる。父が果たせなかった最後の夢を、わたしが手放してしまうことになる。

「どうする。運慶、おまえはどうする」

やれ、と頭は命じる。心は、否《いな》と叫んでいる。

だらしない顔つきがどうしても赦せない。でっぷり太ったからだは、筋肉の躍動も、張りつめた緊張感もまるでない。それをどう造るか。見る者を圧する力をいかに表現するか。

「よし、わしはわしのやりかたでやるまでだ」

この絵をもとにはするが、不自然な部分はすべて変える。妥協は一切しない。下絵からあらたに描き直す。雛形《ひながた》を造り、上人をうんと言わせてやる。

心が決まると迷いは消えた。地蔵菩薩がうなずいた気がした。

六

東大寺南大門二王像の着工は、二年後の秋と決まった。

二年後というとずいぶん先のようだが、これほどの巨像の制作としては時間的にぎりぎりで余裕はない。まずは用材である御衣木《みそぎ》の確保から始めなくてはならないが、これが容易なことではない。大仏殿や諸仏の再建の際、重源上人はその用材確保のために大変な苦労をした。周防や播磨の山奥でようやく檜《ひのき》の群生を探しあて、それを川筏《いかだ》で海まで流し、縄で船縁から吊るして浮力を利用して難波まで運んできたのである。それも巨木はすでにほとんど伐《き》りつくしてしまった。

上人はあらたに伊賀国に別所を造って南大門の用材をなんとか確保しようとしているが、二王像の御衣木にまでまわしてやれるかどうか、というのだ。

大木が確保できないとなれば、細い材木を細かく寄せてやるしかない。膨大な部材を一つにまとめ上げるには、設計の段階で微塵《みじん》の狂いも許されない。寄木造りの巨像は、像高四丈（約十二メートル）の四天王像はじめ、神護寺と東寺の二天像で何度も経験しているが、これほど細かい用材を使わなくてはならないのは初めてだ。

次に、そのための雛形の制作。それをいったん分解して実際の像の各部材の大きさに引き延ばし、墨付けする。賽割《さいわり》技法である。いよいよ着工の前には、御衣木の穢《けが》れを祓い、霊性を込める御衣木加持の儀をおこなう。雛形の完成までは京の仏所でやり、それ以降は東大寺の一角に仮屋を建てて、そこでおこなう。

雛形制作と並行して、わたしと湛慶は三河国滝山寺の聖観音菩薩像と梵天・帝釈天の制作に追われた。頼朝公の三回忌に供養する予定とあって、遅れるわけにはいかなかった。聖観音菩薩像は頼朝公の等身大の五尺八寸（約一七四センチ）。頼朝公の遺髪と歯をお顔のちょうど唇のあたりに納入した。

梵天と帝釈天は三尺五寸余（一メートル余）。帝釈天は東寺講堂の帝釈天像に倣《なら》った。あれより少し丸顔で柔和なお顔にしたが、端正な気品は表わせた。わたしはほとんど聖観音像にかかりきりだったから、梵天と帝釈天は湛慶に任せた。わたしの下絵を忠実にかたちにする技量が身についている。あらためて褒めたりはしないが、よくやってくれた。

もう一つの仕事は、思いがけないところから舞い込んだ。公家社会の頂点、摂政近《この》衛《え》基通《もとみち》卿から白檀《びゃくだん》の普賢《ふげん》菩薩像の注文がきたのだ。

基通は養母と正室がともに平清盛の娘で、興福寺の僧兵が平家に反乱しようとしたときには食い止めようと尽力した。そのせいで南都衆には評判が悪いが、平家が凋落《ちょうらく》し始めるや、変わり身早く後白河院の側近になり、後鳥羽天皇即位の際にも貢献した。叔父である九条兼実卿とは不仲で、兼実卿の弟の天台座主慈円は「無能な人物」とさんざんにけなすが、五年前の建久七年、反兼実派の土御門通親によってふたたび関白に任じられ、土御門《つちみかど》天皇の即位に際して摂政になっている。

わたしより数歳若いか、その経歴からすれば苦労知らずというわけではないはずなのに、のっぺりした白塗りの化粧《けわい》顔の下の本心をうかがい知ることはできない。ただ、「普賢寺関白」と通称されるほど熱心な普賢菩薩信仰の持ち主で、いずれは普賢寺の本尊をわたしに造らせてくれると匂わせた。

「そなたの名は廟堂《びょうどう》にも鳴り響きだしておじゃるよ。それに、いつまでも武家専門というわけにもいくまい」

わたしの心中の不安を突いてくるあたり、まんざら無能ではなさそうだった。

「娘御は冷泉局の養女におわすとか。すでに抜け目なく布石を打っておじゃるようじゃの」

扇で隠した鉄漿《おはぐろ》の口元から妙に赤くて長い舌がちらつく不気味さに辟易《へきえき》しながらも、

わたしは内心、公家社会に食い込みつつある現実が快くもあった。

（なんとでも言え。いまに、そのさいづち頭を下げて頼みに来るようになる）

用材の白檀は近衛家の家祖である藤原師実《もろざね》卿から伝えられてきたものだという。百有余年秘蔵してきたそれを使い、完成の暁にはやはり先祖の藤原忠通《ただみち》卿自筆の御経とともに、盛大に供養するという。

近年、大貴族のあいだに、あらたな仏堂建立と造像の一方、こうした先祖ゆかりの仏像や遺愛の品、書写経巻に再び陽の目をみさせることが多くなってきている。新造の費用を軽減するためというより、それが持つ霊性をよみがえらせ、家運隆盛を願うためである。

この白檀もどこか南方の異国からやってきた、金銀宝玉より貴重な香木である。長いこと静かに眠りつづけていたのをいま目覚めさせられ、仏の姿となるのだ。

像の大きさは一尺六寸（約四十八センチ）、厨子《ずし》に納めて日々礼拝する小さな念持仏だが、さすがは香木だ。表面は黒ずんでいるのに、刃を入れるたびに、鮮烈な芳香が馥郁《ふくいく》と立ちのぼり、陶然とさせられた。願主に対して殺伐と荒れる自分の心が、その香で拭《ぬぐ》ったように祓われる。

ひと鑿《のみ》、ひと鑿、荒れすさぶ心を鎮めることだけ考えて彫り進めた。そのせいか、できあがった像は清らかで無垢《むく》なお姿になり、その事実に自分で驚かされた。仏師はただの彫師ではない。仏道修行者であり、僧侶《そうりょ》の位をいただく身だ。だから、仏師は日々、経を読み、写経をし、折々に高僧に教えを請《こ》う。煩悩《ぼんのう》を滅するために戒を守っておのれを律し、瞑想《めいそう》で心を鎮め、心身ともに清浄になるよう修行をする。わたし自身、そう教えられて育ち、おもてむきは律義《りちぎ》に守っている。

だが実際はどうだ。女を囲い、肉欲に溺《おぼ》れている。正体を失くすほど酔いどれ、しばしば怒りに任せて弟子を殴る。人の成功を嫉《そね》み、自分が思うようにならぬ焦《あせ》りにもだえ苦しむ。生身のからだから逃れることができない限り、からだが心を裏切り、心がからだを裏切る。その葛藤《かっとう》の中でいつも抗《あらが》っている。

だが、思いもかけぬ無垢なお像を掌《てのひら》にそっとつつみ込んで見つめているうちに、不意に疑念が湧《わ》いた。

心身の荒《すさ》みに苦しみながらも脱しようとする、その行為だけでいいのではないか。煩悩と我欲と、それゆえの苦しみを抱えたままで生きていいのではないか。おのれの弱さを呪《のろ》い、憎みながら生きる。それでいいのではないか。

いつぞやの八条院の言葉がしきりに思い出された。

――おなごは苦しみあがきながら、必死に救いを求める。それゆえ、仏の教えが必要なのだ。

彼女はそう言った。女だけに限らない。男も、年寄も子供も、鳥や獣も、いや、生きとし生けるものすべてが、絶えず苦しみを抱えて必死に生きているのだ。それしかできないのだ。

(煩悩即菩提《ぼんのうそくぼだい》)

煩悩がそのまま悟りの境地でもあるという。その意味が初めて腑《ふ》に落ちた。

仏は何をしてくれるのか。仏の像はなんのためにあるのか。

あやめは言った。

――人ではないから、ありがたい。

(そういうことか……)

佛《ほとけ》という字は「人にあらず」と書く。人の身体《からだ》に似ていながら、しかし人の身体を超越しているのが仏なのだ。また、旁《つくり》の「弗」は「取り除く」「ふりはらう」の意味だ。人が人たる我欲や煩悩をすべて取り去った存在、それが仏なのだ。

七

ら帰ってきた。

建仁《けんにん》三年（一二〇三）、年が明けて間もない正月十日。文覚上人が赦《ゆる》されて佐渡か

昨年十月、朝廷を牛耳っていた土御門通親が急逝した。当日まで病の気配すらなかったのに突然倒れ、そのまま絶命したのである。人々は「不可思議なる事」と、人の世の無常をあらためて思い知ったが、後鳥羽院はすぐさま、わたしに白檀像を造らせた近衛基通に代え、左大臣藤原良経を摂政に任じた。かの九条兼実卿の次男である。

わたしは近衛基通が引きずり降ろされたことに衝撃を受けたが、土御門通親の後押しで摂政にあった彼の失脚は、世間にとってはもの笑いの種でしかなかった。その権勢のもろさを基通は予感していたのか、それに怯《おび》えて普賢菩薩にすがろうとしたのか。

わたしが造った像がこれからの彼の心を導いてくれるだろうか。

それにしても、後鳥羽上皇は土御門通親に煮え湯を飲まされて失脚した九条兼実派にさっさと乗り換えたのである。その変わり身の早さたるやどうだ。平家から源氏へ、木曾義仲から源義経、そして頼朝へと、自分の利のみで平然と掌返しを繰り返し、なんのうしろめたさもおぼえなかった後白河法皇そっくりではないか。

だが、兼実卿が復権したおかげで、文覚上人が赦免されることになった。兼実卿を通じて鎌倉二代将軍頼家がはからってくれたのである。

上人は三年半ぶりに晴れて帰京した。

だが、上人が誰にも会わず、その足で神護寺へ向かったと聞き、わたしはいやな予感をおぼえずにはいられなかった。上人がいまの神護寺のありさまを見たら、かならずや激怒する。上人の流罪に際して、寺領である二ヶ所の荘園が後鳥羽上皇の近臣や女房に分け与えられ、寺は経済的基盤を失ってしまったのだ。夏の樹木の旺盛《おうせい》な繁《しげ》りと梅雨時の湿気に浸食され、春とは名のみのいまの時期は、京中とは格段の違いの深い積雪に痛めつけられて、いっそう無惨に見えるにちがいない。

はたして、上人は寺を守り抜けない座主や寺僧らを罵倒《ばとう》し、上皇に荘園返還を迫った。まさに怒り心頭、狂瀾怒濤《きょうらんどとう》のありさまで、誰も彼を鎮めることはできないと上覚から聞かされた。

わたしが神護寺に機嫌伺いに参じたときも、入れ違いに宮中へ直談判に押しかけて行ったとのことで、会うことはできなかった。

「千覚が生きておってくれたら、あの者なら、師をやわらかく宥《なだ》めもできたろうが」

上覚は重い溜息《ためいき》をついた。

弟弟子である千覚は鎌倉からもどってわずか十ヶ月後の翌正治《しょうじ》二年三月、生来の病弱に心労と過労が重なり、はかなく世を去った。最後まで、師の身を案じ、寺の前途を案じ、鎌倉の人々のことを案じていた。ことに彼に全幅の信を置いていた鎌倉の尼御台のことを案じていた。彼女は、長女と夫に次いで次女にまで死なれてしまったのだ。わが身が二つあれば、鎌倉へ行ってさしあげたい。いや、かなうことなら三つあれば、佐渡へも行けるものを――。末期の息が絶える寸前まで、看取《みと》った兄弟子に向ってそうつぶやいていたという。

「せめて、明恵が来てくれたらよいのだが」

上人は、またも紀伊の生家近くの山房に引きこもっている明恵に、ここへ来て中断している華厳《けごん》の講義を再開するよう、再三使いをやって促しているのに、明恵はやってこないのだという。

文覚上人はいつぞや、明恵のためにこの高雄に華厳道場を造ってやりたいと言っていた。その道場のためにわたしに釈迦如来像を造らせるというのだ。明恵は神護寺の釈迦如来をまるで幼い頃に死別した実の父親のように慕っている。その代わりになる像を与えてやりたいというのだった。

孫ほども若い明恵に、なにゆえ上人はそれほど肩入れするのか、不思議に思った。

夢想的といえるほどの思索の深さを眉のあたりに漂わせている若僧。上人とはまさに対極、それゆえ引き合うのか、そうも思った。反発もまた縁の深さゆえか。

「運慶、おぬしだから言うがの、わしは、明恵が羨《うらや》ましいのじゃよ」

いつだったか、上人がぽつりとつぶやいたことがある。

「この文覚、息つく暇なく駆けずりまわり、上《うえ》つ方《かた》であろうが誰彼はばからず強訴《ごうそ》する。必要とあらば権謀術策も厭《いと》わぬ。山師だ怪物だと憎まれようが、屁《へ》とも思わぬ。そのわしが、内心では、できることならあやつのように、静かで強い人間になりたかったと羨んでおるんじゃ。人生やりなおせるものなら、そうしたい。心底そう思う」

そう言うと、ふっと笑った。

「明恵の望みを叶《かな》えてやれば、その思いが癒《いや》される。わしの心が喜ぶ。あやつがわしの代わりをしてくれる。そう思えるんじゃ」

僧でありながら俗世を荒々しく踏み渡り、鎌倉幕府を操り、朝廷を動かしてのける、傲岸《ごうがん》な政僧。そう誹《そし》られているこの人が、初めて見せる素の心だった。

「しかし、あやつ、天竺《てんじく》に行きたいと言い出しておりましてのう」

上覚は苦笑した。

「幼少の頃から、聖教を学んで釈尊滅後の濁世《じょくせ》に生まれついた悔しさを癒したいと望んでおったのだが、ここへきていよいよ、釈尊の偉跡を歴訪して見極めたいという気持を募らせておるのです。なにしろ変わり者ゆえ」

上覚は明恵の母方の叔父で、早くに両親を失った甥《おい》を出家させ、上人に会わせたのも他ならぬ彼である。

「ほう。天竺へですか。それはまた」

わたしも苦笑した。いかにも明恵らしい。そう思ったからだが、どうやら春日の神が託宣して渡海を反対しており、さすがの明恵も断念せざるをえないであろうと、上覚は複雑なおももちをした。変わり者といいつつ、常人とは違う仏教的資質に恵まれた甥の、一途《いちず》な求道の志をかなえてやりたい心底があるのだろう。

わたしはその日、神護寺の宿坊に泊った。せめて一日だけでも上人に会って話したかった。会ったところでわたしの言うことを聞き入れるようなお人ではないが、せめて、わたしがかかわった像や本尊の薬師如来像はじめ諸像の保守は今後もずっと、責任をもってやると約束すれば、上人の憤《いきどお》りが少しは鎮められるのではないかと思ったのである。

夜半になって、文覚上人は降りしきる雪にまみれ、赤鬼のごとき形相でもどってきた。

「あの毬杖冠者《ぎっちょうかじゃ》め。赦《ゆる》せぬ。どうあっても赦せぬ」

寒気ゆえでなく忿怒《ふんぬ》の興奮ゆえの赤面がおさまらず、拳《こぶし》を震わせてわめきたてた。

後鳥羽院に直訴したが木で鼻をくる態で却下され、御前でもそう痛罵《つうば》して追い出されたというのだ。

「上皇さまを、毬杖冠者と？」

わたしと上覚はさすがに呆《あき》れて顔を見合わせた。

毬杖は木杖で毬《まり》を打って転がす奈良時代からの遊戯である。毬のようにあちこち転がるばかりで、通すべき筋目を持たぬ変節の若造、上皇に対してそう罵《ののし》ってのけたのだ。

（まずいことになった……）

上人の忿怒はわからぬわけではない。今回のことはどう見ても上皇の横暴から起こったことだ。逆境に遭えばさらに闘志を燃やす上人の気性もよく知っている。だが、これはいくらなんでもやりすぎだ。このままですめばいいが。

案じたとおり、帰京からわずかひと月余で文覚上人はふたたび捕えられ、流罪を宣告された。明恵から神護寺への不参の返事がきて、落胆しきった数日後のことだった。しかも今度は対馬。佐渡よりさらに過酷な流刑地である。

今度も前回同様、上覚が配地まで付き添っていった。数名の弟子がそのままとどまり、上人の身辺の世話をするという。

それから五ヶ月後、さらなる悲報が舞い込んだ。

「上人が、亡くなられた……？」

鎮西の庵居《あんきょ》で病死。あまりにも突然の訃報《ふほう》を、わたしは奈良で知った。東大寺南大門の二王像造像のため、一門の仏師、彩画師、番匠らを従えて奈良に乗り込み、いよいよ開始となった矢先のことだ。

「そんな馬鹿《ばか》な。まさか、そんな……」

信じられない。上覚からの書状を握り締めて呆然《ぼうぜん》とするしかなかった。

最期《さいご》を看取った二人の供僧はひそかに上人の首を持って帰京した。その者たちがいうには、上人は今わの際《きわ》で、

「目ある者はしかと見よ。耳ある者はしかと聴け。わしをかように辛《つら》き目に遭わせたからには、たったいまにも迎え取ってやるぞよ」

最期の力をふりしぼって歯噛みし、自分の首を持ち帰って眼下に都を望む高い場所に置け、そこから都を守護する、と遺言したという。官に発覚するのを避けて側近の者たちだけでひそかに神護寺裏手の山頂近くに埋葬し、手厚く供養《くよう》したと、後で上覚から内々に聞かされた。

上覚がいうには、上人は配地へ護送されていく輿の上でも抗議の断食《だんじき》をしていたというから、六十五歳の肉体には自死に等しい。それを覚悟の自害というべきか、それとも自らの命を賭《か》けての呪詛《じゅそ》か、わたしにはどちらともわからない。ただ、その激烈さゆえ多くを成し、またそれゆえに遂げられぬまま散っていった。それだけはわかる。

思えば、彼との出会いがわたしをここまで導いてくれた。その激烈さに反発し、憤《いきどお》りをおぼえながらも、復興への熱い志に共感し、がむしゃらに突き進む姿を尊敬した。

わたしができることは、上人との約束を果たすことだけだ。立派な釈迦如来像を造り、明恵に渡す。それ以外にも、講堂に安置する諸仏を造る約束がある。それをすべて果たす。それしか恩に報いるすべがない。いますぐは無理だが、いつかかならずだ。

「上人御坊、見ていてくだされよ。この運慶、断じて違《たが》えませぬゆえ」

八

東大寺南大門の前で、わたしはしばし立ち尽くした。

門が完成したのは正治《しょうじ》元年（一一九九）六月、それから四年の歳月を経て、いまようやく二王像の造像が始まる。この四年間、頼朝公、千覚、文覚上人と、わたしにとって大事な人々が次々に鬼籍に入った。わたし自身、先のことに悩んで迷いぬいた四年間だった。

重源上人にとってはさらにであろう。

「これが終わらぬうちは、どうあっても、目をつぶるわけにはいかぬのじゃ。どうあってもじゃ」

会うたびに声音を軋《きし》ませて言う姿に、鬼気迫るものを感じる。

半年前、雛形を見せたとき、上人は凝視したまま、長いこと一言も発しなかった。わたしは重く垂れた瞼の奥が鋭く光るのを見つめたまま、じっと耐えた。これを造れと上人に命じられた宋国の二王の絵を踏まえつつ、大幅に変えた。

──これなら造ります。いや、これを造ります。

惣大仏師棟梁《とうりょう》運慶の、それが答えだ。一歩も譲れぬ。いや、譲らぬ。

息を詰めて待つわたしの目をぎろりと見返し、上人はただ一言、

「よかろう。これでいく」

万事のみ込んだ顔でこたえた。もしや、上人は最初から予測していたのでは。そう疑ったほど、顔色ひとつ変えなかった。

（食えぬお人だ）

この人の老獪《ろうかい》さにはいつもしてやられる。これが文覚上人なら、なぜわしのいうとおりにせぬ、といきり立ったであろう。どちらがいい、どちらが好もしい、という問題ではない。いまはただ、この人のもとで存分に力を尽くす。工事にかかわるすべての者たちの力を引き出す。それだけだ。

寺内の戒壇院の北側、南大門の北西に、あらたに仏所屋が造られている。巨像制作だから、仏所屋も仮ごしらえのがらんどうながら巨大な建物である。

中にはすでに加持をすませた大量の御衣木が運び込まれ、うずたかく積み上げられている。周防国からやっとのことでかき集めてきたヒノキ材だ。どれも太さこそないが、年輪がほぼ均一に入っている。悪くない。

これだけ集めるのにどれほど苦労したか。重源上人とともに各地の山を探しまわり、半年かかった。それを内部の水気と樹脂を抜くために一年半から二年寝かせておき、やっと間に合わせることができた。手でさすって感触を確かめていると、

「いよいよですな。楽しみにしておりましたぞ」

いつの間にか背後に来ていた快慶が、にこりともせず言った。

「ご存分にわしを使ってくだされ」

「頼むぞ。おぬしは定覚とともに阿形をやってもらう。吽形はわしと湛慶がやる」

二像にそれぞれ二人の大仏師を充て、その下に十余名の小仏師をつける。わたしはすべてを統括する。考えに考え抜いた役割分担である。ただし、寺に出す指図書では、吽形像より格上の阿形像をわたしと快慶、吽形像を定覚と湛慶が受け持つと申請してある。

わたしは内心、自分が快慶と組んで摩擦が生じるのを怖れているのだ。その点、弟の定覚なら、奈良の一乗院仏所を任せている関係で快慶と組んでの仕事を多くこなしているし、気質もおだやかだから、うまく折り合いをつけてやれるはずだ。

それともう一つ、弟を快慶と組ませるのには理由がある。

かつて弟は、快慶と組んで大仏の脇侍の観世音菩薩坐像を半身ずつ造った。身の丈三丈の巨像を二人の仏師が右半身と左半身べつべつに造り、正中線で合わせるという難しい方法で、まさに離れ業だった。父康慶とわたしが組んだ虚空蔵菩薩のほうは寸分違わずぴたりと合ったのに、快慶と定覚が半身ずつ分担した観世音菩薩像は、ほんのわずか、一部分だけ、それも二寸かそこらだが、ずれが生じた。それと気づいた快慶がすばやく修正して事なきを得たが、定覚の技量が劣っていたせいだった。

もともと自分の才能に限界を感じ、それを懸命に努力で補っていた弟だ。その一件以来、以前にも増して精進を重ね、技術を磨いて、いまでは立派に奈良にいる仏師たちを束ねている。屈辱を糧《かて》にして這《は》い上がってきた弟なのだ。

だからここで、もう一度、巨像制作で快慶と組ませ、実力を認めさせてやりたい。同情ではなく互角に対峙《たいじ》させてやりたい。努力が持って生まれた才をしのげることを、他の仏師たちにも知らしめたい。それは若い仏師たちの励みにも目標にもなろう。

湛慶を大仏師に起用することにしたのも、考えに考えた末の決断である。今回たずさわる仏師たちの中には、源慶ら古参の者が数名いる。先代の康慶に学んだわたしの相弟子で、湛慶からすれば父子ほどに年が離れており、経験豊富で技術的にも安定している連中だ。その彼らをさし置いての抜擢《ばってき》は、時期尚早の身びいきと不満を抱く者も少なくなかろう。

だが、湛慶はすでに滝山寺の諸像と東寺中門の二天像で大仏師としてやった経験があり、配下の束ねかたも身につけている。それになにより、嫉妬《しっと》と羨望《せんぼう》をはね返さねばならぬという重圧が、息子を鍛えてくれると期待している。嫉視をくつがえして味方につける、それが次の棟梁への最短の道だ。

「わしは全体の統括に専念する。なに、雛形どおりにやりさえすれば、問題はない」

わたしはわざと軽い調子で口にした。わたしが制作にかかりきりにならずにすむよう、源慶ら熟練者に湛慶の補佐をさせる。それに、「雛形どおりに」というのは、快慶に対する牽制《けんせい》の意味もある。それを察したか、

「なるほど、棟梁のお考えはようわかりました。承知いたしました。万事お指図どおりに」

快慶はにこりともせずうなずいた。

建仁《けんにん》三年（一二〇三）七月二十四日、大勧進和尚重源上人の正式の沙汰《さた》をもって造像開始。大仏師四名、小仏師十六名、番匠十名。全員精進潔斎し、白い浄衣を身に着けて粛々と動き出した。

まずは骨格となる木組だ。番匠たちが寝かせた状態で、重心のかかる後頭部から踵《かかと》まで太さ二尺の角材を芯木とし、その周囲に七本の角材を束ねて根幹にする。像高二丈八尺（約八四〇センチ）、頭上をめぐる天衣まで含めるとゆうに三丈を超す巨体を支えるには、よほど強固に組み上げねばならない。むずかしい仕事だが、頭《かしら》の国貞《くにさだ》をはじめとする年配の番匠らはすでに巨像制作は何度も経験しており、技術的な蓄積と知識は十二分にある。ことに大仏脇侍の虚空蔵菩薩・観世音菩薩像はこれよりさらに大きく、重量もあった。それなのに、

「棟梁、今回はどうにも勝手が違いますで。うまくいくかどうか」

心もとない顔で首を傾げるのは、いままでにない特殊な体勢だからだ。それと、もう一つ、今回は用材をすべて組み、体表面の細かい矧木《はぎき》まですべて取りつけてから彫刻を始めるという、いままでやったことのない方法をとらざるを得ないのだ。

なぜなら、太い用材がどうしても確保出来なかったからである。細かい部材を何層にも組み重ね、矧ぎ合わせて使うしかない。部材の数は、細かいものまでいれれば、一体につき実に三千を超す。それを緻密《ちみつ》に組み上げるだけでも至難の業だ。

二重三重の難点をどう克服するか。番匠たちの困惑は当然すぎるほど当然なのだが、

「無理は承知じゃ。やるしかなかろう」

わざとそっけなく突き放しながら、わたしは彼らの技量と仕事に対する自負に賭けるしかなかった。

何度も組み直し、やっと得心できるものができた。次は、その骨組の上に賽割《さいわり》法で雛形から原寸大にまで引き延ばした各部の部材を張りつけて概形とする。頭部、胸、腹、腰の各部は、幅七寸から一尺、厚さは七寸ほどの板を骨組の上に並べて張り、筋肉の隆起はさらにその上に板材を重ねる。腕は肩、ひじ、手首で継ぐ。その上にさら

に小材を当てて張りつける。

「時間がない。急いでくれ」

わたしは皆を急《せ》かした。重源上人から、十一月の半ばに復興完成の総供養会をおこないたいと申し渡された。それまで四ヶ月しかない。仕上げの彩色とそれが完全に乾くまでに最低でもひと月はみておかねばならないし、門まで移動して安置するのも大仕事だ。滑車付の台車に載せて運んでいく途中でどんな事故が起こるやもしれぬ。ただでさえ秋から冬にかけての野分の季節だ。万が一、強風に煽《あお》られて倒れでもしたら。途中で雨に降られたら――。考えただけでぞっとする。できる限り日数に余裕をとっておかねば安心できない。そのためには、造像にとれる日数は正味ふた月しかない。

「無理無体をいわはる棟梁じゃ。寝る間も惜しめといわしゃるか」

こぼしながらも、番匠と仏師たちはそれぞれ交代しながら昼夜兼行で作業を進めた。

八月七日、像を立てた。開始からわずか半月で組み上げ段階まで終わらせたのである。

「ようやってくれた」

「棟梁、苦労させられましたぜ。立ったからには、あとはどう命を吹き込むか。いまにも動き出すようにできるか。仏師の腕の見せどころですぞ」

疲労と安堵《あんど》をない交ぜにしたおももちで老番匠がいい、その声に、湛慶が緊張に顔を引きつらせた。

快慶は黙々と阿形《あぎょう》の彫りにかかっている。実質的な彫りは定覚が中心になってやり、快慶は全体の構図に狂いがないか監督指導すると決めてあったのに、いざとなると、快慶はみずから大事な部分の彫りをやり、他の者にやらせようとしないのである。

それを横目で見て危惧《きぐ》を抱きながらも、わたしは行事僧との儀式や手続きの打ち合わせ、彩画師や漆工への指示に追われた。吽形《うんぎょう》像の彫りもせいぜい指示を出すしかできないが、湛慶らは雛形を忠実に再現している。自分たちの手に余ったり難渋したときには指示を仰いでくるから、そういうときにはわたしが直接、手を出して直せる。

だが、阿形像のほうはそれができない。快慶とぶつかり合えば進行が遅れる。最悪、総供養に間に合わなくなる。それだけはなんとしても避けねばならない。

九

両像の彫りがほぼ完成したある日、わたしは思い立って、ひとりで参道の入り口から南大門に向って歩いてみた。

九月も間もなく終わる。春日野も若草山もそろそろ木々の紅葉が始まろうとしている。晩秋の陽射はしらしらと明るく、乾いた風が木々を揺らして吹き抜けていく。このふた月ほとんど仏所屋に泊まり込みで、湿気で木が膨張して彫りに狂いが生じる雨天を気にすることはあっても、季節の移り変わりを感じる余裕はなかった。食べたものや、いつ寝たかすら、ろくに憶《おぼ》えていない。

その間、鎌倉では、大きな事件があったと聞いた。二代将軍頼家が伊豆の修禅寺に幽閉された。酒や蹴鞠《けまり》に夢中になり、妻の実家の比企《ひき》氏とともに北条氏を除かんと画策したのだという。将軍職就任からわずか一年二ヶ月。まだ二十二歳の若者だ。切り捨てる判断をしたのは、他ならぬ母親の政子だという。時政は比企氏を滅ぼし、十二歳の実朝を三代将軍に就け、自ら執権になって幕府を動かしている。

思えば、頼朝公がこの東大寺に莫大《ばくだい》な財物を寄進してくれたことで、復興が動き出したのだ。平氏に代わって覇者になって世の中に平和をもたらしたことを誇示するためだったが、その鎌倉幕府が内紛に揺れているとは、なんという皮肉か。

足利義兼はそれを厭《いと》うて出家した。人の世のくだらなさに嫌気がさしたのだ。

（あの人はいまごろ、あの世で嘲笑《あざわら》っているか。それとも嘆いているか。できることなら訊いてみたい）

そんなことを思いながら、次第に大きくなる南大門に視線を当てて歩いた。門の左右に空間がぽっかりこちらに向いて開いている。そこに二王像が納まっているさまを頭の中で想像しながら、ゆっくり歩を進めた。途中、参道を小川が横切っている。その石橋を渡ると、門はいよいよ見上げるばかりに巨大になり、眼前に迫ってくる。

わたしはそこで、険しい顔で立ち止まった。

(駄目だ。これは駄目だ)

低く呻《うめ》くと、重源上人に会うため、矢庭《やにわ》に走り出した。

「なに？　二王像を向かい合せるだと？　そのために、門を造り直せだと？」

上人は目を剝《む》いて怒鳴りちらした。

「痴れ者め！　いまさら何を言うか。そんなことができると思うてか」

「お叱《しか》りは後で受けます。それより上人さまのお目で見ていただきたい。御免」

わたしは上人の腰を抱えて立ち上がらせ、手を引いて外へ連れ出した。

いつになく強引なわたしの行動に、上人はよほどの大事《おおごと》と察したらしい。侍僧たちが慌《あわ》てて輿《こし》を持ち出して乗せようとするのをうるさげに払いのけ、わたしに行けと命じた。

ようやく参道の小川のところまでたどり着いて、わたしが門を指し示すと、上人は肩で荒い息をつきながら、

「運慶、何をどうせよというのか。いま一度申してみよ」

「ご覧ください。参道を進んでくると、二王像はいやでも目に入ります。最初は遠く、徐々に近くなって、門の前まで来て見上げる。今回の両像は、いまだかつてない斬新《ざんしん》な試みです。上人さまはおっしゃいましたな。この南大門で東大寺のこれからのありかたを見せつけてやるのだと。ただの復興ではない。新しい仏法を示すのだと。そのための二王像をわれらに造らせた。そうですな？」

わたしは一気に言い、大きく一つ息を吸ってから、言葉を継いだ。

「その二王像が少しずつ目に入り、近づいてくるのでは、見る人は衝撃を感じませぬ。間近に来て不思議な像だと驚くより先に、目が慣れてしまいます」

「それでは意味がないと言うのじゃな？　ふむ」

上人は目を光らせてうなずき、

「で、前方の壁をふさいで見えぬようにしておいて、門をくぐる際に初めて」

「そうです。向かい合った阿形と吽形が両側から睨《にら》み下ろしている。いやでも驚きます。巨大さにあっと声を上げ、奇怪な姿に圧倒されるでしょう」

門は侵入せんとする魔や邪悪なるものを阻止する装置であり、二王は戦士である。同時に、われら人間の心の煩悩や穢れもうち払う。そのためには、油断させてぎりぎりまで引き寄せておいて、一気に出現し、一瞬にして打ち倒す。そのほうが効果的だ。両像が向かい合う配置は、多くはないが前例がある。奈良時代初頭に造られた奈良薬師寺の中門二天像、それにおなじ東大寺中門の二天像。

上人はじっと門を睨んで黙りこくっていたが、

「あいわかった。すぐに門を造り直させる」

長く垂れ下がった眉毛《まゆげ》一つ動かさず宣言した。

そのときの上人の決断力と行動力を、わたしは後々まで感謝した。もしも無下に棄却されていたら、わたしはこの仕事を死ぬまで後悔することになったであろう。

わたしはすぐさま仏所屋にもどり、門の図面を広げて人がぐる部分の幅と、その中央までの距離を確かめた。次に叶形像の真ん前に立ち、そこからその距離まで、そろりそろりとあとずさりして歩数を数え、その位置に立った。

それを何度もくり返していると、

「棟梁。何をなさっておられるので？」

いぶかり顔で見守っている仏師たちに、

「おまえたちもやってみろ」

そこに立たせ、

「この位置からだと、どう見えるか？」

湛慶と定覚に訊《き》いた。

「真下から天をふり仰ぐ感じです。もっと遠くから見るものと想定していましたから、少しばかり妙な感じといいますか」

湛慶が首をひねりながらこたえると、

「遠くで見るより、像の重心が上に見えるのですな。そのせいで、安定感を欠いているように思います」

定覚は顎をさすりながらこたえた。

もともと頭部を大きく、脚を極端に短く造っている。顔の向きはぐっと顎《あご》を引いて下向きにして、眼球の視線も下に向けている。不格好だが、人体とおなじバランスで造ると、下から見上げた際、頭がひどく小さく見えてしまうのと、重心がひどく上にあるように感じられてしまうからである。定覚がいうように安定感を欠く。そういう工夫をしてあるにもかかわらず、見る距離が近いと、それでもまだ重心が高すぎる。

「わかるか。湛慶」

「そういえば……」

湛慶は目を凝らして見つめたまま、とまどったように絶句した。

「臍《へそ》の位置を直すぞ」

わたしは臍部分の盛り上がりを削り落とし、あらたに木片を当てて臍を下へ移動させ、しっかり打ちつけた。二寸か二寸半そこら下げただけなのに、重心が下がって安定感が増し、落ち着きがよくなった。次に、胸の左右の乳頭をそれぞれ斜め外下方へずらした。すると、胸郭がぐっと広がり、威圧感が格段に増した。

「いや、まだまだだ」

さらに、両眼の瞳《ひとみ》の角度を下向きにし、上下の瞼《まぶた》と眉上の盛り上がりもより深くした。これで視点が直接下を向いて、拝する者を睨み下ろしているようになった。あとは脚と腕の角度と位置も変えた。ほんのわずか数寸の修正だけだが、

「なるほど、面白いように変わるものですなあ」

定覚と湛慶が顔を見合わせてうなずき合い、何事かと集まってきた仏師たちも唖然《あぜん》とした顔で見上げている。

その様子を、阿形像のかたわらにひとりぽつねんと立った快慶が、無言のまま見つめている。

その険しい表情に彼が怒りをこらえているのが見てとれたが、わたしはあえて何も言わなかった。言わずとも、それが正しいと判断すれば、快慶はみずから修正する。彼の矜持《きょうじ》に賭けるしかなかった。

十月三日、晴れて開眼供養の日を迎えた。

たずさわった者たち全員が整列して見守る中、導師が足場に昇って瞳に墨を入れた。七月二十四日の造像開始から数えて、わずか六十九日。よくぞ完成させられたとわれながら思う。

「見事な出来だ。復興事業の最後を飾るにふさわしい名像をよくぞ造ってくれた。さすがは運慶一門。当代一の仏師たちじゃ」

上人も行事僧たちも口をそろえて賛辞を贈ってくれる。わたしは皆の顔を一つずつ順に見まわし、胸の中で大きく吐息をついた。

吽形像は思いどおりに仕上がった。満足のいく出来だ。波打つように盛り上がる筋肉、誇張した表情。無理にからだをねじったアクの強さが迫力と緊張感になった。ムッと口を引き結び、下腹に力を溜《た》め込んでいる。手にした金剛杵を振り下ろし、もう一方の手は敵につかみかからんばかりに振り上げて威嚇《いかく》している。思う存分暴れ終わった直後。まさに、「ウン」のかたちだ。

片や阿形は、「ア」。大きく口を開けて声を発し、これからまさに動き出す寸前だ。

だが、いまひとつ躍動感に乏しい。全身に溜め込んでいた力を一気に吐き出す、その瞬間の凝縮が感じられない。力の塊が見えない。

快慶は、わたしの指図に忠実に従いながら、しかし、快慶らしさ、自分らしさを頑として捨てなかった。他の者たちは皆、仏師たちですらわたしの下絵と雛形《ひながた》そのままと見るだろうが、わたしの目には快慶そのものに見える。丹念に整理され、乱れや誇張を排した表現、腰を覆《おお》う衣の襞《ひだ》の彫りは浅く、筋肉の盛り上がりやうねりも大げさではない。みぞおちに鎖状に連なる筋肉の隆起も、不要とみたか、削ってしまっている。まさに快慶の好みだ。

わたしはまた吐息をついた。

――安堵、満足感。それに加えて、抜きがたい鬱憤《うっぷん》。

快慶と目が合った。

――棟梁、お気に召しませぬかな。

その目が白く光っている。

視線をからませたまま、わたしたちはじっと互いの心底を探り合った。

わたしの負けだ。わたしは彼を制御できなかった。自分らしいものを造りたいという、配下の仏師にあるまじき自我意識の暴走を止められなかった。棟梁として、完全に従わせることができなかった。統率力不足だ。

面には出さなかったつもりだが、わたしの気持を感じ取ったか、重源上人はこう言った。

「よいではないか。阿形の静に、吽形の動。二像の性格の違い、その対比がよう出ておる。おまえの狙《ねら》いどおりではないか。これは二像とも棟梁運慶の作だ。世間はあらためておまえのすごさに驚く」

その言葉に納得できたわけではなかったが、まさにそのとおりになった。門に安置されるや、正式な披露目の前から早くも評判が評判を呼び、二王像を見るために群衆が詰めかけて、まさに「門前市をなす」騒ぎになったのだ。

そして、総供養会の日、わたしは法印の位を与えられる栄誉に浴した。

――法眼から法印へ。

ついに仏師の最高位にまで上り詰めたのだ。父康慶は法眼位でこの世を去ったから、奈良仏師として法印になるのはこれが初の快挙である。

わたしが法眼位を与えられたのは、八年前、落慶法要の際だった。大仏殿の諸仏の造像の褒賞《ほうしょう》だったが、父康慶は自分が法印位を与えられるのを辞退し、代わりにわたしが法眼位を与えられるよう計らった。本来ならまず法橋になり、それから法眼、法印と段階を踏まねばならぬところを、いきなり法眼にさせたのは、わたしが次の棟梁になることを世間に示す宣言だった。

しかも、父はそのとき、法橋位を与えられるはずだった快慶に無理やり辞退させ、湛慶に譲らせたのだった。自分の次は運慶、その次は湛慶。自分の直系が棟梁を世襲する。傍流から棟梁の座に就いた男の、それが意地であり、一門を率いる者の覚悟だったのだ。

だが、わたしはそれがずっと負い目になっていた。今回、事前に重源上人から褒賞の推薦の相談を受けた際、

「どうか、快慶に法橋位を与えてくださいますよう」

そう願い出た。

「そうか。遅きに失したきらいはあるが、これであの者もやっと気が済もう」

さすがに上人も、快慶が抱えつづけてきた鬱屈に同情していたとみえる。

こうして快慶は法橋位を与えられ、定覚や湛慶とようやく並んだ。

その定覚は、わたしが法眼への昇進を申請してやったのに、それを辞退し、代わり

に息子覚円《かくえん》に法橋位をと望んだ。

「わたしなど、法眼になっても位負けするだけです。此度の阿形像で、自分の限界がようわかりました。いや、もともと自負していたわけではないのですが」

「まったく、おまえというやつは」

若い頃からいつもそうやって自信なさげで、ちっとも変っておらんではないか——。

そう言いかけて、一つの光景を思い出した。

わたしたちがまだ二十代の頃、わたしが円成寺の大日如来像を造った頃のことだ。それを荷車に載せて納めに行く最中、わたしは自信を失い、動揺して一歩も前に進めなくなってしまった。そのとき、弟は言ったのだ、「わたしはいつも、両腕がない夢を見てうなされる。兄者はそんなことないでしょう。羨ましい」。軽い口ぶりだったが、初めて弟の心の底を聞いた。絶えず兄のわたしと比べられて育った弟は、屈折を努力に換えて力量をつけてきた。

今回の阿形像にしても、けっして彼がいうような劣ったものではない。むしろ、快慶と組ませたことが功を奏したとわたしは認めているのだ。それなのに、弱音を吐くとはなにごとか。

叱《しか》りつけそうになるのを踏みとどまった。弟は最近、妻を亡《な》くしてひどく気落ちしている。仲のいい夫婦だったから、そのせいだ。

「わかった。近いうちに次の妻を見つけてやる。それがおまえの褒賞だ」

わざと決めつけると、弟はひどく情けない顔でかぶりを振った。

老いの見え始めたその顔は痛々しくも、ある種の諦観《ていかん》のようにも見えた。

翌元久《げんきゅう》元年（一二〇四）七月、伊豆修禅寺に幽閉されていた先将軍頼家が死んだとの風聞が京にも広まった。北条氏の誰かによる暗殺との噂《うわさ》がしきりだ。

（時政どののしわざだ）

わたしは直感した。彼ならやりかねぬ。諮《はか》れば反対するにきまっている政子には内密に、自分で始末をつけたに違いない。泥は自分でかぶる。わたしが知る彼は良くも悪くもそういう男だ。直情径行の東国武士だ。

その時政も、最近は後妻の牧の方という女人に溺《おぼ》れ、政子や義時《よしとき》ら先妻の子らとうまくいっていないとも聞く。彼もすでに六十代半ば、老耄《ろうもう》がその背に忍び寄ってきているのやもしれぬ。

思えば、彼との出会いがなかったら、東国へ行こうとは考えなかったろう。東国はわたしにとって第二の故郷だ。あそこでの足かけ五年の歳月で、わたしはわたしになった。彼の地の人々がわたしを育ててくれた。

——おぬしは武者じゃ。

最初に会ったとき、彼はそう言い放った。その傍若無人さに反発し、憤りもしたが、見抜かれたとも思った。おのれの中の荒ぶる魂を初めて意識させられた。

以来、それは撓《たわ》めて抑え込まねばならぬものになった。仏師は武者ではない。殺生を生きる業とし、血の臭《にお》いをまとわりつかせている武者などであってはならぬ。そう思い定めている。

だが、齢《よわい》を重ねるごとに、おのれの内なる本性、猛々《たけだけ》しく迸《ほとばし》り出て暴れようとする魂をますます意識せずにはいられないのだ。

第六章　復活

一

——仏師といえば運慶。

——並びなき天才仏師運慶。

世間はそう評している。

——慶派はすでに、院派と円派を抜いた。

そうも言われる。

注文が殺到し、一門の仏師たちは引く手あまたで旺盛《おうせい》に仕事をこなしている。中堅の定慶《じょうけい》は興福寺東金堂の十二神将、宗慶《そうけい》は東国で阿弥陀《あみだ》三尊像と、それぞれ活躍の場を広げている。工房はいつも活気に満ちあふれ、鑿音《のみ》が絶えることはない。

やっとここまで来た。一つ済めば、休む間もなく次の仕事にとりかかる。二年後、三年後、いや五年後まで予定が詰まっている。成朝が仕事を求めて東国に下ったのが二十年前、その後わたしも約五年間、東国で造仏した。南都仏師の生き残りをかけた必死の開拓だった。それを思えばまさに隔世の感がある。

——運慶は目玉が飛び出るような高額の報酬を要求する。

そんな世評も耳にする。

当然だ。わが工房がつくるのは、最高級のものだからだ。

用材、金箔《きんぱく》、漆、顔料、その他諸々、最高級の原材料を惜しげなく使い、他の工房の何倍も手間暇かけ、丁寧すぎるほど丁寧に造る。截金《きりかね》師や彩色師、番匠といった職人たちも皆、抜きん出て腕の立つ一流の者ばかり抱えており、他とは比べものにならぬほど高い給金を与えている。

仏師や職人には、常日頃からくどいほど、高給に見合うものを造れと命じている。最高級のものを造っているという誇りと自覚がさらなる精進につながる。それが工房全体の技術力を押し上げることになるのだ。

「運慶作」は高い。それのどこが悪い。強欲だの驕《おご》り高ぶっているだのと、言いたいやつは勝手に言うがいい。それだけの価値があると思うから依頼する。自明の理ではないか。

注文主はかならずといってよいほど「運慶のあの作とそっくりなものを」と求める。むろん断りはしない。わたしの作が定型になり、手本になる。以《もっ》て瞑《めい》すべしだ。二百年前の偉大な仏師定朝の作風は「仏の本様」と崇敬され、長く踏襲されて、京仏師の伝統にまでなった。

これからはわたしの作風が「仏の本様」になり、伝統になる。そう思うと、たとえようのない満足感、高揚感で胸がいっぱいになる。

だがその一方で、どこか違和感がある。得体のしれない不安感と危機感が広がっていく。

運慶そっくりなものを、という要求は、さらにアクの強いもの、強烈なもの、一目でそれとわかるものへと加速してはいないか。

定慶の興福寺東金堂の十二神将を検分したとき、その危機感がはっきり牙《きば》をむき出した気がした。

定慶は腕の立つ熟練仏師だ。人一倍丁寧な仕事ぶりだし、彫りの技術は確かなものだ。だがその十二神将はどれも、ごてごてと装飾過剰で、これでもかというほど巧さをひけらかしている。大仰な動作が下品で嫌味としかいいようがない。こういうこけおどしが求められ、求められれば迎合してしまうのが人の常だ。

――もっともっと、さらにさらに。

それが運慶風と思われるのは心外だ。

わたしは定慶を呼び出して叱《しか》りつけた。

「ただかたちを真似《まね》るのはならぬ。手慣れて漫然とこなしてはならぬ」

そんなことをしていると、品性が堕ちる。仏師の品性はそのままお像の品格に出る。

そう言いたかったのだが、

「願主はどなたもたいそう喜んでくださるのに、何がいけないとおっしゃるので」

定慶は反抗的に目を白く光らせた。

「求められるものを造る。喜ばれるものを造る。それが職人の本分ではありませぬのか」

「そういうことを言っておるのではない。もっと丁寧に、一点一点よう考えてやれと言っておるのだ」

「お言葉ですが、仕事は次から次へ舞い込みます。棟梁《とうりょう》のおっしゃるようなやり方ではおっつきません。若い連中が入ってきていますが、まだ一人前に使えるほどには育っていない。わしら中堅の者が数をこなすしかないのです」

いつになく頑強に言いつのるのは、自身を正当化するためというより、工房全体の現状を彼なりに考えてのことだ。それはよくわかる。上げ潮に乗っているいまだからこそ、もっともっと大きくしたい。そういう野心がわたしにはある。それが工房全体の意志として浸透しているということだ。

「おまえの言いたいことはようわかった。だが、安易に流れてはならぬ。それだけは心得ておけ。よいな」

それだけ言うのが精いっぱいだった。定慶が理解したかどうか。

いや、彼だけではない。他の者たちはわかっているか。湛慶や他の息子たちは気づいているか。進むべき道、方向性は、好機にこそ慎重に考えねばならない。そのむずかしさがわたしひとりの背に重く覆《おお》いかぶさってくる。

その鬱屈《うっくつ》がつのると、無意識にそれを揺りもどそうとするのか、異常なほどの昂《たかぶ》りに襲われる。全身の血が駆けめぐり、ふつふつと沸き立つような興奮で、なんでもできそうな気になる。陽気に弟子たちに話しかけ、大声で笑い、青筋を立てて怒鳴りつける。絶えず気持が揺れる。落ち込みと高揚が交互にやってくる。

その自分でどうにもならない揺れが、わたしを足繁《しげ》くあやめの家へ通わせた。

「おや、また来たのかい。そんな暇じゃなかろうに、ご苦労さんなこった」

毒づくのもかまわず押し倒し、五十を過ぎたわが身の体力を越える激しさで攻めたてずにはいられない。汗みどろのからだを横たえ、荒れ狂う血が鎮《しず》まっていくのを待つしかないのだ。

「来るのも帰るのも面倒だ。おまえ、わしの家に住め」

「だって、百人近い大所帯なんだろ。汗臭い男どもの衣の洗濯やら飯炊《た》きなんざ、まっぴらごめんだよ」

渋るあやめを強引に引き取り、仏所の敷地内に離れを建てて住まわせた。周囲は棟梁がとち狂ったと呆《あき》れ、息子たちは、家に入れるならよりにもよってあんな下卑《げび》た女でなくとも、と舌打ちしたが、わたしはいっさい耳を貸さなかった。

「わしが何をしようが、おまえたちに文句を言われる筋合はない。気に入らないなら、そちらが出ていけ」

そんな暴言まで吐く始末に、皆は唖然《あぜん》と顔を見合わせ、あとは何も言わなくなった。

重源上人から思ってもみなかった話を持ちかけられたのはそんな折だった。

「どうじゃ運慶。そろそろ康慶の菩提所《ぼだいしょ》をつくっては？」

「菩提所？　それは、いつかはと考えておりますが」

父康慶の死後、地蔵菩薩像を造って形見とした。ささやかでも一堂を建てて一族の菩提寺とし、そこへ納めたいと考えたが、京に移転したばかりだったから経済的な余裕も気持の余裕もなかった。いまもまだ工房に安置してある。

「実は、八条院さまがわしの長年の労苦の褒美《ほうび》だと、八条高倉の土地を下賜《かし》してくださっての。そこではどうじゃな？　戴《いただ》いたところでわしは使いようがない。あのご聡明なお方のことだ。暗にそうせよとの思《おぼ》し召しなのじゃよ」

わが仏所のある八条一帯はもともと、日本一の大金持ち、日本一の大地主といわれる八条院の所領の一部である。その場所は、さる中流公家《くげ》に貸していたが家が絶えたとかで、ここ数年は空き地になっている。わたしのところからはほんの目と鼻の先だ。そこを無償で譲ってくれるというのである。しかも、八条院は自分から与えるより上人を通じてのほうが、わたしが遠慮せずに受け取れるとお考えなのだという。

お二方の厚情が身に染《し》みてありがたかった。

「しかしながら、あらためて考えますと」

たかが仏師風情《ふぜい》が私的な寺、いや、寺というほど大げさなものではないが、一堂を建てるのは身の程知らずがすぎる。そういう躊躇《ちゅうちょ》がある。世間はいい気になりおってと誹《そし》るであろう。

だが、最近の自分は地蔵菩薩像の前に落ち着いて坐《ざ》すことが絶えてなかった。父を思い、一門の今後を思い、おのれの内奥を見つめる、孤独で静かな時間を持つことを怠っている。亡《な》き父がお二方を通じて、そうせよと計らっている。そう思えてならなかった。

「ありがたく、まことにありがたく……」

わたしはぼろぼろと涙をこぼして平伏した。


だが、すぐに菩提所建設に手をつけることはできなかった。

それより先に、神護寺講堂の造像を完成させねばならない。

丈六の大日如来像に、半丈六金色金剛薩埵《さった》像、おなじく不動明王像。

――東寺講堂の羯磨《かつま》曼荼羅《まんだら》を模して造りたい。

それが文覚上人の念願だった。弘法大師の偉績を復活させ、荒廃しきったいまの世を立て直す。上人が半生を賭《か》けた復興事業の原点であり、これが最後に残った一つだ。

そのための費用はすでにいただいている。

（それを終わらせぬことには、先には進めぬ）

からだの内側からじりじりと炙《あぶ》りたてるような焦燥がそう命じている。

それから約一年の歳月をかけて完成させた三体を無事に安置した日、わたしは上覚の案内で、寺の裏手の山頂にひそかに葬《ほうむ》られている上人の墓を初めて詣《もう》でた。

「これで、上人御坊の魂が安らかに鎮まってくれればよいが」

上覚は教えられなければそれとは分からぬ一抱えほどの自然石をそっと撫《な》でながらつぶやき、わたしはそのために彫ってきたちいさな五輪塔を供えて掌《て》を合わせた。

見晴らしのいいそこからは、木々の合間に京の町が見下ろせた。靄《もや》にかすんで周囲の山々も見える。鍋底《なべぞこ》のようなその景色は、秋の空と白い雲の下、乾いた風が吹き抜けていく美しい光景であったが、わたしの目には、兵乱と、陰謀と裏切りの炎に焼かれて人々が逃げまどう灼熱《しゃくねつ》地獄に見えた。上人も、彼が呪詛《じゅそ》した相手の後鳥羽上皇も、その中で悶《もだ》え、悲鳴をあげて苦しむ人間だ。いや、わたしや上覚も、その中の一人だ。

「愚僧もできることなら、そろそろ歌の道に専念したいのだが」

上覚はちいさくかぶりを振った。彼は若いころから上人について荒行をしてきた密教僧ながら、すぐれた歌詠《よ》みであり、藤原俊成など勅撰集の撰者たちとも親交がある。かねて自家集を編みたいと望んでいるのだが、いまの寺はとてもそれが許される状況ではない。後鳥羽上皇が文覚上人の代わりに据えた座主とその一派が恣《ほしいまま》にふるまい、上覚をはじめとする上人派は圧迫されて、寺中で居場所を失いかけているのである。

「明恵にもどってきてくれと頼んでいるのだが」

寺には明恵を慕う若い僧たちが多い。まじめに学究したいという一途《いちず》な者たちだ。

明恵を中心に、華厳《けごん》教学を学ぶ静かな学問寺と密教の修行の場にしたい。上人もそれを強く望んでいた。再三帰山を促しているのに、明恵は紀州に帰ったきり、いまだもどってこようとしないというのである。派閥闘争に巻き込まれたくないのであろうが、真摯《しんし》で一途な分、容易に他者の考えを受け入れない、頑《かたく》なところが明恵にはある。

わたしには彼と上覚、どちらの気持もよくわかる。もしかすると明恵は、一度は断念した天竺《てんじく》行をまだ諦《あきら》めていないのかもしれない。

「わたしは明恵どのの華厳道場の本尊を造ると文覚上人にお約束しました。いずれかならずや、その時が来ましょうから」

なぐさめつつ、いまの自分はそれどころではないとの思いが強かった。朝廷の庇護《ひご》を失い、いまや厄介者になっているこの寺に、いつまでもかかずらってはいられない。それよりも、わが慶派の実力を世間にもっともっと認めさせ、院派と円派の追従を許さぬところまで引き上げねばならない。いまが勝負時だ。断じて負けるわけにはいかぬ。

そんなふうに思う自分の身勝手さと浅ましさを憎みつつ、しばらく距離を置けることを内心喜んでいた。

二

天が罰を与えたもうたか。それとも御仏のお諭《さと》しか。わたしは倒れた。何日か、何十日か、時間の感覚がないまま、眠りつづけた。指一本動かさず眠りつづけていた。

夢を見ていた。

いや、夢かどうかもわからない。遠い記憶、からだの奥底に埋もれ、それでも消えずにちろちろと熾火《おきび》のようにしぶとく燻《くすぶ》り、ふたたび炎となって噴き出す時を待っていた記憶の残滓《ざんし》。それが切れ切れに浮かんでは消えていった。

ふと目覚めて、そこがどこだかわからなかった。

――ここは、どこだ？

目玉だけ動かして見まわし、ようやく住み慣れた住房だと気づいた。寝床の中だ。

（そうか。わたしは倒れたのだな）

まだ霧がかかったままの頭でやっと思い出した。

夜がまだ明けぬ前、工房でひとり、刃物を研いでいた。清めのために開け放した小窓から、真冬の冷えきった外気がなだれ込んできていた。

仕事を始める前、かならず自分で研ぐ。鑿《のみ》、手槍鉋《てやりがんな》、切り出し小刀。一本一本、精魂こめて研ぐ。おのれを清める神聖な儀式だ。弟子たちは絶対に立ち入らせない。

――南無観音、なにとぞわが身に、わが手に、力を宿らせたまえ。

声には出さず祈ったそのとき、突然、頭の中で何かが爆発し、目の眩《くら》む閃光《せんこう》にあたりが真っ白になった。あっ、と思う間もなく、首のうしろに激痛が走り、手足が痺《しび》れて、そのまま、どうと横倒しに倒れ込んだ。憶《おぼ》えているのはそれだけだ。

(皆は仕事中か……?)

意識はまだはっきりしないのに、音だけは妙に鮮明に聞こえる。工房から伝わってくる鑿の音、往来を通る牛車の車輪の軋《きし》み。寝所の外の小庭でさえずる百舌鳥《もず》の声。けたたましく啼《な》き、葉の落ちた栴檀《せんだん》の枝をざわめかせて飛び立っていく。

眼をつぶって聴き入っていると、

「あら、やだ。この人ったら」

入ってきたあやめが蓮っ葉《はすっぱ》な声を上げた。からだを拭《ふ》き清める水の桶《おけ》をかたわらに置き、顔を覗《のぞ》き込んでいるらしい。眼を閉じたままでいると、

「今朝はまた、えらくむずかしい顔をしてるじゃないか。いやな夢でも見てるんかね

え。ねえ、そうなの？　あんた、返事しなよ」

わたしの頬を叩《たた》き、鼻の頭をつねった。

「おや、痛いのかい？　顔をしかめたよ。ふぅん、感覚はあるのかねえ。不思議だねえ」

話しかけているようで独りごとだ。

「あんたさあ、もういいかげんにおしよ。さっさとくたばっちまいなよ」

憎まれ口をたたきながら、帷子《かたびら》の前をはだけて陰茎をつまみあげた。

「こんなにしおれちまって、世話ないやね」

さもおかしげに、くくっと笑った。

あやめのやつ、わたしが倒れても出ていかなかったのか。下の世話まで買って出ているとみえて、息子たちも追い出せないでいるのであろう。息子の妻たちはふだんからわたしを怖れて近づかない。

「あんた、好き勝手にもう十分生きただろ。いいかげんに観念しなよ。仏さんに呆れられるよ」

まるで引導《いんどう》を渡すかに、場違いなほどのおごそかな声でのたまった。

「う、ううっ」

うめき声とともに目をこじ開けると、化粧っけのない女の顔が覗《のぞ》き込んでいた。

「おやまあ、気がついたんだね、あんた。わかるかい?」

あやめ。すまんな。そう言いたいのに、言葉が出てこない。

「みんな、このまま駄目だと思ってたんだよ。まさか目が醒《さ》めるとはねえ。驚いた。さすがに悪運強いよ、あんたって人は。憎まれ者世にはばかるって言うからね。あら、やだ。涙が出てきちまった。なんでかねえ。いやだねえ」

とめどなくまくしたてながら、わたしの手を握り、濡《ぬ》らした手拭《てぬぐ》いで丁寧に目やにを拭い取ってくれた。

「水を、くれ」

それだけ言うだけで息があがる。喉《のど》がひりついて苦しい。顔をしかめて胸に手をやろうともがいた。

「動いちゃ駄目。いま、湛慶さんたちを呼んでくるからね。じっとしてるんだよ」

あやめは衣の裾《すそ》が乱れて白いふくら脛《はぎ》があらわになるのもかまわず、一目散に飛び出していった。

目をつぶっていると、瞼《まぶた》の裏にほの明るさを感じる。頬になま温かい風を感じる。

(これは、夢ではない)

ようやく実感が湧《わ》いた。

どれほど眠っていたのか。いや、眠りだったのか。意識か夢か、いくつもの情景が流れている中をさまよっていただけのような気がする。

右手を上げてみようとして、愕然《がくぜん》とした。

ぴくりとも動かない。指先だけはかすかに曲げられる感覚があるが、それ以上はだめだ。握ろうとしても力が入らない。首をあげてみようにも、からだが床に縛りつけられてでもいるように身動きできない。

左手に意識を集中して握ってみた。こちらはかろうじて動くか。

呻《うめ》いた。顎《あご》を突き上げて、喉の奥から言葉にならない声をしぼり出した。

(死なせてくれ。こんなからだで生きるのはまっぴらだ。死なせてくれ)

成朝を思い出した。彼が倒れたときもこんな感じだったのか。一命をとりとめたのを、彼は喜んだか。それとも呪《のろ》ったか。

もどってきたあやめが鼻をつまらせた声音でささやきかけた。

「痩《や》せちまったねえ。もともと頬骨が突き出した猿面に奥目の金壺眼《かなつぼまなこ》だけど、それがますますぎょろついて、おっそろしく人相悪いよ、あんた。ねえ、怒りなよ。癇癪《かんしゃく》おこして怒鳴りちらしなよ。ねえったら。あんたらしくないじゃないか」

そこへどやどやと息子たちや弟子らがいっせいに駆け込んできた。

「棟梁っ。よう気がついてくだされた」

「まさに御仏のご加護だ。ありがたや」

「わしらにもっと仕事をせよとの思《おぼ》し召しなのだ。棟梁あってのわれら一門、いま死なれては困る」

興奮して言いたてる声が耳の中で反響し、頭が割れるように痛む。

「やかましい。仕事にもどれ」

それだけ言うのが精いっぱいだ。

わたしはふたたび意識を失った。

三

暗い。闇《やみ》の中だ。何も見えない。

女の肌を撫でている掌の感触だけ、はっきり感じる。胸からみぞおちへ滑り、わずかにふっくらした下腹をなぞって、ひんやりした尻《しり》へ。やわらかい内股、膝《ひざ》裏の窪《くぼ》み。

激しいまぐわいの後の汗と男女の精が入り混じったなまぐさい臭い、湿った褥《しとね》の感触。

目には見えなくとも、この掌とこの指がすべて知っている。かたちが思い描ける。皮膚の下のやわらかい肉づき、しなやかな筋肉、肌の温み。

ふと気づいた。

女は延寿だ。わたしを翻弄《ほんろう》した唯一《ゆいいつ》の女。わたしが愛した唯一の女。わたしを救った唯一の女。わたしの手でその姿を大日如来に写しとられた女だ。

そのたしかな感覚に安堵《あんど》の吐息をもらし、ふっと微笑《ほほえ》んだ。

「ほら、笑ったよ。見たかい？　湛慶さん」

あやめの甲高い声が夢をさえぎった。

「おやまあ、手がもぞもぞ動いてるよ。ひょっとしてまた目が醒めるんじゃないかね」

わたしの腕を持ち上げると、乱暴に叩いて耳元で叫んだ。

「ほら、起きなよ。目を醒ましなってば」

「親父《おやじ》さま、起きてくだされ。目を開けてくだされ」

野太い男の声がかぶさった。湛慶の声だ。

他の息子や弟子たちもいるらしい。口々に呼び立てている。

「棟梁。お気を確かになさってくだされ。棟梁！」

——うるさい。大声で騒ぎ立てるな。さっさと仕事にもどれ。

言おうとするのに、声が出ない。

闇の中で、女のかたちはいつのまにか冷たく硬い木の感触に変わっていた。

「兄者。これからどうするつもりだ。一門の者たちも動揺しておるし、親父さまにかわって指図してくれぬと仕事が進まぬ」

康運が兄に突っかかっている。常日頃から正妻の子というのを鼻にかけ、卑母の兄を馬鹿《ばか》にして何かと反発する。兄が父親の跡を継いで棟梁になるのがおもしろくないのはわかるが、わたしが湛慶を後継者に決めたのは才があるからだということがまだわかっていない。それは康運自身に才がないのを露呈していることもだ。

「兄者が指図できぬなら、わしらは好きにやらせてもらうぞ。棟梁でもない兄者に従わねばならぬ筋合はないからな」

「しかしそれでは、下の者に示しがつきませぬぞ」

三男の康弁がさすがに異を唱えたが、

「うるさい。文句があるやつは出ていけばいいのだ。なんなら破門にしてやるわ」

康運はなおも憎々しげに言い放った。

……ふっ、いいざまじゃ。

闇の中で冷たい声がわたしの胸を突き刺した。

……せがれどもも、しょせん自分のことしか考えておらぬ。おまえが死ぬのを待っておるわ。

(誰だ！)

……わからぬか。わしはおまえだ。名もなく終わった仏師だ。前世のおまえだ。

わたし自身の声だった。

……おまえがつくりたいものは何だ？　何がつくりたいのだ？

嘲《あざけ》りを含んだ声が訊《き》いた。

(きまっておるわ。美しい仏を、拝する人が心慄《ふる》わせる美しい仏の姿を、いきいきと力強く、全身に血が巡り、息づかいまで感じられる仏の姿を、この手で)

……美だと？　目に見えるものだけが美しいのか？　美しければいいのか？

(それは……)

こたえられずにいるわたしに、闇の声はなおも訊く。

……仏師は木彫り師か？　人も羨《うらや》む花形職人か？　位をいただく晴れがましいご身分か。

……おまえは何者だ。たまさか仏師の家に生まれ、たまさか手先が器用で、才に恵まれた。それだけの人間ではないか。おまえにとって、仏はどういう意味がある？

……ねえ、おとう。

別の声が響いた。幼い男児の声。湛慶がまだ幼い頃、熊王丸と呼ばれていた頃の声だ。

……おとうはどうして、仏さまを彫るの？

（それはな、熊王丸……）

何かこたえてやったはずなのに、思い出せない。

わたしはそのとき、何か大事なことを息子に伝えた。幼い息子に初めて本気で語った。それなのに、なぜ、思い出せぬ。

焦《じ》れていると、また、闇の中にけたたましく哄笑《こうしょう》する声が響き渡り、それにかぶさるように湛慶の声が聞こえてきた。

「親父さま、間もなく成朝どのの祥月《しょうつき》命日です。今年は十三回忌。どうしたらよいでしょうなぁ」

枕元《まくらもと》に坐した湛慶が思いあぐねたような声音でつぶやいている。

「菩提を弔うご妻女も跡を継ぐお子もなく亡くなられたので、ずっと親父さまが法事をしてこられたが」

自分たち兄弟が父の代わりにやるべきか、迷っているのだ。

「いまは親父がこんな状態なのだ。かまうものか。わしらがやらねばならぬ義理はない」

康運が尖《とが》った声音で兄を制した。

「それに、親父にしたって、成朝どのが死んでくれたおかげで南都仏師の正流の棟梁になれた。その負い目があるからこそ、菩提を弔ってきただけさ。けっして本心から弔う気があったわけじゃなかろう」

「何を言う。親父さまは成朝どのに恩義を感じておられるのだ。鎌倉とのつながりにしても、成朝どのが最初につけたおかげなのだ。ひいてはいまのわれらがこうして仕事に不自由しないのも、皆、成朝どのあってだ。それを忘れてはならぬ」

怒りを押し殺して諫《いさ》める湛慶に、

「成朝どのはいよいよこれからというときに病に倒れられたと聞きました。お気の毒な方だと思いますが、腕はよかったのですか？」

末子の運助が訊いた。成朝が死んだとき、五男の運賀と六男のこの運助はまだ幼児だったから、直接は知らないのである。

「まあ、下手ではなかったというところだ。鎌倉から帰ってきて、中途のまま放り投げていた興福寺の造仏をいやいやという体だったがやり終えた。落慶法要の褒賞で直系が無位のままではと周囲が僧綱位を申請して、法橋位を与えられたが、その直前、卒中で倒れたのだ。一命はとりとめたものの、半身不随で鑿を使えなくなった。荒れたなあ。あれはさすがに見ていて気の毒だった。仏師が鑿を持てなくなったら、それこそ死んだも同然だからな」

康運がめずらしく情のこもった声でこたえた。康運と母親の狭霧がわたしに命じられて成朝の看病と身のまわりの世話をしたから、思うところはあるのであろう。

「兄者、さっきはああ言ったが、十三回忌、わしらで手厚くやってやろうじゃないか。親父もそう望んでおるだろうから」

言うが早いか、康運はさっさと席を立った。

「へえ、あれで案外、いいとこあるじゃないか。ちょいと見直したよ。ねえ、そうだろ」

あやめがわたしの胸を軽く叩いて笑った。

枕元の話し声に意識が徐々にはっきりしてきた。

だが、目を開けようとすると、黒い靄《もや》のようなものがわたしのからだにのしかかってきた。

……あなた。

声ともつかぬ重くしゃがれた声、いや、想念が脳裏になだれ込んできた。

（こんどは、誰だ……）

……わたくしをお忘れか。ほれ、お聞きなされ。

「兄者、これからどうするつもりじゃ。親父さまがもとにもどるのはもう無理じゃろう。おそらくこのまま……」

康運がまた、声高に湛慶に詰め寄っている。

「縁起でもないことを申すな。倒れて昏睡《こんすい》になり、その後、何事もなかったかのように目覚めることがあると聞いた。棟梁もきっとそうなってくれる」

「しかし、倒れてからもうふた月にもなるぞ。わしらの母者は風邪をこじらせて死んだ。それまで病一つせず達者なものだったに、あっけない最期《さいご》だった。四人の子を産み、その上、この気難しい親父に仕えて、無理がたたったのだ。みんな親父のせいだ」

康運は憎々しげな声音で吐き捨てた。

「それにひきかえ、この人のしぶとさはどうだ」

その妻の亡霊がいま、わたしにのしかかり、勝ち誇った笑い声を上げている。

……あなた、いいざまですこと。どうです？　そろそろ観念なさっては。わたくしがお連れしますわ。わたくしはあなたの嫡妻《ちゃくさい》。あの世でも一緒です。あちらには成朝どのもおりますよ。あなたが来るのを心待ちにしていますわ。

（いや、まだだ。まだ逝《ゆ》くわけにはいかぬ。さっさと消え失《う》せろ。消えぬと……）

わたしは黒い影に向かって、意識だけで腕をふり上げた。狭霧は憎悪《ぞうお》の眼で見返すだけで、仕事にいきづまると、いつもこうして打ち据えた。

無言で耐えた。

だが、いまは、その姿はかき消すように見えなくなり、わたしの腕は虚《むな》しく空を掻《か》いた。闇の中にただ、彼女の哄笑だけが大きく響いている。

「あんたっ。しっかりおしよっ。ねえってば！」

あやめが金切り声で叫びながら、わたしのからだを乱暴に揺すぶりたてた。

「親父さま、どうなされた！」

「この人、急に呻いてもがきだしたんだ。まるで何か追い払おうとしているみたいだよ」

「恐ろしい夢でも見ておられるのか。親父さま、聞こえますか。湛慶です。お気を確かに」

「康運もおりますぞ。親父さま、聞こえているなら、返事をしてくだされ」

長男と次男が競うように両側から叫びたてた。

三男の康弁と四男の康勝もいるらしい。五男の運賀と六男の運助は工房にもどったか、気配がない。息子たちは母親が違うせいか、兄弟仲はかならずしもよくない。やむをえないことだが、それぞれの力量にも差があり、それが嫉妬《しっと》と確執を生む種にもなっている。

「お静かに」

康勝が兄たちをたしなめた。兄弟の中でいちばんおとなしく繊細だが、実はいちばん芯《しん》が強い男だ。

「おまえは黙っておれ。わしらはいまのうちに訊いておかねばならぬことがあるのじゃ。おまえのような気楽な身ではないわ」

康運ががなりたてた。

「ちょいと、康運さん、それじゃまるで、もうじき死ぬみたいじゃないか」

あやめが尖った声で抗議すると、

「うるさい。妾《めかけ》の分際で余計な口出しするな。さっさと出ていけ」

康運はあやめを無理やり引き立てた。

「兄者。無体をなさいますな。このおなごがひとりで親身に看病してくれているのをお忘れですか。兄者の妻女が代わりにやってくれるとでも？」

康勝の声は毒をふくんでいる。

「なんだと？　妻子も持たぬ半端者《はんぱもの》のくせに、ようも偉そうな」

「ふたりともやめろ。親父さまの前でみっともない諍《いさか》いをするな」

湛慶がいらだった声で叱りつけた。

「見ろ。涙を流しておられるぞ」

それでも、兄弟の諍いはとめどなくなり、あやめは呆れて、

「どっちもどっちだ。この人が聞こえてたら、あんたらみんな追ん出されるだろうよ」

床を蹴立《けた》てて出ていってしまった。

「言っとくけどね。親父さまは、頭は確かだよ。聞いていなさるよ」

しっかり脅していくのを忘れなかった。

四

倒れてから半年余、わたしはやっと床上げできるまでに回復した。季節は真冬から夏の暑さがようやくおさまる秋の半ばに移っていた。

からだじゅうの節々が硬くこわばってひどく痛むし、握力が落ちて鑿を握るのもままならないが、杖《つえ》をつけばどうにかこうにか歩けるようになり、食欲ももどった。

あやめに言わせれば、「死にぞこないの憎まれ者」だ。

「どこまで業《ごう》が深いんかね、あんたって人は。前世でよくよく未練を残して死んだんだろうよ」

「ああ、そうやもしれぬ。やり残したことがいまだに諦めきれぬのであろう」

夢想の中の声を思い出した。

わたしは前世も仏師であったか。生涯、像の腕や脚だけ彫らされ、ついに自分の作というものを残せず、無念のうちに死んでいった仏師やもしれぬ。その執着がわたしを生き返らせたか。あやめにからだを拭《ふ》いてもらいながらそんなことをぼんやり考えていると、知らず知らずに涙が湧いてくる。

あやめが柿《かき》を剝《む》いて口に入れてくれ、その甘さを舌に感じたとき、不意に、夢の中の熊王丸との会話を思い出した。

母親のいないあの子は、婆《ばあ》やに任せきりにされ、遊び相手もかまってくれる人もおらず、工房の裏庭でひとり遊んでいるのが常だった。五歳か六歳だったか、泥をこねて遊んでいた彼がたまたま通りがかったわたしに、声をかけたのだった。

――おとうはどうして、仏さまを彫るの？

工房の誰かになにか言われたのか、それとも、わたしからしょっちゅう、おまえも仏師になるのだと言われて、幼いながらにいろいろ考えあぐねたか、思いつめたような目の色だった。

あらためて考えたこともないことをいきなり訊かれ、わたしは虚を衝《つ》かれた。たじろいだというより、何を面倒なことを、という気持だった。だが、息子の孤独な姿が急に哀れになり、そのまま立ち去れなかった。

「熊王丸よ、それはな。木が仏さまになりたがっているからだ」

わたしは子を抱き上げ、日当たりの悪い狭苦しい空き地に一本だけある、ひねこびた柿の木の幹を撫でさせながらこたえた。

「この木もそうだ。木の中にはな、誰かの役に立ちたい、誰かのために生きたいと願う気持が隠れているのだ。それを仏性《ぶっしょう》といって、仏さまの種みたいなものだよ」

「仏性？　仏さまの種？」

「いや、木だけではない。草にも、泥にも、鉛や鉄くずにも、むろん、鳥や獣にも、そういう心があるのだ」

「人間じゃないのに、心があるの？」

「ああ、そうだ。たとえば、この柿の木は毎年秋になると、少しだけだが実をつける。ああ、おまえも去年、食べたな。わしらだけでなく、鳥もやってきてついばむ。狸《たぬき》やイタチも来て食う。この木はな、それを喜ぶのだ。子孫を残すための大事な果実を盗《と》られたのに、嬉《うれ》しいのか？　そうだ。おかしいか。だけどもな、それで他の生きものの餓《う》えを癒《いや》してやれる。命をつないでやれる。木はそう思って喜ぶのだ。それは仏さまとおなじ心なのだ」

「だから、木を彫れば、仏さまが出てくるの？　だから、おとうは彫るの？」

「ああ、そのとおりだ。だが、おとうだけではないぞ。たとえば、おまえはいま、泥をこねて山や建物をこしらえていただろう？　それをな、仏さまのために、仏さまを讃《たた》えるために、心から喜んで塔や仏さまのお姿をこしらえれば、それがもう仏さまに近づける道なのだ。お経を読んだり、花や香を捧《ささ》げて供養《くよう》するのとおなじことになるのだよ。いや、木や土だけではない。石に刻んだり、絵に描いたり、銅で鋳造するのでも、布に織ってでもいい。なんでもいいと、『法華経』というありがたいお経に書いてあるのだ。そうやって自分の穢《けが》れた心を清め、素直に祈る心を持てということだ。仏さまはそれを喜ばれるのだよ。わしら仏師はそのための手伝いをする」

「仏さまが喜んでくださるの？　誉《ほ》めてくださるの？　じゃあ、仏師っていいことをしているんだね」

幼子は満面の笑みを浮かべ、父の胸の中でちいさな掌を合わせてみせた。

愛《いと》おしさに胸がしめつけられ、わたしも笑いかけながら言葉を継いだ。

「わしらだけではない。わしらに仏さまを造らせる人も功徳《くどく》を積める。それを拝んで祈る人が救われ、その人が誰か他人や多くの人や世の中のために祈れば、功徳を積むことができるからだ。自分のためだけでなく、他者のために祈り、人のために善いことをして生きようとする。仏さまにつながるというのは、そういうことなのだ」

「でも、仏さまって、ほんとは見えないんじゃないの？　だっておいら、見たことないし、だから、わかんない……」

消え入りそうな声で言うのだ。

「そうだな。仏さまのお姿も、仏さまがおられる世界も、目には見えぬ。誰だってそうだよ。お坊さまの話を聞いても、なかなか想像できやしない。それを信じろというのが無理だよな。だからなのだ。だから、わしらが目に見えるようにする。それが仏師の役目なのだ」

（ああ、そうだった。わたしはそう言ったのだった）

――なぜ仏の像を彫るのか。仏の世界をつくるのか。仏師とはどういう存在なのか。たかが幼児相手だからと、その場しのぎのいいかげんなことを言ったのではない。その頃のわたしが真剣に考えていたことだ。挫折《ざせつ》しておのれの進むべき道を見失い、苦しみと絶望にのたうちまわっていたときも、その思いだけはけっして揺らぎはしなかった。

それなのに、いつしか忘れてしまっていた。ずっと考えなかった。自分自身に問いかけることすら忘れていた。なんという愚かさか。

「おや、また泣いてるのかい。なんだか妙に涙もろくなったじゃないか。それともなんかね。いままでの自分を悔いてでもいるんかい？」

あやめの憎まれ口を怒りもせず、あいまいにうなずくわたしを、皆、気味悪がった。

「棟梁は人が変わったようじゃ」

「もう造仏はできぬのかもしれぬな。となれば？」

互いに顔を見合わせ、ちらちらと湛慶と康運を見比べ、どちらにつくのが得か、計算している。

「吉日を選んで、皆で地蔵十輪院《じぞうじゅうりんいん》に参るぞ」

床上げの日、息子らを呼んで命じた。

重源上人から給わった土地に建てた一門の菩提所は、地蔵十輪院と名づけた。奈良にいた当時から、わが一族の墓は興福寺から南方に下った元興寺にほど近い十輪院にあり、地蔵菩薩を信仰していた。父の菩提を弔うために地蔵像を造ったのもそのためだし、この京に造る新堂もその名がふさわしい。わたしの病臥《びょうが》中に建設が進められ、完成したばかりだ。皆、わたしの葬式をそこから出すことになるやもしれぬと考えていたに違いない。

「快気祝いの代わりに、重源上人と先代の供養をおこなう。奈良にも知らせよ」

重源上人が亡くなったことは、つい先日、湛慶から知らされた。享年《きょうねん》八十六。東大寺復興事業の掉尾《とうび》を飾る東塔はまだ工事半ばで、その完成を見届けるまではと執念を燃やしておられたが、ついに果たせずじまいだった。

数日後、門弟と息子らが担《かつ》ぐ手輿《たごし》に乗せられ、新造の堂に向かった。わずか数町の距離なのに、まるで千万の隘路《あいろ》を行くような苦痛に襲われたが、わたしは奥歯をきつく嚙《か》みしめて背筋を伸ばして坐《すわ》りつづけた。

木の香も新しい堂は二間四方の小さなものだが、用材は東大寺の余材を重源上人が特別のはからいで下してくれた。幅も寸法もばらばらな端材《はざい》ばかりだが、中には南大門でわたしが強引に願って改造した際、使えなくなった廃材も含まれており、ひとしお感慨深かった。

内部にはすでに地蔵菩薩像が安置されており、心なしか、ようやく在るべき場所を得て満足しておられるように見えた。

(ほんに、お久しゅうございます。生かしてくだすったおかげで、こうして拝することができます)

倒れる前は多忙を理由に落ち着いて拝するのを怠っていた。

慢心を気づかせるために、死線をさまよわせ、あの闇の中でさまざまな声となって迫りたもうたのだとも思う。

重源上人の高弟が法要の導師をつとめてくれることになり、快慶も定覚とともにかけつけてくれた。

法要の後、快慶から思いがけない話を聞かされた。

「上人さまはこの快慶に、臨終仏を造らせてくださいました。上人さまはわが師。ひとかたならぬ御恩に報いることができました」

むろん浄土へ導いてくださる阿弥陀如来像である。

あとで定覚にあらためて尋ねると、像高およそ三尺三寸（一メートル弱）の立像で、衣を飾る截金《きりかね》文様の仕上げこそまだだが、快慶特有の金泥《きんでい》塗りの秀作だという。

「遣迎院《けんごういん》のお像のかたちをふまえた、いかにも快慶どのらしい端正なお姿です。これまでのお上人さまと快慶どのの関係の深さを思えば、快慶どのが心をこめて造られたのは当然でしょうが、崇敬する師の極楽往生のためにみずから造仏できるのは、まさに冥加《みょうが》でありましょうな」

心底羨ましそうな顔に、わたしはあることを思いついた。

「われらとて、お上人さまにはひとかたならぬ恩義がある。肖像をお造りして東大寺にお納めすることにしようぞ」

「重源さまのお姿を写すので？」

定覚はひどくとまどった顔をした。

無理もない。上人の老いさらばえて痩《や》せこけた貧弱な姿を写して、見る者に追慕と崇敬の念を起こさせることができるか。

「ありのままのお姿を写す。生きた重源さまと向かい合っている気になるお像にする」

「それに、兄者。そのからだで……」

心根の細やかな定覚は言いよどんだ。彫るのは無理だ。誰がどう考えてもそう思う。

だが、わたしは強くかぶりを振った。

「何年かかろうが、わしが自分で彫る。上人さまと語り合いながら彫る」

それは、ここまでの仕事の締めくくりの区切りであり、これからの仕事への出発点である。そして、いままでの自分との決別であり、これからの自分への模索でもある。

「むろん、定覚、おまえたち上人さまの恩顧に与《あずか》った者たちには、一鑿《ひとのみ》ずつでも加わってもらう。それでよいな」

「棟梁がそうまでおっしゃるなら。ええ、ええ、皆も喜びましょう」

うなずいた弟の目には、うっすらと涙がにじんでいた。

翌日からさっそく番匠に木組をさせ、荒彫りまでを湛慶にやらせて、わたしは文字どおり、力をふりしぼって上人像を彫る作業にとりかかった。

あえて下絵は描かず、記憶の中の上人の姿を頭の中に思い描き、それを頼りに、直《じか》に彫る。異例の制作法だが、これは儀軌の定型を外せない仏像ではない。大胆に、心が命じるままやるほうがいい。嗅覚《きゅうかく》のようなものがそう判断させた。

だが、思うように動かぬ手指、力の入らぬ腕がその思いを邪魔する。強く握っているのに、すぐぽろりと手から落ちる鑿と槌《つち》を布切れで括《くく》りつけ、歯を食いしばり、額から汗をしたたらせて、一鑿一鑿、刻むように彫る。

しかし、ほんの四半時もすると足腰と首に激痛が走り、やがて感覚がなくなる。坐っていられずそのまま横倒しに倒れて寝所に担《かつ》ぎ込まれるありさまに、あやめは息子たちを罵倒《ばとう》した。

「あんたら、親父さまを殺す気か。そろいもそろって親不孝なこった」

「黙れ。棟梁が一度言い出したら、誰の言うことも聞かぬ。でしゃばるなら出ていけ」

「親父さまは死んでもいいと覚悟していなさるのだ。これは死ぬか生きるかの戦いなのだよ」

「わしらとて、見ているのはつらい。だが、このすさまじい気迫を見ると震えがくる。仏師の魂を見せられる気がする」

それぞれがそれぞれの受け止め方で、わたしのやることをじっと見つめている。

だが、すぐに限界がきた。気力にからだがついていかない。

「康勝、手伝ってくれ」

やむなく四男に命じた。彼がたまたま仕事の端境で手が空いていたのと、それよりなにより、この息子が定型に頼るだけではない自分なりの独創の才があり、観察眼が誰よりも鋭いことをかねて気づいていたからだ。

「それがいずれ、おまえの糧《かて》になる」

どんな定型も間違いなくこなせる技術はむろん大事だが、そのうえで、自分にしかできない得意分野がこれからは必要になる。六人の息子たちがそれぞれ専門分野を持てば、一門の仕事はもっともっと広がりができる。

「わしの手になれ。わしの眼になりきれ」

重源上人は最晩年、みずからの行跡を書き記して『南無阿弥陀仏作善集《なむあみだぶつさぜんしゅう》』という文集にまとめた。わたしも読ませてもらったが、若い頃の四国札所巡礼を皮切りに、大峰、熊野、葛城《かつらぎ》・金剛山《こんごうさん》系、信濃御嶽山《おんたけさん》、さらには奥州や九州の霊山や行場を遍歴しての修験行、その後の三度におよぶ宋国遊学、五台山《ごだいさん》の聖地巡礼などなど、実に克明に記されていて、これまで知らなかった波乱万丈な半生に驚嘆させられた。

東大寺再建の大勧進職を引き受けたときすでに六十一歳。常人ならとうに隠居遁世《とんせい》を考える年齢なのに、果敢に引き受け、それから実に二十五年の長きにわたってその情熱が衰えることはなかった。

だが、わたしはいつだったか上人から聞いたことがある。どうにもこうにも嫌気がさして、すべて放り出して逃げたことがあるというのだ。誰にも告げず一人きりで突然、行方をくらました。用材、資金、人手、何もかもが不足してにっちもさっちもいかなかった頃のことで、そのままどこぞ人に見つからぬ山中に隠れ住もうと思いつめたのだという。

驚いたわたしが、どうしてもどったのかと訊くと、上人は、さてなぁ、と照れくさげな笑いを浮かべただけだった。さぞかし激しい葛藤《かっとう》があったのであろうと推察したが、意志の塊のような上人の意外な人間味、人間的な弱さがわたしには好ましかった。

おのれの弱さを知らぬ者は強くなれぬ。そう教えられた気がした。

老獪《ろうかい》さと強引さに翻弄《ほんろう》されもしたが、ついてこられたのは、そういう人間味があったからだ。

「ありのままの上人さまを写すというのは、そういう意味だ。ただ写実的に造るという意味ではない」

康勝にもそう話した。

「むやみに美化して神格化せず、上人さまの人間らしさを表現する。内面の葛藤をもかたちにする。そのほうがご本人は喜ばれるであろう。さりとて、こういってはなんだが、痩せさらばえて猫背の貧相なありのままのお姿では、人々に慕われ、絶大な統率力を発揮して、復興事業をほぼ完遂した傑僧にはとても見えない。それをどうするかだ」

衣は襞《ひだ》をたっぷりとり、うねるような動きを出すことで、貧弱なからだを豊かに見せる。胸前で数珠《じゅず》をまさぐる両腕は思い切って胸から離し、空間を広げて全体に大きさを出し、存在感を表現する。丸まった背は首を前に突き出させることで目立たなくさせると同時に、前のめりの情熱と気骨を表わし、ぐいと顔を上げて正面を見据えさせる。人を説得しようとする時の上人はよくこんなふうだった。

顎の尖った面長の顔はありのままでいい。額に刻まれた横皺《じわ》、への字に引き結んだ口、突き出た頬骨、こけた頬、左右大きさの違う落ち窪んだ双眸《そうぼう》、上瞼《うわまぶた》は垂れ、下瞼もたるんでいる。そこだけ別人のようにたっぷりと肉づきのいい大きな耳は、生来のたくましい生命力のあらわれだ。

彫りながら何度も、上人の声を聞いた気がした。

――なかなか面白い一生だったわい。辛苦も過ぎてしまえば、ただただなつかしいものじゃて。

(それはようございました。このお像を拝するたびに、いまのお言葉を思い出すといたしましょう)

完成した像を上人の住房だった俊乗房にお納めすると、ゆかりの人々は皆、涙を流して喜んでくれた。

「このお像を前にすると、上人様に叱咤《しった》激励される心地がします。なんとしても東塔を無事に完成させませんとこっぴどく叱《しか》られますな」

その塔に安置する諸像は湛慶に制作させる、そう上人と約束している。

五

承元《じょうげん》二年(一二〇八)十二月十七日、待ちに待った興福寺北円堂の造仏始《はじめ》の儀がおこなわれた。

わたしはこの仕事にかかわる息子らと一門の仏師たちを引き連れ、御衣木加持《みそぎかじ》をとりしきる僧侶《そうりょ》や、興福寺の檀越《だんおつ》である藤原氏の現在の氏上《うじのかみ》・関白近衛家実《いえざね》卿の家司らとともに、前日、奈良へ下向した。

儀式は、小雪が舞う中、北円堂の前に仮屋を建てておこなわれた。前庭に筵《むしろ》を敷いて御衣木が積み上げられている。

わたしを惣大仏師《そうだいぶっし》とする十一人は、近衛家から拝領した白絹の浄衣を着用して儀式に臨んだ。補佐の仏師五名にもそれぞれ麻布が支給され、それで仕立てた浄衣を着用している。

そのまるで葬列のような白い列を眺め、わたしは焼討の夜のことを思い出さずにいられなかった。あの夜、この興福寺はほとんどの堂宇が壊滅した。あの夜も小雪がちらつく寒い日だった。粉雪が巻き上がる炎に溶かされ、火の粉と混じりあってきらめき輝いていたあの光景は、いまも脳裏に焼きついている。

以来、三十年近い歳月をかけて金堂、東金堂、西金堂と一つずつ再建と造仏が進められ、最後に残ったのがこの北円堂だ。堂の建設もこれから造仏と並行して進められる。そちらは寺僧の専心《せんしん》が勧進役になり、寄進を募って建立する。われらは御衣木を京の仏所に運び、そこで制作する。

以前の北円堂は、小堂ながら、飛鳥時代から奈良時代の初頭に、持統、文武、元明、元正と四代の朝廷に仕えて、藤原氏の繁栄の基を築きあげた偉大な宰相、藤原不比等《ふひと》の追福のために創建された由緒《ゆいしょ》ある堂だった。今回の再建も創建時の建物をほぼそのまま踏襲し、像も往時の像容をできるかぎり再現することになっている。

中尊は半丈六の弥勒《みろく》仏坐像。それに、法苑林《ほうおんりん》菩薩と大妙相《だいみょうそう》菩薩の両脇侍。法相思想の大研究者である天竺《てんじく》国の無著《むじゃく》と世親《せしん》兄弟の二体、さらに、四天王。弥勒像以外はそれぞれ六尺。合わせて九体。それをすべてわが一門が造る。

中尊像は、わたしの他に古参の源慶と静慶、二名の大仏師が担当し、あとの八体はそれぞれ一人の仏師に受け持たせる。両脇侍は中堅の実力のある者にやらせ、息子六人のうち、上の四人には四天王をやらせる。いちばん格の高い東方持国天は湛慶、以下、南方増長天、西方広目天、北方多聞天は兄弟順に康運、康弁、康勝にやらせる。全員、四天王制作はすでに何度か経験があるから、下絵を与えて指示するだけで、あとは任せる。切磋琢磨《せっさたくま》してまとまりある一組を造れと命じた。

僧体の無著と世親の像は、思いきって下のふたり、運賀と運助にやらせることにした。どちらも二十歳になるやならずでやっと一人前になったところだが、伸び盛りで、なんでも素直に吸収する。厳格な決まり事がある如来像や菩薩像、明王像や神将像で基本を叩《たた》き込むのが定法だが、それより自由な表現ができるものをやらせてみて、資質を見極める。それが狙《ねら》いである。むろんわたしがつきっきりで指導する。

わたしがいまひとつどういう像にするか決めかねているのは、肝心の弥勒仏だ。

弥勒は五十六億七千万年後にこの娑婆《しゃば》世界に下生《げしょう》して衆生を救ってくださるとされ

る未来仏である。いまはまだ菩薩で、兜率天《とそつてん》におられ、どうやって衆生を救うか思索しておられるという。

奈良時代の北円堂の弥勒像は、晴れて仏になってこの世に出現したもう た姿をあらわしていた。右手は掌《てのひら》を前に向けて胸の横に立てる施無畏印《せむいいん》、左手は掌を上に向けて膝上に置く与願印《よがんいん》。衆生の畏怖を取り除いて安心させて救済し、切なる願いを叶《かな》えてやろうとの意思表示であり、強い決意である。新たに造るお像もその印相を踏襲する。そこまではすでに決まっている。

だが、問題は眼だ。往時の像は玉眼ではなく彫眼だった。今回はどうするか。実はまだ心を決めかねている。

われら慶派は、玉眼によって生きた人間を思わせる現実的な存在感を表わすのに成功した。そう自負しているし、世間も認めるところだが、では、古風な彫眼でいまの時代に合った造形、玉眼を見慣れたいまの人々に訴えかける像はできないのか。

南大門の二王像を模索していたとき、あやめが言った言葉がまだわたしの中で引っかかっている。

――仏は人間ではないからありがたい。

考えてもみなかった言葉だった。それまでのわたしは、より人間に近い現実感を追い求めてきた。血肉を持ち、息をしているお像、体温のあるお像、生きているお像だ。だが、それがいき過ぎると、仏菩薩が人を越えた存在であることを見失う。あやめが言ったのはそういう意味だ。心で想像することを忘れ、目に見えるわかりやすさだけを求めるようになる。それは仏を人間になぞらえて貶《おとし》めることにもなりかねない。

仏菩薩や仏の教えは本来、形のないものである。それを目に見える形にしたのが仏像だ。しかし、いま一度、本来の仏のありようにたち返るべきではないか。しきりにそんなことを考えるようになったのは、わたしが大病して死の淵《ふち》をさまよったせいか、人の生のはかなさを身をもって知ったせいか。

もう無理だと何度も諦《あきら》めかけたところから、こうして復活できるまでになった。その間、仏師というもののありかたを真剣に考えた。

これまで夢中でつっ走ってきて、その過程で何かを置き去りにしてきたのではないか。美しいものをつくりたいとこだわるあまり、切なる祈りの対象であることを忘れていなかったか。仏の像は彫刻ではない。かたちではない。そこに込められた思いそのものだ。その原点をないがしろにしては、仏師はただの木彫り師に堕す。

くり返し考えた。それがわたしを根底から変えたという気がしている。

今回の弥勒像はいわば、わたし自身がそれを示すものだ。これからの仏師運慶を示すものなのだ。

（玉眼でいくか、それとも、あえて彫眼でやってみるか）

迷えるだけ迷え。考えつくせ。念じよ。心がそう教えている。

儀式が終わった後、わたしは仏師たちを先に仏所に帰し、ひとりで阿修羅像に会いに行った。

久しぶりに見る阿修羅は、むかしと変わらぬ姿で立っていた。初々しい少年の顔、しなやかな肢体、乾漆像独特のやわらかな肉づき。焼討の夜、この像を横抱きにかかえて堂から運び出した。そのとき、ふと人肌の温みを感じたのは、燃え崩れて地面に散乱した木切やくすぶる草木の熱のせいだろうが、あれがわたしにとって円成寺のお像とともに原点だったといまさらながら思う。

――硬い木彫で、乾漆像とおなじ、肉のやわらかみと、血の温みを表現したい。

あのとき、強くそう思った。

しかし、いまあらためて見れば、天平期の乾漆像はどれも、写実的でありながら、あきらかに人間とは違う雰囲気がある。人のかたちであっても、人ではない。その大きな理由はやはり、眼だ。天平仏の彫眼は人であることを否定している。

あえて玉眼を捨ててそれに倣うべきか。

思いあぐねたままわたしはその足で南円堂に行き、顔馴染《かおなじみ》の寺僧に頼んで内陣に入れてもらった。ここにある諸仏、中尊の不空羂索《ふくうけんじゃく》観音像、法相六祖像、それに四天王像はすべて、父康慶が一門を率いて制作したものだが、わたしはその頃、東国に下っていてたずさわれなかった。

ここへ来たのは、父が造った不空羂索観音像を見るためだ。父の代表作で、父自身、会心の作と言っていた。

薄暗い堂内で蠟燭《ろうそく》の火を受けて光る、大きく見開かれた玉眼、たっぷりと豊かな顔容も体軀《たいく》も、精気に満ちて力強く、当時の父はすでにいまのわたしより年がいっていたのに、いま見ても驚くほど若々しい。父自身いちばん脂《あぶら》が乗り切っていたときだったのと、当時の世間の気風がそういうものを求めていたからだと、あらためて思う。

だが、いま見ると、どこか違和感がある。それがきっと「時代の空気」というやつだ。この像の頃といまとでは、それが変わってきているせいだ。

（たかが数十年なのに、こうも変わるものか）

戦乱に災害と大飢饉《ききん》、その後の平穏。破壊と復興。めまぐるしく世の中が移り変わり、人々は絶望にのたうち、その中から必死に立ち上がってきた。自分自身をふくめて、人々の気持もそれにつれて変わった。そしていま、ふたたび苦しみの時がめぐってくるのではないかと不安に怯《おび》えている。

その現実を置き去りにしては意味がない。しきりにそう思った。

翌日、京にもどると、さっそく源慶と静慶に弥勒仏の下絵を見せた。あれから必死に考え、帰路も歩きながら頭の中で思い描いては消し、消してはまた思い描いた。

「これはまた、これまでの棟梁の作風とはまったく違いますな」

「しかも、お顔はずいぶんと厳しい……」

ふたりはとまどった顔でたがいに見交わしたが、さすがは長年ともにやってきた古参だけのことはある。すぐにわたしの意図をのみ込んだ。

「新しい試みというわけですな。いままでにないものに挑戦する」

「ああ、そうだ。眼は彫眼でいく。くっきり刻むことで強いまなざしにする。静謐《せいひつ》でありながら厳しさを感じさせるお顔にしたい」

それがわたしの出した結論だ。

「いまはすでに兵乱の頃とは違う。平和な世になったが、しかし、いつまた乱れるか。人は驕《おご》り、欲に翻弄されて暴走する。それが人の世の定めだからこそ、おのれの内奥を厳しく見つめることを忘れてはならぬのだ。それを思い起こさせてくださる御仏に

する」

「楽な仕事ではありませんな。それに、御衣木もいつもとは違いますし」

今回はすべて興福寺領の杣山《そまやま》で産したカツラ材を使う。ヒノキ材がどうしても入手できなかったためだが、われらにとっては頭を抱える大問題だ。

いままでほとんどヒノキを使ってきた。絹のような手触り、すべらかさ、光沢、白い木肌の清らかさ。しかも、粘りと脂気があり、摩擦して火を起こせるため、はるか太古の時代から貴重なものとされ、火の神聖と清浄性をあらわすものとして崇《あが》められていた。木彫像にまさに最適の素材なのだ。

さらに、針葉樹ゆえのまっすぐな木目は、楔《くさび》を入れると木目にそってきれいに割れる。長く縦引きできる鋸《のこぎり》はないから、加工のしやすさは何よりありがたい。ことに木曾は気候が厳しくて土が瘦せた土地柄だからこそ、いい檜《ひのき》が育つ。

しかし東大寺・神護寺・東寺とたてつづけの再建事業に、木曾産はもとより、諸国どこを探しても建築材となる檜はもはや底を突いてしまっているのが実状で、重源上人も用材確保にひどく苦渋した。勧進の労苦の大半はそれだったといっても過言ではない。朝廷の庇護《ひご》と庶民の寄進を募れる大寺でさえそうなのだから、由緒ただしいとはいえ、名分は藤原氏の私寺にすぎないこの興福寺では、今回は断念せざるをえなかった。

一方の桂は、水分の多い肥沃《ひよく》な土地を好み、渓流沿いなどによく生える落葉樹で、新緑がひときわ美しい木である。表皮に近い部分は黄白色、芯《しん》は褐色。木目は通直で節も少ない上、軽軟で狂いが少ないので、建築材、家具指物、漆器の木地、それに琵琶の胴、寄木細工や木象嵌《もくぞうがん》と、むかしから多様に重宝され、造仏にも多くはないが用いられてきた。

つまり、彫刻材として扱いにくい木ではないのだが、ただ、今回の材に変な癖がないか。うまく扱えるか。手探りで試行錯誤していくしかない。

「まあ、その分、やり甲斐《がい》があるというものですわな」

ふたりは頼もしいことを言い、わたしを安堵《あんど》させてくれた。

六

翌年八月、北円堂の造仏にかかりきりの最中、冷泉局から使いがやってきた。

「如意どのとの養子縁組を解消し、譲渡した荘園の返還を求めます」

「どういうことでしょうか。娘が何か不始末でも？」

「不始末もなにも、突然邸を出て、それきり行方知れず。まさかこちらで匿《かくま》っておられるのではありますまいな。もしもそういうことならば、こちらは検非違使《けびいし》に訴えて是非をただす所存でありますぞ」

大層な剣幕である。

詳しく訊《き》けば、数日前の明け方、局宛《つぼねあ》てに、いままで世話になった礼と黙って出ていく詫《わ》びをつづった書状を残して、侍女も連れずひとりで姿を消してしまったのだという。

それからすると、誘拐《かどわかし》とか駆け落ちというのではなさそうだが、しっかり者の如意にしてはどう考えても妙だ。冷泉局の養女になって十一年。いつまでたっても婿《むこ》を迎えようとせず、局が気をもんでいると聞いたが、それ以外はよく仕えて家政をとりしきるまで信頼されているし、あの娘のことだから選り好みしているのであろうと簡単に考えていた。

娘に何があったのか。こんな思い切ったことをしでかすからには、よほどせっぱつまった事情なのだろうが、誰か相談できる人はいたのか。どこに行ってしまったのか。

その夜はさすがに眠れなかった。娘の姿を思い浮かべようにも、なぜか後ろ姿しか浮かばない。

（如意よ）

声をかけると、ゆっくりふり返ろうとする気配はあるのに、顔を見せないまま消えてしまう。

だが、翌日、如意はもどってきた。定覚と一緒だった。

「おまえたち……。定覚、一体どういうことだ」

「父上、どうか叔父さまをお怒りにならないでください。悪いのはわたくしです」

如意はさすがにやつれが目立つが、その眼は強い光を放ち、頬も燃えている。ときおり、唇をきつく噛みしめながら言うには、如意が奈良の定覚のもとに飛び込んでいったのだという。

小さい頃から、叔父を慕っていた。父親は息子らの名も忘れるほど仕事しか頭になく、母親も亡《な》くなって、家のやりくりはすべて自分の肩にかかった。何くれと気にかけてくれたのは、兄たちではなく叔父だった。京と奈良と離れ離れになってからも、頼りにした。定覚には妻も子もあったから、むろん男として意識していたわけではない。だから、養女になる話がもちあがったとき、初めて自分の気持に気づいたが、きっぱり諦めるために受けた。そうするのが自分のためにも、父のためにもなる。それしか想いを断ち切るすべがなかった。

だが、数年前、定覚は妻に先立たれ、以来、気力を失ってしまった。息子はすでに一人前の仏師になって所帯を持ち、家を出ている。下女が身のまわりの世話をしてくれるとはいえ、独り身のわびしさはいかばかりか。そう考えるといたたまれなかった。これ以上、自分を偽ることはできなかった。

「罰はいかようにも受けます。勘当してください」

毅然《きぜん》と顎を上げて言った如意の髪に白い筋が混じっていた。三十歳を目前にして、すでに老いの影が忍び寄ってきている。結婚を拒みつづけ、子をもつことも諦めた女だ。そのうえ、父子の縁まで棄てようというのか。

「黙れっ。許さぬぞ」

「それがしも破門していただきます。仏師を辞めます」

定覚は、静かにほほ笑んで言った。

「奈良を離れて、どこか田舎で日雇いの賃仕事をもらって暮らすことにいたします。仏師しかやってこなかった自分に何ができるかわかりませんが、なに、如意とふたり、どうやってでも生きていきます」

晴れ晴れと顔を見合わせるふたりに、もう言うべき言葉はなかった。

ただ、ではこれで、と出ていこうとするふたりの背に向って独り言のようにつぶやいた。

「田舎に行くと、古仏が破損したまま放置されていると聞く。それを修復して生き返らせるのは、仏師にしかやれぬ役目だ。道々の辻堂《つじどう》や祠《ほこら》に旅人や里人を守る神仏のお像をこしらえるのも、仏師の大事な仕事だ」

むかし鎌倉で、わたしに反抗して出奔した仏師がいた。その後彼は各地をそうやって放浪していたという。いまも生きているか、それともどこぞでのたれ死んだか、消息はいっさい不明だ。そのときは哀れとしか思えなかったが、いまになれば、そういう生き方もあるのだと思う。名を成すだけが仏師の成功ではない。

「もしもだが、もしも、子ができて、男だったら、ここへ送ってこい。わしが仏師にしてやる」

だが、如意はふり返らないまま、こたえた。

「いいえ。仏師は、才能があってもなくてもつらい仕事。父上やこの人や、兄弟たちを見ていて、つくづくそう思い知らされました。わが子にはそんな思いはさせたくない。仏師にはさせません。ふつうの生きかたをさせます」

ふたりの肩が嗚咽《おえつ》に揺れるのを、わたしはもう見ていなかった。

七

興福寺北円堂の九体の像がようやく完成にこぎつけた建暦《けんりやく》二年（一二一二）二月五日、発願文と納入品を中尊弥勒仏の胎内に納めた。

堂の勧進役の専心が、像の頭の部分に、掌《てのひら》に載るほどの小さな厨子《ずし》に入れた白檀弥勒菩薩立像と願文、それに宝篋印陀羅尼経《ほうきょういんだらにきょう》の巻子《かんす》を納め、胸のちょうど心臓のあたりには水晶珠の心月輪《しんがちりん》を納めた。白檀像は唐招提寺に伝わった仏舎利を専心が拝受し、首のあたりに彫りこめて所持していたもので、仏となる前の菩薩たる弥勒である。心月輪は未来仏である弥勒の心臓であり、命であり、魂であり、心である。

願文の内容にわたしは胸を熱くした。

――父母やこの弥勒仏に結縁した多くの衆生が、やがて弥勒仏がこの世に下生する時、この像を拝見できますように。

五十六億七千万年先という気の遠くなるような遠い未来、仏のいる世に生きていたい。なんという切実な願望か。それまでわたしが造りまいらせたこの像が守りつづけられるとしたら、なんとありがたいことか。まさに仏師冥利《みょうり》に尽きる。

最後に、台座部分にそれぞれの頭《とう》仏師の名を記した銘文が行事僧の手で書き込まれた。

だが、その中にすべてを統括したわたしの名はない。是非にと勧められたが、固辞した。

なぜなら、これは誰が見ても運慶の作だからだ。後世の人もそう認める。あえてわたしの名を明記する必要はない。

昨今、仏師が自身の手で銘を入れるのが普通になってきている。現に快慶は自作にかならず自身の手で署名する。彼は長く僧綱位から遠ざけられていたから、自負の持って行き場を自署に求めたのであろう。その気持はよくわかる。そんなふうに屈折させてしまったのは、わが父であり、わたしである。

わたし自身、初めて円成寺の大日如来像を造ったとき、満足いくものが造れた達成感と自負にかられて意気揚々と自署し、父に厳しく戒められた。

――思い上がるな。仏師にあるまじき心得違いぞ。

鼻柱をこっぴどくへし折られ、以来、一切、自署はしない。それが自身に課した掟《おきて》であり、守りつづけてきた信念である。いま思えば、そのおかげで慢心せずにやってこられたのかもしれない。

腕が上がればうぬぼれが生じる。才能があればなおさらだ。仏師は自我などというものは捨てねばならぬ。自我を捨てたところに初めて、真の自我、自分らしさが生まれる。父はその、仏師としていちばん大事なことを教えてくれたのだ。わが息子たちや弟子たちも最初は自署を入れたいと望んだが、わたしは絶対に許さない。

二年前にすでに完成している新北円堂の中に安置した九体を前に、わたしは感慨にふけらずにはいられなかった。造仏始の儀から足かけ五年、実質三年二ヶ月。これほど遅れたのは、願主である関白近衛卿の資金調達が思うようにいかなかったせいだ。その分、じっくり時間をかけて手を入れられ、わたしたちにとってはかえってさいわいだった。中尊の弥勒仏は、わたしの新たな一歩を刻む作だ。源慶と静慶はよくわたしの意図をかたちにしてくれた。ふたりは口をそろえて言う。

「お気づきですか、棟梁。このお像、こうして見ると、あの円成寺の大日さまとよう似ておられますな。あのときの棟梁はずいぶん苦労なさったが」

ふたりとも父の弟子でわたしにとっては相弟子だから、円成寺の大日如来像とそのときのわたしの苦闘をよく憶えている。あれがわたしの原点であったことも知っている。

からだつきはこれまでのわたしの作と比べてずいぶん細身だし、衣の襞もごく浅い。その分、二本の腕と胸、それに大きく横に張り出させた両膝《ひざ》がつくる三角形の空間を広くとることで、ゆったりした豊かな造形空間を出した。そういう意味ではたしかに円成寺の像と似ている。

「ほんに。なにやら静かというかおだやかというか、全体に過剰なものをすべてそぎ落とした感がありますな」

「古風だが、いまはかえって新鮮に見えます。いや、表面的な造形のことだけではありませんな。この静かで思索的な雰囲気がいまのわしらの気持にしっくり馴染むというか、心の奥深くに入ってくるというか、いや、なるほど、これは」

「あの大日さまは若者のようなお姿で初々《ういうい》しかったが、こちらはそれから三十数年を経て、お年を召され、その分深みが出た。そんなふうに見えます。御仏を人にたとえるのは畏《おそ》れ多うござるが、長く生きた分、さまざまな体験をし、苦悩や悲哀を味わいつくして深くなられた。そんな感じですか。なにやら、おのれの来し方をしみじみ思い出しますな。いや、いろいろありました」

「この厳しいお顔は、これからの時代を見つめておられるせいか。そんなふうにも思えますが」

三人とも六十前後で、皆それぞれの人生の終わりに近づいている。口には出さないが、それぞれ思いがある。後悔と充足感、その両方がそれぞれにある。

無著と世親兄弟の像の前では、運賀と運助のふたりが放心したような顔で見上げている。

彼らの苦闘の結果がここにある。兄の無著は老体、弟の世親は壮年の姿だ。ともに玉眼で生身の人間らしさをあらわしたが、両者の雰囲気は大きく異なる。無著はややうつむき加減で、光の当たりようによって、その眼が涙で濡《ぬ》れているようにも見える。片や弟の世親は、まっすぐ前を向き、昂然《こうぜん》と現実を見据えているような姿だ。

これを造っている間、わたしはふたりと初めてじっくり語り合った。

「棟梁、無著さまはどうしてこんなに哀《かな》しげなお顔なのですか」

運助の問いに、

「それは、無著さまが、この世のものは物であれ事象であれ、すべてはおのれの心がつくりだすいわば幻想で、実体はないと知ったからだ。知るというのはある意味、残酷なことなのだ」

「でも、物は触ればかたちがあるし、目に見えます。それに、たとえば風は、かたちこそありませんが、感じることができます。日によって季節によって、匂《にお》いや温度、湿気の違いも感じます。音も聞こえる。それが実体ではないのですか」

　食事時にまで執拗《しつよう》に問いかけてくるのだ。

「たとえば、この粥《かゆ》は舌が焼けそうに熱いです。わたしだけでなく、誰もが冷まさないと食えぬと感じます。なあ、兄者、そうだろう？」

「それは運助がひどい猫舌だからだよ。おれはそう熱いとは思わない。平気で食えるよ。親父《おやじ》さま、いえ、棟梁、そういうことですよね。人によって感じ方は違う。ということは、実体ではないと」

「ああ、そうだ。自分の眼や耳や鼻や舌、触れた感覚といった身体《からだ》で感じるものは、真実ではないということだ。しかし、かくいうわしも猫舌ゆえ、この粥については運助に加担するがな」

「ほれみろ、やっぱし熱いもんは熱いんじゃ。あちちっ」

　車座になって粥を啜《すす》り込みながら笑い合い、すぐに真剣な顔にもどってまた問いかけてくる。

「真理を知ることがなぜ、残酷なのですか。知ることは喜びではないのですか。それが悟りではないのですか。だから求めるのではないのですか」

それが納得できぬと、無著の表情が理解できぬ。彼の内面を理解できぬというのだ。

「それに対して、世親さまのほうは自信にあふれているように見えますが、自分たちが行きついた唯識《ゆいしき》の思想が真理だと確信しているからでしょうか」

「そうだな。おまえがそう感じるなら、それでよい」

わたしはあえて断定的に教えるのを避けた。寺僧について唯識思想を学ばせ、自分の頭と心で考えさせた。無著と世親の思索の深さと、その果ての、人間たちや生きとし生けるすべてのものを愛《いと》おしくも哀れにも思う心を感じとれるかだ。

夜遅く、皆が寝静まった後の工房で、ふたりが像と下絵を前に熱心に語り合っているのを、別棟の厠《かわや》へいく途中、格子《こうし》戸《ど》の隙間《すきま》から何度も目撃した。わたしの肩を支えるあやめまでが、

「なんだかあのふたり、人が変わったみたいだね。急に大人になった。親父が育ててやりもしないでほったらかしなのに、仏さんが育ててくれてるんかねえ」

笑いながら言うのだ。

「馬鹿《ばか》言え。わしなりに育てておるわい。初めてじゃがな」

言い返しながらも、あやめの言葉に涙ぐみそうだった。御仏が育ててくれるという

のは、仕事が育ててくれるというのとおなじだ。

その結果、ふたりは飛躍的に成長した。むろん、技術的にはまだまだ未熟で完璧《かんぺき》とはほど遠いが、対象の内面を表現するという、肖像のもっとも大事なことを会得した。

「ようやった」

肩を叩いてやると、ふたりはふり返って深々と頭を下げた。

どちらの背丈もわたしをはるかにしのいでいるのに、そのとき初めてわたしは気づいた。ふたりの母親の由良は三浦の漁師の娘で、潮の香がする大柄な女だった。そのすこやかな体軀と素直な心を受け継いでいるのだ。ふたりを託した由良は満足してくれるだろうか。

わたしは扉に背を預けて九体の像を見まわし、何度も満足の吐息をついた。

他の六体も期待以上にできた。両脇侍は安定した技術で破綻《はたん》がない。弥勒仏の謹厳さを和らげつつ補足している。四天王は大きな身振りで動的に。だが、これまでのようなこけおどしの大仰さは影をひそめている。四人の息子はそれぞれの個性を出しながら、一組としての調和に成功した。率いた湛慶の手柄であり、反抗せず従った康運の成長のあかしだ。

静と動。静謐な思索といきいきした躍動。謹厳と寛容。それぞれの像が尊格の特徴を主張しながらも、一つの世界を造り上げている。それはそのまま、わが一門の技術力と人格がそろってきたことを如実《にょじつ》に示している。造仏も人の和が保たれたとき、そこに人数以上の力を生み出す。その力こそ、創造、活力、胎動だ。

——仏が育ててくれる。

あやめの言葉は正しい。

——仕事が育ててくれる。

それが仏師だ。

（ありがたい仕事だ……）

つぶやきながら、わたしは不覚にもまた涙ぐみそうになった。

だがその一方で、弥勒仏が自分で意図した以上に厳しい表情になったことに気づき、あらためて愕然《がくぜん》としていた。

（これが、図らずもこの先の世情を暗示しているのだとしたら）

不安がこみ上げてくる。

時代の空気が変わってきているのを肌で感じる。人々が仏の教えとそれを表わす像に求めるものも、確実に変わってきている。

天台宗の学僧だった法然房源空《げんくう》が比叡山を下りて専修念仏を説き、人々を魅了して信者を集めているのもその現れだ。南無阿弥陀仏と一心に唱えさえすれば、修行や多額の寄進をしなくとも極楽浄土に往生できるとする易行《いぎょう》の教えは、庶民に限らず武家や貴族層にも広まり、九条兼実卿も熱心な帰依者《きえしゃ》だった。政界を失脚した卿は、長男と長年連れ添った妻にあいついで先立たれ、法然に救いを求めて出家したのだったが、さらに、土御門通親の急死後、思いがけず摂政に就いて一門の復権と期待をかけた次男までが三十八歳の若さで急死してしまい、ますます念仏にのめり込んでいた。

だが、承元《しょうげん》元年（一二〇七）二月、念仏宗は全面的に禁止された。脅威をおぼえた南都北嶺《なんとほくれい》がしばしば朝廷に禁止を訴えたものの、末法の世の人々の不安な心をつかむだけの理由があったから、後鳥羽上皇はとりあげずにいた。ところが、鹿ヶ谷《ししがたに》の草庵《そうあん》で夜な夜な念仏の集いがおこなわれ、上皇寵愛《ちょうあい》の女官たちと法然上人の高弟二名の密通が発覚。激怒した上皇はついに鉄槌《てっつい》を下したのだった。当の二僧は死罪、法然上人は土佐に流罪《るざい》になり、高弟数名も流罪に処された。その中には越後に流された親鸞《しんらん》もいた。

兼実卿は力を尽して法然の配流先を自領の讃岐《さぬき》に変更させて庇護したが、その直後の四月、力尽きて病没してしまわれた。五十九歳。南都焼討を誰より悲嘆し、後白河法皇に復興の必要性を訴えつつ、その一方で、戦乱や飢饉《ききん》が解決しないなかでの造立は民をさらに苦しめるだけだと説き、神仏の加護と為政者の徳政の両立を信念としていたお方だ。造仏には理解があったが、王朝文化からの正統的な美意識のもちぬしゆえ、わたしが造った西金堂の釈迦像は見苦しいと酷評された。こういってはなんだが、いい意味でも悪い意味でも公家《くげ》らしい公家、王朝文化の尾を引きずっているお方だった。

そして、建暦元年（一二一一）には、わが一門にとって大恩ある八条院が亡くなった。享年《きょうねん》七十五。生涯独身だったが、多くの養子女を慈《いつく》しみ、慕われての大往生だった。

高野山不動堂の八大童子像を見て、眼を細めて喜ばれたときのことがいまでも忘れられない。おおらかな包容力とこまやかな心遣いがある女人だった。重源上人を通じて地蔵十輪院の用地を与えてくださり、わたしが大病した折は心づくしの見舞いの品を送ってくださった。たえず気にかけていただいた。

――人はいずれ死ぬ。この世から消える。

あたりまえのことだ。それが人の世の常だ。

――生住異滅《しょうじゅういめつ》。

生じ、存続し、変化し、やがて消滅する。物であれ、生きものであれ、現象であれ、すべては無常であり、ついには滅びる。頭では重々わかっているのに、それなのに、むなしさが冷えた水のようにひたひたと胸に満ちてくる気がして、どうにもやりきれない。

八

法勝寺《ほっしょうじ》の九重塔が焼失したのは、去る承元二年（一二〇八）五月。興福寺北円堂の造仏始を心待ちにしているころだった。

梅雨の最中の晴日、うだるような暑熱に炙《あぶ》りたてられた午後、工房の蒸し暑さに耐えかねたわたしらはたまたま、外に出て、一息ついていた。男の盛り上がった筋肉めいた入道雲が天を衝《つ》くばかりに猛々《たけだけ》しくその頭を持ち上げている。

「汗まみれで仕事にならん。一雨来てくれぬかのう」

誰かが空を見上げてこぼしたとたん、どす黒い雲がみるみる空を覆《おお》ってあたりが薄暗くなり、冷たい風が吹きつけた。

「なんじゃ、これは。急に寒くなりよったわ」

汗が冷えて鳥肌が立った腕を皆があわてて摩《さす》っていると、突然、雷鳴が轟《とどろ》いて耳をつんざき、稲妻が雲間に炸裂《さくれつ》して縦横に奔《はし》った。

「白河に落ちたっ」

誰かが叫び、皆がいっせいにそちらを見ると、朱色の塔が目のくらむ閃光《せんこう》に包まれて照り輝いていた。

「あれは法勝寺の大塔だ。燃えているぞっ」

そのさまは、さながら天と一本の火の筋でつながったかのように見えた。

鴨川の東、東山へとつらなる丘陵地に、白河天皇が創建したのが法勝寺である。その後、歴代の帝や皇妃がつぎつぎに五ヶ寺を創建し、そのどれも寺名に勝の字がつくことから白河の六勝寺《ろくしょうじ》と総称され、塔が林立している。法勝寺はその最東に位置する随一の寺である。

白河天皇は豪胆でよほど奇抜さを好むお方だったとみえて、三丈二尺の巨大な毘盧《びる》遮那仏《しゃなぶつ》を本尊とする金堂は奈良時代の東大寺大仏殿に倣《なら》い、そこから左右に翼を広げたような翼廊は宇治の平等院鳳凰堂《ほうおうどう》に倣っている。講堂、阿弥陀堂、五大堂、法華堂、愛染堂と、まさに「国王の氏寺」と呼ぶにふさわしい壮大華麗な伽藍《がらん》である。

中でも苑池《えんち》の中島にそびえたつ大塔は他に類を見ない八角形で、それも実は、奈良時代の西大寺に八角七重塔建立の計画があったのを模したとされる。

檜皮葺《ひわだぶき》の屋根は初層の裳階《もこし》をふくめれば十重。高さ二十七丈（八十一メートル）。東海道の京の入口に位置し、京内のどこからもよく見え、六勝寺の数多い塔の中でひときわ目立っていた。

金堂とこの塔はそれぞれ胎蔵界と金剛界をあらわし、両界曼荼羅《まんだら》の密教世界をこの地上に示現するのが白河天皇の目的だった。その片方が焼失したのだ。白河天皇の頃の強い王権の再生が悲願の後鳥羽上皇は、威信をかけてすぐさま再建に乗り出した。

院派の院実《いんじつ》、円派の定円《じょうえん》、それにわたしと、三派を率いる棟梁が院御所に呼び集められ、造仏を命じられた。安置仏は、金剛界大日如来を中尊とする五仏に四天王の計九体。宋の仏教文化やわが慶派の影響を受けつつも、伝統の和様彫刻を踏襲している院派と円派が五仏の制作を命じられ、われらは四天王を造ることになった。

――三派を総動員し、当代の最高かつ最新のものを造らせる。

人一倍諧謔《かいぎゃく》を好み、派手な言動が目立つ上皇のことだ。競べ馬で各馬を煽《あお》り立てて楽しむような気持もあるにちがいなかったが、ともあれ、わが慶派が平安時代このかた院派と円派が独占してきた天皇家の国家的造顕に初めて食い込むことになったのだ。

「よーし。われらがただ大仰な四天王しかできぬのではないことを、上皇さまや朝廷の面々にお見せしようぞ」

興福寺北円堂の四天王を見ればわかる。われらは進化している。いまや、派手さだけが売りではない。その中に、見る人の心に響き、畏敬《いけい》の念を起こさせる新しい造形ができる。それを示してやろう。それは燃え上がる闘志ではなく、静かな自信である。

「棟梁《とうりょう》、われら奈良仏師が初めて京で大仕事ができる。いよいよですな」

湛慶も控えめなこの男にしてはめずらしく奮い立ったのだった。

そして、建暦三年（建保《けんぽう》元年、一二一三）四月二十六日、再興供養《くよう》がおこなわれた日、塔堂内に一堂に安置された九体を見たわたしは、その自信が間違っていなかったことを実感した。

その日、法要後に褒賞《ほうしょう》がおこなわれた。院派は棟梁の院実が自分の賞を院範に譲って法印位に上らせた。円派は定円の譲りで宣円を法眼に。わたしも自分の賞に換えて湛慶を法印位に上らせた。奈良仏師として初めて、父子ふたりが最高位に並び立ったのである。

これからは朝廷や摂関家ら大貴族の仕事もできるようになる。二百年来、京仏師が独占していた領域に堂々と入っていける。

「湛慶、おまえはそちらを中心にやれ。わしは鎌倉からの依頼を中心にやる」

「分業するということで？」

「いや、それほど厳密なことではないが」

武家社会と公家社会、どちらかに一辺倒ではなく、それぞれに片足ずつ掛けておく。それは顧客を広げる拡大策というより危険回避である。

いまや朝廷は後鳥羽上皇の独裁であり、鎌倉幕府に敵意をむき出しにしだしている。頼朝公亡き後の鎌倉はなにかと不安定な状態にある。これから先、もしも両者がぶつかり合う事態にでもなったら、

(また世の中が乱れる……)

考えたくはないが、いやな勘がうずいてならない。

何を見させられるのか。人も仏も焼き尽くす業火《ごうか》。餓《う》えに泣き叫ぶ幼子と、枯れ果てた乳房を子にふくませたまま先に死んでいく母親のあわれな姿。二度と見たくないものを、また見させられるのか。

第七章 一刀三拝

一

いやな勘は不思議とあたる。あれから五年余で世情は明らかにきな臭くなってきている。

法勝寺の仕事の後、わたしは鎌倉からの仕事がつづいた。それらの仕事を通じて、おのずとかの地のかなり詳しい情勢が耳に入ってくる。

まず、建保元年（一二一三）五月、和田義盛が北条義時と諍《いさか》い、挑発に乗って挙兵。和田義盛は一族もろとも討死した。

わたしは二十数年前、彼が本貫の地である三浦半島の芦名《あしな》に創建した浄楽寺の阿弥《あみ》陀《だ》三尊を造った。裏山から富士を一望する絶景の地で、富士山頂こそ阿弥陀浄土と信じる妻女のために造るのだと、義盛は無骨な顔をほころばせて無邪気に笑った。再会したのは六年後の、東大寺大仏殿の落慶法要でだ。頼朝公の随身で行進してきた彼は、誇らしげに馬上から笑いかけてくれた。もうその二つの笑顔しか思い浮かばないが、わたしにとって鎌倉武士といえば、彼と北条時政、足利義兼、その三人だ。

足利義兼はすでに亡《な》く、北条時政も娘の尼御台と息子の義時に執権職を追われて出家し、伊豆に隠棲《いんせい》。建保三年（一二一五）正月、ひっそりとこの世を去った。八十近かったはずだから齢《とし》に不足はないが、鎌倉幕府の立役者としてはあまりに寂しい消え方だ。彼がわたしの前に現われなかったら、いまのわたしはなかった。

頼朝公とともに幕府創設に力を振るった武者たちが次々に消えていっている。ある者は粛清され、ある者は老耄《ろうもう》で去り、ある者は病に倒れる。尼御台はどんな思いでそれを見つめているか。彼女が流人《るにん》の若者の胸に飛び込んだときには、まさかこんな未来が待ち受けていようとは思いもしなかったろう。

その頃わたしは、三代将軍実朝公から直々に依頼された、持仏堂の本尊釈迦如来像の制作に取り組んでいた。

翌建保四年正月、完成した像を運ぶ際、最後の仕上げと開眼供養《くよう》に立ち会うため、わたしは運賀と運助をともなって鎌倉に下った。

滞在は半月ばかりの短い日数だったが、将軍との対面を許された。驚いたことに、和歌を好む繊細で感受性豊かな若者だった。仏道も深く学んでおり、鋭い質問を発してこちらが思わずたじろぐほどで、この人ならば朝廷にも伍《ご》してやっていけるであろうと感心した。

尼御台にいわせれば、頼朝公にいちばん似た資質のもちぬしなのだという。和歌や文芸をはじめ公家文化に憧《あこが》れが強い。後鳥羽上皇も武家の棟梁らしからぬ彼に好意的で、将軍宣下に際して実朝の名を与えたのも上皇だし、公家の坊門信清《ぼうもんのぶきよ》の娘を嫁がせ、自分の義理の従兄弟かつ義弟となるよう計らったのも上皇だった。

御家人や幕府内のとまどいをよそに実朝は大いに喜び、夫婦仲はいたっていいというが、まだ子に恵まれていない。

尼御台が亡き夫君とともに暮らしていた御所に招かれ、遺愛の品々が生前のまま配された書院で、早春の庭を眺めながら出た話題もやはりそのことだった。尼御台としては当然、一日でも早く後継の男子をと望んでいるのに、こればかりはどうしようもないと寂しく笑った。

「それに、あの子は幼い頃からからだが弱く、いまでもしばしば大病を」

ふたりの娘に若くして病死されたのだから、京から名医を呼び寄せて治療させ、やれ湯治だ加持祈禱《きとう》だと幾重に神経を尖《とが》らせていても、たえず不安がつきまとう。

「早く楽隠居させてもらいたいのに、なかなかそういうわけにはいかなくて」

重い溜息《ためいき》をつくのである。

「それにしても、おたがいに年をとりましたね。若い頃は、闇雲《やみくも》だろうがなんだろうが、怖いもの知らずで突き進みさえすれば、なんとか道は拓《ひら》けたのだけれど」

あなたもそうでしょう？　と悪戯《いたずら》っぽい目つきで笑ってみせた。

「しかし、運慶どのは大病したわりには達者そうですけれど」

「おかげさまで、仕事に支障がないまでに回復いたしました。ただ、半月余の旅はやはりこたえます。ふだん工房で坐《すわ》りきりですので、足腰が弱っているのに驚きました。七十近くになりますとそこらじゅうガタがきますすな。できることなら解体修理したいくらいで」

わざと明るく言うと、尼御台はようやく声をあげて笑った。

「おたがいに、ふつうならもうとうに、縁先で孫の子守をしながら居眠りしていられましょうに。そう。京までの長旅はやはり、老女の身には無理でしょうかしらねえ」

彼女はことし六十歳。白い頭巾《ずきん》をかぶり、鈍色《にびいろ》の小袖《こそで》の上に同色の掻取《かいどり》を羽織った尼姿は、まだ肉置《ししお》き豊かで恰幅《かっぷく》がいいが、肌はかさついてくすんでいる。上瞼《うわまぶた》が年痩《や》せのせいで窪《くぼ》み、かつてはいきいきと輝いていた大きな瞳《ひとみ》に陰をさしている。

「上洛《じょうらく》のご予定がおありですか？」

「あ、いえ。生きているうちに熊野に参詣《さんけい》したいと、近頃しきりに思いが募りましてね。東大寺の法要で南都まで行った際、ついでに行っておけばよかったと、いま頃になって悔やんでいるのです」

「熊野詣《もう》でですか。それはさらに長旅ですなあ。ふた月ではきかぬでしょう。それこそ心身ともに苦行になりますぞ。お覚悟なさらぬと」

「不精進の尼と見透かしておりますね。耳が痛いこと」

最後は冗談で笑い流してしまったが、二年後、尼御台は熊野参詣と上洛を敢行した。その目的が実は将軍後継者の密約を取るためだったと知るのは、さらに後になってからのことである。

二十数年ぶりに見る鎌倉の町は、見違えるばかりに繁栄していた。町並はよく整備され、御家人たちの家屋敷が建ち並び、庶民が暮らす町も活気がある。

運賀と運助を連れてむかし由良と暮らしていた家のあたりに行ってみたが、町並そのものが変わっていて、見当もつかなかった。幼かったせがれたちはまったく記憶がない。やっと顔なじみの商人を探し出して由良の行方を尋ねてみたが、あれから間もなく家を引き払って出ていったきり、いまどこにいるかわからぬ、とかぶりをふるだけだった。

考えてみれば、彼女の実家も親兄弟のことも知らぬままだった。一時だけの関係とわたしも由良もわりきっていたのと、その頃のわたしが自分のことしか考えられない男だったせいだ。

明日は鎌倉を去るという日、夕暮れの由比ヶ浜で、

「母者に一目だけでも会いたかったが、でも、生きていてくれさえすれば、それで」

黄金色にきらめく海を目を細めて見やりながら、運助はそうつぶやいた。その眼が濡《ぬ》れて光っていた。

「われらが来ていることは町中の噂《うわさ》だ。生きていれば、今晩か明日の朝でもきっと会いに来てくれるさ」

弟を慰める兄の眼も光っていた。わたしには彼らのその姿が、この地を去った日の姿と重なって見えた。

たとえ生きていても、由良が出てくることはない。そう思っていることをわたしは彼らに言わなかった。母子の縁を断ち切ってわたしに託したのだ。会いたさ見たさに身もだえしてでも、名乗り出てきたりはしない。そういう女だ。

(もしや、いまもどこか物陰からわしらをじっと見つめているやも)

そう思ってさりげなくあたりを見まわすと、浜に打ち上げてある漁船の間にしゃがみ込んでいる人影があった。逆光でしかとは見えないが、その肩が波打っているように思えた。

(由良、おまえか?)

おまえに話してやりたいことが山ほどある。息子らは一人前の仏師になったぞ。北円堂の二像を見せてやりたい。おまえの息子だ。おまえがわしに与えてくれた宝だ。

「もう宿舎にもどるぞ。明日は夜明け前に出立じゃ。支度がまだ残っておるじゃろう。京で仕事が待っておる。のんびりしておる暇はないのを忘れるな」

わたしはわざと突き放すような冷淡な声でうながした。

持仏堂本尊の仕事を皮切りに、実朝公の乳母で奥向きをとり仕切っている大弐局《だいにのつぼね》の念持仏も造った。大日如来、愛染明王、大威徳明王《だいいとく》の三体。いずれも掌《てのひら》に載るほどの小像だ。大威徳明王は六面六臂《ろっぴ》六足で水牛にまたがり、敵を威嚇《いかく》する忿怒《ふんぬ》の表情ながら、少年の柔らかい肌や肉づきを感じさせるよう工夫した。願主が女性ということもあるが、局は自分のためより主である実朝公の安泰を願ってのことであろうから、少年期の主を思い出させる姿がふさわしかろうと考えた。彼女が朝な夕な、自宅の仏間で厨子《ずし》に納めた三尊を間近に拝し、祈る姿を想像しながら彫った。

さらに二年後の建保六年（一二一八）には、若き将軍を支えて幕府を動かす切れ者、北条義時の大倉新御堂《しんみどう》の薬師如来像と眷属《けんぞく》の十二神将を制作。薬師如来はわたしが、十二神将は弟子たちが一体ずつ担当した。

実朝公はあいかわらず壮健とはいえず、しばしば大病して周囲をあわてさせていると聞く。最近は東大寺の大仏を鋳造した宋の工人陳和卿《ちんなけい》を鎌倉に招き、宋国に渡るために鉄の大船を造らせた。そこまでいくと、感受性だの想像力豊かだのと感心してはいられない。もはや夢想の世界だ。本気で実現しようと考えたのか。

だが、由比ヶ浜での晴れの進水式で、衆人環視の中、船はあえなく座礁《ざしょう》。陳和卿はさっさと姿をくらましてしまったという。彼とは東大寺の工事の頃、何度も顔を合わせたが、尊大な威張りたがり屋で、見るからに抜け目なさそうな男だった。若き将軍は天下に赤恥をさらす結果になってしまったのだ。

二

その夜は、木枯らしが吹きすさぶ、ひどく寒い夜だった。

北東に連なる比叡《ひえい》と比良《ひら》の山並あたりが白く煙っているように見えるのは、氷雨が降り込めているせいかもしれない。

「いやな風だ。火の始末に気をつけるのだぞ。念には念を入れよ」

弟子たちに命じて住房へ引きあげ、あやめに酌をさせて豆腐の鍋《なべ》を当てに酒を飲んでいると、にわかに外が騒がしくなった。なにやら大声で叫ぶ声が風に吹きちぎられて切れ切れに聞こえる。

「いやにうるさいじゃないか。なんやろ」

あやめが板戸を開けて様子をみようとしたとき、

「棟梁、火事です。東市《ひがしのいち》のあたりに火の手がっ」

弟子が駆け込んできた。

「なに、東市じゃと？」

東市はこの八条の北西。ほんの七、八町しかない至近距離だ。

後を追うように湛慶らが駆けつけてきた。

「工房のものをすべて運び出して避難させます。女子供もとりあえず鴨川の土手へ逃します。棟梁もお早く」

だが、風は北西から吹いている。

「ここより十輪院のほうが危ない。そちらが先だ」

言うより早くからだが反応した。部屋を飛び出しながら、

「あやめ、おまえは皆と一緒に逃げろ。死ぬなよ」

叫ぶと、

「あいよっ。あんたこそ、爺《じじい》のくせして無茶しなさんなよっ」

早くも小袖の裾をたくし上げ、綿入れを着込みながら、あやめが明るい声で言い返した。

往来はすでに大路も小路もごったがえしていた。やはり皆、北東の方角へ向かっている。貴家の舎人とおぼしき半武装の男たちが荷を満載した車を守り、人並を押しのけて突き進んでくる。そのたびに悲鳴と怒号があがる。女の背で赤子が泣き叫び、母親に手を引かれていた幼児がいつのまにかはぐれて、呆然《ぼうぜん》と立ちすくんでいる。

(あの夜とおなじだ)

あの南都焼討のときも、これとそっくりな光景が広がっていた。逃げまどい、はぐれ、泣き叫ぶ。人の世はいつもおなじだ。

風がますます強く吹きすさんでいる。どす黒い煙があたりを覆《おお》い始めた。北西から南東へ、火の手は早くも数町先まで迫っている。

ほんの数町やそこらの距離なのに、たどり着くのにえらくかかった。

「堂を守るのは無理だ。それよりお像をすべて運び出せ」

十輪院には、あのあと、地蔵菩薩の他、中尊として丈六よりひとまわり小さい周《しゅう》丈六《じょうろく》の盧舎那仏《るしゃなぶつ》を造り、納めてある。それ以外にも、せがれたちの四天王像や中堅の仏師たちが仕事の合間合間に練習を兼ねて造った像を納めている。どれも納得いくまでじっくり時間をかけ、思いを込めてこしらえたかけがえのない像だ。

「急げっ。なんとしても救い出せ。どれ一つ失ってはならぬ」

わたしは煙に噎《む》せながらくりかえし叫んだ。だが、その声は烈風に吹きちぎられ、家屋が燃え崩れる轟音にかき消されてしまう。

（南無地蔵菩薩、南無盧舎那仏、南無弥勒仏、南無大日如来、南無阿弥陀仏、南無観世音菩薩、南無不動明王）

諸仏の御名《みな》を呼びたて、

（親父《おやじ》さま、八条院さま、重源上人さま、文覚上人さま、成朝どの、狭霧、延寿……）

亡くなった人々の名を次々に呼びたて、

（どうかお守りくだされ。老い先短いこのわしから、奪わないでくだされ。どうか、どうか）

合掌の手を固く握りしめ、額に押しつけて祈っていると、

「棟梁。ご安心ください。一つ残らず運び出し、安全なところに移せました」

いつの間にやって来たか、湛慶がわたしの背後から抱きかかえるようにして告げた。

「ただ、お堂は諦《あきら》めるしかありません。それより早く避難を。ここも間もなく火の中です。巻き込まれて逃げ遅れぬうちに、早く」

「仏所は？　仏所は無事か」

「はい。風が少しおさまってきましたから、かろうじて類焼は免れましょう。用材とやりかけの木組はすべて、水をたっぷり含ませた筵《むしろ》と油紙で覆いましたし、持ち出せるものはすでに移しました。家の者たちも全員無事です」

いつの間にか湛慶は頼もしい統率者になっている。

「そうか……」

安堵《あんど》した途端、両脚に震えがきた。くたくたと膝《ひざ》から崩れ落ちそうになり、湛慶があわててからだを支えてくれた。

「棟梁のお指図のおかげです。ここが先だとおっしゃってくださらなかったら、間に合いませんでした。あとは、棟梁の御身を安全なところにお運びするだけです」

湛慶は煤《すす》と泥がこびりついた頬をなごませて笑ってみせた。

火は明け方まで燃えつづけ、昼頃ようやく鎮火した。東市から南東方向へ、仏所のすぐ手前までを帯状に燃やし尽していた。堂は黒焦げの柱が残るだけの全焼だった。

十輪院の諸仏は、その夜のうちに工房の大広間に移し、翌日から仕事を再開した。

北条義時の薬師仏の納期が迫っている。仕上げの段階まできているこれが燃えでもしていたらと思うと、あらためてぞっとした。

(堂宇はいつか再建できもするが、お像は二度とおなじものは造れない。お像にも生命があるのだ)

あらためてそう気づかされた。

十輪院はいつの日か再建すればいい。自分が生きているうちに果たせればいいが、それが無理なら湛慶に託す。託せる。そう思えることが嬉《うれ》しい。

三

北条義時の大倉新御堂の薬師如来像が供養されてからふた月もたたぬ建保七年(一二一九)正月二十七日、突然の悲劇が鎌倉を襲った。

——実朝公、暗殺。

将軍の兄である二代頼家の遺児公暁《くぎょう》が、鶴岡八幡宮の石段で突然、斬《き》りかかったのだ。そのとき彼は、「父の仇《かたき》!」と叫んだという。

叔父と甥《おい》、尼御台にとってはわが子と孫だ。殺した者、殺された者、どちらも血を分けた肉親だ。彼女は家族をすべて失い、たったひとり残された。こんな悲劇があろうか。

京では、後鳥羽上皇の「官打《かんうち》」が成功したのだと噂している。官打とは、高い官位に昇りすぎて不運に見舞われることをいう。実朝公が昨年一年間で権大納言、左大将、内大臣、右大臣と矢継ぎ早に叙位されたのは、後鳥羽院が仕掛けた罠《わな》だというのだ。実朝公の朝廷崇拝につけ込んだ、いかにもありそうな陰湿なやり方である。

後鳥羽上皇の陰湿さはそれだけではない。

かねて尼御台は、実朝公にこのまま子ができない事態に備えてみずから熊野参詣を口実に上洛し、後鳥羽上皇の皇子を将軍に迎える密約を朝廷の実力者藤原兼子《かねこ》を通じて結んでいた。そこで暗殺から一月後には早くも、上皇の皇子六条宮か冷泉宮のどちらかを下向させてくれるよう奏請したのだが、以前は暗黙の許可を与えていた上皇は一転、強硬にはねつけた。宮将軍を東下させると日本国が二分される懼《おそ》れがある、というのである。今度ばかりは兼子のとりなしも聞き入れようとしない。

わざと困らせて喜ぶ意地の悪さの底には、あるいは案外本気で、鎌倉相手に王権復活の事を起こすこともありうると考えているのではないか。わたしはそう疑った。その際に人質にとられて不利になるのを避けようとしているのだとしたら。

怜悧《れいり》な尼御台や義時のことだ。それくらいのことは当然、すぐに察したであろうが、それより何より、一日でも早く将軍を立てなくてはならない。宮将軍はきっぱり断念し、摂関家の右大臣九条道家の子、当年二歳の三寅《みとら》を選んだ。三寅の母方の祖母は頼朝公の姪《めい》だから、頼朝公の血を引いている。源氏嫡流の血を絶やさずにすむという意味では、考えようによっては宮将軍より御家人たちの賛同を得られやすい利点もある。

それがようやく本決まりになった三月末、その尼御台から造仏を依頼する書状が送られてきた。

「運慶どの、わたくしには重すぎます。自分も死んだほうがましと思います。あの世で夫や子供たちに会いたい。また家族皆、一緒にいたい。子らが幼かった頃にもどりたい。そう思って泣かぬ日はありません。でも、夫の形見の幕府をここでつぶしてしまったら、夫はわたくしが行っても許してはくれぬでしょう。顔も見たくないと叱られます。わたくしは死ぬこともできないのです」

本来の彼女は率直さが身上だ。率直で生一本。まさに坂東の武家女なのだ。それなのに、いまの彼女は周囲に弱音を吐くことも、涙を見せることもできぬ立場にある。わたしに対してそれができるのは、願成就院の阿弥陀如来が結びたもうた縁というしかない。

「こうなったら、三代を懇《ねんご》ろに追福供養して、御仏ともども幼将軍を守護してくれるよう、ひたすら祈るしかありません」

頼朝公がかつて父義朝の菩提《ぼだい》を弔うために建立した勝長寿院のかたわらに、あらたに五仏堂を建立するという。そこに納める五大尊像を造れというのだ。五大尊は五大明王ともいい、不動、降三世《ごうさんぜ》、軍荼利《ぐんだり》、大威徳、金剛夜叉《こんごうやしゃ》の五尊で、胎蔵界の五仏の忿怒形である。

「お役にたてるなら喜んで。この運慶、精魂こめてお造りいたします」

密教の力が尼御台と幕府を守ってくれるように。勝長寿院の本尊は成朝が造った阿弥陀如来だ。その阿弥陀仏とわたしの五大尊がともに力を合わせる。彼との葛藤《かっとう》がこれで消えてくれるのを願いたい。

尼御台は一周忌法要に供養したいと望んでおられる。今年は二月に閏月《うるうづき》があったから、年忌は歳末の十二月二十七日。ひと月前には送り出さねばならないから、制作期間は八ヶ月弱。かなりきついが、なんとしても間に合わせる。一門総動員でただちにとりかかった。

それから間もない四月、突然、改元が発表され、建保七年は承久《じょうきゅう》元年となった。

改元といえば、天変地異や飢饉《ききん》、疫病などの災厄の終結を祈念してか、帝位交代に際するのがふつうである。新しい世になったと天下万民に喧伝《けんでん》して人心を一新するためだが、しかし今回は順徳天皇が譲位したわけではない。

（それなのに一体、なんの目的があっての改元か？）

わたしは妙な気がしてならなかった。

実朝公の非業《ひごう》の死と関係があるのか。その災厄が朝廷に及ばぬようにか。それとも、将軍の死で新たな時代になるとでも言いたいのか。だとしたら、後鳥羽上皇はひそかに快哉《かいさい》を叫んでいるとしか思えない。

とんでもない事件がおこったのは、それから三月後の七月。上皇の命を受けた西面の武士が幕府から朝廷内に派遣されている大内守護源頼茂《よりもち》を誅殺《ちゅうさつ》したのである。理由はわれわれ地下《じげ》の輩《やから》の知りえるところではないが、この事件を機に、一気に不穏な空気が京中を覆った。

――鎌倉方の軍勢が攻めて来る。

かつての木曾義仲の入京のときのことを憶《おぼ》えている者たちはたちまち浮足立った。

——今度は、お上《かみ》も兵を出して抗戦なさる。そのためにわざと挑発したのだ。うがった見方をする者たちまでいる。

——そうなれば、この京の町中が戦場になるぞ。

——いまのうちに、財物と女子供を京外に逃がしておかねば。ぐずぐずしておっては、巻き込まれて大変なことになる。急がねば。

そんな噂を聞き込んで一門の者たちはひどく動揺した。仏所には大量の木材の備蓄がある。万が一火をつけられでもしたら、たちまち全焼ということになりかねない。皆、先の地蔵十輪院焼失のことが頭にあるから、心配症の湛慶などは、

「棟梁、用材とここにあるお像だけでもどこかに移しておきましょう。念には念を入れませんと」

くり返し訴えたが、わたしはまだ大丈夫と判断した。上皇は激すと何をしでかすかわからぬお方だが、まさか武力で幕府と事を構えようとするほど愚かではあるまい。官打ちや陰謀といった自家薬籠《やくろう》中のやりかたで自分が優位に立ちたいだけなのだ。

それよりわたしが気になるのは鎌倉の動向、有力御家人たちと執権北条氏の根深い対立のほうだ。義時に不満を抱く者は少なくない。三代様暗殺の黒幕ではないかとさえ囁《ささや》かれていると聞く。尼御台は幼将軍を御簾《みす》の内から動かし、いまでは尼将軍と呼

ばれているとも聞く。彼女が歯止めになれば大事にはいたらぬとは思うが、彼女の心身がその重圧にもちこたえられるかだ。そのためにも五大尊を、一刻でも早く無事に完成させて送らねば。

「いまは余計なことを考えておる暇はない。気を散らしてはならぬ」

厳しく命じ、あとは一切、訴えを受けつけなかった。

五大尊の五体は十二月初旬に送り出し、三代様の一周忌になんとか間に合わせることができた。

尼御台からの礼状には、その三日前に彼女が居住する故三代の第《だい》が失火で全焼、彼女はあやういところを幼将軍の御所に逃げたと記されていた。もともと尼御台が住んでいた頼朝公の第は九月に起った鎌倉中をほぼ焼き尽くした大火で全焼してそちらに移ったというから、わずか四ヶ月の間に二度まで罹災《りさい》したことになる。悪いことは不思議と重なる。それでも、

「新堂と安置したばかりのお像たちが無事だったこと、仏菩薩のご加護と心底ありがたく」

安堵の吐息が聞こえてきそうな文言で結ばれていた。

四

不穏な空気が陰気にくすぶったまま一年余が過ぎ、承久三年（一二二一）の初夏になった。

京の民たちはいつしか不安を忘れ、このまま何事もなく平穏にもどるものと思いはじめている。いつの世も、民の視界はその日一日、ひと月先、せいぜい半年先までなのだ。それ以上先は見えないし、見ようともしない。

だがわたしはそうは思えない。空気がますます張りつめてきていると感じる。

（いまになにか、とんでもないことが起こる）

そう遠いことではない。

うなじの産毛《うぶげ》が逆立つような不安にかりたてられている最中、たまたま比叡山の僧から後鳥羽上皇がひそかに比叡山に御幸なさったと聞いた。法要でも参拝でもなく、ただ座主らと密談して帰られたという。いかにも妙な話だ。

しかも、四月二十日、上皇は息子の順徳天皇に命じ、その当年四歳の第四皇子へ譲位させた。父子ともども帝位を離れた自由の身になり、いよいよ事を構える決意をしたのだとしか考えられない。新院となった順徳上皇というお人がまた、有職故実《ゆうそくこじつ》や和歌に秀《ひい》でている反面、才気煥発《かんぱつ》を絵に描いたような気性で、父上皇としては頼もしい存在ときている。

五月十四日、後鳥羽上皇は京の南の鳥羽離宮で流鏑馬汰《やぶさめそろえ》をおこなうと称し、東は美濃から西は但馬に至る十四ヶ国から、千七百余騎の兵を召集。さらに畿内各寺の僧兵にも徴集をかけた。

その夜には早くも鳥羽離宮へと向かう僧兵たちの群れが京内でも見られ、町の者たちは首をかしげた。流鏑馬に僧兵とはどうみても妙な取り合わせだ。しかも同日、幕府と親しい西園寺《さいおんじ》公経《きんつね》父子を幽閉。

翌十五日になると、上皇は北条義時追討と、全国の守護・地頭を院庁の統制下に置く旨《むね》の院宣を発し、召集に応じなかった京都守護職伊賀光季《みつすえ》を襲撃して血祭にあげた。検非違使《けびいし》と北面・西面の武士が京内をけたたましく疾駆し、さらに院領地の兵や西国守護の軍勢がぞくぞくと上洛してくるや、杞憂《きゆう》に終わった二年前の鎌倉軍入京の恐怖を思い出した町の者たちは、蜘蛛《くも》の子を散らすようにいっせいに避難を始めた。

「物騒になるぞ。戸締りを固めて、くれぐれも油断するな。夜も交代で見張りを立てろ」

空家に押し入って残された財物を略奪したり、女を攫《さら》って乱暴狼藉《ろうぜき》に及ぶ非道が横行しだしている。

「棟梁、まさか、ここが襲撃されるのでは」

湛慶が案じ、一門の者たちは皆、浮足立った。われらが鎌倉幕府と近しいのを知らぬ者はない。襲われても不思議ではない。

その危惧《きぐ》はすぐに現実になった。どこの兵か、武装した一団が仏所のまわりをしきりに窺《うかが》うようになり、ある夜、木戸を押し破って数十人の兵士が乱入してきた。手にした大木槌《きづち》や撲杖《ぼくじょう》で塀や壁を叩《たた》き壊し、そのまま工房に押し寄せようとするのを、全員が両手を広げて立ちふさがり、身を挺《てい》して押し止めた。

「静まれ。ここは御仏を造りまいらせる神聖な場所だ。それを知ってのことか」

「鎌倉の尼将軍の像を造っているそうだな」

どこから聞き込んだか、頭目とおぼしき若い男が憎々しげにわたしを睨《にら》みすえ、ぺっと唾《つば》を吐いた。

「朝敵義時めの仕事もしたと聞いたぞ」

「いかにも」

「かまわん。打ち壊せっ」

「知らぬようだから言うておくが、わしらは上皇さまが再興なされた法勝寺の大塔のお像をこしらえた。高陽院《かやのいん》で逆修《ぎゃくしゅ》の法要をなさった際にも、ここにいる湛慶が本尊を造れと命じられ、造りまいらせた。鎌倉の仕事ばかりしておるわけではない」

「それがどうしたっ」

居丈高に吠《ほ》えたてたが、案の定、知らなかったとみえて、あきらかに怯《ひる》んだ。やはりどこぞの田舎の者たちなのだ。

「われら仏師は、俗世間の対立は関係ない。どちらの仕事もする。なぜなら、御仏にとってそんなことは一切関係ないからだ」

「しかし、敵を調伏するために寺を造ったり、仏を造ったりすることもあるではないか」

負けじと言い返してきたところをみるとまんざら粗野なだけではなさそうだが、わたしはかぶりを振った。

「仮に願主の意図がそうであっても、わしらはそんなことは考えずに造る。おまえらが米や大根を作るのとおなじだ。木地師が椀《わん》を作るのとおなじだ」

その言葉に男はたじろいだ。よくよく見れば、まだ二十を少し出たばかりか。平素は家族ともども田畑を耕し、日々の平穏を願って暮らす、ごくふつうの若者であろう。

「おまえ、親はいるのか」

「去年、流行《はや》り病で二親《ふたおや》ともとられたわ。生まれたばかりの赤子までもっていかれた。それがどうした」

「おまえの親なら、まだ四十そこそこじゃったろう。そのうえ、赤子までとは、気の毒に」

「うるさいっ。御託ばかり並べやがって」

「わしが言いたいのはな。たとえ上つ方がおのれや一族の招福や繁栄のために寺や仏の像を造ったとしても、御仏はおまえやおまえの親や子のためにおられるということだ」

「わしらのためじゃと？　奇体なことをほざきやがる」

「御仏は、身分や貴賤《きせん》や貧富で差別はなさらぬ。院も、おまえも、このわしも、皆おなじなのじゃ。院であれ、鎌倉であれ、国を統《す》べる者は天下万民の暮らしを守る務めがある。それを御仏に祈願する務めがある。わしらはそのために造りたてまつる」

「では訊《き》くが、仏はわしらに何をしてくれる。親や赤子を返してくれるとでもいうのか」

「返してはくださらぬ。だが、あの世で彼らを守ってくださる。おまえに彼らの後生《ごしょう》を祈ることを教えてくださる。おまえの不安をとりのぞき、おだやかな気持にしてくださる」

他の兵たちはわたしたちをとり囲み、しんと聴き入っている。家の者たちも皆、うなずきながら聴いている。

「わかった」

男が眼をうるませて頭を下げた。

「わしらが悪かった。すまぬ。とんでもないことをしでかすところだった」

他の者たちもそれに倣《なら》ってうなだれた。

「赦《ゆる》してくれろ。もう二度とこんな狼藉はせぬから」

肩を落として引き揚げようとする彼らの背に、わたしは声をかけた。

「命を粗末にするな。危ないと思ったら、さっさと逃げろ。その足で国へ帰れ」

ぞくぞくと参集してきているとはいえ、上皇の軍勢はしょせん烏合《うごう》の衆《しゅう》だ。しかも、朝廷内でも、上皇の肉親や近臣ら以外は挙兵に強く反対したという。あくまで上皇の独断なのだ。

（しかし、問題は、鎌倉がどう出るかだ）

尼御台は？　北条義時は？　これを危機とみるか。好機とみるか。

あれこれ予測する間もなく、十九万騎もの大軍勢が京へと押し寄せてくるとの噂が広まった。対する朝廷軍はたかだか二万数千。美濃と加賀で迎え撃とうとするも、緒戦でぶざまに敗走。後鳥羽上皇はみずから武装して比叡山に登り、僧兵に協力を要請したが失敗、最後の防衛線とした近江の瀬田と宇治も簡単に突破された。

幕府軍はそのまま京になだれ込んできて、朝廷方は完全に制圧された。

逃げていた町の者たちはすぐさま帰ってきて、酒楼や遊女屋は前にも増して大賑《にぎ》わいになっている。

「挙兵の狼煙《のろし》をあげてからわずか一ヶ月。なんともあっけない幕切れじゃったな」

「そもそも見通しが甘かったのよ。戦術も戦略もない。院宣だの朝敵だのと権威を振りかざしさえすれば、相手はたちまちひれ伏すとでも思ったのであろうが」

そんな会話も耳にした。

「それにしても、鎌倉方の結束力の強さは恐ろしいものがあるな。なんでも尼将軍が動揺する御家人たちの前で、頼朝公の恩を忘れるな、と叱咤《しった》したそうじゃぞ」

「ほう、それはまさに師子吼《ししく》ですな」

師子吼とは、釈尊が悪魔や外道《げどう》相手に説法するときは、さながら獅子《しし》が吼《ほ》えて百獣を怖れさせる如《ごと》くだったという喩《たと》えである。

（師子吼か。うまいことを言うわい）

その情景が眼に浮かぶ。さぞや勇猛果敢な牝《め》獅子であったろう。今度会うことがあったら、たんと冷やかしてさしあげよう。身をよじって恥ずかしがられるであろうが。そんなことを思えるのは、京が兵馬に踏みにじられ、戦火に焼かれずにすんだ安堵からだ。

それにひきかえ、後鳥羽上皇の卑劣さはどうだ。勝敗が決するや、すぐさま義時追討の院宣を取り消し、その上あろうことか、責任を近臣たちになすりつけて自分は罪を逃れようとしたのだ。

だが、幕府は容赦しなかった。後鳥羽上皇を隠岐に、順徳上皇を佐渡に遠流にし、幼天皇は退位。その他、加わった宮や近臣らはことごとく捕えられて処刑、あるいは自害させられた。

ただひとり謀議に加わらなかった土御門《つちみかど》上皇までが、御自ら希望して土佐に流された。

（父上皇の暴挙を止められなかった自分にも責任があると、そういうことか）

人は自分の心次第で卑劣にも崇高にもなる。そう思わずにいられなかった。

五

まだ世間が乱の余波に揺れるひと月後、湛慶を呼んで命じた。

「明恵どのの高山寺《こうざんじ》に十輪院の盧舎那仏をお預けしたい。おまえからよくよくお願いしてくれ」

「あのお像を栂尾《とがのお》にですか」

湛慶は怪訝《けげん》そうに首を傾《かし》げて訊き返した。

「どうしてそこなので？　たしかに京内ではいつ何時また、火災やせんだってのような兵乱に遭うかわかりませぬゆえ、人里離れた山中のほうが安全は安全ですが」

十輪院が焼けてから早や三年。湛慶も早くなんとかせねばと考えていたろうが、わたしと文覚上人の約束のことは知らない。話してきかせると、ようやく得心がいったとうなずいた。

「そういうことでしたら、なんとしても手立てをつけます」

贔屓《ひいき》にしていただいている西園寺公経卿に仲立ちをお願いしてみるという。西園寺卿は四代将軍の外祖父にあたり、承久の乱のときには事前に情報を鎌倉に流して後鳥羽上皇によって幽閉されたが、いまや幕府の後ろ盾を得て朝廷の実権を握っている。湛慶に眼をかけてくださるのも、鎌倉との誼《よしみ》があるからだ。

明恵が後鳥羽上皇に神護寺とは尾根つづきの地を下賜《かし》されて高山寺を創ったのは、いまから十五年前の建永《けんえい》元年（一二〇六）、文覚上人の死から三年後のことだった。

「日出先照高山之寺」──日出《いで》て先《ま》ず高山を照らす。菩提樹下で悟りをひらいた釈尊が真っ先に説いた教えが華厳《けごん》思想であることから、昇ってくる朝陽の光がまず真っ先に、高い山の頂を照らし出すのにたとえられる。高山寺の寺号はそこから名づけられた。

叔父であり師でもある上覚から帰山を懇望された明恵は、神護寺とは切り放すことを条件に、その寺の創設を上皇に願い出たのだった。それは文覚上人の最後の願いを拒むものであったが、一途《いちず》に華厳思想復興を志す彼は、神護寺内部の権力闘争や朝廷とのいざこざに巻き込まれたくないとの思いが強かったのであろう。わたしはそう想像している。以来、ごく限られた弟子たちとともにひたむきに修行と勉学に励んでいる。

彼らしいと思う。あれほど俗臭のない人はめったにいない。なにものにも侵されぬ強さ、ときに頑《かたく》ななまでに自分の信念を貫きとおす意志の強さだ。会えば、見るからに繊細そうなやさしげな姿で、表情も話す声音も柔和としかいいようがないのに、なぜか頭を垂れたくなる。あの文覚上人が孫ほども若いのにあれほど敬愛し、自分の側に置きたがったのもわかる気がする。

盧舎那仏を造っておいたのも、いつか彼に託すためだ。華厳思想の総本山である東大寺の大盧舎那仏を模して造った。いまの大仏ではない。陳和卿の手で再建された宋風のそれは、お顔がまったく違う。焼討される前の奈良時代当初のお姿を思い出しながら造った。

問題は、高山寺の金堂にはすでに、明恵自身が快慶に造らせた釈迦如来像が本尊として祀られていることだ。

「くれぐれもごり押しにならぬよう、丁重にな」

「承知しております。お任せを」

慎重な湛慶のことだ。そこらへんはうまくやってくれるだろう。

三月後、快慶作の釈迦如来像は、以前明恵が住んでいた賀茂別院に移された。

思ったより事が迅速に進んだことを喜びながらも、わたしは案じた。西園寺卿は奸《かん》計《けい》が得意なお人と評判だ。ましていまは実権を握ったことを誇示したがっている。

(朝廷の権威を振りかざして、強引に明恵どのに迫ったのでなければいいが)

もはや後鳥羽上皇の認許は無効。逆らえば寺をつぶすこともできるのだぞ。口先だけはやんわりと、そう脅しつけたのではあるまいな。

乱の直後、後鳥羽上皇と朝廷方の落人《おちうど》らを明恵が匿《かくま》った、という噂が立ったことがある。

幕府軍の秋田城介《あきたじょうのすけ》の安達景盛《あだちかげもり》という武士が高山寺に乗り込んでさんざん荒らした末、明恵を捕えて六波羅に拉致《らち》した。かねて明恵の高徳を聞き知っていた総大将の北条泰《やす》時《とき》があわてて明恵を上座に坐《すわ》らせると、明恵はこともなげに落人を匿ったことを肯定し、こう言い放ったという。

「愚僧は若い頃、寺を出て方々をさまよった後は、長年かけて習い覚えた法文《ほうもん》でさえ、思い出すのが億劫《おっくう》になっている。まして世間のことなど考えもしない。だから、誰の味方をするとか、贔屓にする気持は微塵《みじん》も持ち合わせていない。そういったことはすべて、沙門《しゃもん》の法に背くからだ。たとえよく知る人に加持祈禱を頼まれたからといって、決して引き受けたりはしない。いかな高貴のお方であろうが、特別扱いは一切できないのだ。

しかしながら、高山寺は殺生禁断の地である。鷹《たか》に追われた小鳥や猟師から逃げた獣はみな、当山に隠れて露命をつないでいる。いわんや、人間がからくも敵の手を逃れ、木々の下、岩の狭間などに隠れているのを、自分が罪になるからといって、見捨てて突き出すことができようか。哀れな者を匿うくらいのことを、この明恵がしないはずはない。できることなら、この衣の下、袖の中にも隠してやろうと思っているし、今後もきっとそうする。それが政道のためにならぬというのであれば、即刻この首を刎《は》ねるがよろしかろう」

これを聞いた泰時はいたく感激し、丁重にもてなして送り届けたという。

泰時という人は、まだ四十になるかならぬかの年齢ながら、謀事や武力による強硬策もいとわぬ父親の義時より思慮深く、心根のやさしい人物だという。仏法に帰依《きえ》する気持も深く、父親が創建した大倉新御堂へ誰より足しげく参じ、ひとり静かに瞑想《めいそう》していると寺僧から聞いている。そういう人物だから、明恵に心酔するのはもっともなことだとも思う。

もしも西園寺公経卿が強引に命令したのだとしても、その程度の脅しに屈する明恵ではない。彼の考えに任せておけば大丈夫だ。こちらの真意は理解してもらえる。

そう安心しようとしていたのだが、そのうちに、明恵がいたく立腹し、「このまま本尊不在でかまわぬ」と、こちらからの受け入れを拒んでいるという話が伝わってくるにおよんで、わたしは悩んだ。

ごり押しはこちらのほうだ。わたしの一方的な思いだけで、彼の気持を踏みにじってしまった。いつの間にか思い上がっていたのだ。自分は当代一の仏師だ、朝廷にも幕府にも顔が利《き》く。望めばなんでも叶う。無意識にそう慢心していたのだ。

わたしはすぐさま高山寺に登り、頭を床に擦りつけて詫びた。

「断念いたします。身のほどをわきまえぬ勝手な言いぐさ、平にお赦しくだされ」

明恵はなんとも哀《かな》しげな顔でうなずいた。

「おまえさまの気持はようわかっております。いずれその時期がきましょう」

彼の怒りが解ける日を待つしかない。いつになるかわからないが、時期が来るというその言葉を信じるしかない。

それまでの間、万が一この仏所ともども焼けてしまう事態になったとしても、それが運命だったと諦めるしかない。かたちあるものはいつか滅びる。それが仏の教えだ。その真理を受け入れられないことが苦しみを生むのだ。

休む間もなく、わたしは新たな仕事にとりかかった。

願主は鎌倉法印貞暁《じょうぎょう》。彼は頼朝公が侍女に産ませた庶子で、政子の嫉妬《しっと》を怖れて母子ともども隠れ住まわされ、異母弟の実朝が生まれる三月前、上洛して仁和寺で出家させられた。わずか七歳で征夷大将軍の子であることを捨てさせられたのだ。

どれほど無念であったことか。政子を恨み、あるいは父のことも憎んで当然の身の上だが、彼は敢然と受け入れ、乗り越えた。高野山に登って俗世と隔絶した環境でひたすら修行に励み、人々に尊崇されるようにまでなっている。

その貞暁が高野山に阿弥陀堂建立を発願したのは、一つは実朝を暗殺した公暁が受法の弟子であったこと、二つめの理由は、尼御台から切々と頼まれたからである。

というのは、四代将軍を決めるのに難航していた際、尼御台は高野山へ行って彼に会い、内々に打診した。いまや頼朝公の直系男子で生き残っているのはおまえさまただ一人。還俗して将軍になってほしい。そう持ちかけたのだったが、

「貞暁どのはその場ですぐさま小刀を取り、ご自分の左目を深々と抉《えぐ》ったのです。わたくしの目の前で。血が噴き出し、顔面を真っ赤に染めて、苦痛にゆがんだお顔で、それでも落ち着き払った声音で、これが答えです、と」

そういう陰惨ないきさつがあったことを、わたしは尼御台からの書状で知った。彼は毅然《きぜん》と拒否した。尼御台が自分に野心があると疑っていると見抜いたからだ。

「わたくしは、愚かにも猜疑心《さいぎしん》に凝りかたまり、人を信じられなくなっていたのです。そのせいで、あたら高徳のお方をむざむざ不具の身にさせてしまいました。悔いても悔やみきれません。死ぬまで懺悔《さんげ》するしかありません」

以来、貞暁に深く帰依し、今回の発願も一族の菩提を弔ってほしいと彼女のほうから依頼したのだという。

「しかし、貞暁どの。あなたはそれで尼御台さまを赦せたのですか。一度ならず二度までも、あなたを非業の底に突き落としたお方ですのに」

わたしが思いきって尋ねると、彼は黒い片目覆にそっと触れながら静かな声音でこたえた。

「遺恨がまったくないといえば嘘《うそ》になります。あの人さえいなければと思ったことも、一度や二度ではない。面倒を避けるために、そのためだけにわたしと母を捨てた父も憎かった。その怒りと憎悪《ぞうお》がわたしを激しい修行にかりたてたといっても過言ではありませぬ。そうすることがわたしなりの復讐《ふくしゅう》と思い定め、そう思い定めることでしか、救われようがなかった。この目をつぶしたのも、その総仕上げ」

「復讐の総仕上げ、ですか……」

壮絶な言葉にわたしは息を呑《の》んだ。

と同時に、まじまじと見つめたその顔が、父親の頼朝公によく似ていることに初めて気づいた。尼御台も気づいたろう。自分が産んだどの子より似ている。愕然《がくぜん》としたろう。その心中は察するに余りある。

だが、貞暁は淡々とした口調で言葉を継いだ。

「いまはいっそさばさばしておるのですよ。ようやっと怨讐《おんしゅう》の生き地獄から抜け出せた。愚僧も、あのお方も、それで救われたのです。いまは心から父の菩提を祈ることができます。頼家、実朝、姉妹たち、それに公暁、彼らの追福も、合わせてこのお像に委ねようと」

ついては丈六の阿弥陀仏の胎内に頼朝公の遺髪を納めてほしい。そう託された。

四十年近くもの長い相剋《そうこく》の末、ようやく寄り添えるようになった尼御台と貞暁の思いを、お像に込める。それはまた、新たに結ばれた絆《きずな》の結び目になるはずだ。

(これも仏師の仕事。いや、これこそ仏師の仕事かもしれぬ)

わたしは自分に託されたものの重さをしみじみ思った。

六

翌貞応《じょうおう》二年(一二二三)二月、貞暁発願の阿弥陀堂の落慶とともに、阿弥陀仏の供養《くよう》が無事におこなわれた。

責任を果たせた。尼御台もさぞ喜んでくださろう。

ほっとした矢先、わたしはふたたび病に倒れた。

前回の大病とおなじなのか違うのか、どこが痛いだの苦しいだのというのはないのに、舌がもつれてものが言いづらく、からだに力が入らない。それよりつらいのは食欲がまったくないのと、寝床から起き上がる気力すら出ないことだ。医師はただ、長年の心身を酷使する仕事で疲労が溜《た》まりに溜まった結果であろうといい、気休めとしか思えない煎《せん》じ薬をくれるばかりだ。

「仕事からお退きになり、養生第一でゆるゆるお過ごしなされ。あとのことはすべてご子息たちにお任せなさればようござる」

暗に老衰とほのめかした。齢四十で初老とされることを思えば、すでに七十を越したわが老軀《ろうく》は、とうに寿命をまっとうし、余りある。まして、以前、大病して三途《さんず》の川を渡りかけた身だ。死を思わぬ日は一日とてなかったし、神仏の加護で生きながらえさせていただいている意味を、考えぬ日はない。

だが、わたしはまわらぬ口で必死に言い返した。

「棟梁を辞めろじゃと？　まだ頭はしっかりしておる。鑿《のみ》は握れずとも、指図はできる。藪《やぶ》医者め、とっとと去《う》せろ」

口の横からよだれを垂れ流してそれだけ言うとたちまち息が上がり、頭がくらくらする。

おまけに、湛慶と康運の妻女らが慣れぬ手つきでからだを拭《ふ》き、頭を剃《そ》ってくれようとするのを、

「あやめはどこへ行った。おまえたちに嫌々やられても不快なだけじゃ。彼女《あれ》を呼べ」

われながら邪険に命じた。

「でも、お父さま、あの女はお父さまが倒れてすぐ、さっさと出ていってしまいましたわ」

「なんじゃと?」

「ですから、逃げたんですよ。また看病させられてはたまらないと思ったんでしょ。行きがけの駄賃に、手文庫にあった金子をごっそり持ち出して。すぐ検非違使《けびいし》に捕まりましたけどね」

康運の妻が肥えた丸い肩をすくめて言った。いい気味だとでも思っているのか、顔に薄ら笑いを浮かべている。

「ついでにもう一つ教えてさしあげますわ。あの女、若い見習い仏師と一緒でした。駆け落ちだったんですよ。どちらがたぶらかしたんだか、前々からできてたんでしょ

うよ。お父さま、あなたは飼い犬に手を嚙《か》まれたのですよ」

従順なおとなしい女のはずなのに、人が変わったように毒づいた。

「言うておくが、あの銭はわしが与えたのをあやめがあそこへ貯《た》めておったのじゃ。おまえらは常日頃近づきもせぬから知らぬだけじゃ。勘違いするな」

「あら、そうですの。あの女にはまた、ずいぶんと情け心がおありなんですねえ。わたしたち嫁には冷たいのに」

「ね、もうやめましょ。それ以上言ってはいけないわ。お父さまもどうか落ち着いてくださいまし。おからだに障《さわ》ります」

湛慶の妻がおろおろして止めに入ったが、わたしは拳《こぶし》を振り上げて叫んだ。

「出ていけっ。二度と顔を見せるなっ」

そのまま寝床にどうと仰向けに倒れ込むと、まぶたをきつく閉じ、歯を食いしばった。

(あやめ、おまえはなぜ、わしを捨てた)

自分を抱けなくなった老いぼれに用はない。そうなのか? いや、そうではあるまい。女盛りの身が若い男を求めるのは以前から黙認していた。

では、嫁が言うように看病を厭《いと》うてか。それもあるまい。口は悪いが心根のやさしい女だ。現に前回の大病では一人でこまやかに世話してくれた。治ったのはそのおかげだ。

ならば、なぜだ。なぜ、わしを見捨てた。

つぶった眼から涙が溢《あふ》れた。幼児のようにしゃくりあげ、鼻水を垂れ流した。汚れた顔を拭いてくれるあやめはいない。

――なんだよ、いい歳《とし》した爺《じい》さんのくせしてみっともないよ、あんた。

遠のく意識のなかで毒づく声が聞こえた。

意識が混濁している時と明瞭《めいりょう》な時とが交互にくる。一日中微熱がつづき、どうしようもなくだるい。まるで地中に引きずり込まれでもするような気持悪さだ。

ふと気づくと、四男の康勝が枕元《まくらもと》でわたしの手をさすりながら小声でつぶやいていた。

「この大きな手。親父《おやじ》さま、わたしは子供の頃から、この手が恐ろしかった。羨望《せんぼう》と怖れを感じておりました。これが仏師の手。親父さまの手」

康勝は父の右小指の関節の鑿ダコを愛しげにさすり、硬いなぁ、と嘆息した。

「親父さま、憶えておいでですか。空也《くうや》上人のお像のことを」

わたしの意識がもどっていることに彼は気づいていない。これは独り言だ。わたしは眼を閉じたまま聴き入った。

「あれを造らせていただいて、いろいろ見えてきた気がします」

康勝は数年前、六波羅蜜寺《ろくはらみつじ》の依頼で一体の肖像を彫った。二百五十年ほど前の王朝時代の半ば、京の市で念仏を布教し、貴賤を問わず「阿弥陀聖《あみだひじり》」「市聖《いちのひじり》」と崇《あが》められた空也上人の像だ。四尺弱の、等身大よりふたまわりほど小さな立像だが、口から「南無阿弥陀仏」の六文字を象徴する人の小指大の阿弥陀仏が六体、細い針金に繫《つな》がれて突き出している。

――息は念珠。

吐く息すら念仏になったという、そのお人の生きざまを象徴している。

六波羅蜜寺から依頼があったとき、わたしは迷わず康勝に命じた。この息子がひそかに称名念仏に心惹《こころひ》かれていることを見抜いていたからだ。

「おまえが思う空也上人のお姿にすればよい。形式にとらわれるな。まるで生きておられるようなお姿にしろ。重源上人のお像を造ったときのことを思い出せ」

仏菩薩の像には決まり事があるが、肖像はその人物の精神性をあらわすことが許される。ただ、重源上人と違い、空也上人は遠い過去のお方だ。絵像も残っておらず、ただ伝承だけがある。いまの人間は誰もその本当の姿を知らないのだから、自由に想像していい。おまえの思うように、というのはそういう意味だ。

その言葉に触発されたとみえて、康勝は念仏を唱えて歩くお姿にした。みすぼらしい浄衣からあばら骨を覗《のぞ》かせ、腰に鹿革《しかがわ》をまといつけ、細い足元は草鞋《わらじ》。胸に念仏の調子をとるために打ち鳴らす金鼓《こんく》を吊《つ》り下げ、鹿杖《かせづえ》をついている。上人以来、いまも巷《ちまた》でよく見かける放浪の念仏聖《ひじり》の姿を模しながら、康勝はひ弱そうな華奢《きゃしゃ》ながらだつきと、陶酔しているようにも痛みをこらえているようにも見える表情で表現した。繊細で傷つきやすく、しかし、いかなる弾圧にも屈しない強靭《きょうじん》な精神力を内に秘めた人。けっして上から人々を導いてやろうという偉そうな姿ではなく、人々の苦しみ哀しみをともに泣き、ともに歩いた人の姿だ。

「うむ。ようできた。いまはこれでいい」

初めて褒めた。

「あの一言、天にも昇る心地でした。自分ではかならずしも満足できる出来ではなかった。まだ空也上人の苦悩まで表わせていない。その悔いに悶々《もんもん》とするばかりでしたのに、親父さまの言葉でふっきれた。少なくともわたしが空也上人の心の奥底へまで入り込んでいきたいと必死にやったことを、親父さまはわかってくださった。だから、いまはこれでいいとおっしゃった。悔いからまた始めればいい。次に進めばいい。深くしていけばいい。そう教えてくださった」

康勝はそうつぶやくと、わたしの掌《てのひら》を自分の額に押し当て、

「ですから、どうかまだ死なないでくだされ。われらを導いてくだされ。このお手で、この大きなお手で、どうか、どうか、どうか」

声を押し殺して咽《むせ》び泣いた。掌に伝わるその気配を、わたしはそのままじっと味わっていた。

七

康勝の言うとおりだ。まだ死ぬわけにはいかない。死ぬ前に片をつけておかねばならぬことが二つ残っている。一つは文覚上人との約束。もう一つは例の地蔵十輪院の諸仏のことだ。日に日に衰えていっているのがわかる。もう立つこともできない。早くせねば間に合わなくなる。

そう懊悩《おうのう》しているとき、ついに高山寺から明恵の弟子がやってきた。

「師が、時期が来たとお伝えせよと」

お像を受け入れるということだ。

事はとんとん進み、四月の佳日を選んで盧舎那仏と四天王、それに賓頭盧尊者《びんずるそんじゃ》のお像を移すことになった。

「地蔵菩薩さまはどうなさいますので?」

「あれは、ここへ置く。おまえたち皆を見守っていただく」

湛慶にそう言っているところへ、思いもかけない人物がやってきた。

「快慶どのが、奈良からやってこられました」

告げにきた康運の顔が引きつっている。快慶が用もないのにここへやってくるのはよほどのことだ。苦情を言いに乗り込んできたのではないか。そう察し、会わせて大丈夫なのか、迷っている顔だ。

「案ずることはない。ここへ通せ」

ふたりだけで話をする。誰も近づくな。そう命じた。

入ってきた快慶は、わたしの顔を見るなり、やわらかな声音で言った。

「棟梁。高山寺への移送をお手伝いさせていただこうと思いましてな」

会うのは何年ぶりか。わたしより数歳上だからもう七十半ばなのに、顔に皺《しわ》を刻んでいるとはいえ色つやはいいし、背中が丸くなってもいない。ただ、脚がだいぶ悪くて歩行に難があるとみえ、杖をつき、弟子に支えられている。そんなからだで奈良からわざわざ出向いてきたのだ。

――おたがい歳《とし》をとったな。

――ええ、さようですな。

どちらも無言のまま目顔で言い合ったのち、わたしのほうから口火を切った。

「恨んでおろうな。そちの釈迦如来像を強引に他所に移させてしまった」

詫《わ》びねばならぬと思いつつできなかったのは、東大寺南大門の二王像の一件以来のわだかまりがまだ消えていないからだ。京と奈良で離れているせいもあるが、極力顔をあわせないようにしてきた。

だが、快慶は、なんの、とかぶりを振った。

「あのとき、明恵さまから言われました。仏はどこに在っても仏だと。こちらが何も口にしないのに、あのお方は見抜いてしまわれた」

つまり、快慶が憤懣《ふんまん》を抑え込んでいたということだ。それを明恵は見抜いた。

「そうか。そうであったか」

うなずきながら、ふと妙なことに気づいた。わたしの病臥《びょうが》は伏せている。せがれたちや弟子たちにも一切口外するなと命じてある。明恵が知る由《よし》もないのに、受け入れを許したのはなぜか。時期が来た、とはどういう意味なのか。

「あのお方は、人の心や目に見えぬものごとが見えてしまう、不思議な力がおありなのです。離れた建物で鳥の雛《ひな》が蛇に呑まれそうになっていると気づかれて、いますぐ救いに行けと弟子にお命じになったそうで、半信半疑で行ってみたら、そのとおりだったと」

霊感というのか、験力《げんりき》というのか、ふつうの人間ではありえない摩訶《まか》不思議な能力をもつ人がいる。明恵もそうだというのだ。

（そうか。わたしの死期がとうに見えておられたか）

われ知らず、ふっ、とちいさな笑みを浮かべた。快慶をここに来させたのも、死ぬ前に確執を解けという意味か。

「わしらがかなうお方ではないということだな。それにしても、仏はどこに在っても仏か。胸に突き刺さるお言葉じゃ」

帝の勅願寺、権威ある大寺、官寺、貴顕の寺、人はそういうところのお像をありがたがる。仏師は自分の作を納めたいと望む。世俗の価値観にまみれているのだ。

「そのことよりわしは、興福寺の北円堂の造仏に呼んでいただけなかったことを、恨めしく思っておりました。わしを疎《うと》んじてわざと外されたのだ。使いこなす自信がないのだと」

「そのとおりだ」

「なれど、できあがった諸像を拝見して、はっきり覚《さと》りました。この中にこの快慶の作が入れば、全体の調和が台無しになっていた。棟梁はそれがわかっておられた。わかっておらなんだのはわしだけじゃった。そう思うといたたまれず、自分を恥じました」

誰よりも自尊心が高く、その分、誰よりも自分を厳しく律して、疎外感《そがいかん》と屈辱に耐えてきた男だ。自分を恥じるという言葉が、彼にとってどれほど重いか。

わたしは返す言葉がなかった。ただ、黙ってうなずいた。よう言ってくれた。恥じねばならぬのはわしのほうだ。心を開いて語り合うことを避けた。避けることで自分を護《まも》った。くだらない自尊心のせいだ。

「それに、棟梁」

快慶は一瞬、痛みをこらえるような顔で言いよどみ、それから一気に言った。

「ことにあの弥勒仏を見て、棟梁はすでにわしなど足元にも及ばぬ、はるか高みに行ってしまわれたと愕然としました。変化を怖れぬ勇気、先の時代と人々の欲求を見通す洞察力。悔しいが、この快慶にはない。わしはただ、その一体一体、より美しく、より完璧《かんぺき》に、もっともっとと、それしか考えられない。技を究めることしかできない。とうていかないません」

弟子の育て方についてもそうだという。弟子に任せることができない。任せようとしても、結局は焦れて手を出してしまう。だからなかなか育たない。工房全体の技術力がそろってこない。そう溜息をつきながら嘆いた。

「それもこれも、わしの狭量のせいです。東大寺南大門の二王像のときもそうでした。われながら依怙地《いこじ》がすぎました。棟梁のお指図に従わず、自分らしさを出してやろうと、そればかり狙《ねら》っていた。そのせいで定覚どのがどれだけ苦労なさったか。それに、仕上げのときも、棟梁は吽形像《うんぎょう》を修正なさったのに、わしは片意地を張って直さなかった。いまでも見るたびに忸怩《じくじ》たる思いになります」

二十年も前のことなのに、ふたりとも二王像の細部の細部まで、はっきり思い描くことができる。筋肉の凹凸、脚先の位置、顔の向き、天衣の襞《ひだ》の流れ。あの部分はもっとこうしたほうがよかった。いや、それよりあそこをもう少し――。一つ一つあげつらい、時間を忘れて夢中で語り合った。

たがいに打てば響く。意見の相違はあっても、相手の意見を聞けば、ああそうかと納得できる。あのとき、こうして率直に話し合えたら、こんな長い確執は生じなかったであろう。快慶もそう思っているにちがいない。人間はなんと愚かないきものか。

「いまなら、もっと違うものが造れるであろうかな」

「そうですなあ」

快慶は考え込む顔になり、

「いまなら、棟梁のお指図に忠実に従えるでしょう。もっとも、それでは面白くないと言われるのでしたら、話は別ですが」

ちいさく笑ってみせた。

八

「棟梁、鎌倉の尼御台さまから見舞いのご使者がこられましたぞ」

康運が耳元で力強い声で告げた。

「三代様の七回忌法要のため、棟梁にあらたに弥勒仏を造ってほしいとのことです。尼御台さまたっての仰せ。お引き受けせぬ道理はございません」

「そうですとも。親父さま、いま一度発起して、なんとしてもお造りなさらねば。これ　ばかりは兄者やわしらが代わるわけにはまいりませぬのですぞ。親父さま」

康勝のやわらかな声音が心地よく耳に染《し》み入ってくる。

「尼御台さまは、運慶はわが同志とおっしゃられた由。わらわの苦しみを誰よりも知る者じゃと。ことのほか案じてくださっておられます。ありがたいことですな」

三代様の釈迦如来像はいま、尼御台の持仏堂に移され、彼女は日々、悔恨の中にいるという。貞暁のことはもとより、後鳥羽上皇、順徳上皇の二院を流罪《るざい》にしてのけた承久の乱のことも大きな苦悩であろう。わが子の頼家を切り捨てたことと父時政との確執も、決してしかたなかったと割り切れはしないであろう。強く生きることを自らに課した結果がこれだ。だが、悔恨もまた、強い人間が引き受けねばならぬ性《さが》なのだ。

「おお、うなずかれたぞ。見よ。見よ。わしの言うことをわかってくださったぞ」

康運がまるで自分の手柄のように言いたてた。

その声を聞きながら、わたしは思った。

(その仕事は、夢の中で彫ることにしよう。時間を気にせず、心ゆくまでじっくり彫る。最後の贅沢《ぜいたく》な仕事だ)

それからは一日中、うつらうつら眠るだけになった。もう一日の区切りもない。ふっと目覚め、しばらくするとまた眠りに墜ちる。

せがれや孫たちが交代で見守ってくれているようだが、それが誰だか確かめようとも思わない。ただ、意識がはっきりしているときには、いまのうちに言っておきたいことをぽつぽつと、思いつくまま口にする。

「無の境地とか、空寂《くうじゃく》の心で彫れとか、それにこだわること自体が、自我意識から逃れられぬ証拠だ。こだわらず、願わず、厭わず、自分を忘れ、時を忘れ、人を忘れ、愛も憎も忘れよ」

「自分を否定し尽くせ。個性などというものを否定し尽したところに、真の自分を見出す機縁がある」

「もし迷いが出たら、木の中の仏に訊け。かならず応《こた》えてくださる」

「人間の内にひそむ未知の可能性は、自我を没し尽したところから働きをもちはじめ、思いがけない力を引き出す」

断片的にでもいい。いますぐわからずとも、後になって、ああそういう意味だったか、と思い出してくれればいい。

「わしを真似《まね》るな。運慶の名に頼らず、自分自身になれ。わしを捨てろ」

どれだけわかってくれるか。誰かひとりだけでもわかってくれれば、慶派はつづいていける。そうでなければ、やがて時代の流れの中に消える。

わたしは仏師だ。運慶だ。霊験仏師、稀代《きだい》の天才、そう讃《たた》えられた。

だが、たとえ無名の仏師で終わったとしても、わたし自身はそれでもよかった。自分が美しいと思えるものが造れれば、人の心に刻み込まれるお像を一体でも造ることが出来れば、それで満足だった。

何百年か何千年か経《た》って、解体修理がおこなわれたとき、そのとき初めて、仏師の名が出てくる。仏の胎内から、それを黙々と造り上げた仏師の名が出てくる。

絵木法然《えもくほうねん》。絵に描かれたものであれ、木で造られたものであれ、仏の姿は仏そのもの。真実の仏だ。

ひたすらに彫る。彫るために生きる。それが仏師という生き方だ。仏師の生命そのものだからだ。

貞応二年（一二二三）十二月十一日　運慶没す。

参考文献

水原一校注『平家物語　中』（新潮社「新潮日本古典集成」、一九八〇）
永原慶二監修、貴志正造訳注『全譯吾妻鏡』（新人物往来社、一九七七）
根立研介『運慶』（ミネルヴァ書房「ミネルヴァ日本評伝選」、二〇〇九）
副島弘道『運慶　その人と芸術』（吉川弘文館「歴史文化ライブラリー」、二〇〇〇）
山本勉『運慶にであう』（小学館「アートセレクション」、二〇〇八）
山本勉監修『運慶　時空を超えるかたち』（平凡社「別冊太陽」、二〇一〇）
山本勉他『運慶　リアルを超えた天才仏師』（新潮社「とんぼの本」、二〇一二）
奈良国立博物館展覧会図録『大勧進重源』（二〇〇六）
松久朋琳『仏像彫刻のすすめ』（日貿出版社、一九七三）
芸術新潮『仏師・西村公朝が語る運慶の革命』（新潮社、一九九二年二月号）
芸術新潮『よみがえれ、仏像！　知られざる修理の物語』（新潮社、二〇一五年五月号）
江里康慧『仏師という生き方』（廣済堂出版、二〇〇一）
渡辺保『北条政子』（吉川弘文館「人物叢書」、一九六一）
関幸彦『北条政子』（ミネルヴァ書房「ミネルヴァ日本評伝選」、二〇〇四）

山田昭全『文覚』(吉川弘文館「人物叢書」、二〇一〇)
奥田勲『明恵　遍歴と夢』(東京大学出版会、一九七八)
田中久夫『明恵』(吉川弘文館「人物叢書」、一九六一)
白洲正子『明恵上人　愛蔵版』(新潮社、一九九九)

解説

籔《やぶ》内《うち》佐《さ》斗《と》司《し》

待望の仏師エンタテインメント

私には、かねてからひとつの願いがありました。それは、鎌倉時代の「南都復興」をテーマにした大河ドラマ、もしくは映画ができないものかということです。東大寺大仏殿や興福寺伽藍《がらん》の焼亡の様子は、最新のCG技術を以《もっ》てすれば、素晴らしい映像スペクタクルとして描き出すことができるでしょう。清盛、重衡《しげひら》、頼朝のような美しい武将はもちろん、重源上人《ちょうげんしょうにん》、陳和卿《ちんなけい》、そして運慶を筆頭とする個性豊かな仏師たちなど、魅力的な登場人物には事欠きませんから、世界的なヒットも夢ではないと思います。

常日頃、そんなことを思っていたところに、本書『荒仏師　運慶』に出逢《であ》いました。私は、彫刻家であるとともに東京藝術大学大学院文化財保存学で仏像の技法材料と修復を担当している関係で、仏師や仏像制作の背景について研究しています。しかし、それはあくまでも美術史的知識や制作技法が中心で、仏師の人物像を具体的にイメージすることはあまりありません。ところが本書において、慶派が台頭する時代の躍動感が波乱にとんだ物語にとけこんで、仏師名と制作した仏像名だけだった人物たちが、梓澤要《あずさわかなめ》さんの想像力によって生身の人間として描かれていることにびっくりしました。「ひとにはそれぞれに得意分野があるもんだ」と大いに感心した次第。

西洋美術史では、レオナルド・ダ・ヴィンチとミケランジェロ、ゴッホとゴーギャン、ピカソとブラックのような同時代を生きた芸術家について、人間の物語として著述する「評伝 Critical Biography」という分野があります。しかし、わが国の美術史、とくに文字史料の少ない仏像史には、銘文や書簡・日記などの文献資料を渉猟し、歴史的事実を無機質に記す学術論文は数多《あまた》ありますが、美術史家が「評伝」という形式で著述することは稀《まれ》です。もちろん本書は小説というエンタテインメントであり評伝ではありません。登場人物の背景が詳細に調べられてはいますが、あくまで筆者のイマジネーションの産物としての人物像を描いています。しかし、仏像彫刻の分野から、ようやくこうした労作が誕生したことをとても嬉《うれ》しく思っています。

かつて恐竜の化石を発掘する考古学や動物の解剖学、遺伝子工学などは地味な学問でしたが、それを見事なまでにエンタテインメント化して世界的に大成功したのがマイケル・クライトンの「ジュラシック・パーク」であり、ユニバーサルスタジオが制作した同名の映画です。これは、アメリカという国の学術に対する大らかな自由度とそれをエンタテインメントにする能力、そして映像表現技術の圧倒的高さを示すものであり、アメリカ文化の勝利に間違いありません。

一方わが国には、この小さな島国で、仏教伝来以来千五百年におよぶ途切れることのない寺院と仏像の歴史があります。このことは、世界の宗教史上非常に稀なことであり、しかも東アジアの歴史と連動しながら、まさに大河のごとく魅力的な物語を紡いでいます。これを文学作品や映像表現としてエンタテインメント化しないことは、日本文化の宝の持ち腐れといえるでしょう。本書は、丹念な時代考証と人物像の肉付けによって、とても読み応《ごた》えのある歴史小説として成功しているのですから、ぜひとも本書を原作にした映像作品ができることを心待ちにしています。

おもな登場人物について

本書では、康慶、運慶、快慶の三人の仏師を縦軸に物語が展開します。蛇足を承知で、彼らとその周辺の事跡を簡単に整理しておきましょう。一一八〇年の南都焼亡後、奈良で大活躍した慶派ですが、もとを質せば日本独自の仏像技法である寄せ木造を集大成し、宇治の平等院阿弥陀如来坐像《あみだにょらい》を造った平安京の大仏師定朝《じょうちょう》（？—一〇五七）を源流としています。そして彼の孫の頼助《らいじょ》が興福寺を拠点に造仏や古仏の修復を始めたことが南都仏師の始まりです。

定朝の血統を引く南都の棟梁《とうりょう》は成朝《せいちょう》で途絶えましたが、彼の工房の筆頭格であった康慶がその後の慶派仏師の祖となりました。興福寺を拠点に、天平時代以来の仏像を修復することで古仏の造形に習熟していた康慶らは、定朝の形式を踏襲しつつも、天平期や平安初期の仏像を思わせる彫りの深い造形や力強い衣文《えもん》などで写実的な造仏を行いました。

運慶は十二世紀半ばに康慶の長男として生まれ、一二二三年に亡《な》くなっています。彼のデビュー作である円成寺大日如来坐像は、康慶が彼に託した図面や木取りを用いながら、制作途中で体幹部材の底面を削って約四度後に傾けることによって、大きく胸を張った形状に造り変えました（註）。これによって、定朝以来の坐像の形状に変更が加えられ、それ以降の運慶とその周辺の坐像表現の基準となっていくのですが、この改変こそ、運慶が仏像彫刻に革命をもたらしたと言われる由縁です。

当時、定朝から伝承されてきた設計プランを勝手に変更することは絶対的なタブーだったでしょう。しかし康慶がそれを許したということは、実子・運慶をいかに嘱望していたかをうかがわせる出来事です。二十五歳頃の運慶が制作したこの円成寺像から、最晩年の神奈川県称名寺光明院の大威徳明王像まで、作品の質を落とすことなく、一貫して若々しく骨太い造形を造り続けたという点で、運慶は傑出した彫刻家であったといえます。

一方、快慶の生没年や出自については詳しく判《わか》っていませんが、運慶とほぼ同じ世代であったと思われます。康慶の嫡男《ちゃくなん》として早くから将来を約束されていた運慶とちがい、快慶はその超絶的技巧のみで早くから工房内で頭角を顕《あらわ》しました。彼の理知的で女性的といってもいいほど繊細で緻密《ちみつ》な造形は、男性的な造形を得意とする運慶と好対照をなしています。

もっとも早い作例である一一八九年のボストン美術館弥勒菩薩《みろくぼさつ》立像（興福寺旧蔵）を始め、一一九二年の醍醐寺《だいごじ》三宝院弥勒菩薩坐像、一二〇一年の東大寺僧形八幡神像《はちまんしんぞう》のような初期の作品は、人が造ったものとは思えないほど崇高な姿形をしています。

彼には彩色や截金《きりかね》の専従の職人が常に付き随《したが》い、完璧《かんぺき》な仕上げを行っていたようです。そして僧綱位を得るまで自らの作品に「仏師快慶」「巧匠安阿弥陀仏《あんなみだぶつ》」と記したほど、早くから自他共に認める技倆《ぎりょう》を発揮したことが想像できます。

彼は、東大寺復興の総勧進であった重源上人が各地に建立《こんりゅう》した寺院において、多くの造仏に携わり法橋の僧綱位を得ますが、運慶が得た法印には届きませんでした。慶派本流を歩み続けた運慶に対して、技倆的には勝っていると自負しながら傍流に甘んじた快慶に、忸怩《じくじ》たる思いがあったことは容易に想像がつきます。僧綱位を得るたびに銘記を変えながら、ほぼすべての作例に署名して強烈に自己を主張し続けたこともその表れでしょう。

初期の三尺阿弥陀立像などでは全く破綻のない見事な造形を見せた快慶でしたが、浄土寺の阿弥陀三尊像のような巨像や憤怒相《ふんぬそう》などの力強い造形は苦手としていたようで、細部の表現は緻密ながら全体の統一感にやや破綻《はたん》が見られます。また一二〇六年に重源上人が亡くなって以降の作例は、短期間に同一人物の作品とは思えないほど凡庸な造形に堕していきました。それは、彼が重源のために制作することを何よりの喜びとし、重源死後は造仏への熱意を失い、弟子たちに制作を委《ゆだ》ねたからではないかと想像しています。

さて、以上は私なりの美術史的蘊蓄《うんちく》の羅列ですが、本書では梓澤さんが豊かな想像力を駆使して、運慶の独り語りとして彼らの人間模様を展開させ、彼が人生の終わりに達した境地や、快慶との最後の場面など、まるでその場に居合わせたような現実感で描き出されています。

（註）藤曲隆哉『円成寺大日如来坐像の造像工程の研究―康慶から運慶へ―』2013

本書に描かれた女性たち

本書では、運慶という稀代《きたい》の大仏師を主人公としながら、彼を取り巻く阿古丸、延寿、狭霧、由良、あやめという女性たちとの虚実取り混ぜた関係が描かれます。仏師という男の世界に多くの女性を絡《から》ませることによって、生身の運慶をより現実感をもって感じさせてくれます。

阿古丸は、東大寺再建を誓った『運慶願経』（一一八三）に大施主《せしゅ》として運慶と並んでその名が記載されていますので、実在の女性だったことは間違いありません。しかしその人物像は、経済的に大きな影響力を持ち、後に公家の水無瀬親信の妻となったこと以外は不明です。劇画家のさいとう・たかを氏は、彼の作品『運慶』のなかで彼女を運慶の妻としています。一方本書では、美術史家の山本勉氏らの推測を採用し、今様と女傀儡師《くぐつし》一座の座長にしています。

またその娘の延寿という美しいけれど放蕩《ほうとう》な女芸人と、若き運慶とのつかの間の契《ちぎ》りによって産まれた子どもを、長男・湛慶として描き、運慶は生涯彼女の幻影を追うことになりました。行方知れずとなっていた延寿が東大寺炎上のうちに死んだ際、運慶が、彼女が抱きしめていた大仏殿の柱を使って『運慶願経』の表具の軸木を削り出したとするなど、作者は彼女に対する運慶の思いの深さを巧みに描いています。また興福寺別当の隠し子として生まれ、父・康慶の差配によって運慶の正妻となった狭霧は、延寿の遺児・湛慶に対して複雑な思いを抱きながら、運慶との間に後の慶派を担《にな》っていく子どもたちを産んでいきます。

そして悪女・悪妻として描かれがちな北条政子について梓澤さんは、都ぶりとはかけ離れた東国の洗練されない男勝りではあるけれど、野性的な魅力のある女性像に描いています。中世の男社会に生きた女性たちが、男たちに翻弄《ほんろう》されながらも芯《しん》の強さを失わないすがたを、温かい眼差《まなざ》しで描いていることが、本書の大きな魅力になっているのです。

さて、もしいつの日か本書をベースにした映像作品が生まれることになったら、私の研究室は、仏像制作からコンピュータグラフィックスまで、総力を挙げて技術的なサポートをしたいと思います。「われこそは！」と名乗りを挙げる映像プロデューサは、どこかにいませんか？

（平成三十年八月　彫刻家・東京藝術大学大学院文化財保存学教授）

この作品は平成二十八年五月新潮社より刊行された。

梓澤要著　捨ててこそ　空也

財も欲も、己さえ捨てて生きる。天皇の血筋を捨て、市井の人々のために祈った空也。波乱の生涯に仏教の核心が熱く息づく歴史小説。

玉岡かおる著　天平の女帝　孝謙称徳
―皇王の遺し文―

秘められた愛、突然の死、そして遺詔の行方。その謎を追い、二度も天皇の座に就いた偉大な女帝の真の姿を描く、感動の本格歴史小説。

帚木蓬生著　国銅（上・下）

大仏の造営のために命をかけた男たち。歴史に名は残さず、しかし懸命に生きた人びとを、熱き想いで刻みつけた、天平ロマン。

帚木蓬生著　水神（上・下）
新田次郎文学賞受賞

筑後川に堰を作り稲田を潤したい。水涸れ村の五庄屋は、その大事業に命を懸けた。故郷の大地に捧げられた、熱涙溢れる時代長篇。

青山文平著　伊賀の残光

旧友が殺された。伊賀衆の老武士は友の死を探る内、裏の隠密、伊賀衆再興、大火の気配を知る。老いて怯まず、江戸に澱む闇を斬る。

青山文平著　春山入り

山本周五郎、藤沢周平を継ぐ正統派にして、全く新しい直木賞作家が、おのれの人生を摑もうともがき続ける侍を描く本格時代小説。

安部龍太郎著

冬を待つ城

天下統一の総仕上げとして奥州九戸城を囲んだ秀吉軍十五万。わずか三千の城兵は玉砕するのみか。奥州仕置きの謎に迫る歴史長編。

安部龍太郎著

下天を謀る（上・下）

「その日を死に番と心得るべし」との覚悟で合戦を生き抜いた藤堂高虎。「戦国最強」の誉れ高い武将の人生を描いた本格歴史小説。

安部龍太郎著

信長燃ゆ（上・下）

朝廷の禁忌に触れた信長に、前関白・近衛前久の陰謀が襲いかかる。本能寺の変に至る一年半を大胆な筆致に凝縮させた長編歴史小説。

安部龍太郎著

血の日本史

時代の頂点で敗れ去った悲劇のヒーローたちを描く46編。千三百年にわたるわが国の歴史を俯瞰する新しい《日本通史》の試み！

井上靖著

額《ぬか》田《たの》女《おお》王《きみ》

天智、天武両帝の愛をうけ、〝紫草《むらさき》のにほへる妹〟とうたわれた万葉随一の才媛、額田女王の劇的な生涯を綴り、古代人の心を探る。

井上靖著

後白河院

武門・公卿の覇権争いが激化した平安末期に、権謀術数を駆使し政治を巧みに操り続けた後白河院。側近が語るその謎多き肖像とは。

池波正太郎著

真田太平記（一～十二）

天下分け目の決戦を、父・弟と兄とが豊臣方と徳川方とに別れて戦った信州・真田家の波瀾にとんだ歴史をたどる大河小説。全12巻。

子母沢　寛著

勝　海　舟（一～六）

新日本生誕のために身命を捧げた維新の若き志士達の中で、幕府と新政府に仕えながら卓抜した時代洞察で活躍した海舟の生涯を描く。

司馬遼太郎著

花　神（上・中・下）

周防の村医から一転して官軍総司令官となり、維新の渦中で非業の死をとげた、日本近代兵制の創始者大村益次郎の波瀾の生涯を描く。

司馬遼太郎著

果心居士の幻術

戦国時代の武将たちに利用され、やがて殺されていった忍者たちを描く表題作など、歴史に埋もれた興味深い人物や事件を発掘する。

司馬遼太郎著

燃えよ剣（上・下）

組織作りの異才によって、新選組を最強の集団へ作りあげてゆく〝バラガキのトシ〟――剣に生き剣に死んだ新選組副長土方歳三の生涯。

司馬遼太郎著

峠（上・中・下）

幕末の激動期に、封建制の崩壊を見通しながら、武士道に生きるため、越後長岡藩をひいて官軍と戦った河井継之助の壮烈な生涯。

北原亞以子著

雨の底　慶次郎縁側日記

恋に破れた貧乏娘に迫る男。許されぬ過去に苦しむ女たち。汚れた思惑の陰で涙を流す人々に元同心「仏の慶次郎」は今日も寄添う。

北原亞以子著

乗合船　慶次郎縁側日記

婿養子急襲の報に元同心慶次郎の心は乱れ、思いは若き日に飛ぶ。執念の絶筆「冥きより」収録の傑作江戸人情シリーズ、堂々の最終巻。

北原亞以子著

似たものどうし　―慶次郎縁側日記傑作選―

仏の慶次郎誕生を刻む記念碑的短編「その夜の雪」他、円熟の筆冴える名編を精選。ドラマ出演者の作品愛や全作解題も交えた傑作選。

志川節子著

ご縁の糸　芽吹長屋仕合せ帖

大店の妻の座を追われた三十路の女が独り長屋で暮らし始めて――。事情を抱えて生きる人びとの悲しみと喜びを描く時代小説。

野口卓著

闇の黒猫　―北町奉行所朽木組―

腕が立ち情にも厚い定町廻り同心・朽木勘三郎と、彼に心服する岡っ引たちが、伝説と化した怪盗「黒猫」と対決する。痛快時代小説。

野口卓著

隠れ蓑　―北町奉行所朽木組―

わが命を狙うのは共に汗を流した同門剣士。定町廻り同心・朽木勘三郎は血闘に臨む。絶賛を浴びる時代小説作家、入魂の書き下ろし。

藤沢周平著

時雨のあと

兄の立ち直りを心の支えに苦界に身を沈める妹みゆき。表題作の他、江戸の市井に咲く小哀話を、繊麗に人情味豊かに描く傑作短編集。

藤沢周平著

橋ものがたり

様々な人間が日毎行き交う江戸の橋を舞台に演じられる、出会いと別れ。男女の喜怒哀楽の表情を瑞々しい筆致に描く傑作時代小説。

藤沢周平著

時雨みち

捨てた女を妓楼に訪ねる男の肩に、時雨が降りかかる……。表題作ほか、人生のやるせなさを端正な文体で綴った傑作時代小説集。

山本周五郎著

松風の門

幼い頃、剣術の仕合で誤って幼君の右眼を失明させてしまった家臣の峻烈な生きざまを描いた「松風の門」。ほかに「釣忍」など12編。

山本周五郎著

深川安楽亭

抜け荷の拠点、深川安楽亭に屯する無頼者たちが、恋人の身請金を盗み出した奉公人に示す命がけの善意——表題作など12編を収録。

山本周五郎著

四日のあやめ

武家の法度である喧嘩の助太刀のたのみを、夫にとりつがなかった妻の行為をめぐり、夫婦の絆とは何かを問いかける表題作など9編。

有吉佐和子著
紀ノ川
小さな流れを呑みこんで大きな川となる紀ノ川に託して、明治・大正・昭和の三代にわたる女の系譜を、和歌山の素封家を舞台に辿る。

有吉佐和子著
華岡青洲の妻
女流文学賞受賞
世界最初の麻酔による外科手術――人体実験に進んで身を捧げる嫁姑のすさまじい愛の葛藤……江戸時代の世界的外科医の生涯を描く。

有吉佐和子著
鬼怒川
鬼怒川のほとりにある絹の里・結城。戦争の傷跡を背負いながら、精一杯たくましく生きた貧農の娘・チヨの激動の生涯を描いた長編。

隆慶一郎著
鬼麿斬人剣
名刀工だった亡き師が心ならずも世に遺した数打ちの駄刀を捜し出し、折り捨てる旅に出た巨軀の野人・鬼麿の必殺の斬人剣八番勝負。

隆慶一郎著
一夢庵《いちむあん》風流記
戦国末期、天下の傾奇者《かぶきもの》として知られる男がいた！　自由を愛する男の奔放苛烈な生き様を、合戦・決闘・色恋交えて描く時代長編。

隆慶一郎著
影武者徳川家康（上・中・下）
家康は関ヶ原で暗殺された！　余儀なく家康として生きた男と権力に憑かれた秀忠の、風魔衆、裏柳生を交えた凄絶な暗闘が始まった。

三浦綾子著
細川ガラシャ夫人（上・下）
戦乱の世にあって、信仰と貞節に殉じた悲劇の女細川ガラシャ夫人。清らかにして熾烈なその生涯を描き出す、著者初の歴史小説。

宮尾登美子著
櫂《かい》
太宰治賞受賞
渡世人あがりの剛直義侠の男・岩伍に嫁いだ喜和の、愛憎と忍従と秘めた情念。戦前高知の色街を背景に自らの生家を描く自伝的長編。

宮尾登美子著
春燈
土佐の高知で芸妓娼妓紹介業を営む家に生まれ、複雑な家庭事情のもと、多感な少女期を送る綾子。名作『櫂』に続く渾身の自伝小説。

藤原緋沙子著
月凍てる
―人情江戸彩時記―
婿入りして商家の主人となった吉兵衛だったが、捨てた幼馴染みが女郎になっていると知り……。感涙必至の人情時代小説傑作四編。

藤原緋沙子著
百年桜
―人情江戸彩時記―
新兵衛が幼馴染みの消息を追えば追うほど、お店に押し入って二百両を奪って逃げた賊に近づいていく……。感動の傑作時代小説五編。

杉浦日向子著
一日江戸人
遊び友だちに持つなら江戸人がサイコー。試しに「一日江戸人」になってみようというヒナコ流江戸指南。著者自筆イラストも満載。

島田荘司著 写楽 閉じた国の幻 (上・下)

「写楽」とは誰か――。美術史上最大の「迷宮事件」を、構想20年のロジックが打ち破る! 現実を超越する、究極のミステリ小説。

宮部みゆき著 幻色江戸ごよみ

江戸の市井を生きる人びとの哀歓と、巷の怪異を四季の移り変わりと共にたどる。〃時代小説作家〃宮部みゆきが新境地を開いた12編。

宮部みゆき著 初ものがたり

鰹、白魚、柿、桜……。江戸の四季を彩る「初もの」がらみの謎また謎。さあ事件だ、われらが茂七親分――。連作時代ミステリー。

宮部みゆき著 孤宿の人 (上・下)

藩内で毒死や凶事が相次ぎ、流罪となった幕府要人の祟りと噂された。お家騒動を背景に無垢な少女の魂の成長を描く感動の時代長編。

森 鷗外 著 阿部一族・舞姫

許されぬ殉死に端を発する阿部一族の悲劇を通して、権威への反抗と自己救済をテーマとした歴史小説の傑作「阿部一族」など10編。

森 鷗外 著 山椒大夫《さんしようだゆう》・高瀬舟

人買いによって引き離された母と姉弟の受難を描いて、犠牲の意味を問う「山椒大夫」、安楽死の問題を見つめた「高瀬舟」等全12編。

新潮文庫最新刊

今野敏著
去就
―隠蔽捜査6―
ストーカーと殺人をめぐる難事件に立ち向かう竜崎署長。彼を陥れようとする警察幹部が現れて。捜査と組織を描き切る、警察小説。

佐伯泰英著
いざ帰りなん
新・古着屋総兵衛　第十七巻
荷運び方の文助の阿片事件を収めた総兵衛は、桜子とともに京へと向かう。一方、信一郎率いる交易船団はいよいよ帰国の途につく。

畠中恵著
おおあたり
跡取りとして仕事をしたいのに病で叶わぬ一太郎は、不思議な薬を飲む。仁吉佐助の小僧時代の物語など五話を収録、めでたき第15弾。

畠中恵作
柴田ゆう絵
新・しゃばけ読本
物語や登場人物解説などシリーズのすべてがわかる豪華ガイドブック。絵本『みぃつけた』も特別収録！『しゃばけ読本』増補改訂版。

東山彰良著
罪の終わり
中央公論文芸賞受賞
食人の神――ナサニエル・ヘイレン。文明崩壊後の北米大陸に現れた〝黒き救世主〟を描く、ワールド・クラスの傑作ロードノベル！

津村記久子著
この世にたやすい仕事はない
芸術選奨新人賞受賞
前職で燃え尽きたわたしが見た、心震わすニッチでマニアックな仕事たち。すべての働く人の今を励ます、笑えて泣けるお仕事小説。

荒《あら》仏《ぶっ》師《し》 運《うん》慶《けい》

新潮文庫　あ-91-2

平成三十年十二月一日発行

著者　梓《あず》澤《さわ》要《かなめ》

発行者　佐藤隆信

発行所　株式会社　新潮社

郵便番号　一六二―八七一一
東京都新宿区矢来町七一
電話　編集部(〇三)三二六六―五四四〇
　　　読者係(〇三)三二六六―五一一一
https://www.shinchosha.co.jp

価格はカバーに表示してあります。

乱丁・落丁本は、ご面倒ですが小社読者係宛ご送付ください。送料小社負担にてお取替えいたします。

印刷・錦明印刷株式会社　製本・錦明印刷株式会社

ISBN978-4-10-121182-4 C0193